原上丛书

李 浩 郝建国 主编

燕 式 平 衡

林那北 —— 著

扫 码 听 书

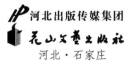

河北出版传媒集团

花山文艺出版社

河北·石家庄

图书在版编目（CIP）数据

燕式平衡 / 林那北著. -- 石家庄：花山文艺出版
社，2023.9
　　（原上丛书 / 李浩，郝建国主编）
　　ISBN 978-7-5511-6334-7

　　Ⅰ．①燕… Ⅱ．①林… Ⅲ．①中篇小说－小说集－中
国－当代②短篇小说－小说集－中国－当代 Ⅳ.
①I247.7
　　中国版本图书馆CIP数据核字(2022)第208390号

丛　书　名：原上丛书
主　　　编：李　浩　郝建国
书　　　名：**燕式平衡**
　　　　　　Yanshi Pingheng
著　　　者：林那北
选题策划：丁　伟
统　　筹：李　爽
责任编辑：郝卫国
责任校对：李　伟
装帧设计：陈　淼
美术编辑：胡彤亮
出版发行：花山文艺出版社（邮政编码：050061）
　　　　　　（河北省石家庄市友谊北大街330号）
销售热线：0311-88643299/96/17
印　　刷：河北新华第一印刷有限责任公司
经　　销：新华书店
开　　本：880 毫米×1230 毫米 1/32
印　　张：12.5
字　　数：250千字
版　　次：2023年9月第1版
　　　　　　2023年9月第1次印刷
书　　号：ISBN 978-7-5511-6334-7
定　　价：81.00元

序：筑起属于自己的"山峰"

李　浩

一

编撰一套反映当下中国小说创作实绩、展示中青年作家艺术品格和前行势头的系列丛书，一直是花山文艺出版社郝建国社长和我的共同心愿。应当说他的意愿可能更强烈、更紧迫，也更"成熟"一些，因为早在两年前他就开始策划组织"诗人散文丛书"的出版，至今已经进行到第四季，积累了丰富的经验。在经历多轮交流、碰撞和相互说服之后，便有了这套"原上丛书"。

之所以名为"原上"，一是基于我们不断谈及的中国当代文学"有高原无高峰"的共识性判断。必须承认，经历数十年的吸纳、丰富、转变和探索，时下的中国当代文学（尤其是当代小说）呈现了一定的甚至可以说几乎普遍的"高原"态势，立足于本土、个人和时代经验，深谙东西方小说讲述的艺术策略，有着广博的文学视野和经久的文学阅读，并较好地融合萃取变成个人的独特，呈现出不同的"中国故事"可贵面影。这一努力和前行，是我们绝不能忽略和无视的！然而，我们也需要承认，我们当下的写作还有诸多的匮乏和不足，尤其表现于思想性、创新性、丰富性和锐利感上……我们编撰这样一套丛书，是为彰显、呵护已经呈现"高原"态势的中青年作家的创作实绩，认知和呈现他们的文学实力，同时也冀望借此加以"促进"，希望这些作家朋友能够不断向前，最终筑起属于自己的"山峰"。而定名为"原上"的第二个原因，则源于白居易"离离原上草，一岁一枯荣，野火烧不尽，春风吹又生"的著名诗句——它意味着（或者隐喻着）不竭的新生力量，不竭的"原上"的生长和文化根脉的深层延续……"原上丛书"，愿意为已经站在了高原的、相对年轻的"新生力量"提供可能的助力，为文学的真正发展和繁荣提供可能的助力。这，应当说是这些中青年作家所需要的，也是出版社和阅读者们所需要的。

二

立足于实力，立足于读者好评、业界好评和几乎可见的"创作前景"，立足于专业审读和专业评判——也就是说，我们这套"原上丛书"首先考量的是"实力"和"未来态势"，以现有创作的真实呈现为第一标准。作家的创作影响力在我们的统筹范围之内，但它或多或少属于"次要标准"，它提供参照值但不进入标准值。实力，以及我们的未来预期，在"原上丛书"中占有更大的比重，这是我们这些编撰者应当承认的。

基于此，我们甚至更愿意从那些潜心写作但或多或少被低估，荣耀的强光尚未照到身上的那些作家中"捞取"，让他们在这里获得可能的彰显与艺术尊重——这也是我们所要承认的。也正是基于这一个原因，在我们开始遴选作家的时候"不成文"地将已经获得鲁奖、茅奖的作家忽略在外。在我们第一辑十本的编辑过程中，作家刘建东、沈念获得了2022年的第八届鲁迅文学奖——这当然是我们尤其是作家本人的荣耀，但我们和编辑团队愿意再次强调：我们在约稿和编辑丛书的过程中，他们尚未获奖，我们的选择标准是并会一直是实力和创作前景……事实上，我们也大约有理由相信，入选"原上丛书"的诸多作家或许会在今后的某一时段再有大奖斩获，或者成为具有标志意义的文学名家——这，也是我们所更愿意见到的。在接下来的遴选和编辑过程中，我们还会将这个"不成文"继续下去。

全国性，是我们这套丛书的又一立足，我们愿意将整个中国有实力的中青年作家放在一起打量，并使用同一标尺。我们当然愿意它能有一个丰富性、多样性和多层面的展示，但它们大约依然是参照值而不是标准值。花山文艺出版社隶属于河北出版传媒集团，具有地域性，但在这套丛书的遴选中我们首先排拒的就是地域性。同样是"不成文"的规定，我们会对河北籍的、现在河北生活的作家秉持更多苛刻，如果是同等条件，"被遗憾"的一定是河北作家；在第一辑包括之后的第二辑、第三辑……每辑中至多有一本是河北作家的。这个"不成文"也将是我们坚持的固执原则。

三

第一辑入选的作家是刘建东、李凤群、林那北、哲贵、沈念、王芸、和晓梅、卢一萍、郑小驴、文清丽（排名不分先后）。他们是当下文坛极为活跃、极有实力并且部分地获得着关注的中青年作家，而我们更看重的是在他们身上所能体现出的创新意识和前行态势，包括他们对于时代、生活、个人人性的有效挖掘。他们的写作，真的是在为我们提供着来自生活和文学的双重丰富。

在我看来，林那北的小说更具"东方"质地，娓娓道来，不疾不徐，语言上有一种清浅的音乐性，而在故事上也有那种"东方"式的轻和淡，仿佛不着力地推进着，而阅读者则在不知不觉中沉入她预设的涡流。她有一双敏锐之眼，这份敏锐中包含了清晰的看透，和小小的但入骨的"毒"。她熟谙生活和生活细微，极易从具有幽暗感的褶皱中做出发现。相对之前的写作，林那北的《燕式平衡》似乎更从容，社会生活的流变、个人的境遇与处境、人性的多重复杂一直是林那北所关注的，在这里，她呈现了更让人感吁、会心和由衷赞叹的文学发挥。我觉得，林那北的小说耐读，经得起重读，而在重读的过程中可能获益更多。

而在王芸的小说中加重的则是情感的力量——所以阅读她的小说，时时会有"胸口受到了重重一击"的那种情感强力，而这强力来得那么真实真诚，毫无矫饰。可以说，王芸的小说已形成她极有特质性的东西，极有"个人标识"。我认为这种标识性就是：从小事儿和微点开始，角度较小甚至是极小，然而撬开的是一个具有普世性的共有议题；故事上往往不那么用力，但涡流感重，会让人在品啜的过程中被缓缓吸入，难以自禁自拔；大量留白，会调动阅读者不断地为文本填充，在情感和智力两方面……它是那种可以引发思忖、耐人寻味的小说。在这本《请叫她天鹅》中同样如此，它聚焦生活和人性的复杂世相，探触心灵深处、生活褶皱处的幽微细部，展现一个个普通生命内在的柔软与坚硬、紧张与松弛、平和与挣扎、痛楚与欢欣、无奈与向往、绝望与执拗，在生活剧变和断裂处映现出"人"的力量。

《无法完成的画像》，具有强烈的先锋感和现代意识，同时又具有扎实沉厚的现实积累，不回避生活、生命的种种困囿和艰难，又能将困囿和艰难"熬"成诗——一直以来，我都认为刘建东的中短篇小说（尤其短篇）属于"教科书"级的，在语言上、故事结构能力上、意蕴营造和留白点的设置上，无一不见微妙与精心，就像我在"小说创作学"课上反复要讲的胡安·鲁尔福或加·加西亚·马尔克斯。这本小说集兼有现代主义创作倾向和现实主义创作倾向，而我看重的是它的融合力量，那种将两种或多种不同向度的力量完美融合并构成合力的力量。这，也是我这样的写作者试图从中汲取的。

埃柯谈到，有两类人属于"天生的作家"，一类是农民，一类是水手。将哲贵看作是"农民"型的作家大抵是合适的，因为他对地方生活的了如指掌，因为他比那些观光游客更知道、更了解这一地域的生活内部，更能体味在这一地域生活的人们的精神真实和情感真实，他在那条被称为"信河街"的地方打出了一口深邃的、不断能反射出生存实态的井。较之一般小说，《信河街别录》可能更具有地方志和民俗学价值，当然它更值得言说的还是文学价值、思考价值，那种对人生、人性和独特环境中生存的思考和追问。同时我也愿意承认，哲贵的故事能力也是我所极为欣赏的，他能将一般人无话可说之处写得风生水起，让读者感到津津有味，也能将激烈和回旋有意地半遮起来，让我们通过猜度和想象将其充满。

"80后"作家郑小驴的写作则呈现了另外一种"异质"和独特面目，他尖锐、锋利、直面现实，有一种"少年老成"的技术熟练和"坚决不肯老成"的青春冲力……在他身上和他的写作中，我能看见时下写作普遍匮乏的"巴库斯"式的原始冒险。必须说，这是一股可贵的力量，尽管它有时会引发我们的小小不适，就像我们第一次面对罗伯-格里耶的《去年在马里安巴》、让·热内的《鲜花圣母》或贝克特的《马龙之死》那样。郑小驴关注的或者说更为关注的是我们生活中的"另一潜流",是某种有意回避和视而不见——恰因如此，郑小驴小说写作的价值感也变得更为显豁，它让我们不断地、不断地思忖：这，也是一种生活？非如此不可？有没有更好的可能，如果我是二告或者立夏，如果我是杜怀民，如果我是……我该如何选择？对于小说来说，它应当提供的是"可能"而不是解决之道，解决之道是我们在读完小说之后"自我完成"的部分，小说相信并始终相信阅读者会有自己的独立判断。

当我们在谈论爱情的时候我们是在……这是一句反复被运用已经用得过于俗滥的用语，但我还是选择用它，因为它本身包含的隐喻性质。当我们在谈论爱情的时候，我们的确很少关注于爱情本身，而是关注隐匿于它的背后和深处的那些内容，譬如欲念和释放，譬如权力意志，譬如暗在的交换和平衡，譬如操控性和……事实上，仔细回想一下，我们谈论爱情的概率越来越少了，而集中地、专注地谈论爱情的概率则更少——因此，卢一萍的《N种爱情》在提交到我们手上的时候就让我眼前一亮，竟有小小的心动。与我预想的不同，与我这个身处东部城市的写作者预想的不同，卢一萍的《N种爱情》多数与我从哲学、社会学、心理学和惯常小说呈现中得出的"预设"不同，它的里面包含着真正的爱情之美与人性之美，包含着安宁、博大、舍身的投入和为爱的"不顾一切"。曾在边疆当兵并深深融入边疆生活的卢一萍，在他的写作中呈现的是那片大地上"人类最初的爱情的战栗"，它是一种久违，一种真实，同时也是一种怀念。我甚至愿意感谢卢一萍的这一提供，它让我的内心百感交集，暗生涡流。

在本辑丛书的编辑过程中，数位编辑都对完全陌生的和晓梅的小说赞不绝口，他们完全陌生于这个名字，但又对她在小说中上佳的艺术呈现感慨万千。身处云南的纳西族作家和晓梅，属于那种只会潜心写作、"与世无争"地致力于将自己的小说写好的写作者，像她这样一直深潜于自我的文学世界而不事张扬的作家还有不少，譬如本辑中的其他一些作家，又譬如与我有过一些交集的东君、戴冰、李约热，等等。在我们时下（也包括之后）的"原上丛书"的组稿中，我们愿意更多地关注那些具有实力和未来可能的沉潜着的小说家们，可以说这也是我们的初衷。收录于《漂流瓶》中的小说均为中篇，和晓梅在她最为擅长的篇幅空间内纵横施展，建构成一个或多个有着复杂意味的交互世界。与刘建东的小说质地相似，和晓梅小说的现代感充沛丰盈，其故事结构往往也不是单一线性而是采取复调叙事多线并织，并使其铆合于统一的叙事点上，其技艺的精熟和细节控制力让人叫绝。更重要的是，和晓梅始终将小说看作"探索存在的密钥"，她的所有技艺呈现都精心围绕于小说的智识和追问，深入而深刻——在这里我愿意再次重复列夫·托尔斯泰文学标准中的第一条：小说追问的问题越深，越对生活有意义，它的格就越高。毫无疑问，和晓梅的小说处在一个高格之中，它是勘探，是言说，是审视与思忖。

许多时候我们会把沈念归为"散文作家"，就像我们有些时候会把史铁生、宁肯、刘亮程、周晓枫看作"散文家"一样，他们在散文写作中的影响力远大于在小说中的影响力，但这绝不意味他们的小说写得不好，达不到高标。《八分之一冰山》会让我们轻易地想起海明威的"冰山理论"，也会让我们在开始阅读之前就暗自认定，这本小说集将会在"未说"和"未尽"之处有更多经营——事实上也的确如此，我在沈念小说的"空白处"读出的其实更多。这本小说集，聚焦于平常人生，聚集于平常生活中的个人遭际与精神困境，充满着追问、反诘和更多体谅，叙事冷峻而又不失温情。在本辑十本书中，沈念的《八分之一冰山》大约是最具知识分子气息的一本，这一独特足以让它显得别样。它，在表层有种"隔着玻璃看世界"的距离和淡然，然而在再次的阅读中，我读到的却是骨肉相连的体恤，以及经久不散的"耐人寻味"。

弗兰兹·卡夫卡为何要让格里高尔·萨姆沙变形？就以现实主义的方式讲述一个推销员的故事不可以吗？当然可以。只是，它的强度就可能变弱，极端感就会变弱，故事的张力和阅读者被调动起的思考敏锐就会变弱。我们知道文似看山不喜平。我们知道，小说的故事性诉求和思想性诉求，都需要小说家们在不失合理性的前提下努力"推向极端"，其原本纤微的、隐藏的、不那么呈现的部分才会得到有效彰显。在现实主义题材的小说中，因为身份和条件的特殊，军人和军事文学最容易在日常化的场景中建构起"极端"，呈现出强烈的故事性和戏剧冲突。"善假于物"的文清丽在她的《撩人春色是今年》中充分地利用着这一点，以现实的、回忆的、追怀的方式强化和突出故事主人公们的军人身份，以及他们的经历种种……尤其巧妙和独有匠心的是，文清丽在这本小说集中建立了具有象征的"军营"和同样具有象征的"昆曲"两个舞台，一武一文，一雄悍一温婉——其中的自然张力被她有效调动，魅力十足。就我有限的阅读而言，我们的军事文学写作很容易指令性地完成单一向度，其丰沛性、多义性和动人性时有不足，而文清丽在《撩人春色是今年》中的尝试无疑为我们提供了某种启示性参照。

注意到李凤群的写作应当是很晚近的事情，几位我熟悉的作家、编辑朋友向我推荐李凤群，甚至希望我能为李凤群的文字写点儿什么。我是从长篇小说《大野》开始认真关注起李凤群的，我觉得她有良好的艺术感觉，更重要的是她有一颗真诚的心，小说中诸多的人与物都连接着她的肋骨，她体恤他们、理解他们，甚至与他们共用同一条血管。对了，在强调小说的思想性（小说对生活越重要，小说的品格越高）、艺术性（与小说的内容相匹配的外在之美）之后，列夫·托尔斯泰的第三条文学标准是真诚，是作家对他所创造的一切的理解和信。在李凤群的小说中，包括这本《天鹅》中，那种真切的理解和信始终存在着，也使她写下的故事并不单纯是"一个故事"，而更多的是一种有共感的情绪，一种有共感的思考，一种具有普遍性的精神面对。从某种意味上，李凤群的小说可算作是"体验式文学"的那类创作，她更重视小说中的具体体验感和精神波动——尽管，这里面写下的或许是"他者"故事。

四

十位作家，从性别上来说，五男五女——这并非我们的有意为之，只是在反复不断的约稿过程中机缘巧合地呈现，它不是我们的考虑因素，在第二辑及以后各辑约稿过程中，我们依然不会将它看作遴选要素。

十位作家，其身份、工作单位和生活区域各有不同：有军人、教师、编辑、作协领导和事业单位工作人员，也有自由职业者；有的生活于大中城市也有的生活于边远城市；有汉族也有少数民族……它同样不是我们所看重的遴选要素，我们要的只有"实力"和"未来态势"——而我们之所以梳理了这些不在遴选要素范围之内的点，是因为它在机缘巧合中呈现了我们试图达到和获取的"丰富"。这是我们极为看重的。希望我们遴选的作家都具有强烈的个人面目，都在以自我的方式开掘自我的精神富矿，当我们将这些作品呈现于大家面前的时候你能够感觉它们的"独树一帜"……罗素说，参差多态是人类的幸福本源——就文学作品的阅读来说，确是如此，我们甚至不愿意在同一作家的不同作品中读到不经思虑的重复，求新求异是我们阅读中的心理本能。在这里，我们强调作家们在身份、工作、生活区域和性别上的不同，更多地，是意识到

"童年记忆、生活环境和未知因素 X"对作家写作的影响确有它的显见和内在微妙，这应是我们需要重视与反思的另外一隅。

他们在高原之上，他们具有代表性和独特性，他们和他们的写作，值得被关注。

是为序。

2022 年 11 月于石家庄

目 录

从白天到黑夜

一

一大早，曲东喜刚起床，曲西米就哭着跑来说季成根不要她了，又大又浊的泪嗖嗖往外滚。曲东喜外号"大眼仔"，无论什么时候看人，对方都觉得他是在瞪自己。同样一双眼换到曲西米脸上，却像灌满了蜜，看谁谁都暖，一个目光就是一道水流。可是忽然间曲西米的眼睛就变了，曲东喜一时没回过神，怔怔地看着妹妹。曲西米说："他嫌弃我，说不想搞我了。"曲东喜又愣了片刻才回过神来。不想搞？曲东喜转身就往外走，他要去揍季成根，但一条腿被打骨折的却是曲东喜，而季成根却差点儿死了。

事情统起来说就是这么简单，在安南镇却是不小的轰动。

安南镇从前离城里很远，公路也没修，进一次城在心理上跟古代书生进京赶考一样。后来就变了，城市向农村步步吞噬过来，一幢幢高楼眨眼间就像巨人般耸立，地没了，地比人更早就改变身份，成为城市的一部分，这样安南镇就从偏远乡下变为城郊——还没变透，像脱毛中的公鸡，浑身零乱参差，这一绺已花团锦簇，那一簇却一地芜杂。

城郊房租便宜，在这一点上大老板们的心思和曲东喜是一致的，腰包再鼓他们也不愿给别人当冤大头，厂房那么大，从城中往城边一移，租金立马是一大笔的节省。路反正摆在那了，不过是汽车油门多踩几脚的事，这个账要不懂得算还做什么生意？重要的是工也好招，本地的、外地的，来了，住下了，那些图谋未来拆迁赔偿之计而胡乱搭建起来的民房不是正空着吗？少收点儿钱，正好出租了。

曲东喜、曲西米以及季成根就住在这样的房子里。他们不是同乡，但曲东喜和季成根是同一年到镇上的，都在汽配厂打工，曲东喜是保安，季成根是花匠。后来季成根仍然是花匠，曲东喜却辞去保安单干了。新厂房开建或者改建，总要敲墙砌墙，他做的就是这个活儿，抡锤子砸掉旧墙，破砖烂泥铲掉运走，再把新砖和水泥沙子挑到泥水匠跟前。很累，但来钱多，一单一单付清，一收工，腰包里就是实实在在的真金白银，躺下睡觉都踏实。这让他有资格嘲笑季成根，总共才那么几个小钱，一个月才能拿到一次，有劲吗？季成根却不在乎，这个人脸上表情不太多，脸皮很安静地绷着，问一句答半句。

"有老婆了吗？"

"没。"

"打算什么时候找对象？"

"不急。"

那天曲东喜忽然心里一动，就把曲西米从老家喊来了。他是曲西米的二哥，本来上面还有一个大哥，但早些年大哥从家里拿了一笔钱，说是去美国，当然是偷渡，从此就影子都没见着。死了？不知道。在美国发大财不顾家里老小了？也不知道。曲东喜只好被迫升级为长兄，父母也没了，他不为父就没人替曲西米为父了。

这是一年前的事。那时曲西米还只有十八岁，眼睛不仅大，还圆得像玻璃珠，脸也圆，这种长相的人按理个子都不高。曲西米当然也不高，她身上的肉无法纵向拉伸，只好向左右两边撑开了，也就是说她偏胖，肉鼓鼓的，白里透红，放在唐朝就是大美人，不过即使是男男女女都讲究瘦瘦瘦的今天，曲西米也不难看。女人眼睛一好看，基本上就丑不了，而且曲西米皮肤上有一层油光，毕竟年轻嘛。

"哥你让我来干吗?"她还是什么都不懂。

曲东喜备下酒菜让季成根来一趟，曲西米在一旁端端菜斟斟酒。曲东喜要害的话什么都没说，他知道越说越适得其反。他对了。酒足饭饱送季成根出门，他看到季成根路走得有点儿黏，分明是不舍得离去，到门外还说了句："你妹妹的眼睛长得跟你一模一样。"

一个很好的开头，后来进展就很是顺利，季成根带着曲西米看电影逛街进馆子，然后就住到了一起。要放在老家，没结婚就住一起曲东喜会暴跳如雷一万次，现在当然不会，人就是这样起变化的，自己如果想一想都会惊诧。不过，曲东喜没空儿想，主要是他觉得没必要想。这事铁板钉钉了，水到渠成的那一天反正会来。

谁知道竟没来，反而季成根忽然不想搞了。

季成根比曲西米大五岁，曲西米比曲东喜小三岁，也就是说跟季成根比，曲东喜也小两岁。人成年后年纪个位数的差别，外表几乎没法看出来，尤其是曲东喜挑了几年担子，风吹日晒流大汗，整个人黑且瘦。而季成根长得本来就嫩，每天又只是莳花弄草，浇浇水剪剪枝，看上去反而比曲东喜小很多。重点不在这里，当曲东喜把曲西米从老家喊来时，他自己还没有尝过女人的味道。曲西米喜滋滋睡到季成根床上时，他还是没有。季成根吃饱了，不想再搞曲西米了，曲东喜仍然单身一人。

曲东喜起床后正刷着牙，曲西米就来了，哭得像头发情的猫，腔调拖得又尖又长。曲东喜惺忪着眼，终于被她哭得彻底醒过来，连抽几根烟，然后愤愤地一抬脚，把旁边的椅子踢倒了。他想起六年前父亲病逝时，曲西米泪流得还没这一半多，再往前两年，母亲车祸死时，她更只是很平静地伤心了一小阵。连亲戚都看不过去了，说这女孩子没心没肺，脑子里缺一根筋。曲东喜那时心里虽也咯噔几下，但觉得她毕竟年纪小，哭既是体力活儿，也是脑力活儿，她还没长大，对伤心事不求甚解也是福气。哪想到，人家懂得伤，为一个男人弄得肝肠都要断了。

曲东喜觉得于情于理自己都有责任，是他把曲西米叫到安南镇，又蓄意让季成根看上曲西米。他怂恿曲西米跟季成根逛街看电影进馆子，他没有拦着曲西米睡到季成根床上。好事被季成根全占光了，那么现在必须轮到季成根吃点儿苦头了。

他不是马上就去找季成根，而是先去了趟工地。

无论厂房还是民居，装修前的拆墙以及装修中对砖沙水泥的需求，工作量都极大，房东又往往都急吼吼地指望一夜之间就弄好，所以一个人根本对付不过来，这就需要两三个人一起联手，好听点儿的叫法是搭档。曲东喜的搭档就是顺子。顺子喜欢使唤人，本来彼此没有高低之分，挣钱对分，做事平摊，但顺子总是说曲东喜你这样，曲东喜你那样，久而久之，顺子就把自己弄成曲东喜的领导，反正都听他安排。跟业主或施工队工头讨价还价，顺子也冲在前面，挺能说的，话赶话嘎嘣脆，还没轮到曲东喜开口，眉目就大致有了。等到开始实质性干活儿时，瘦得像根扁担的顺子就以功臣自居，找各种借口少挑几块砖、少抡几下锤。省下力气，顺子晚上要办事。

昨天收工时，顺子又接下一单业务，没啥新鲜，反正还是拆墙。房东的钥匙照例顺子不管，收工后顺子大都要跟女人们再忙一阵，他怕把钥匙弄丢了。这个房东赶工期，价格给得不错，所以顺子当时特地叮嘱道：明天早点儿来。

今天曲东喜本来也可以早，但被曲西米这么一哭一闹，就迟了。顺子坐在房子前的台阶上看手机，见曲东喜来了，眼斜斜抬上来，脸色很难看，骂了一句娘。曲东喜眉皱起，小声嘀咕道："我有事。"顺子听走样了，瞪过来一眼说："有屎早点儿去拉呀。"曲东喜不理他，正掏出钥匙开门，手机响了。邻居在电话里说："曲东喜快回来，你妹妹疯了！"

曲西米没有疯，只是快疯了。曲东喜气喘吁吁从工地赶回来时，离大老远就听到稀里哗啦的声响，像有谁踩在一块铝合金板上，又蹦又跳。没有想到，他的妹妹曲西米被季成根抛掉了，却跑到他家里，把所有能摔的东西都摔烂掉，锅碗酒瓶碎了一地。

又不是什么多像样的家，无非一间十来平方米的低矮小屋，是人家把以前的粮食仓库草草隔出一个个小单间出租的，所以曲西米再怎么撒泼，钱的损失也不至于有多大。不过曲西米的态度有问题，虽然季成根是曲东喜介绍的，但这事不能混淆到一起。而且曲东喜最恼火的是，他的酒瓶和酒杯子居然遭殃了。他不抽烟不打牌，晚上下班回来时只爱灌灌啤酒，两三瓶，四五瓶不等，把自己弄得半醉不醉。为了省点儿钱，他自己去农贸市场批发，一次买五六箱，绑在电动车上运回来，高高垒在门后慢慢享用。可它们，一只只绿色的玻璃瓶现在都到了地上，不再是瓶，而成了玻璃片，麦黄色的液体挤在玻璃缝隙间吱吱吱地泛出泡沫。

"你干什么？"他站在门外大喝一声。

曲西米微微抬起头，马上把桌上的空酒瓶又拿起，举过头，往玻璃碎片群中再重重砸下。

"你干什么？"曲东喜又喊一声。

曲西米这会儿已没酒瓶子可砸了，她气冲冲地从屋里出来，跨出门时，把挡在道上的曲东喜往旁边一推，然后急步而去。

曲东喜怔怔地看着，回过神来时紧走几步，喊道："哎，你去哪里？"

曲西米头也不回答道："回家！"

曲东喜没想到她这么说。回家？她难道家还在季成根那里？他说："别再去丢人现眼了，回来！"

曲西米哪里肯理会他，走得更急了。这里没有高楼，也就没有大路，横七竖八的破房子有一点儿北方青纱帐、南方甘蔗林的特点，很容易就把人掩饰起来。去吧，死活随便！曲东喜气得脸都青了，他懒得管曲西米，转身进了屋，清理地上这些垃圾可比清理工地上的建筑垃圾憋屈得多。他给顺子打了个电话。这个上午他倒霉透了，不打算再过去干活儿。

其实下午以及后来好多个日子，他都没再去工地。

弄个编织袋把杂碎东西逐一收拢进去，拖到屋外的路边。一般这一带不会有清洁工，就先那么放一阵吧，万一有捡破烂的觉得还可淘点儿宝，就一股脑儿拖了去也未可知哩。

然后他给曲西米打电话，通了，但没接起，话筒嘟嘟嘟地响，然后一个女声柔柔地传来："您拨打的电话暂时无人接听，请稍后再拨。"曲东喜愤愤地把手机揣进裤袋。人真不能惯，西米就是一个例子，以前被父母惯，后来父母死了大哥走了，曲东喜觉得这么小一个妹妹可怜，不知不觉也死命惯，结果惯成这么无法无天，关键还这么贱。他妈的老子不管了——要是他也不管，曲西米怎么办？这事死活赖上他了，曲东喜一想气又蹿上来。他骑上了电动车去汽配厂，他要狠狠揍一揍狗娘养的季成根。

结果一条腿被打断的却是他。

二

汽配厂招收的工人仅一小部分是当地的，上午八点上班，中午半小时吃饭，下午五点半下班，然后当地人回家，外地人租了房子也有家可回。一般每月三百元就可在镇上租下一间小房子了，一个人是这个价格，两个人住也是这个价钱，所以很多就夫妻一起来了，白天各找各的活儿做，晚上好歹还能聚一聚。

也有像顺子这样，老婆孩子留在老家陪父母，自己孤身出来的。晚上独处一室久了，屋里也会多出一些女人来。顺子把这种事叫"办事"，每次花费不太一样，有时一百元，有时二三十块钱也成。"活着就几十年，我不能亏待自己。"这是顺子的理由。哪天心疼起钱了，他也会一连憋上几天，但最终都没憋住。晚上一"办事"，第二天他就要跟曲东喜夸耀半天。顺子的意思是让曲东喜也学学，别一个人干耗着。曲东喜不学，他不敢。

已经十一月底，太阳照着到处白花花的，其实凉意还是夹在风里丝丝来了。曲东喜掏出手机看看，快十点了，推算一下，正是季成根上班时间，但厂子门口的保安告诉他，季成根今天没来。

保安流水般更换，已大多不是曲东喜当时的同伴了，不过关系毕竟多一层，新来的这些人也不至于骗他。没来？那就在家里。

曲东喜房子租在镇子东面，季成根则在西面。东面是老街区，西面靠近城里，镇上有点儿钱的人新房子都往这边盖，附近还有一家大超市，人流量大，热闹倒在其次，关键是生活方便了很多。不过季成根所租的房子并不比曲东喜强多少，也是低矮的单层瓦房，红砖砌得歪歪斜斜，连缝也没勾过，泥浆都粗糙裸露着。以前这房子究竟是做什么的很可疑，只是现在已没人过问了。曲西米来镇上前，曲东喜有空会过来坐坐，聊聊天，喝点儿茶。季成根不吃饭可以，不喝茶肯定不行，一闲下来就在面前摆一把小壶和几只半个拳头不到的小杯子，一遍遍泡着喝。认识季成根，曲东喜才知道有"工夫茶"这个词。原来茶这东西不是一大杯灌下去解渴的，得用拇指和食指捏起小茶杯，放到牙齿前轻轻吸进嘴。那么一点点还不够塞牙缝哩，曲东喜如果这么说，季成根就嘴一噘，不屑地说："你是牛饮！"

有时候茶喝高兴了，季成根会从后裤袋里掏出口琴，塞进嘴里吱呀吱呀地吹一两曲。不算好，但也不算差，好歹吹出来的曲子，听起来像那么回事。老大不小的一个人，像啃玉米似的抱住一把小琴，肉乎乎的厚唇在上面口水津津地拖来拖去，怎么看都别扭。曲东喜对口琴没兴趣，倒是工夫茶，喝着喝着也就喝顺了，时不时过来喝上几小杯，好像确实能精神好一

从
白
天
到
黑
夜

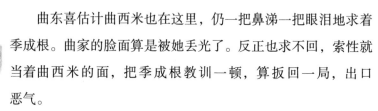

阵。曲西米跟季成根睡到一起后，曲东喜就没再来过，屋子里有情况了，他自己主动避开为好，免得乱想。如今再来，已经沧海桑田了。

曲东喜估计曲西米也在这里，仍一把鼻涕一把眼泪地求着季成根。曲家的脸面算是被她丢光了。反正也求不回，索性就当着曲西米的面，把季成根教训一顿，算扳回一局，出口恶气。

对于自己的力气，曲东喜心里很踏实。他比季成根年轻，个子也高，关键的是力气大。花匠季成根连一米七都不到吧，瘦干干的，背还有点儿驼，走路有气无力软塌塌的。当初为什么会把曲西米推给他呢？曲东喜想了想，理由有点儿模糊了，也许是一时的冲动，也许是觉得他人还比较老实可靠。

真的老实可靠？把曲西米玩弄一阵，玩腻了，又不想搞了，老实个屁，简直他妈的流氓！

曲东喜捏捏拳头，让肚子里的火尽量蔓延到掌心上。按他的想法，如果有锤子，要把季成根当墙一样砸烂；如果有铲子，得把季成根当沙子一样甩起。现在没有锤子、铲子，但拳头也管用。没想到忽然间手脚竟有点儿虚。"季成根你给我出来！"他站在离门五六米远的地方重复喊了三遍，里头没有动静。正想再喊，门吱呀开了，伸出一张惺忪的脸，是曲西米。这臭不要脸的果然在里头。"喊什么喊，你干吗呢？"

曲东喜说："我要教训教训那小子，你叫他滚出来！"

曲西米眼往上一翻说："他不在！"

"去哪儿了？"

"不知道。"说着曲西米脑袋往里一缩，就要关门。

曲东喜急步上前，一抬臂顶住门。他手确实有力，曲西米使劲把门往外推，却怎么也关不拢。

曲西米尖声叫起："走开，你走开！"

曲东喜说："我为什么要走开？我找季成根，不教训教训他，他都不知道自己姓什么了！快说，他去哪里了？"

曲西米说："我怎么知道他去哪儿。刚才厂里保安打电话来，说有人要打他，让他赶快离开家。我在旁听着，以为是骗人的，原来是你要打他啊，你凭什么打他？你走开！"

曲东喜手臂松了松，马上又顶紧了。他说："你没问他去哪儿了？"

曲西米说："我问了，他没理。"

曲东喜说："他一接电话就走了？"

曲西米很不耐烦了，又用力往外推门。"是的是的，谁会等着人家上门来打，傻呀？快走，我还要睡觉哩！"

门终于关上了，曲东喜盯着门板看了一会儿。这一上午发生的事他有点儿回不过神来，一大早曲西米跑回家说季成根因为不想搞她，也就是想甩掉她了，曲西米伤心得又哭又闹，拿来撒泼出气的却是他屋里的东西，然后又不要脸地跑到季成根这里，还赶他走。这算什么？

"西米，你赖在他家干什么？"这句话一下子把他自己说得更恼火了，一抬脚，狠狠踢到门上。

门没有倒下，而这时候他却突然被腿间的一阵颤动吓了一跳。噢，是手机，刚才他决意大打出手一场，怕被打扰，特地把手机调成振动。

电话是顺子打来的。顺子粗着嗓子嚷："曲东喜你怎么回事？屎还没拉完啊？"

曲东喜突然有个主意，他往外走几步，低声说："顺子要不你来一下。"

顺子说："来？来哪里？干吗？"

曲东喜说："有件事，你过来帮我一下。"

顺子嗓门儿提得更高了："妈的，到底什么事，话怎么说得也跟拉硬屎一样，半天屙不出来！"

曲东喜往刚才被他踢过的那扇门瞥一眼，继续压着声音说："过来，顺便操根棍子，帮我一起揍揍季成根那小子……"

顺子问："季成根是谁？"

曲东喜说："不是谁，是狗——也不是狗，是我妹妹那个男朋友。"

手机静了一阵。曲东喜连"喂"几声，顺子才重新开口，他说："曲东喜，你没事吧，你妹妹的男朋友不就是你亲戚吗？"

曲东喜吼道："狗屁亲戚！"

他突然就烦起来了，一上午他其实都很烦。单拿曲西米把他当出气筒这事来说，就让人憋屈。他是哥哥，可以继续宠这个二百五，可是被二百五看成二百五，这就没天理了。那么小就没爹没娘没大哥，曲西米命是不好，可他又好到哪里去？他把天顶起这么多年，最后落个什么好？出来打工前，村里也不时有人给他提亲，他不敢应承，家里那么穷，养个曲西米都已经吃力，哪还敢再添一张嘴？安南镇这儿女人不少，但人家明摆着都眼盯住有房有车的主，哪个正常女人肯跟他？顺子老是笑他傻，镇上野鸡比天上飞的鸟还多，咬一口是一口，咬过交点儿小钱，就互不相干了，怕啥？其实顺子话虽这么说，心里估计也有怕的，他已经因此进派出所两次了，都是曲东喜帮他缴的罚款，但出来灰头土脸几天，很快又故技重演。这种事看来去一次真的就上瘾没法儿止住了，所以曲东喜一直管住自己。曲西米是他靠近过的唯一女人——不是女人，是妹妹，曲西米属于季成根，可是季成根吃饱喝足了，却不要她。

曲东喜从来没像现在这样想做两件事，一是找个好女人成家，好歹也尝一下怎么搞的味道；二是把季成根揪住，拳打脚踢狠狠揍一场。揍过了，季成根就老实了，曲西米就是死活要把日子再往下过，以后也会腰杆挺直，气壮几分。

没想到最后一条腿被打断的却是他。

三

曲东喜重新把门敲开。在找到季成根之前，他得弄清几件事。

一年多没来这里，季成根家里比之前挤了。好像也没多出什么，一张床，一张泡茶的小矮桌，桌旁摆两张小凳子，一切都没变，可是看着就是觉得挤。曲西米显然很不情愿起床，她打开门后，马上又小跑着跳上床钻进被窝，脸朝里，拿后脑勺对着曲东喜。她穿着紧身的秋衣秋裤，里头肯定没穿胸衣，前襟那里一颤一颤堆着肉，钻进被窝是对的。

曲东喜一屁股坐到凳子上。"西米，爸爸以前说过，人活一张脸，树活一张皮，你是不是都忘光了？"

曲西米稍微扭动一下身子，瓮声瓮气地答："是。"

曲东喜不想跟她计较，肯回答说明她并没有睡过去，这已经不错了。他说："其实，你没缺胳膊短腿，脸蛋也俊俏，不能不要……志气。"他本来想说的词是"脸"。

曲西米又扭了扭身子，这次没有答。

曲东喜觉得有哪里不对头，他左右看看，发现自己是坐在一件棉大衣上，而棉大衣则凌乱地搁在凳子上。怎么回事？还不到穿棉大衣的季节呀。凳子是两张并起来的……棉大衣上刚才似乎还有一点儿温度……曲东喜脑中噢了一声，他还是挺聪明的，一下子就回过神来了。

他起身接了一壶水，开了电源，壶吱吱吱吱地烧着。过一会儿，啪嗒一声，水开了，他就照着以前季成根的样子，捏一撮茶叶到小壶里，泡上，斟出，用拇指和食指捏住杯沿，端起来抿了一口。季成根不想搞曲西米，看来是连睡都不肯睡在同一张床上了，宁可把这么小的两张凳子随便拼起来，裹一件棉大衣，潦草睡下。曲东喜觉得一下子愉快了很多。昨晚他们要是还睡在一起那才更窝囊。

他问："他什么意思啊，是看上其他人了吗？"

床上窸窸窣窣一阵响，曲西米在被窝里头重重摇着。

他又问："那，会不会他家里给另外说了一门亲事？"

床上又响了，曲西米还是摇头。

"你有他家里电话吗？"

曲西米继续摇头。

"你知道他父母名字吗？"

曲西米迟疑了一会儿，还是摇头。

曲东喜又重新不愉快起来了。季成根以前说过自己是闽南人，父母开家小茶厂，挣钱不多，但还够花，几年前就盖了两层楼的房子。在县里他们乡不是最穷的，在乡里他们村不是最穷的，在村里他们家也不是最穷的。到底真假？谁知道哩。闽南哪里？漳州、厦门，还是泉州？也不太清楚。现在回想起来，关于季成根，曲东喜了解到的确实非常有限。又不是跟他过日子，他本来也只要知道对方家里反正比他富裕就够了，接下去交给曲西米，谁知睡了一年多，曲西米却一无所知。曲东喜屁股往下颠几下，好像那件棉大衣就是季成根。凳子长也就一米多点儿，宽嘛，即使两张并在一起也不过三四个巴掌大的地方，能睡出一个囫囵觉？他忽然改变主意了，他说："西米，我看这样，你索性就赖在这里，对，就在这里，不走了！这兔崽子睡凳子，行呀，让他睡！睡！"

重新倒了一杯茶，现在可以坐在季成根睡过的凳子上，再把季成根的茶好好喝上一口了。一大早曲西米就跑到他那里哭，接着又闹，气得他早餐都忘了吃。喝完茶，他打算站起来找找，看季成根屋里有没什么东西可以填肚子的。

可是突然间他就被曲西米吓了一跳。看来今天曲西米死活是不让他好过了。

曲西米从被窝里出来了，先是坐起，然后身子一别，跳下床。

"你有良心吗?"曲西米开口就是喊，胳膊还直直伸过来，手指头戳着曲东喜。

"你良心被狗吃了!"曲西米继续喊，"爹妈死得早，大哥也不见了，剩下你一个，你却根本不管我的死活。你不管，有你没你都一样，不如你也死了算了!"

曲东喜呆呆看了她一眼，低下头，放下手中的小杯子。他想，曲西米应该先披上一件衣服，她居然这么圆滚滚的，没十来斤肉，胸口那里根本就颠不出这大的气势。

"我不是不管……"他说得声音有点儿小，嗓子眼儿那里竟有点儿黏。

"你还狡辩!我已经憋屈好些日子了，本来想自己忍忍就算啦，可是昨天一夜睡下来，我忍不住了，实在忍不住了才去告诉你。你哩，你是我亲哥啊，听了后做了什么?你站起就走!做工比我幸福还重要?挣钱比我死活还重要?你良心被狗吃了啊你!爹妈在阴曹地府都不会放过你!而且到这时候了你还讽刺我，你以为我爱睡凳子吗?这么小的凳子，半夜还一大堆老鼠窜来窜去，都往我身上爬了，我能睡好吗?浑身到现在都是疼的你知道不知道？这会儿刚想到床上舒坦地补补觉，你却来捣乱……"

曲东喜一下子把头抬起来，他反正只看曲西米的脸，其他的不看就等于不存在。

"你睡凳子？"

想了想他又问："你晚上盖棉大衣睡凳子？"

接着他又问了一句："季成根不搞你，连睡都不让你睡到床上，你只能睡凳子？"

话音刚落他猛地站起，顺势把小茶几一把掀翻。太欺侮人了，欺侮的是曲西米，但打脸打的却是曲东喜。没错，他是她唯一的亲哥啊，这事没完！

这屋子一刻都不想待下去了，转个身他大步往门口走。他听到曲西米在后面拖着哭腔喊："滚吧，快滚！我上辈子到底做了什么孽，碰到的全是你们这批一点儿用都没有的死鬼！"

跨出门才发现，有好几个人都挤在外面看热闹，见他出来，像苍蝇从臭肉上被赶起，嗡地一下散开，掩着嘴小笑，一脸暧昧。都谁呀？一个都不认识，妈的，管他哩！曲东喜走得很急，鞋子叩到地面咚咚响。他必须立即找到季成根，不打这一架，他头都没法抬起来了。

季成根在哪里？曲东喜记起手机通讯录里存有他的号码，调出来，拨出去，嘟嘟嘟长音持续响着，直到一个女声响起：对不起您拨打的号码暂时无人接听，请稍后再拨。他没有耐心"稍后"，马上再拨，还是没人接。这个孬种，正躲在哪里发抖吧？最让他意外的是，汽配厂的保安居然会打电话通知季成根逃走，按说季成根不过是花匠，而他则曾是保安中的一员——毕竟是"曾是"，人都是势利的，这无话可说。要怪只能怪自己，居然有这么傻的妹妹，居然是他把妹妹介绍给季成根。

他必须把季成根打得七窍出血才解恨。

季成根在哪里？这个问题现在是大问题。

手机响了，是季成根回拨过来的？拿起一看，却是顺子。顺子说："喜子，你还活着吧？"

曲东喜嗯了一声。他正忙着哩，一点都提不起跟顺子说话的劲。

顺子说："在哪儿呢喜子？架打了吗？要不，我这会儿过去帮帮你，免得不够哥们儿。"

曲东喜说："不用了。"就把手机摁掉了。

顺子马上再拨过来："喜子，快告诉我你在哪儿，我这就过去。我们两个，你就不会吃亏。棍子我都找好了，有我胳膊这么粗。行不，喜子？"

曲东喜叹口气，他没想到顺子居然这么义气，但他现在觉得没必要。汽配厂保安一报个信，说他要去家里揍人，季成根就吓得躲起来了。这个软蛋那么瘦不拉几的，哪需要劳顺子的大驾？他不打算欠下这个人情，一个人来收拾就足够了，对曲西米也能更好交差。

他说："顺子你快干活儿吧，人家工期不是急吗？"

顺子说："急也不差这一时半会儿的。喂，你那亲戚是做什么的？"

曲东喜说："花匠。"

"花匠是干吗的？"

曲东喜说："也就是在厂子里浇浇花剪剪枝。"

"噢。"顺子好像一下子就放心了，"那打呀，还等什么？——哎，为什么要打他？"

曲东喜说："他欠揍。"

顺子看来已经好奇心膨胀了，问："到底什么事，说吧，说说吧……你真不需要我？"

曲东喜说："不要了。顺子，今天我就不去了，今天工钱不用算，明天我多干点儿。"

顺子嚷起来："那怎么行，至少你下午得来。业主在这儿盯着哩，都靠我，我要是累一整天，晚上还怎么办事？快点儿快点儿！"

曲东喜想，谁不知道要快点儿？可是季成根不见了。会不会匆匆买一张车票逃回老家了？一般不至于。汽配厂有规定，如果中途突然离去，别说当月工资取消，连当初进厂时的一千元押金也全部没收，季成根舍得这个钱？如果没走，会不会躲哪里喝茶了？镇里有两家茶楼，店面都装修得花里胡哨，一看就知道不光只是喝个茶那么简单，总之是为老板们准备的，贵得吓人，季成根不见得愿意花这个冤枉钱吧。镇里还有一家电影院，不过前些天重新装修改造，还雇曲东喜和顺子砸过墙，这会儿仍在粉刷，不可能开业。还剩下哪里？曲东喜想不起来还剩下哪里了。他手指头茫无目的地划拉着手机屏幕，忽然看到一个名字：陈明亮。

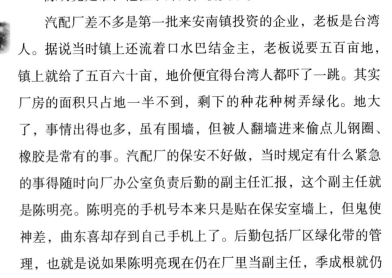

陈明亮是谁？他怔了片刻，就笑了。

汽配厂差不多是第一批来安南镇投资的企业，老板是台湾人。据说当时镇上还流着口水巴结金主，老板说要五百亩地，镇上就给了五百六十亩，地价便宜得台湾人都吓了一跳。其实厂房的面积只占地一半不到，剩下的种花种树弄绿化。地大了，事情出得也多，虽有围墙，但被人翻墙进来偷点儿钢圈、橡胶是常有的事。汽配厂的保安不好做，当时规定有什么紧急的事得随时向厂办公室负责后勤的副主任汇报，这个副主任就是陈明亮。陈明亮的手机号本来只是贴在保安室墙上，但鬼使神差，曲东喜却存到自己手机上了。后勤包括厂区绿化带的管理，也就是说如果陈明亮现在仍在厂里当副主任，季成根就仍是他手下。

曲东喜按下拨号键，通了，对方接起。

"喂！陈主任？"曲成喜把声音弄得很谦恭，"陈主任，我在汽配厂当过保安，有次抓了三个偷钢圈的还立过功。噢，就是外号'大眼仔'那个，您记得吗？"

陈明亮说："不记得。什么事？"

曲东喜说："我找花匠季成根……"

陈明亮说："那你找他呀，找我干吗？"

曲东喜怕他撂下电话，连忙说："我有急事找他，可是找不到他。"

陈明亮不耐烦了："他不正在我窗子外浇水吗？以后别再打电话了！"

电话断了，一下子没了声响。曲东喜松了口气，该知道的他反正已经都知道。季成根没溜回老家，要说躲，他只是躲进汽配厂继续当花匠了，正浇着水。

曲东喜把电动车锁在季成根家门外，然后大步走去。这里离汽配厂不远，等着，今天他必须揍一揍这个人。

没想到最终被揍骨折的却是他。

四

其实从去年起，镇上忽然就没以前那么热闹了。也许不热闹是一个缓慢的过程，只是曲东喜平时不太注意而已。哪家制衣厂关掉了，或者哪家鞋厂老板跑路了，这些消息他听得零零星星，并不太当回事。那么多工厂，他真正熟悉的只有汽配厂，十六岁从老家出来就到了安南镇，就给汽配厂当保安，当了五年多才离开。汽配厂是给一家名气很大的中外合资汽车厂供货，生意一直不错，机器每天都开得轰隆隆响。看路上小汽车越来越多这个架势，汽配厂反正倒不了。

曲东喜去路边小店买了一碗面吃。早上就饿着肚子，现在再不吃饱，哪有力气揍人？

汽配厂是整天封闭的，中午工人也不能外出，这一点曲东喜很清楚。他绕着围墙外沿缓缓转一圈，其实他知道哪一处安防最虚弱，可是他不能翻墙进去。到厂子里揍季成根，当然不合适，揍成揍不成，都会给保安添麻烦。即使现在这批保安已经不把他当回事了，他也不会忘记自己曾在这个岗位上干过五年多，将心比心，得罪他的人是季成根，而不是保安。他知道保安这碗饭也不好吃。

他走到离厂子十几米外一座破木屋后面。因为年久失修，木屋已经歪斜，屋顶上的瓦片七零八落，门洞阴森森地豁着，空无一人。和洋气十足地盖着一排钢架玻璃大厂房，并种着无数花草树木的汽配厂相比，木屋差了几个世纪，但镇上到处是这样落差大的景象，这边时尚百货，那边垃圾臭粪，或者这边高楼光鲜，那边污水乱流，大家已经见怪不怪了。

从木屋可以看到汽配厂的大铁门。虽然围墙的东面还按消防要求开了一道侧门，不过那里平时是紧锁的，不允许员工出入，这一点曲东喜很清楚。也就说，花匠季成根下班后，只能从大铁门这里走，出来了，厂里的保安就管不着了，那他就可以下手。看看时间，还有点儿早，他掏出一根烟点上。到镇上后，他从季成根那里学会了喝茶，又从顺子那里学会了抽烟，以后肯定还会学到其他，只是他不敢断定究竟会是什么。眼下他反正也不必多想，老实等着就是，等到季成根从汽配厂里走出来，逮住他，狠狠揍上几拳，这笔账就了结了。

曲西米那么伤心，会不会去自杀呢？这个念头是突然冒出来的，曲东喜一下子就觉得心跳加快。他连忙拨了曲西米的电话，通了，没接。再拨，还是没接。拨到第五次，终于通了，曲西米在那边气喘吁吁的。"西米，你在干吗？"

曲西米说："我在外面。怎么啦？"

"外面哪里？干什么？"曲东喜急急地问。

曲西米很不耐烦地说："在超市！买米粉，买虾，买螃蟹！有什么事？快说！"

曲东喜说："……没事。"

曲西米说："没事打个屁！"就把手机摁掉了。

曲东喜叹口气，看来是他多虑了，人家心情好得跟过节似的，又是米粉又是虾又是蟹。他记起以前曾听季成根说过，爱吃老家的米粉，也爱吃海里带壳的东西。曲东喜也爱吃啊，但这些东西贵，平时哪舍得买。这会儿曲西米正在超市里买，却不是买给他吃，而是给根本不想睡她的季成根。

来镇上这一年多，曲西米好像从来没像模像样打过工，偶尔到哪家酒楼端端菜，或者去超市收收银，都做不长，之前曲东喜也没太当回事，觉得反正季成根会给她一口饭吃，冻不着饿不着，看来是大意了。花匠并不是肥缺，收入和保安不相上下，那一点儿钱还要再多养一个人，问题可能就出在这上面了。可是女人怎么能白玩呢？顺子今天这个明天那个，也都老老实实付钱给人家的，便宜不能白占。有时候曲西米会来向他要点儿钱，三百两百的他随随便便也都给。如果当时能过过脑，应该就能发现季成根对曲西米的嫌弃，已经从钱这件事上流露出来了。虽然没经验，但曲东喜相信如果自己看上了哪个女孩，掏心掏肺都可以，何况钱？

而季成根几百块钱都不给西米，却让她厚着脸皮伸手向哥哥讨！

今天这个日子太晦气了，从早上开始，他就没顺心过。想一想就生气，气久了原来也会累。几根烟之后，坐在那里他竟迷糊睡了过去，是一阵嘈杂的声音吵醒了他。睁眼一看，天已经灰了，铁门像一张张大的嘴，嘴里伸出的一根黑乎乎大舌头正非常热闹地在动——噢，下班了，穿着铁灰色工服的人群往外拥。曲东喜从地上一跃而起，但他马上又定下神来。以前厂里规定下班的顺序是这样的：先是占全厂百分九十左右的生产线员工，接着是后勤部门的，再然后是管理人员。估计这种小事没必要改革，也就是说这会儿正走出铁门的是第一批生产线员工，还没轮到花匠季成根。过了一会儿，"舌头"的规模渐渐小下去，然后季成根果然就出现了。

季成根也没有骑车，从汽配厂走回他家，只要穿过五六条巷子就到了。曲东喜也向前走，他没打算一开始就张扬，而是小心跟在后面，不时往旁闪一闪，或者缩一缩身子，以防被发现。这种场面让他想起某部谍战片，有点儿新鲜，新鲜让他兴奋。

终于人少了，从工厂出来的都四下散去，只剩下季成根一个人。曲东喜长吸一口气，快跑几步，绕到季成根的前面。这是一条只有一米多宽的小巷，可能曾经也热闹过，如今两旁的民居都拆了，砌起了高高的围墙，墙上插满了碎玻璃，成了哪家企业的仓库，巷子因此显得更窄了，变得不像巷子，更像一个黑洞。

季成根显然被吓一跳，他往旁一闪，半晌才呃了一声，然后说："喜子，是你。"

曲东喜不说话，只是瞪着他，眼眶因此又大了一圈。

季成根说："喜子，我也正想找你哩。"

曲东喜心里哼了一声，找我？找我他妈的你就别跑呀。

季成根说："要不我们找家店喝点儿酒？我请你！走吧，走吧走吧。"

曲东喜不走，他站着不动。季成根已经走几步了，只好又停住，返回来，在三米多之外愣愣站着。

天已经暗下来了，风从巷子穿过时加了把劲，像一根棍子横向重重捅过来。曲东喜微微缩了缩脖子，他早上匆忙出门，穿少了，有点儿冷。前几年刚到安南镇时，他还能不时嗅到与老家相类似的气味，具体他说不出来，土腥与尿臊混杂，偶尔还夹着青草特有的苦涩味。后来渐渐就没了，傍晚时到处都是炸薯条炸鸡块的味道，闻着比吃着还香。"不喝酒也行，前面有家麦当劳，我们去里头坐坐吧。"说这话时季成根还上前了一步，拉了拉曲东喜的胳膊。

曲东喜觉得时候到了，他应该有所发作。他低头瞥了一眼自己的右胳膊，季成根的手仍搭在上面，然后他左腿向后一撤，右胳膊猛地向上挥去。

没别的打算，这一刻他只是想甩掉对方的手。当然这仅仅是开始，是为下一刻的大戏先造造势。他达到目的了，虽然光线不好，但他还是看到季成根脸一下子白了。

"喜子，你别生气。西米的事我得跟你说一说……"

曲东喜在要不要听这个王八蛋说一说上犹豫了片刻，最后他吐了一口气，决定不妨听一听。他说："你他妈的把她玩弄够了，现在还有脸扯什么？"

季成根说："不是玩弄，你误解了。"

曲东喜吼起来："误解个屁！你先把她睡了，然后让她睡凳子——还有那么多老鼠，看把她吓得！"

季成根说："凳子不是我让她睡的，我只是让她离开，她不走，宁可睡在凳子上也不走，这就不能怪我了……"

曲东喜脸热了一下，西米为什么要这么贱？当然如果西米说走也就走了，曲东喜同样不能答应，这关系到曲家的脸面问题。"她凭什么走？你睡了她，睡够了，现在又看上其他人了吧？你说走她就得走？"

季成根摆摆手说："喜子，我真没看上别人，可是……"

他说得很小心，眼珠子闪来闪去的，但曲东喜还是感觉到他鼻孔正吱吱地冒着得意。

巷子口有动静，有个矮胖的女人走过来，曲东喜已经捏起的拳头又悄悄放松了。他不想刚一下手就有人报警，这样划不来。这个地点是他一下午算好的，又黑又暗，还没什么人，打了白打，连季成根也只能吃哑巴亏，谁让他耍流氓了？传出去自己先臭了。

看不清来人的脸，其实也没认真看，只知道她个儿不高，梳着马尾辫，穿着松松垮垮的衣裤，胖嘟嘟的模样。肯定在哪打工的，累了一天，拖着脚后跟走路。等到她从他们身边挤过后，季成根才继续说："喜子，你相信我，我不是故意的。床上明明有女人，却一点儿都不想搞她，真的一个指头都不想碰，这个，太别扭了，你不明白……"

曲东喜后来一直回想，如果不是季成根说了这句话，自己会不会真的动手。

总之，季成根话音未落，他就一拳砸过去了，但最后腿断的人却不是季成根，而是他。

五

下午蹲在木屋旁时，蹲累了，曲东喜曾睡过去一阵。入睡之前，他还做了一件事：用手机拍了一张对面汽配厂的照片，然后把照片通过微信发给顺子。

近墨者黑这句老话原来是非常有道理的。到哪儿拍哪儿，是顺子的爱好，甚至微信，也是顺子强行让曲东喜用上的。流量是套餐送的，不用白不用，短信却要扣钱，这是顺子强调的理由。顺子让他在老家的老婆也开通了微信，家里多少总有点儿事需要沟通，钱没了、孩子病了、老人身体不舒服了，等等。一来二去的，拍张照片发去比说一堆话都更明白。顺子拍的很多照片他老婆永远不会看到，曲东喜却差不多都看了。那些女人的脸要是拍不到，顺子会偷拍人家身体的其他部位，胳膊、大腿、后背、脚丫、头发、指甲等，偶尔也有惊悚的，比如一对奶子或者半只屁股，第二天拿来给曲东喜看，曲东喜也没客气，顺便就瞄了好几眼。

"花了钱，要不留点儿什么，这钱就白花了。"顺子说。

曲东喜想想好像也有点儿道理，照片看多了，他得出结论，顺子找的女人没一个好看的，还大都上了岁数，肚子上堆着褶子，肉坑坑洼洼，像一床松垮的旧棉被。顺子吹过好几次牛，说自己老婆模样俊俏，但毕竟在那么远的老家，"远水解得了近渴吗？"顺子问。这个曲东喜答不上，他不懂，还不太懂。拍汽配厂照片发给顺子是闲着无聊，曲东喜记得在厂里当保安时，看到过很多长相不差的女孩子，脸大都胖嘟嘟的，虽也谈不上漂亮，但都挣干净的钱，看上去也就干净了很多。当时曲东喜年纪还小，他想告诉顺子的是，如果是现在，他会试着追追她们中的哪一个，追上了就娶来当老婆，过正儿八经的日子。东咬一口西咬一口其实也挺累的，他不喜欢。

幸亏有了这条微信顺子后来才能找到他。顺子也不是马上就找到，据说是从汽配厂门口为中心，一圈圈扩大范围，所以终于扩到巷子这里时，曲东喜已经在地上躺了很长时间，究竟多长他记不起来。"你为什么这么久才来？"他觉得身上一点儿力气都没有了，但这句抱怨仍然必须恶狠狠挤出来。

顺子马上嚷起："喂，他妈的你也没说到底在哪儿，只让我快来快来。我马上就来了，找得快吐血了你知道吗？谁想到你会躺在这么黑乎乎的鬼地方！"

是不是这样？即使不是这样曲东喜也不想辩解了。最初电话他是打给曲西米的，但西米没接，只好改打顺子，顺子一听就说马上来。最终虽然并非马上，但毕竟来了，他要不来，曲东喜想，今天自己说不定就死在这个小巷子里了。

"你到底怎么啦？"顺子蹲下来问。天已经黑透了，没有月亮，还好有星星，但照到巷子里的光微弱得像刚生过一场大病。曲东喜只看清顺子的人形，顺子手伸过来，他还没回过神来，猛地就一声惨叫。

顺子已经插到他脖子上的手一下子收回了。大概顺子本来想扶他起来，刚动了动，就被他喊得吓一跳。"你怎么了？啊，怎么了？"

曲东喜摇了摇头。疼啊，这二十多年他从来没尝过这么剖心挖肝的疼，但究竟是具体哪一处痛，他又弄不清，像有千万根钢针在体内纵横跑动，嗖地一下就扎进肉里，又嗖地一下扎进骨头里，撕心裂肺。

现在说什么都没用了，何况该怎么说呢？他一拳打过去，对，他把拳头对着季成根脸狠狠擂去，结果却什么也没砸到，季成根往旁轻轻一跳，拳头落空了。他马上转过身来，以更大的劲又扑过去。既然已经惊蛇，就必须尽快对着蛇的七寸下手，这是常识。结果季成根又是一闪，拳头仍然没有砸中。季成根开口了，曲东喜没有想到季成根这时候说话居然是慢悠悠的，气不喘，也不慌张。

季成根说："喜子，我劝你别这样。"

季成根又说："喜子，我告诉你，我小时候练过拳，你真不是我对手。"

这种话曲东喜不可能相信，他想妈的那我还练过少林棍哩，吹牛谁不会。这样他果真就觉得自己的腿有一股劲横贯，抬起，猛地往季成根的肚子上踢去。但他什么也没踢到，季成根看上去并不怎么动，身子微微一侧，轻轻一闪，总之就侧开闪掉了。曲东喜恼起来，落空的每一拳每一脚都像一勺勺汽油浇进他肚子里的火堆上。事情的转折点是季成根说了一句："再这样我也不客气了啊！"如果曲东喜能及时收住，就不会有下面的事，可是曲东喜怎么可能收住？等了一天，他要打的就是这个人。吸口气，一个拳头又过去了，接着是一条腿。他记得这一次靠得很近，几乎扑到季成根的鼻子底下了，你还能往哪儿逃？季成根倒真的不逃了，而是伸出双臂做出如下动作：一只手抓住曲东喜踢过去的腿，一只手往曲东喜小腿上猛地一砍，接下去有一道似是而非的声响被小巷放大了："噗！"曲东喜听到了这个声音，但他并不知道是从自己身上发出来的，在那一刹那，他觉得地面忽然塌陷，他整个人像一片纸飞起，身子麻绳似的被扭了一下，然后重重摔下。四周没有其他人，很快连季成根也不见了，曲东喜蜷在那里，刚开始好像也没有哪儿疼，只是一下子没了力气，迷迷糊糊得像做梦。不记得究竟过了多久他才掏出手机给曲西米打电话，反正曲西米没接。

还是顺子好，顺子来了。

曲东喜觉得身子越来越沉，嗓子那里也被什么严严实实地堵着，但脑子反而比刚才清醒了。说话有点儿吃力，但他还是从牙缝里清晰挤出一句话："去医院。"

"噢，对！"顺子终于回过神来，"你能站起来吗？"

曲东喜摇头。

顺子说："你伤哪里了？啊，到底伤得重不重啊？你不会死吧喜子？"

曲东喜重复道："去医院。"

这时手机响了，在曲东喜的裤袋里，屏幕蓝色的光穿过布的纹路透出来，看着瘆人。铃声一直响，终于停住了，马上又响起。顺子帮忙伸进裤袋掏出手机，看了看说："是米子——谁是米子？要不要接？"

曲东喜又摇头。这么长时间顺子只知道他有个妹妹，却从没见过，也不知道名字。喜子、米子，还有那个说是去美国，却已经不知去向的哥哥，他也有个小名，叫欢子。欢子的旧手机号曲东喜一直存着，可是七八年过去，一直没响起，一次都没有。

运气怎么这么背呢，要爹妈没爹妈，要大哥没大哥，小妹倒是有，却是这样一个二百五。

铃声第三次又响起。顺子说："还是米子，要不要接起？"

曲东喜还是摇头，他说："去医院。"

顺子说："米子，是不是女的？"

曲东喜一直仰躺着，巷子两旁高耸的围墙把上方的天空切得又窄又长，像一条亮光忽闪的黑蛇。冷，后背那里仿佛开着一扇大窗，风不是从外向内吹的，而是像一台发动机正拼命把他身上的热气往外抽。他欠欠身子，但他弄不清身子是否真动了。脚在哪里？手在哪里？脑袋在哪里？他哼了一声，觉得不行了，已经撑不下去："快，快打 120……"

顺子终于回过神儿，拿起曲东喜的手机。铃声又响了，只响了一声就猛地停了。顺子拿着手机愣了一会儿，手指头在上面按来按去，按了半天才说："你手机没电了，喜子。"

曲东喜想骂人，但没力气骂。还好顺子很快明白了，他把自己手机拿出来，说："我打我打。"

打通了，说明白了，然后顺子像刚搬了块大石头那样又紧张又兴奋地长叹一口气，他说："妈的，第一次打 120 啊。"

曲东喜也是第一次，以前 120 救护车大都是在电视剧里见过，偶尔安南镇街头也一闪而过的，看上去白色车子宽宽大大的，像个大鞋盒，顶上戴一盏瓜皮小帽似的红灯，一闪闪地吼叫着，既威风又吓唬人。谁会想到突然有一天，它却向自己煞有介事地飞奔而来，他觉得自己一下了也显得重要了起来。可惜这个经历以后回到老家并不能告诉谁。能怎么说呢？妹妹被人耍了，他替她出头，打算狠狠揍对方一场。而结果，躺到地上等救护车的人却是他。

六

快一个小时过去了，120 还没来。顺子拿着手机到巷子口等，不断通电话，对方都说找不到找不到。等到终于找到时，车又开不进来，只能停在巷子外。车上下来两个人，先过来看几眼，其中一个问："电话谁打的？"

顺子说："我。"

那人说："120 出车不要钱，但油费和人工费要钱。钱带了吗？"

顺子说："带了带了。"

那人问："带多少了？"

顺子说："两万多吧，平时都装腰包里，怕丢了，随身带着。"

那人嗯了一声，用脚尖碰了碰地上的曲东喜，问："能走吗？"

曲东喜还没答，顺子抢着说："不行，走不了，他快死了。"

曲东喜想，顺子说的也许是真话，他觉得自己确实没多少活头了。他说："快……去医院。"

那个人俯下身看了一眼，然后扬了扬手，另一个就走回车里，一会儿提着一副担架重新过来。三个人一起把曲东喜搬上担架，又抬上车，驶去医院。一路上只要还有些精神气，曲东喜都拿眼往顺子腰间瞥。那里确实有个土黄色的帆布腰包，顺子每天都鼓鼓囊囊地挂在腰间，但曲东喜印象中那里装的都是些杂物，能想起来的，不过是烟、打火机、通讯录、《故事会》、草纸、钥匙、卷尺等，当然也有钱，钱到底有多少？

安南镇并不大，以前曲东喜也去医院看过病，知道那里并不远，可是救护车转来转去，总是到不了。终于开进医院，被抬到急诊室外，曲东喜觉得已经过去几十年了。他以为马上能见到医生，却没有，护士从旁边跑来跑去，一个也没停下来。只有到医院才知道现在人的身体有多不好，白天挤得跟菜市场似的，这会儿都半夜了，大厅里仍然有不少人。

120那两人把担架搁上手推车，收了两百块钱走了。钱是顺子付的，然后顺子俯下身，趴到他耳旁悄声问："你身上有钱吗？"

曲东喜怔怔的。刚才躺在巷子里时，只要不动弹，他只觉得虚浮，还有麻，像有无数蚂蚁爬来爬去。上了车，进了医院，疼就彻底来了，弄不清具体哪里疼，其实到处都疼，仿佛一群小鬼拿着刀钻到体内，横竖乱捅。二十多年所有的疼都集中起来，都抵不上现在，他不时哼哼，哼哼。

顺子说："别叫，叫也没用。我没钱了。"

顺子又说："我哪敢多带钱？带多少都会喂给女人是不是？刚才是骗他们的，不说有钱他们肯拉人？可我没钱了，你有吗？"

曲东喜往自己裤袋上指了指。钱这事，只有在太平的日子里才会较真惦记的。现在他指望着活命，再捂紧口袋就是害自己。顺子手一把伸去，先是掏出一团皱成乒乓球大小的卫生纸，这是每天都会备下应付内急用的，再掏，掏出一个小塑料包。

"才五十块？"顺子叫起来，"肯定不够！还有吗？"

曲东喜不知道还有没有，他闭上眼，不动，动就更疼。顺子很恼火，手径自又伸向裤兜。曲东喜尖叫一声睁大眼。顺子用力太大了，把他整个人都弄得颤了几下。顺子已经把他手机抓在手里，胡乱按压。"妈的，没电！那怎么通知你妹妹？你记得她号码吗？要让她送钱呀！"

曲东喜这时才想起曲西米来。都是她，这个二百五，让曲东喜一大早开始就憋屈，现在躺在医院担架上等医生，而医生看病要钱，他却没有钱。

曲东喜觉得一疼，脑子似乎比刚才好使起来了。曲西米手机号是多少？13……不对，那是18……也不对。号码存在手机通讯录里，平时按几下就调出来了，根本不去记那组数字，哪知道这会儿手机却没电了。

不知道几点了，反正不早。大厅灯光倒是很亮，简直太亮了，曲东喜仰头躺着，光都往他眼里猛冲，他连忙又闭上眼，但光似乎早已跑进眼眶里了，东一个西一个地闪。曲西米这会儿在哪里？正干吗？她如果还赖在季成根家里，还蜷着身子睡在凳子上，有老鼠在身上爬来爬去，曲东喜想，只要自己不死，能走得出医院，就一定得去那里狠狠砸一场。季成根练过拳，好吧，那就选择他不在家的时候去，砸过了，他马上离开安南镇，随便去哪里，走得远远地。

担架旁已经围来两三个人，弄不清是病人还是家属，他们是被曲东喜的哼叫和顺子的吼叫招来的，也不说话，只是站着，看着。顺子问："你们也是来看病的？"

有人答："是。"

顺子问："医生呢？医生都去哪儿了？"

有人说："在急诊室抢救，有个男的好像是中毒，医生全去了。"

顺子说："中毒的是人命，他也是人命，怎么就没人管了呢？"

急诊室那边忽然有个女人尖叫了一声，围在担架旁的几个人都跑开，连顺子也跟过去。剩下曲东喜，曲东喜觉得声音有一点儿熟，但他连转动头看一眼热闹的念头都没有。他抬手摸了摸前胸，那里有一块硬硬的东西。"顺子！"他喊了一声。"顺子！"他又喊了一声。但四周空荡荡的。

顺子好一阵才回来，竟然很高兴的样子，说："有个男的差点儿死了。"

曲东喜说："我一直……喊你。"

顺子说："我没听到。啥事？"

曲东喜指指自己的胸说："帮我把银行卡拿出来，在衬衣口袋里。你帮我到外面找找取款机，密码是11223344。里头有四万六千元钱，你先帮取一万块……"

"你有这么多钱刚才都不说？"顺子很不满，往衬衣里伸的手又急又冲。掏出来后，也没多看，就向外走。

曲东喜重新闭上眼，松了口气。还是钱好啊，关键时刻只有钱才能解决问题。一万块，不知够不够。换平日，一百块钱他都犹豫再三才肯往外掏，现在就顾不得心疼了，救命要紧。但……凭什么不心疼？打这么多年工，他才攒下这点儿钱，娶妻生子全指望它们哩。是曲西米害了他，是季成根打了他，他得把自己先治好，然后找季成根算账。是赔医药费还是进派出所，二选一。

喧闹声由远及近，一群人正从走廊那头走来，中央是一辆推车，车上躺着人。女人揪着推车，头发已经披散下来，把大部分的脸遮去。即使看不清脸上的五官，曲东喜还是一眼就认出了这个女人。他支起胳膊，将身子微微抬起，大声喊道："米子……"

没有人停下来。

曲东喜仍支着胳膊，这时候他忽然很明确自己身上哪里疼了，是下肢。原本他打算下地，刚搬了搬腿，一下子就瘫下去了。那个女人肯定是曲西米吧？那躺在推车上的又是谁？

这时顺子回来了，手里捏着一沓钱。顺子说："取来了。"

"米子！"曲东喜又喊一声，转过头对顺子喊道："你去，把米子叫来。"

顺子没理他，低着头开始点钱："1、2、3、4、5……"

曲东喜手在担架上连拍几下，拍得很重，整个人都跟着晃动，手推车也跟着向前滑了几步。"你给我快去！"他吼起来，差不多把所有力气都用上。顺子吓了一跳，数钱的手停下来，怔怔地看着他。

"快追上去，叫住米子，我妹妹米子……"

顺子很意外："米子是你妹妹？你妹妹怎么了？"

曲东喜说："去，快去看看她。"

顺子这下子明白过来，转身跑去，好一阵才回来，脸上都是兴奋。"打听到了，你妹妹……哼哼，你妹妹……哎呀你妹妹很色嘛喜子。"

曲东喜瞪大眼，心跳得很快。

顺子嘴咧咧，笑起来："你妹妹……你妹妹，怎么不像你妹妹呢？"

曲东喜用胳膊支撑起身子。他想下地，自己去找曲西米。顺子连忙按住他，顺子说："不用去，你那个妹夫救过来了，没死，要是死了你妹妹小命也别想保住——喂，你妹妹在米粉里下了药，你猜什么药？你猜猜嘛……"

曲东喜说："去把她叫来。"

顺子说："你不猜我不去。"

曲东喜忽然往上一挺，他还是想自己下地。就在这时，他看到曲西米了，她跟在一个护士后面，头发披散，脸耷拉着，胸颤颤地走得很急。他还没开口，顺子先喊起来了："米子，米子，你哥在这里！"

曲西米呆呆地站住了，片刻才半信半疑地走近，一看真是曲东喜，张大嘴，似乎要说什么，却猛地往下一蹲，捧住脸，一声接一声凄厉地号哭。站一旁的护士不耐烦了，问："喂，折叠床你到底还要不要？"护士对顺子解释："她说困，这会儿租不到床了，我那儿多一个，借她。"

曲西米已经站起来，胳膊在脸上一横，揩掉泪，说："要要要。"

顺子可能也有点儿回不过神儿来，曲西米走远后，他才小声说："喜子，你妹妹是不是有点儿傻呀？"

曲东喜不想往下听，手指了指诊室，顺子大概已经忘掉他为什么来医院了。

医生后来给曲东喜拍了 X 光片，小腿骨折。傍晚，在幽暗的小巷里，曲东喜要揍季成根，他一拳过去，又一腿过去，腿却被季成根抓过，扭一下，摔到地上，然后曲东喜腿断了，而季成根现在也躺在医院里。

如果顺子打听到的没错的话，曲西米下午走出超市后，路过一个卖膏药的地摊，买了一包药，她要的是催情药，人家给的不知是什么，撒在米粉里，季成根吃下后，口吐白沫，医生又是灌肠又是洗胃，小命才保住。"喂，她这么骚啊，男人不有的是吗？"这话顺子终于还是说出来。

曲东喜已经打上石膏了，脚上一道晶亮的白总是向他眼眶扑过来。他眼躲闪着，突然鼻子一酸，泪水就流下来了，流得很安静，但止也止不住。

前面是五凤派出所

一

本来王保平要坐大巴走的，他去车站买票，后来又不买了。

四月初的天气按说该微热起来了，街头却到处是穿毛衣和厚外套的人。不是很正常。不正常的感觉已经有一阵了。

从车站离开后王保平做了如下几件事：买一套驴友出行装备、一款3G手机、一台两万毫安时大功率移动电源，然后把裹在破衣服堆里的三万元钱取出，装进女人用的长筒丝袜，扎好，绑在腰间。事情不多，但有点儿费时。之前他没有手机，他扔掉手机已经五年零三个月，那玩意儿好是好，但如果不需要，就是废品。现在又需要了，所以他重新买。开卡已经实名制，这个他懂，所以他不是一个人上街的，而是拉上强生。强生很诧异的样子，一路问为什么为什么。强生的意思是为什么要买？这东西强生不费吹灰之力就能弄回一部，以前给王保平，王保平不要，现在突然又要了，要还不简单，为什么要买？何况买就买普通的，能接打就行，何必要3G的？王保平不解释，甚至不搭理，只管急急走，急急进店，挑下一款，用强生身份证开了卡，付了现钱。

按说第二天他就可以动身了，计划上就是这样，这个计划王保平放在肚子里打转了很久，他觉得像在腹中埋了一颗种，看着它从土里拱出来，然后一点点往上长，枝叶蔓开，花又冒出来，最后结出果，果大得惊人，肚子已经装不下了，所以他必须动身。

可是第二天他没走成，除了腰间那捆钱，手机和那个塞满驴友出行装备的大登山包都丢了。

不可能被外人偷，他和强生租住一起已经五年，一间小平房只有两人，两张床相对摆着，各把杂七杂八的东西塞在床底下，中间只剩下一个不足两米宽的过道。他说，拿出来！强生眨着眼装傻，手一举，问：什么拿出来？

他就不再问了，开始动手，把强生床上床下都翻了一遍，没有。

强生说，你怎么这样啊？王保平你到底出什么事了要这样啊？我哪里得罪你了你要这样啊？

说话时强生重重地舞着手，很生气的样子，但最后他嘴角一翘，破绽就出来了。那一翘是笑，这个瞒不过王保平。王保平说，快点儿，我要走了！

强生坐在床沿，怔了片刻，手突然重重一拍，嚷起，真要走啊！劝了你多少年要用手机，你不用，终于肯买了，我以为是死脑筋活了，这年头谁不用手机啊？没手机就跟傻子一样。他妈的我大半夜才回过神来，你买手机原来是要滚蛋啊。你凭什么走？你去哪里？

王保平上前一步，大声说，拿出来！

强生头一扭说，谁拿你东西啊？那些破东西谁稀罕！

王保平鼻孔哧的响一声，猛地一起脚，地上一只铝合金碗就叮叮当当尖叫着飞起，撞到门上，又跌到地上。碗好像是强生的，但也难说，屋里的东西不太分得清，王保平的强生顺手就用了，强生的王保平也照样没什么讲究，用来用去就模糊了，管他是谁的。

强生好像被吓着了，霍地站起，又缓缓地想坐下，坐到一半犹豫了，屁股搁在半空，双手撑住膝盖，仰着头愣愣地往上看。

这是第一次吧？五年来第一次发脾气？王保平后背马上也凉了一下。从小到大，他最常听到的咒骂就是疯狗投胎——他脾气确实不好，天生不好，可是强生并没有领教过。强生这五年看到的王保平总是不吭不哼，整天嘴闭得像被粘住了，多以点头摇头来回答，实在要开口，也都是简单的一两句。平时也有生气的时候，生气了半天不理人，哪次都没有动手动脚的时候，突然踢碗，碗滚出来的声音这么响，其实把王保平自己也吓了一跳。

他后退一步也坐到自己的床上。一会儿又躺下。

屋里只剩下强生在走动。强生喜欢穿大一号的鞋，他说这样舒服不夹脚，鞋跟被拖在地上，啪嗒啪嗒响。强生走过来走过去，捡起碗，洗了，放好了，还在走。王保平想也许走一阵强生就败下阵，拿出手机和那套草绿色的大登山包，里头睡袋、雨衣、冲锋衣、防潮气垫、帐篷、水壶、手电筒等塞得鼓鼓囊囊的，有半人多高，而屋却这么小，能藏哪里去呢？

强生走着走着，上午过去了，下午又过去了，然后晚上，天黑下来。王保平午饭两个肉包，晚饭一碗快熟面加一块肉包，都是强生买的。强生好像有点儿内疚，所以买回吃的，还烧了水泡开面，端到王保平床边，动作轻缓得像个小姑娘，可就是不肯把东西拿出来。

王保平起初不想吃，后来吃了，吃过就长叹一声。他说，算了，活不过今年也好……

今年？强生转过头来，今年是什么意思？

王保平闭上眼，双臂枕到脑后。他想，那个医生到底怎么样了呢？

二

强生个子不高，街头随便哪个姑娘即使不穿高跟鞋，也大都超过他了，所以强生最恨长得人高马大的人，嘴一扁就会从牙缝里挤出一句粗话，他说，他妈的靠吃粪撑大的啊！王保平一米八六，知道强生这话是故意气他的。王保平无所谓，不气。有时候强生会在王保平屁股上拍一下，耸着鼻子问，喂，要是每个人都长你这样，地球会不会被踩塌？我们那的汶川、雅安地震，就是被你踩出来的吧？王保平觉得这种问题是蚂蚁对大象的挑衅，仍然不气。

前面是五凤派出所

43

　　强生只比王保平大四岁，却早到这座城市八年。那天蹲在马路牙子上，王保平把帽子压得低低的，被强生用膝盖顶了顶脑袋，问：会油漆吗？王保平不假思索就点头了。油漆王保平没做过，最多家里装修时见过。装修是父亲的事，他没插手，哪里能懂？所以第一天被强生带到工地，就露馅儿了。强生一下子就火了，大骂，骂过，第二天又让王保平去。强生后来说，他妈的你骂不还口真不简单啊！我最佩服有修养的人。

　　算起来强生应该是王保平的师父，上胶、打腻子、扒底、沙墙、刷底漆和面漆，整套工艺都是强生教会的。强生在马路牙子上叫上王保平那次，也是刚从一个工头手下单飞出来的，想自立山头多挣钱。还是缺经验，以为闲在马路上的肯定好使唤，就随便叫上一个，这一个就是王保平。妈的，算我瞎了眼，原来你连我这个残疾人都不如！强生左手小拇指缺一小截，说是前几年老家盖房子时被石头砸的，其实什么都不影响，干起活儿来比谁都巧，连穿针引线缝衣服都很在行，但强生还是动不动就说自己残疾，说得都有自豪感了。

　　后来王保平觉得强生那个小拇指应该跟石头没什么关系，但他没有问。

　　油漆这活儿说到底也不是多有技巧性，王保平一开始不会，不等于永远不会，强生怎么做，他很快也学会怎么做。而且他认字会算账，这一点强生就学不来了。开工前要开出用料清单给业主，强生知道怎么用料，但不知道怎么写，就是写了，那字糊成一团，业主也没法看清。保平来了后，事情就简单了。

另外，强生要每个月给在老家的二梅写一封信，这事强生以前都是到公园找退休老人代笔，老人总是比年轻人热情，但也更好奇警惕，问，上下问左右问，每次不把强生问得夹紧腿想往厕所跑都不罢休。王保平却不一样，王保平从来不问。强生说写信，王保平就拿起笔；强生说二梅你好，王保平就写二梅你好；强生说我最近很好，你在家要多保重，王保平就写我最近很好，你在家要多保重。写完，贴上邮票，强生自己拿到街上丢进邮筒。

有电话了怎么还要写信呢？这是王保平唯一问过的。

强生说，我老婆跟我一样，也不识字，但我老婆喜欢显摆，电话接起只有她一个人听到，信却半村人都看得见摸得着，不一样的！

接下去王保平不问了，强生还继续说，我老婆个子这么高、奶这么大！一边比画着，一边嘻嘻笑起。要是她认字，怎么可能看上我？她不认字却偏要装出认字的样子，她就是这样啊，女人都这样啊。喂，你有老婆吗？

王保平摇头。

你多大？二十四岁？妈的我在这岁数早搞过女人了！要不要也搞一个？

王保平还是摇头。

强生说，有老婆多好啊，可以睡，可以生儿子，想骂就骂想打就打……

王保平不想听了，转身走掉。

强生就识趣了，知道这壶不开就不再提。夜里给二梅打电话时，都躲在被子里，压低声音，说得很寡淡。嗯，知道了。行，别啰唆！就这样吧，电话费很贵的你懂不懂？至于那一封封信，倒是继续写，反正也没什么肉麻话，说的都是近况，长胖了，吃到什么了，看到城里人时髦穿什么了，哪个东家花了多少钱装修房子了，诸如此类。王保平一走，以后强生的信还得再去公园求老人代笔，强生是不是因此不爽了，就把王保平的东西藏起，不让他走？

王保平想，不能再耽搁，天亮就动身。装备可以再买，手机再买麻烦些，但也拦不住他。他得走，必须走。他在床上翻来覆去，天亮才迷糊过去。醒来时整个人一激灵，差点儿从床上跳起。眼前是黑的，是强生。强生站在床前，俯着身子，脸快贴到王保平额上了。见王保平睁开眼，也不躲，仍是瞪着，像在查什么瑕疵。片刻之后，强生走开，竖在他背后的草绿色登山包露了出来，包上方搁着手机。

王保平揉眼坐起，先把手机抓过来塞进裤袋，然后拉开登山包拉链。还好，睡袋在，防潮垫在，冲锋衣、帐篷等也都在。强生终于把东西又还回来了，那么强生这是放他走了？

强生说，别走了，我给你加工钱吧！明天起，每天给你两百块工钱行不行，啊？谁像我这么大方啊？你走个屁！

王保平说，对不起。

强生说，对不起是什么意思啊？对不起是不走了，是吧？

王保平摇了摇头，说，走。

强生脚重重一跺。他妈的你这个人太缺德了，还要走？为什么这么突然要走？你至少得事先跟我说一声，看我同意不同意啊！噢，你什么都不说，整天跟我打哑谜，把我当什么了？狗屎！好，走吧走吧走吧——一定要走也得等锦绣天下的尾款结清了之后嘛，工钱你总不能不要……

王保平说，我不要！

不要？连工钱都不要？你到底哪根筋搭错了？不行，你得说清楚，你不说清楚……

强生的意思大概是不说清楚就别想出这个门，但王保平已经把登山包一把提起，甩到肩上。有点儿沉，不过还背得动。

三

上个月，一座通车刚半年的新桥塌了，幸亏只是引桥部分，落下两部车，死一人伤六人。桥离小平房不过百来米远，出了门就看到了，现在已围上铁皮重新施工。王保平从小平房出来，刚走到铁皮旁，就觉出不对头了，仿佛谁躲在后面拉住他的身子用力扯——登山包比他想象得更沉。

他决定买一辆自行车。

跨上车的那一瞬，恍惚了一下，突然有种上学去的错觉。

这几年他都没骑过车，每天出工强生骑电动车，他坐公交。新建小区不一定都通公交，他坐到最近的地方下车，再走路过去。强生很恼火，强生说你这样误我的工知道不知道！你出一天工我付你一天钱，误工就等于吞我的钱你懂不懂？强生给的工钱一开始是每天50元，后来不断涨，涨到现在的180元。王保平早晨出门的时间就提前了，比强生先走，如果真误了，他自己就拿个本子记下，到工钱结算时就主动把这一天的钱减掉。有病！这是强生骂的。强生说，你实在不要我送你的，我帮你买一辆不就行了吗？那，我现在就去……王保平把身子挡在门上，说，我不要，你买了我也不骑，我不会骑！强生问，那自行车呢？王保平说，也不会。

强生使用的东西以前都不太习惯自己花钱买，要什么他到街上转一圈很快就有什么。王保平惊讶了好一阵才回过神来，当时他就想走，他不能和这样的人待在一起。强生抱着头坐了很久，然后手在大腿上重重一拍。你这人太正了！我要是早碰到你这么正的人就不会这样了！我想改的，一直想改，不想改我做工干吗？做油漆那么好玩啊？整天一身土一身灰，一套房子漆下来不知要吃进多少泥灰，受了多少污染哩。我是个有手艺的人，一个月随便弄一块表一部手机，转手卖了，都够吃够喝，干吗还要吃那个苦，你说是不是？我改！你得帮我改，你盯着我，我就改了。

就算偷窃勉强算得上手艺，但能改吗？似乎真改了一阵，却并没断根，时不时还会发作一次，只是避开了王保平，做得隐秘，不敢放开手脚。好像也挺憋屈的，常长吁短叹：我们这一辈子不知被人偷去多少东西哩！为什么他们可以偷我不行？

王保平觉得能改总是好，改一点儿是一点儿。但不是最好，强生发作一次，他就想走一次，一拖却拖了几年。既然说了不会骑车，王保平就干脆不骑了，公交车坐着坐着，也习惯了。这座城不大，却是电动车管理试点城市，正规买车都得到交管部门登记领牌才能骑上路，如果强生真帮他去买，强生能买什么车？最多是黑车市场里的赃车，所以他不要，不能要。

现在他离开强生，甚至要离开这座城市了，他给自己买下自行车。不是一般的自行车，而是坐垫窄窄的山地车，轮子又细又大，骑起来有点儿飘，但难不倒他，他怎么可能不会骑车？读初一时就有过一辆了。

登山包带子有点儿松，往一旁歪去，他下来，支好车，重新把行李捆绑一遍。

然后他拿出手机。这款手机他去年曾见一个业主用过，业主姓陈，强生喊他陈总，强生喊每个业主都是什么总。不是什么总哪买得起这么大的房子？这是强生的理论。陈总就是驴友，近的背着行李徒步走，远的就开越野车，光西藏就去过三趟，西南线、西北线、中南线，每趟都得花上一个多月。强生一直嘀咕有钱人真是吃饱了撑的，房子在装修，装修一半心血来潮，脚一抬也就走了，工人该怎么做还怎么做，只是叮嘱有什么问题多给他打电话。千万里之外的电话能管什么？陈总也无所谓，说实在不行就先停一阵工，等他回来再接着做。强生说这个陈总真他妈的不正常，瘾什么不好，瘾到处跑！那买房子干吗？又何必装修？

前面是五凤派出所

49

王保平不是这么想，起初他只是有些诧异，后来就羡慕起来。陈总是不是有点儿像古人呢？以前有位姓姬的中学语文老师总是羡慕古人可以到处游山玩水，不玩怎么写滕王阁、岳阳楼、小石潭以及三月的扬州和客舍青青柳色新的渭城？姬老师说人一辈子总要有所寄，寄情山水比寄情金钱权力强一亿倍。山水无限，谁寄都欢迎，而俗世俗尘却一山容不下二虎，你多寄了点儿多拿了些，别人就非得恼起来跟你抢不可。

陈总不写诗，但喜欢拍照片，到装修工地也常背着大包，包里是相机和镜头，所以进了门他第一件事就是找地方藏好包。不用问也知道，他是顺路过来的，来了也只是像参观，转一圈，看几眼，好好好，很好，就走了。有时会有一个女人同他一起来，看不出是老婆还是女友，娇滴滴的，凡事不懂也懒洋洋不想懂的样子。

有一次油漆料不够了，陈总开车去补，把王保平也一起喊上。车子一发动陈总就打开车载导航，导航坏了，他掏出手机还是开导航。才七八公里的路，就在市区，导航开是开了，其实陈总既不听也不看，路烂熟。很熟的路却仍要用导航，这是习惯性还是依赖性？就是那一次，王保平才知道短短几年间，手机这东西已经一日千里了，定位要去的目的地，然后在每一个拐弯口机器都会可人地提示：前方一百米向左转，前方三十米向右转……

王保平这次买的手机就是与陈总同一款的，不难学，看看就会了。手机昨天刚充满电，开机，正要点开车翼行，电话响了，突然响，声音又脆又尖。王保平手一抖，吓了一跳，立即摁掉。但很快再响，持续响，没完没了地响。他终究还是好奇了，接起。电话一通他就后悔了，是强生。强生说，喂喂，你在哪里？

王保平不应。

强生说，他妈的我拿身份证去才查到这个号码，人家以为我二百五，明明是自己买的手机，却不知道号码。喂，你到底在哪里？

王保平还是不应。

强生说，喂，王保平你不会去自杀吧？我要不要报警啊？

王保平这下子不得不开口了，王保平说，我干吗要自杀？神经病！

话筒里沙沙沙地响起，是强生在电话那头长长嘘了一口气。真不自杀？强生还是不太相信，那你现在在哪里？你瞒不了我，我问了，手机是用我身份证登记的，那就是我的，我只要去派出所报个案，警察一下子就能查到你在哪里。你在哪里？你说，不说我真去报案了！

王保平好一阵不开口，他猛然有一把砸烂手机的冲动。但他最后还是说了，他说，我在锦绣天下门口，你要干吗？

强生嘻嘻笑了一声，手机就断了。

四

锦绣天下是这几年王保平做过的最高档的小区，临江，绿地大，楼层高，每户最小面积是 280 平方米。他们做的那一套 360 平方米，顶层，复式，大厅挑空。房子贴着江建，围墙外就是一座桥，过了桥也就出了城。王保平选择锦绣天下作为出城处，一是因为这个楼盘在城的最南面，二是因为路熟。100 平方米左右的房子，如果是夏季，一个月就能结束油漆，锦绣天下这套面积大，又是冬天开工，做了两个多月才完工。刚接这一单时强生很高兴，后来强生非常不高兴，反复骂，他妈的余总！

余总就是业主，是哪个局的局长。这一单活儿比较特别，是装修公司找的强生，装修公司揽下余总这套房子，然后把刷油漆的活儿转包给强生。强生以前不是太愿意这样，他说业主之外，再加上装修公司的监理和项目经理，就有三座大山了，我们又不是没活儿做，楼到处不要命地盖，房子那么多人抢着买，买了就要装修，要装修就要刷油漆，要刷油漆我们就饿不死。但锦绣天下这套面积大，给的工钱也不比自己接活儿低，强生一算还是个肥缺，就有了干劲。

所以，说是给余总装修房子，其实平时跟他们打交道的主要是装修公司的人，包括施工方案的确定、施工用料的购买以及施工过程的监督等，连工钱也是项目经理开给他们的。余总或者余总太太倒是常来，看看这里不行敲掉重做，那里不行又敲掉重做。监理和项目经理平时也人五人六的，呵斥这个和那个，装得跟爷爷似的，但余总一来他们就争着当孙子了，点头哈腰跟在背后，脸都笑僵了。确定聚酯漆和水泥漆的品牌时，余总明明说华润也可以，王保平和强生都听见了，但装修公司最后却买来了美国大师牌的。价钱差多少？至少一倍以上。强生就问王保平，你觉得奇怪吗？当然奇怪，但也不太奇怪。房子肯定是余总的，但装修的钱却未必余总出，可能是装修公司买单，也可能谁雇了装修公司替余总买单。

强生说，当官真好啊！

强生又说，当官过的都是神仙日子啊！

强生还说，妈的我要让二梅再给我生个儿子，以后好好送去上学，然后当官，然后享受！

强生的儿子几个月前刚刚生下来，当时他咧着嘴笑嘻嘻地跑回去几天，再来时带了好多染红的熟鸭蛋，塞给王保平，也塞给装修公司项目经理和监理，连余总也留了一对。这么小，跟猫一样，但他妈的长得真像我啊，哈哈哈！这话他重复了很多次，递出红鸭蛋一次就说一次，说的时候不是为了别人高兴，而是为自己。他确实高兴坏了。

那时余总家的墙刚扒了第一道底，强生大有做完这一单就洗手不干，回家陪二梅抱儿子的劲头，好在余总家的工程做得慢，每一道工序监理都盯在那里，明明抹上的腻子泥已经干透了，但监理还是要再透气几天。强生很着急，但急也没用。中间有新的业主找上来，又一单活儿到手了，两三套房子穿插着做，做着做着，他那股疯劲倒是渐渐淡下去了。

关于儿子，强生一直有超生的理想，七个八个不嫌多。老婆娶来干什么用？就是生儿子啊，不生娶了屁用！二梅因为晕车，一直不肯离开老家。她坐自行车都晕车哩，这种人活该一辈子圈在村子里。说这话时强生撇了下嘴，手一挥，又不屑又心疼。其实他不常回老家，一年里最多也就两次，每次走之前都跟王保平打包票，说不在二梅肚子里播下种就不回来。折腾了几年，刚生下一个儿子，马上又想着再生一个，好好读书，像余总一样当官享受。

余总五十岁不到已经微微发福，皮肤粉嫩得像没褪尽血的猪肉，连手背上都泛着水汪汪的光亮。每次来他话都很少，眼睛却很忙，墙、地面、家具，这里看看那里看看时，喉咙不时咕噜一声，既不像咳嗽又不像叹气。

在那座桥出事前，王保平也羡慕过余总，有车有秘书有这么大的房子，房子里预留有躺得进五六个人的大浴缸，以及藏半人多高保险柜的位置。王保平那时想，《好日子》这首歌其实唱的是余总这样人的日子。

这套房子春节前就完工了，按惯例完工后透气几个月，只要油漆没有空鼓、裂缝、脱落，就该付清工钱了，可是工钱还没付，桥塌了。建筑公司老板被抓，接着科长、局长、副市长一串都进去了，包括余总。起先强生和王保平都不知道，只是奇怪装修公司的项目经理和监理一下子都消失了，连影子都没见着。他们去装修公司讨钱，结果人家脸黑得像扣着屎。你向我们要，我们又向谁要去？这话当然蹊跷，一打听才知道装修公司已经撤出这个项目，工程的所有扫尾工作都戛然而止了。

那么工钱呢，工钱怎么办？强生当时眼珠子都暴出来了，抓起桌上的电话就要往项目经理头上砸，被王保平一把拦住了拖出来。如果砸了，如果伤了，110 电话肯定有人打，警察好歹会来，警察来了强生得进局子，王保平也逃不了……

王保平嘘一口气，这会儿他正站在锦绣天下的门口仰头看了看，看的就是余总那套房。五年里这是他做工时间最长的一套房子，也是这辈子做的最后一套房子。工钱他无所谓了，即使能拿到，也都给强生吧，他不要。

然后他低头看手机，用食指点开车翼行导航，输入目的地，按下确认键。一个女声从手机里传出来：现在开始导航，您的目的地是福建省福州市鼓楼区，全程 410 公里，请小心驾驶。

五

教语文的姬老师说，有一种人天生脑子缺一角，做事总是顾头就顾不了尾。王保平觉得自己就是这种人，姬老师也许不是说他，但他主动对号入座。这五年他改变了很多，每天都在变，觉得似乎已经把脑中缺掉的那一角补上了，结果仍然没有。

车翼行导航导的是高速路，换一句话说，是为汽车导的而不是自行车。自行车怎么上得了高速路？手机白买了。不过他犹豫了一下并没把它扔掉，或许什么时候又用得着哩。锦绣天下门口的保安他大都认识，见他们远远看着他，他笑起来，把手机重新关机，放进包里，然后骑上车。

路边有家报刊亭，他拐进去买了一本全国地图册，这玩意儿看来更实用。挺好的，每条路都有牌子，标明路名以及前方多少米是什么地方。看着牌子，再翻开地图册对一对，一旦迷糊了还可以向人打听，都不难。高速路不能走，国道可以，但他却拐到另一条更小一点儿破一点儿的路上，也许是省道吧？两旁或是田野树木，或是杂乱村镇街道，街道上有店，一天三顿就不会饿肚子了。

天黑下来时，他正在一家小酒楼里吃米粉，肩头被人重重一拍。那人说，嘿，你妈的！王保平心里咯噔了一下，不用扭头也知道是强生。强生居然骑着电动车跟来了。强生说，要不是锦绣天下的保安一个个都是我哥们儿，他们指了你走的路，我差点儿就走错方向了。

强生自己也要了一份米粉，扒几口碗就见底了，嘴巴一抹他呵呵笑起来。王保平却不笑，眼皮都没有往上抬一抬。小酒楼的楼上就是客房，强生说，我们今晚索性就住这里吧。你把身份证给我，我去办住宿。

王保平说，我没身份证。

强生一拍头，说，对对对，你说过身份证丢了，我给忘了。那用我的登记吧，登记一间就行，我们又不是没在一间房子里住过……

他还没说完，王保平已经站起，拎起登山包往外走。

夜色下他新买的那辆山地车就停在店门外，而旁边是强生的电动车，两部车用铁链锁在一起，强生锁的。强生从后面小跑着出来，大声说，喂，你去哪里？难道我们今晚不要睡了？

王保平把登山包重新绑上车，边绑边说，把链子解了！

强生说，好好好，就解就解。

果然就打开锁，解开链子。然后呢？强生问，然后去哪里？

王保平说，你回去！

强生说，你回我才回！

王保平推起自行车，没有立即骑上，只是急急往外走。强生转身也把电动车推过来了，挤在王保平边上。王保平骑上车。强生也骑上车。

下半夜王保平找到一块草坪子，先把防潮垫充好气铺上，再掏出睡袋和帐篷。都不大，他长手长脚一摊开就差不多了。他本来是给自己一个人准备的，现在强生怎么办？他说，你去住旅馆吧，明早再到这里找我。

强生说，你去我也去，你不去我也不去。

王保平爬进帐篷再钻进睡袋，一会儿又提着睡袋钻出来。强生蜷在帐篷外的地上，双臂抱住膝，下巴也抵在膝上，整个人更小了，像一堆牛粪。王保平也坐下，把睡袋的一半横到强生身上。四月了，白天要是热起来穿短袖都可以，夜里毕竟还有几分寒，风从四面灌来，凉得像带着刺。王保平说，回去回去，明天你就回去，你跟着我干吗？

强生扭过脸定定看着他，好半天才开口。你真的不是去自杀？

王保平说，不是！

强生说，那你这是去哪里？你得跟我说实话，你说了，我就不跟了，我回去讨工钱、接新单。我还要挣钱养二梅和儿子哩，要不我老婆二梅怎么办？

王保平没有马上答，一会儿他掏出手机，开机，把车翼行点开。之前输入的地址还在，他只输入过一个地址。他把手机递给强生，强生看不懂。这款机子偏高端了，强生以前弄到好机子都舍不得用，觉得浪费。好机子才能卖个好价钱，所以都卖掉了。王保平用手戳了戳屏幕，他说，你不是问我去哪里吗？这里！

福州？你去福州干吗？

王保平舔了舔嘴唇，说，回家。

回家？强生叫起来，你不是说你是江西人吗？

我骗你了，王保平摇了摇头，笑起来。

强生说，你明明说话有江西口音！

王保平又笑了一下。我爸在江西插过队……好久没回家了，我想回家看看。我现在说了实话了，明天你就回去，别跟着了。你跟着有什么意思？

强生用肩膀顶了顶王保平。哎哟，原来是福州人啊！

王保平不知道福州人有什么可高兴的，他有点儿困了，眼皮开始往下沉。

六

第二天强生比王保平醒得还早。一见王保平睁开眼，强生就问：哎，我想了一夜，为什么你要骑车回福州？

王保平看着远处，头微微晃了一下。

强生说，飞机坐不起，火车总可以啊，还有汽车。为什么不坐大巴？我们去买大巴票吧！

王保平站起来，开始收拾东西。你回去吧，他加重语气，回去！

强生没走，王保平骑上车时，他也骑上，还是向南。王保平把脚支地上，扭头看他。快回！

强生鼻子一皱，笑了。谁叫你以前骗我说是江西人？你骗我，所以昨天晚上我也骗你。

你回去，烦死了！王保平说。

你也回去，烦死了！强生说。

王保平就不再理他，他用力蹬着车，蹬得很快，但强生的电动车更快，有时强生故意加速超过，然后停在前面十来米处，回头看着王保平。王保平想夜里再不能把睡袋分一半过去了，不冻一冻，他嗨得以为是郊游。但是天还没黑，路过一个村庄时，强生眨眼多出一床大棉被，又多出几件衣服。昨天他是空着手从小平房里出来的，车架上本来光秃秃的，现在一下子臃肿起来。买的？不太可能。王保平冲过去想砸电动车，强生嘻嘻笑着，一溜烟骑到前面去。

　　晚饭在一家水饺店吃，还没入座，强生就忙着把收银台里的插座拖到外面给电动车充电。管收银的是个小眯缝眼的女孩，不漂亮，但被强生逗得咯咯笑起来时，小眼弯得像两个括号，又甜又媚。王保平心里突然一动。他不能再让强生这样跟着，万一祸也一起跟来了呢？抵达福州之前他不能出事！

　　水饺端上来时，强生饿狗一样跑过来，端起碗，仍扭头往门口那里瞄，似乎怕电动车丢了，但眼光也没放过收银女。一路上很多这类店都兼营暧昧生意，这个王保平知道。以前强生偶尔会花十至三十元出去打打野鸡，王保平也知道。王保平说，挺漂亮的哟！强生嘴里嚼着水饺，含义不明地嗯嗯两声。买单时王保平把钱交给强生，强生扭着屁股走向收银台，大出来的鞋啪嗒啪嗒地击打地面，响得非常色情。应该有戏，王保平心松了一点。

　　但他提起包悄悄绕出门，上车刚骑出不到五十米，强生还是从后面追上来了，呼呼喘着气。王保平，他喊，王保平王保平！

　　王保平已经不骑大路了，山道、小道、坑坑洼洼道。有时需要爬一个坡，地图册看看，用小拇指的指甲在上面划了一道凹痕，这晚住下的地方不再是草坪，草坪太阴冷了，也太潮。半山坡上有座大概是放羊人搭的草棚子，虽简陋，但有模有样的，地上还铺着新稻草，踩在上面窸窸窣窣地响。强生一下子就展开被子，把整个人裹得像只大虫，像是自己也被逗乐了，吱吱吱地笑。难怪那个陈总那么喜欢往外跑啊，他说，好玩，这么好玩，比当官还好玩！

白天车子经过一家邮局时，王保平曾进去买了一支笔、一个信封和几页白纸。这会儿他把手电筒打开，又铺开纸拿起笔。他说，起来，我再帮你给二梅写封信吧。你起来说说想写什么，写好了，你明天就拿回城寄。太久没接到信，二梅会不放心的。

二梅？强生扭了扭身子，他好像一下子被棉被迷住了，扭来扭去还是觉得非常有趣，半晌才回过神来，下巴一甩，说，管她什么二梅，不写了！

王保平愣在那里，慢慢关掉手电筒。你真要跟我去福州？他问。

强生说，当然，我还从来没去过福州哩！那里据说有海鲜，我也没吃过新鲜的海鲜。你得请客哟，到了你老家你要是不请客我就跟你翻脸啊！

王保平觉得强生没必要这么大声说话。山里很静，有一些细碎的虫鸣，还有远处公路上隐约的汽车声，之外就没有其他声响了。王保平一直没睡着，他想强生可能也没睡，就试探地问：除了海鲜，你还想吃什么？

话音未落强生马上问：有什么好吃的？

鱼丸……

我要吃鱼丸。还有吗？

肉燕……

我要吃肉燕！还有什么？

扁肉拌面……

我要吃扁肉拌面！还有吗？呃，还有什么都说出来！

王保平顿了很久，叹一口气。路太远，别去了。

强生说，不远不远，太近了就不过瘾哩——得走几天？

王保平说，谁知道。

七

半个月后，他们到了福州。是个雨天，是那种前一刻阳光还猛豹似的劈头盖脸，没有一丝风，汗都闷在皮底下渗不出来，眨眼邪风大起，紧接着雨就下得像个泼妇。倒下得不久，来得快去得快，只一阵就没有踪影。强生说，福州怎么这么怪？你们福州和你这个人一样怪啊！王保平抿紧嘴不理他，他笑两声又说，可是你们福州人真的涵养好又一个个都有正气，这种天气我遇一次都受不了，可满街福州人有说有笑的，一点儿事都没有。喂，你家在哪儿？

王保平说，我没家。

你父母呢？

我没父母了。

你又骗我，没家没父母，你回福州干吗？

王保平笑了笑，说，我……到前面去。

前面哪里？

王保平没有答，而是掀开衣襟，把捆在腰上的丝袜解下来，钱比刚捆上去时少了，但还有一大把，歪歪扭扭卷在里头，看上去像一根猪大肠。此时两人正在一家海鲜店里，桌上摆着蟹、虾、蛏、扇贝等东西，还有一大排啤酒瓶。王保平把钱放在瓶子旁，倒满两杯，端起来，递到强生跟前，碰一下，喝掉，然后把空杯抓在手里，慢慢打着转。

我给你讲一讲姬老师吧，王保平说，姬老师结婚那年已经三十六岁，第二年有了儿子，第三年老婆肺癌死了。他课上得真好，他一上课我们全班都跟过节似的……噢，你没上过学，我不说上课的事。那说什么呢？说姬老师抽烟吧，他烟抽得太凶了，一天两三包——算了，烟也没意思，还是说他的自行车吧。姬老师车骑得太神了，可以把前轮一抬，后轮着地左拐右拐骑来骑去，跟马戏团似的。但那天夜里，姬老师从学校回家路上被汽车撞飞了，汽车跑了，姬老师被人送进医院，整个人好好的，一滴血都没有，只有胸口下方这里有点小瘀血。值班医生打了止血针，说没事，明天再检查。可是半夜姬老师肚子就开始疼了，问值班医生，医生还是说没关系，只是肌肉痉挛。第二天一查，不是痉挛，是内脏出血，一肚子都是血，马上手术，可还没推到手术室，姬老师就断气了……算了，唉，跟你说这些干吗？你又不是姬老师的学生。怎么样，福州海鲜怎么样？

强生迟疑了片刻说，好吃。那个姬老师……

王保平甩了甩手，说，好吃你就多吃点儿，吃完了我们就各走各的。

强生嚷起来，不行，你还没请我吃鱼丸、肉燕、扁肉拌面！

王保平把丝袜捆住的钱往前一推，说，这些拿去，你自己随便吃，满街都是，爱吃多少有多少。

强生把钱推回去。这是钱，他说，不是鱼丸，我要吃你请的鱼丸！

王保平自己倒一杯啤酒，头一仰吞下。他说，强生，那个值班医生后来被我打了，对，我打了，往死里打，但他没死，只是废了，可能现在还躺在床上。这口气我得出的，不出对不起姬老师——你现在明白了吗？钱我留着没用。走，不吃了，我得走了。

登山包没有随身带，刚才登山包就没有从车上解下，而车停在那里也不锁。出海鲜酒楼时往那儿瞥了一眼，车已经不在。强生从楼上追下来，手里提着那个猪大肠似的丝袜。走，跟我一起回去！还有好多活儿要接，余总那里的工钱还没结算……

王保平摆了摆手，手指头又往前一戳。我得去那里了，那里！逃了五年多，五年多没有安稳睡过。何必呢？那时确实不该那样。不过既然……你自己走吧。

强生一把揪住他的胳膊，咽两下口水。强生说，其实我早就知道你不叫王保平，你不姓王，你就是姓姬的，姬老师是你爹吧？你身份证没丢……钱和身份证，你藏得很严，我还是看到了……我不是一直都没说吗？以后也不会说……走吧，我们再一起骑车回去。

王保平手一甩。我好不容易回来了，太不容易了，410公里骑着车回来了！

强生看着他，喉咙咕噜噜上下滑动。

王保平说，我不是被他们抓回来的。我自己回来就算自首，自首了说不定能减刑，以后还能出来。出来了我就要学陈总，我也要当古人，爱去哪里去哪里。

强生说，我和你一起去，那时我也骑自行车……

不行，王保平打断他，你去了二梅可不答应。你快回去挣钱，你快走，我也走了。

酒多喝了几口，王保平的腿有点儿软，走得跟跟跄跄的。才走几步，强生小步上来，拦在他面前。我没有老婆！强生说，二梅是我娘的名字。我出来做工挣钱娶老婆，相好却嫁给村里承包锌矿的老板了，我想她，天天想，但不敢给她电话也不敢写信。我娘就让我把信寄给她，她不拆，都留着。说不定有一天矿老板不要她呢？但她前几个月刚给老板生下儿子，她的儿子也是我的儿子，我也高兴，很高兴。

王保平点点头说，好，高兴就好。现在你让开，不要挡我的路。你看前面，前面有个牌子，看到了吗？我家就在这条街道上，人家也是去那里报的案。现在我自己去那里，我自己去。

王保平推开强生，走几步停下来，回头看了一眼，然后像被谁抽了一鞭，猛地跑起来，越跑越快。他跑进挂着五凤派出所的院子里。

　　傻子！傻子！×你妈的傻子！是强生的声音，强生大声地喊，声音尖厉得像铁皮敲出来的。

燕式平衡

一

本子上已经有五个"正"字,这是薛定兵提出离婚的次数,他提一次,余致素就在本子上划一道。她做得非常耐心,一次都没漏掉,每一画都横平竖直,不温不火。单从字面上看,笔画一勾一勾地飘动,甚至看得出几分欢喜的气质。合上本子,余致素总是微笑地看着薛定兵,还轻轻领首,仿佛要表示同意,但最终她嘴一扯,却字正腔圆地说:不可能。

余致素从来没有为这事发过火,之前哪怕两人还争执得水火不容,薛定兵脸一黑,说出"离婚"二字,余致素马上嘴角就往上翘起了,唇边两粒黄豆大的小酒窝赫然呈现,眼也弯成两道半月,头微微歪着,妩媚地款款打量过去。刚开始,连薛定兵都理解错了,以为她在讨好,在妥协,在让步,事实上却不是。这道柔软的表情只是一块幕布,真正的余致素站在背后,竟比任何时候都更坚硬,更不容置疑。

薛定兵说,离吧,这样没意思。

余致素竖起食指在胸前缓缓摇了摇,轻声问,真的没意思吗?

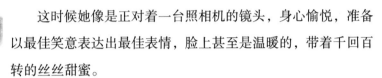

薛定兵说，你要什么都可以，我可以净身出户，所有积蓄都归你……

余致素打断他，还是笑，笑着说，那才没意思哩，何必呢？

这时候她像是正对着一台照相机的镜头，身心愉悦，准备以最佳笑意表达出最佳表情，脸上甚至是温暖的，带着千回百转的丝丝甜蜜。

这样的交手，持续的时间总是特别短，无须几个回合，薛定兵就匆匆败走了。能感觉到薛定兵的别扭，他是拳头打在棉花上，使不上劲。而余致素也绝不恋战，见好就收，刀入库剑进鞘，适可而止的分寸她掌握得炉火纯青。接下去，她给自己悠悠泡一壶正山小种，将身子往下俯，让壶中呵出的热气湿漉漉地喷在脸上。脸上细密地起一层水蒸气了，她扯过一张化妆棉片轻拭轻擦，擦过，端到眼前细细打量，检查上面是否沾上黑头和死皮。棉片是干净的，她才放了心，然后倒出茶，玫瑰红的茶水闪着一层漆光，桂圆般的香味扑鼻而来，她抿一口，打开本子，在上面郑重其事地画上一道。画完，她垂着头叹口气，在腹中轻叹，气都未必泄出体外。待再抬起头，脸上还是风和日丽的，仿佛刚刚沐浴过一道阳光。

她五十多岁了，这个年纪通常意义上都必须以残花败柳来形容，但"残"和"败"这两个词用在余致素身上又十分不确切，就是退几步说，她也未残透未败尽，身板子仍然挺拔昂扬，腰身也适度地收在那里，小腹平整得让很多年轻女孩都自叹不如。必须承认，有些女人是时光无能为力的，她们的巅峰不只在青春期，甚至年轻时姿色平平，不见夺目，渐渐地在不知不觉间竟暗自发酵起来，在本该枯萎凋谢的季节，却像株施足了肥的植物，竟向着繁华绚丽步步逼近，举手投足都渗出万千滋味。当然余致素也没把自己当少女，毕竟有岁数横亘在那里，正在一寸一寸枯去的内里她比谁都看得更清楚。这时候薛定兵说离婚，她不离。

但是，就是时光往前推二三十年，她会离吗？她也不。

那个本子封面本来是牛皮纸，土黄色底色印着一行红字，上面写着"学习纪念"四个红色楷体字，是十三年前省妇联办的一个培训班上发的。十三年前余致素还素面简衣，连头发都未着意烫过。她头发天生微卷，两额旁毫无规矩地自己翻几个翘，打几个旋，既随意又自然，而她则以更随意的方式，在脑后盘个结，用橡皮筋轻轻扎起，一派天然气象，比所有用化学药水加工过的都更柔顺雅致。其实那时她并不知道其中的好，动身去省城前也曾打算到店里烫个发型，却又嫌麻烦，一拖拖到要动身，才对自己生了懊恼，但也仅一闪，就丢脑后了。省城而已，一个培训班而已，她没觉得应该以怎样的花容月貌去应对，或者就是觉得必要，也还不得要领。

省城离她所在的这所城市一百九十多公里，那时高速路还未通车，坐车得三四个小时。单位里平时外出的机会，从主编、副主编、编辑部主任一波波往下轮，一般是轮不到她头上的，就是轮到了，她也提不起兴趣。外面的世界很精彩，但精彩其实是一个人自己内心的反射与投影，一旦内心枯竭，哪还能呼应与点燃？那次报上去的名单是编辑部主任。很巧，临开班前，主任突然发现自己怀孕了，呕吐惊天动地，整个人面条般一下子软得走不动路，只好换个人，这个人就是余致素。余致素本来也可以拒绝，她的拒绝从来没人敢吱声。但那次，她一下子想起自己当年怀女儿甜汁时的狼狈状，这种苦她感同身受，剧烈的妊娠反应当时也差点儿没把她逼死。她说我去吧。一共去了九天，九天后回来一推开门就发现家里变了，也不是具体哪处多了或者少了，只是女人的一种直觉，她嗅出薛定兵身上正徐徐散发出急于破釜沉舟的决然气息。果然不久，薛定兵就开口了，他终于还是开口了，第一次正式提出离婚。我看还是离了吧，你说呢？听起来似乎是个恍惚的设问句，其实已经在腹中长久孕育，只等时机，时机到了，终于破土而出。意外吗？公平地说一点儿都不，但还是像有一把锤子当头砸下。余致素那天照照镜子，镜中那个女人两颊有几星雀斑，眼圈有几分黯淡，不施粉黛，缺少锦衣，除此以外有什么不好？身材修长匀称，容颜也仍相当铿锵，以及脖子，脖子那么光洁挺拔地支撑在那里，上面连一道细纹都没有。

就是在那天，她翻开从培训班上带回的笔记本，在上面画下了第一道横线。她翻得很慢，很优雅，仿佛是坐在舞台上，有千万双眼睛正从台下紧盯着，所以她很绝然地跷着兰花指，宛若明星，宛若名伶，几分自信与自恋，非常入戏。

家中最不稀罕的本来就是各类笔记本了，那时作为市委办公厅主任，薛定兵从单位里带一些本子回家，谁要是说这种行为是贪污，那就是神经有毛病。培训班终归要有纪念品，妇联办的班，发卫生巾也比笔记本实用，余致素拿到本子时，心里有点儿不快，差点儿就要顺手扔进垃圾桶，又怕影响不好，得罪人家，只好背回来。不料，竟然派上这样的用场。

那天在本子上画下第一道横线后，余致素找来一个黑色塑料皮，将牛皮纸封面妥当套好。那个瞬间，她突然想起毛主席的一篇著名文章——《论持久战》。不是先知，只是直觉。很多女人的第六感都灵敏得没有逻辑可言，电光石火，突如其来，就是那么不可思议。她那么想了，结果后来现实就是那么发生了，相当奇妙。

现在算起来，十三年里薛定兵共提出二十五次离婚，平均每年一点九二次，频率可不算太低，可是有用吗？没有。如同唱片上有了划痕，唱针走到那里就卡住了，无论转盘如何转动，都无法将下一句歌词顺畅唱出来。薛定兵连老农都不如哩，余致素想，老农辛苦耕耘，下多少苦力都还有个盼头，只要不出意外，春华之后必定会跟来一个秋实，而薛定兵却只是徒劳努力，然后日子还是纹丝不动地停在原点。既然薛定兵已经提了二十五次，肯定还会有第二十六次、二十七次。不是开玩笑，他是认真的，他真的想离，很想离。问题是这件事根本由不得他。

其实余致素觉得事已至此，同样也由不得自己了。

二

事情需要往回绕一绕，一绕，周丹就出现了。

一眼看上去，周丹的脸很怪，有一种神经质的紧张，时刻在提防着什么。余致素第一次看到的周丹不是真人，是相片，相片夹在一本有些年头的老书里，书名叫"第二次握手"，作者是张扬。这本书余致素不陌生，她在中学时就读到了，那时读的是手抄本，人人都疯了般猛抄，她也抄了。冠兰，我亲爱的弟弟……女主人公丁洁琼的信曾让余致素一遍遍动容，泪沾湿好几条手帕。小说后来正式出版了，余致素却不知道，她那天以女朋友的身份到薛定兵宿舍，刚进门，薛定兵就被一个电话叫到办公室去了。在领导身边做事，最大的特点就是没有稳定的作息时间，昼夜颠倒、三餐混乱是常事，一切都必须围着领导转，这是职业特点，没什么可说的。但因为余致素来了，薛定兵还是有点儿抱歉，他耸耸肩说，领导叫，不得不去。你先待会儿，我尽快回。余致素待在屋里，闲着没事，便到桌上那排简易书架上找书打发时间。结果看到《第二次握手》，书中掉出一张照片。照片是黑白的，没有色彩，但那个春天的明亮景色还是被准确表达出来了，以及照片中人物的欢喜之情——除了周丹，还有另外一个人，是个男的。他们站在湖边，周丹一只手搭在男的肩上，笑得灿烂，而那个男的，斜靠在栏杆上，紧着身子，笑得拘谨，却也快乐。

后来薛定兵说，她是我前妻。

不用说其实余致素也猜到了。清瘦，羞涩，照片上薛定兵那时还多么稚嫩！

余致素和薛定兵认识的时候，薛定兵的前妻周丹已经带着女儿生活在澳大利亚墨尔本了，这个情况余致素清楚，介绍人没有隐瞒，薛定兵也不掩遮：我结过婚，有一个女儿，你要是介意我们就不要来往了。余致素听了笑笑，她其实是介意的，但她还是愿意装出不介意的样子跟他继续交往。二十多年前，这座城市三十三岁就是副处长并没有第二人，而且，薛定兵是两个月前新到任的市委书记专门从江西带过来的，其特殊性马上凸显，人人对他高看几眼。介绍人当时就说，你就等着享福吧，等着过锦衣玉食的好日子吧。这句话很合余致素的心意。她跟薛定兵见面了，交往了，恋爱了，相当顺利。只是关于那个前妻和那个女儿，像隐在草丛中的两根刺，会时不时地突然冒出来，让人浑身蓦然一疼。

你前妻漂亮吗？

一般。

你女儿漂亮吗？

长得像她妈。

关于前面的那场婚姻，他们的对话就到此为止了。什么叫一般？一般的概念是什么？这样的问号一直盘旋在余致素脑子里，她不可能不好奇，真的很想刨根问底。介绍人是她单位一位退休的老大姐，对薛定兵其实也所知有限，在这座城市所有人对薛定兵都所知有限。离过婚，老婆要出国所以把他给甩了，就这些，听起来合情合理。老大姐觉得足够了，行动要迅速，这样前程有金光闪烁的男人，稍有犹豫，马上就会被别人一拥而上哄抢了去。余致素确实很快就与薛定兵见上面，并且很快成为男女恋人，出双入对的似乎很现实，心里却一直是虚幻的，没有真实感，伸出手，她够不着这个男人。她想问的，问很多问题，比如薛定兵和前妻是怎么认识的、恋爱几年结婚又几年，以及他们下决心分道扬镳的真正原因。但她最终还是忍下了，知道问也白问，薛定兵不想说，也不会说。直到书中照片掉出，关于"前妻"，才第一次真实呈现。果然一般，很扁平的一张脸，腮帮外扩，呈方形。细细再瞧，也有不一般处，就是眼睛，眼睛分明与常人有异，间距偏宽了，眼梢又略微上扬，这使她看人时，总有股似是而非的味道，即使纵情笑着，也仍透着几分冷——余致素当时嘘一口气，她终于从这张脸上找到那种神经质紧张感的出处了。接着她再嘘一口气，心里松弛了很多，她记起书上说弱智者往往眼睛间距偏宽。而且从与薛定兵站在一起还差大半个头来判断，这个叫周丹的女人个子最多一米六，而且脖子偏粗，一粗就显得短，一颗脑袋似乎没太多过渡，就直接坐在肩膀上了。这当然有点儿奇怪，余致素能够在众多相亲者中胜出，首先是因为外形，可见薛定兵对女人长相是有要求的，而周丹却从脸蛋到身材都没有出彩之处，薛定兵为什么要走进第一场婚姻？这个问题，在那天薛定兵从办公室回宿舍后，余致素就问了。余致素还重新翻开

《第二次握手》，抽出夹在里头的那张照片。薛定兵瞥过去一眼，脸色霎时黯淡下来，明显不悦。都过去了！说这话时他手摆几下，很随意地摆，手掌仿佛只是挂在臂间的一只瓜，在摆动间，无序地跟着晃动几下。余致素心里突然咯噔了一下。这个动作多么眼熟！这个动作很多人都在做，但那种味道，那股气息，却是独特的，很难模仿的——确实多么相似！这个联想只是一闪而过，还没有停顿下来，就被她忽略掉了。世间很多千头万绪其实早有预兆，不时隐秘地向人们做出种种暗示，可是那年她二十八岁，还太嫩。

二十八岁之前，她从未谈过恋爱，连跟哪个男人略微暧昧点儿的来往都没有。

中学、中专时，身边的同学纷纷陷入情场，一波波地翻江倒海，她却一直冷眼旁观，心若止水。中专她上的是工艺美术学校，学装帧设计，班上女生很多，看上去就像株果实累累的树，别的专业别的年级不断有魔手伸过来，好摘难摘，树上的果实反正是一日日见少。从来没有手伸到她跟前，连那些容貌逊她无数的女生好歹都有深浅不一的风花雪月史，她却一直像泰山顶上那棵松。不是因为长相。入学之前她很普通，据说小时候更普通，粗眉大眼的并不中看，但进入美专后，仿佛一夜之间，突然像舞台上换了一块布景，她的脸虽然鼻还是那鼻，眼还是那眼，却霎时是另外一种绮丽风光了，不是艳丽型的，很平实，却平实得持久耐看，简洁、流畅、立体、有纵深感，这其实比妖媚更难长，也更难保持。那么就是说，小时候她的坯子其实已经是优质的，可那时天下人都没有看出来，只有那个人，那个人在她十一岁的时候，就已经穿透迷雾入木三分地看清了她，于是才有那场浩劫的轰然降临？

她不能往下想，但又总是想。这个问号太大了，像拖在地上的影子，一路跟随着，须臾不离。

她记得第一次跟薛定兵见面时，他眼一抬，就问，哇，你好高。多高？

她说，一米七二。

薛定兵似乎不相信，上下打量着。我以为你至少一米七五以上哩。

余致素无声地笑了笑。她腿很长，长得浑圆挺拔，所以容易让人视觉出现偏差。放在北方，这样的身高一点儿都不出奇，可能马上就被淹没。在这里却不一样，这里像一片高山矮林地，男人女人大都没有长开，很谦逊地短下一截，偶尔一两个海拔凸起，就格外显眼。

你以前跳过舞吧？薛定兵又问。

像跳过舞的？她故意反问。

哈！薛定兵说，看上去样子像。

余致素从他眉眼中看出来的则是他对这种类型女人的喜好。她轻轻咬了咬唇，小声说，很多人都这么说。

其实她没有跳过舞，跳舞是学校文艺宣传队的事，她虽向往，却从未被选进过。如果没有发生那件事，终有一天她会被选入的，她柔韧性那么好，反弓下腰，双掌可以从后面抓住脚腕，整个人像一张纸似的向后折叠起来；或者一条腿一抬就呈一字形举过头顶，腿肚子贴住脑袋，用手兜住，金鸡独立，人就成了一把竖起的剑。女队员自由体操的成套动作伴着无歌词音乐，空翻跟头串始终得与舞蹈动作有机契合。每一次她在场上时，那个人眼总是亮亮的，那个人让别的队员围拢来，说看看看看，看看这样的肢体语言，多美啊，你们都得好好学一学！就是上难度，无论在器械还是在棕垫上，她也都没有问题，别人练那么久都还是磕磕碰碰，她却一点儿都不为难，那个人一示范一指导，她就可以很流畅地就做出来了，舒展而且轻盈，仿佛她上辈子就已经熟练掌握了，只要稍一温习，一切都徐徐记起了。你天生就是练体操的料！这话是那个人说的，那个人说这话时正站在体操馆高低杠旁，双手抱在胸前，手插在胳肢窝下，500瓦的大灯泡正好挂在他头顶，灯光打下来，他脸上的颜色有很大变化，偏黄，黄中又泛着点儿红，看上去有点儿迷离，几乎像是塑料的。

练体操与跳舞其实有很多相似之处，肢体都必须被反复锤打。她曾练过三年多体操，闭上眼还能闻到棕垫的青涩气味，还能触摸到平衡木光滑坚硬的质感，还能听到高低杠被身体带动的嘎嘎作响声，以及看到跳马时抹满镁粉的双手在横马皮革面上拍打起的白色粉尘。在它们之间，她曾可以多么自如地翻滚扑腾，但她没告诉薛定兵。"很多人也都这么说"，这话表达得很委婉，不置可否。她相信薛定兵看得出她身体姿态上的特点，三年多的童子功，每天清晨与傍晚从不间断地压腿、下腰、腾空跳跃，一切都已经徐徐潜入她体内，并且顽固地躲藏在每个角落。那个人那时说过，你一上场，甚至一个眼神一个表情，都在成就你或者毁灭你。印象分，知道吗？印象分！

那人又说，容颜会老，气质永生！

那人还说，肌肉也是有记忆的，今天决定未来！

四十年前，除了那个人之外，余致素不可能从第二个人嘴里听到关于印象分、气质、肢体语言和肌肉记忆这样的表述，也不会有人懂得如何教她、教整个体操队的小女孩怎样从一颦一笑以及举手投足间，将女性的特质一丝一缕刻意铸造，深入骨髓。她脖子那么纤长，腰背那么柔软，双脚还微微外八字，永远处于挺胸收腹状态，这一切都呈现着被舞蹈美化过的种种特质，但她确实没有跳过舞。

在看到周丹照片之前，余致素一直以为是因为自己的身高与身材，薛定兵才会将她看进眼里。薛定兵打量女人的眼神，分明是内行而且挑剔的，据此来猜测他的前妻，薛定兵虽有"一般"的评判，在余致素看来也该一般得几分花容几许月貌，不料竟是那样普通。

在见过周丹照片之后的第二个月，余致素嫁给了薛定兵。

三

周丹是出现在那场婚礼上唯一的薛家亲人代表。薛定兵向客人介绍说，这是我姐姐。

薛定兵没有母亲，母亲在他十七岁那年去世了；薛定兵有父亲，父亲在江西一个边远的小乡镇。薛定兵本来一直说父亲会来，肯定会来，肯定会提前几天来，但是突然又来不了，据说是生病。什么病？不知道。薛定兵还有一个妹妹，妹妹在日本，跟他早就没有来往，跟父亲也没来往，十多年踪迹全无。薛家对余致素来说，那时还谜一样高深莫测，余致素简单地认为，她只嫁薛定兵一人，就如同她自己一样，她也没打算将家人逐一贡献出来，让薛定兵见面认识。她自己的婚姻，跟别人无关。

周丹本来更无关，周丹却款款出席婚礼了。

薛定兵跟随履新的市委书记从江西到达这座城市时，就是孤身一人的。档案里有记载他的婚姻状况，知道他离异了，所育一女判给了对方，但没有人见过他前妻和女儿。那个把他当宝贝一样使用的市委书记，应该是知道底细的，只是书记没有说出来，也没人敢问。

关于结婚，薛定兵本来是高兴的，非常高兴，由此推断他对余致素原先也是喜欢的，相当喜欢。那时市委机关事务局分一套砖混结构的小单元房给薛定兵，只有五十多平方米，已经是老房子了，鼠蚁遍地走，蟑螂四处爬。薛定兵从办公厅单身宿舍楼搬到小单元房，清洗、粉刷、购买家具与电器都是自己动手，干得非常欢快，眉宇间都是对即将展开的新生活的欣喜与渴望。但他的这份欣喜在婚礼举办前一个星期，却戛然而止了。

婚礼开始前一个星期，有个电话打给薛定兵，电话响起来时，余致素也在场，就在即将成为他们洞房的小单元里。当时两人正在床上，这是第一次。之前余致素守身如玉，一直小心维护着自己。薛定兵有过婚姻，还有女儿，已经算老手了，她却不是，她还是处女，这样失衡的两个男女相处，有许多微妙的分寸需要余致素自己把握。她把握得不错，步步为营，滴水不漏。直至这一天，这一天他们刚刚领了结婚证，婚礼的请柬前一天也已经广泛发出，很明显，瓜已经熟，蒂可以落。怀揣着鲜红的结婚证书一进门，薛定兵就揽住余致素，余致素没有再反抗，而是很有分寸地仰起头迎合了。这个姿态保持了片刻，两个人像一对磁性很好的吸盘，紧紧粘在一起，然后就很自然地到了床上。这一刻薛定兵肯定等了很久，余致素说不等就是撒谎，所以整个过程非常流畅，半丝艰涩别扭都不曾有。偃旗息鼓时，薛定兵嘘一口气，伸出手指头在余致素额上点两下，叫了声：薛太！余致素头在他胳肢窝蹭了蹭，说薛太可以，薛太太也可以，但薛老太太不可以。薛定兵大笑，嘴咧得很大，眼却眯得不见踪影。笑声未落，电话铃声响了。

那一通电话很漫长，主要是对方在说，薛定兵心神不宁，半晌才嗯嗯应一声，偶尔开口，说的也不是普通话，而是江西土话。薛定兵说过他父亲生活在江西，可是话筒里隐约传来的分明是个女人的声音。女人的情绪似乎很激动，语速极快，不时还尖厉一下。

余致素静静躺着，慢慢有一种坐到过山车上的感觉，仿佛有股看不见的速度正将她往旁边甩出去。话筒里传来第一声喂时，薛定兵就像被电烫着，猛地把头往旁侧开了。傻子也看得出，他吓了一跳，他不愿让余致素听到电话里的声音，而原先兜在余致素肩上的手则松开了，一点儿一点儿地松。余致素起床穿上衣服，避到一旁。她没必要贴那么近让人家不自在，这个修养她有。

薛定兵放下话筒时，余致素似乎很随意地问：是谁呀？

薛定兵说一个熟人。

什么事？

没事。

余致素很清楚，肯定有事，没事薛定兵的肢体语言不会那么紧张。但她没有往下问，她不问，她走了。

那天晚上已经做好在那里留宿的准备，薛定兵本来也有这意思，两人心照不宣地准备共度人生的第一个夜晚。然而，一个电话来了。谁的电话，电话的内容，余致素都不知道。能够清晰起来的只有一件事：气氛坏了，情绪败了。然后余致素走了。余致素一边走一边被两腿间隐约的疼痛所刺激。她有点儿心慌，路都走得不太稳。有一个疑问此时比身体的疼痛更锐利：刚才是不是太草率了？

薛定兵没有送她，接下去几天，也悄然无声。余致素那时修炼还不够，想忍着，却终于没忍住，打去电话，他接起，心不在焉地应答着。话筒有很多杂音，是风刮过的响声。余致素警觉地问，你外出了？薛定兵说，是的。余致素问，去哪儿了？薛定兵说，东坑村。东坑村在江西，就是薛定兵的老家。余致素舔舔嘴唇，犹豫了一下，还是说，老薛，如果有什么事，你得跟我说。薛定兵说，没事，能有什么事。余致素感觉很不好。他们认识的时间不算长，半年前介绍人才牵的线，但认识一个人半年似乎也够了。余致素本来以为自己已经熟悉薛定兵了，这个人有城府，城府很深，很多话都咽在腹中，轻易不往外吐，算起来应该也是他的职业特点吧。余致素原本也没指望另一个人向她滔滔不绝倾倒所有秘密，她耳朵浅，太多的事她装不下。作为男女朋友，该问候该安抚该开玩笑，薛定兵都做得很好，以后成夫妻他肯定也不会做得太差，这样就够了。但是，忽然觉得不够，很糟糕，这半年里他不是每天都给她电话，但凡有外出，他从来都会告知一声，几时走几时回，一定详言细说，这一次却没有。

一个星期后就要举行婚礼，婚礼还办不办？

婚礼如期举行。婚礼前两天，薛定兵去机场接人。薛定兵去接人也没跟余致素说，余致素先是接到酒楼的电话，原先他们已经向酒楼预订下酒席，下了订金，酒楼要备菜了，所以向她确认一下。她说过一会儿回复。过了一会儿她并没回复，酒楼再来电话问，她还是说过一会儿回复。这一会儿又一会儿期间，她一直犹豫不决，最后还是拨通了薛定兵的电话。她问，你在哪？他说，机场。干吗？接人。市委办公厅接待任务重，三天两头有上级领导来或者往，薛定兵去机场接送不奇怪，余致素当时没多想，她问了酒席的事，她说，还要不要办呢？薛定兵说，能不办吗？顿一下又说，办吧。两句话中间停顿的那个片刻，话筒里悄无声息，但余致素分明还是听到了叹息声，很轻微，但很真切。她本来脱口想说"要不算了?"，但话被她及时压在舌尖底下，没有吐出去。

从交往的第一天起，她都更主动。那年她已经二十八岁，正一步步向枯萎凋零的年龄靠近，周围的人之前反复问怎么还不结婚、怎么还没有男朋友。她一直以"不急，还早着啦"来应对，终究心还是一天天虚起来。偶尔回父母家，进门那一瞬，父亲眼睛总是绕过她，瞥向她身后，她身后是空的，父亲的眼神就一下子黯淡下来，连理一理她都需要强打起精神。

别人的眼光她可以不在乎，但父亲的她不能不在意。不是因为爱父亲，而是因为父亲背后还有一个母亲。她是家里最小的一个孩子，时间往前推四十年，这个家中最小的女儿，差点儿被全家人一起下手掐死。是的，那年她差点儿死了。侥幸活下来，活到二十八岁时，却还未出嫁，父亲那一瞥不是在祝福，而是在埋怨，在鄙视。

她无言以对。余家的孩子从小就被教导一个理论：万般皆下品，唯有做官高。早年家里穷，买不起电视，父亲每天晚上七点整，总是身子紧紧趴到窗户上，他本来就瘦，趴在那里显得更瘦，像一条干咸带鱼晾到窗台上。父亲要干什么呢？他要知道从隔壁邻居家里传来的《新闻联播》内容，却又不能让邻居发现，所以头还不能伸得太出去，只能将肚子用力压在窗子的木框上，支着耳朵，仅仅听到声音，根本不可能看到图像。就是寒冬腊月，他也那么趴着，刺骨的风从敞开的窗子灌进来，一家人冻得缩成一团，鼻涕吱吱地吸，却没人敢吭一声。吭是没用的，父亲的这个举动早已得到母亲的鼎力支持，她支持的是他的事业。母亲义正词严地盯着喊冷的子女，慨然问：你爸不听听中央的声音，不了解一下领导的动向，他能进步吗？父亲渴望进步，父亲需要进步，这在一家人看来已经是天经地义的事了。可是父亲最终并没有如愿腾达，一直到退休也只是一介副科员，为了能够争取一个正科的待遇，投诉信雪片般飞向各级各层领导，弄得鸡飞狗跳面红脖子粗，最后仍然未遂。

父亲曾因此归咎于余致素。都是你害的！这句话父亲重复的次数胜过天上的星辰，而且通常不是平静地说，而是咆哮，是怒吼，吼过之后，一个大巴掌还可能跟着就落到余致素脸上。四十年前，在她十一岁的时候，父亲确实还处于盛年，作为县农业局的老干事，他终日眼巴巴地讨好这个官员接近那个上级，突然因为她，她出了那件事，整个县城为之哗然。按之前定下的计划，父亲认为自己一年内当上副局长是可能的，三五年后升局长，再三五年争取副县长或县委副书记，一步一个脚印，一脚印踩在一个台阶上。但是从干事到副局长，他却有着漫长的空白期，然后终于当上副局长后，又无休止地不再挪动。后来局长退休，由他主持工作，主持了一年半，却仍然没有正式给予任命，终于到了六十岁，人事局一纸公文就命他退休。

都是你害的！妈的都是你害的！

那天父亲从单位回来，几乎拖着哭腔吼，然后把自己关在卧室里，晚饭也不吃。

那时余致素二十六岁，已经工作，恰好回家，撞上父亲退休这一幕。那晚她也吃不下饭，接着还一夜未眠。父亲的际遇与她十一岁那年发生的事真的有关联吗？真的是她把父亲害了？没有人回答她。她把身子蜷成一团，双手团在腹部，双膝抵住胸前，像一只触碰到危险的昆虫。这个姿势以前她经常做，从十一岁起就经常做。她蜷了一夜，第二天一大早就提着行李离开县城回到城里，没有跟家里任何人打过招呼。

那个家除了父母，还有两个哥哥两个嫂子以及一个已经出嫁的姐姐。哥哥一个开酒楼，一个从县汽配厂下岗后开起汽车修配店，而姐姐高中都没毕业，幸亏有点儿姿色，嫁给一个以贩运水产起家的小老板。他们三人腰包都不瘪，属于先富起来的人群，但钱还远没有多到足以让父亲脸上有光的地步。很简单，要害之处在于哥哥姐姐三人都讨厌书本。有钱人要贴近官场已经不是多难的事，但是余家的老大老二老三起点那么低，根本不可能弄出气象，只能泯然众矣，哪里能跟官沾上半点边？

这一切，其实是余致素要嫁给薛定兵的背景，或者说是铺垫，她需要这场婚姻。好不容易有人介绍了这样一个仕途前程在望的人，好不容易挨到婚姻的大门外，她得再顶一顶，不能自己主动毁掉。关键是那天，在电话响起之前，她已经躺上薛

燕式平衡

85

定兵的床，在那张床上，她成为女人，一切就这样成了定局。对她而言，男人曾经是多么肮脏的一种东西，她远远地逃了十几年，终于还是上了床。她不会再上第二张床，所以只能咬着牙往上顶。

当然，如果那天她知道薛定兵去机场接的是谁，可能就顶不住了。

薛定兵接的人是周丹。

四

有一点薛定兵没有撒谎，周丹的确比他大，大两岁，称姐姐不能算错。得承认，与那张黑白照片中相比，站在眼前的周丹要丰韵很多，连那双间距过宽的眼睛，因为化妆的缘故，也没那么别扭了。她让人想起一个词：风度。女人就是这样，年轻的时候靠五官，上了年纪后单兵出击根本不行了，只能拼整体气质，得将从岁月中捕获到的所有资本都调动起来，集团作战，才能现出山高水深。

那次周丹不是专程为参加婚礼而从墨尔本飞回的，应该正相反，她想阻止婚礼，这是余致素后来知道的。

作为早已退出薛定兵生活的女人，在薛定兵重新结婚前两天，周丹突然飞临这座城市。她到来的第二天，薛定兵来找余致素，没有上楼，只在楼下打了个电话，让余致素下来。余致素正穿着睡衣、蓬乱着头靠在床头百无聊赖地翻书，她懒得动，她说，你上来。薛定兵说你下来。余致素深吸了一口气，最终还是做出妥协。按说这会儿她也没有多少情绪见薛定兵，婚礼之前的这几天，本应该是两人最激情与密切的时候，一起为操持婚礼有说不完的话办不完的事，可是，薛定兵这些天都干吗去了？她是有气的，但她下意识里还保持着理智，她得忍着，不能节外生枝。她下楼了，她住的也是单位逼仄的单身宿舍楼，土木结构，两层楼高，陈旧、幽暗，霉气四溢，到处挤挤挨挨磕磕碰碰。睡衣没有换，头发没有梳，趿拉着拖鞋，带着一股破罐破摔的颓败劲，就这么疲疲沓沓地往下走，走到楼道口，一抬头，看到薛定兵，猛然吓了一跳。他瘦了，一下子缩了一大圈，而且眼睛发红，眼神很浊。余致素站在原地，脑子嗡嗡嗡地空白了很久，半晌才接着往前走，走到薛定兵跟前。你怎么啦？薛定兵咧了咧嘴，笑一笑，又短促地看了她一眼，抽出烟点上。你会抽烟？余致素再次吃惊，之前她从来没见他碰过烟。薛定兵说，偶尔。

接下去两人都不说话，站了很久。远处好像挂了一块银幕，正有精彩的戏上演，薛定兵一直盯住那边，脸都不肯对过来。烟从他口中徐徐往外吐，越积越多的烟气，宛若一张渐渐扩大的塑料薄膜，将两人隔在两端。余致素在心里暗暗开始读秒，六十秒一分钟，她数过一分钟，又数一分钟，她想如果再数一分钟薛定兵还不说什么，她就反身回宿舍了，干站着有什么意思？但还没等薛定兵开口，她自己先开口了。她说，老薛，发生什么了？

薛定兵打量着她，神情很奇怪。余致素问，怎么啦？薛定兵说，你家在青山县城？余致素说，是啊，你不是早知道了？薛定兵唇动了动，将手中的烟蒂丢掉。你小时候练过体操？余致素说，是啊，你怎么知道？薛定兵没有答，低着头，左脚跟踮起，脚尖往地上的泥巴上用力地踩了几下。隔一会儿，他抬起头，定定地看着余致素，脸上没有表情。他说，有人在那边看你。

余致素心一跳，警觉地问：谁？

周丹。

余致素晃动一下，后背猛地一烫，一股血从尾椎猛地冲上后脑勺。她下意识地用双手交叉着团住身子，转动头，四下看了看，没看到有人。

没什么，要看让她看吧。薛定兵挥了一下手，下巴往上一抬。明天婚礼照常举行，下午四点，我来接你。这几句话，他说得很短促，语气加重了。然后，他又说，明天她也会去。

余致素看着薛定兵，她一下子明白过来了，那天晚上的那个神秘电话就是周丹打来的，周丹打了电话，然后并不罢休，又从遥远的墨尔本赶来，她究竟想干什么？无论她想干什么，你薛定兵究竟又想怎么配合呢？这些问题余致素打算问一问，问个明白，她有资格知道真相。但是还没等她开口，薛定兵就已经转过身，大步走掉了，留下一个背影。

薛定兵走路并不矫健，脚后跟仿佛过于沉重，腿凝滞着，每一步都微微往后坠。他是平足吧？余致素第一次意识到这点。她不喜欢平足的人。在体操房里那几年，她和同伴得一次次长时间跪在棕垫上，绷直上身，将整个身子的重量压住自己的后脚跟。脚弓，那个人对深凹的脚弓多么迷恋而且锲而不舍，每天都要仔细查看每个人的脚板。他会一手插兜，一手习惯性地捏着一只软底体操鞋走来走去，走到谁跟前，用体操鞋往下一指。抬起来看看！他喝道。如果看到的是扁平肥厚的脚底，他总是眉一拧，扬起体操鞋，重重敲下去。他说过，脚弓的美才是女人最隐秘也是最传神的美，脚弓越高，走路才越轻盈灵巧，才能走出音乐的韵味来。

这话错了吗？一点儿都没错。这么多年，余致素差不多总能将平足男女从芸芸众生中一眼就识别出来。她有时想辨析一下自己眼光的对错，实在按捺不住好奇，还会要求人家把脚板翻过来看一看，只要一下，就像当年那个人对她以及她的同伴们做的一样。很不幸，她总是对的。

但是对薛定兵，她却直到此时才发现。这不太合理，有点儿难以置信。唯一找得到的理由是，她可能真的恋爱了，爱情让她眼睛失去了敏感度。另外，这半年的交往中，每次约会都是那么匆忙又那么逼仄，在他狭窄的宿舍或者黑灯瞎火的电影院里，她只注意他身体的上半段，只注意脸部表情，其余的忽略了。

第一次，她站在那里，目送他远去。

没有人知道那时她多么想冲上去，竭力尖叫一声，操起随便什么硬物，一下将他打倒在地，再狠踹几脚。

后来，一直到许多日子之后，余致素想起这天，胸口上还是有股火一下子冲上来。她这是见了什么鬼啊，在结婚的前一天，她的未婚夫竟然带着前妻来看她，不是光明磊落地看，而是把她叫下楼，让她在明处，前妻在暗处，而她偏偏毫无防备，那么邋遢地现身。这能饶恕吗？她不能！"要看就让她看吧"，这话什么意思？这话说明是周丹要看，薛定兵于是就让她看。明明是自己结婚，与前妻屁关系，竟把前妻带来了，这种事只有软蛋才做得出来。可是薛定兵哪里是这种男人？他一向强硬，这半年，在两人交往的过程中，虽然他从未对余致素发过火，却也从未有过迁就让步的时候，从肢体，从语气，从行动上，处处都透着股凛然之气，无时不铿锵作响。可是周丹要看余致素，他就带来了。这说明什么？说明他强硬，而周丹更强硬。

余致素就是在那一刻下了决心，无论如何，明天的婚她结定了。明天周丹也会去，也会出席婚礼，明天是个荒谬的日子！她必须拼出全部心力精致梳妆，必须笑容可掬、谈笑风生、光彩照人。周丹比薛定兵大两岁，而她比薛定兵小五岁，单单岁数她就占优无数，更何况她个子比周丹高一个头，她练过体操，她被那个人严格而专业训练过的肢体，仍然由内而外徐徐散发着特殊韵味。明天她一定要把今天蓬头垢面的失地一把夺回。

第二天周丹果然来了。

余致素按薛定兵向宾客们所介绍的称呼，喊周丹姐姐，她把字咬得很重，表情却是若无其事的，仿佛浑然不知，装傻她会。她还特地向周丹敬酒，敬薛家唯一出席婚礼的亲人代表。周丹跟她碰杯了，但杯抵达唇边时，动作就停止了，酒半口都没有往下喝。

这是她们严格意义上的第一次见面，很显然余致素在这个回合赢了。整个晚上周丹肃然端坐，就是有笑容，也仅是薄薄的一层，挂在皮上，供别人观看。而余致素，她前二十八年的生命，仿佛全是为这一晚积蓄力量、智慧、美貌与喜悦的，穿梭于桌与桌、人与人之间，她谈笑风生，妙语连珠，流光溢彩得连自己都相当陌生。这一晚成为她人生的分水岭，她看到另一个自己。十一岁以前她也许原本就是活泼的？她不知道，忘了。她只记得十一岁之后自己的沉默，恐惧山一样覆盖下来，密密实实笼罩住她，任何热闹场合都令她身上一阵阵起鸡皮疙瘩，她成了蚯蚓，独自在幽暗的地下静静穿行，终日恍恍惚惚，不言不语，魂不守舍。但是这一晚，她涅槃了，脱胎换骨了，焕然一新了。

她相信新郎薛定兵肯定对此惊诧得暗暗倒吸了好几口冷气。

还有另外几个人，她的父亲、母亲、哥哥姐姐嫂子姐夫们，他们都从三十多公里外的青山县城赶来的，一个个眼睛都跟着她打转，止不住的吃惊山洪般从他们眼中竞相喷射出来。他们该吃惊的，他们这个晚上只是处于吃惊的开端，余致素，余家最小的女儿，从那天起真的就成了一股旋风，刮得他们越来越眼花缭乱。

那晚，在某个短暂的间隙，余致素坐在她新娘座上将杯盏交错鱼肉纵横的酒席款款扫过一眼，然后她悄然问自己：如果不是已经从单位开出证明打了结婚证，如果不是已经把婚礼请柬广泛发放出去，这场婚薛定兵还愿意结吗？那么，是不是也可以理解为，这场婚其实是结给别人看的？

五

余致素有时想，她五十一岁生命就像一条带鱼，如果非要动手切出几段的话，十一岁那里下一刀，二十八岁嫁给薛定兵又一刀，十三年前薛定兵第一次说出离婚时再一刀。十三年前，她已经三十八岁，从二十八岁到三十八岁，她在婚姻中已经待了十年，连女儿甜汁都已经九岁。甜汁就是余致素第一次躺到薛定兵床上那次播下的种，婚后还不等她定下神，强烈的妊娠反应就已经将她一股脑儿席卷去了。吐，接二连三地吐，任何味道都可能成为她呕吐的催化剂，鼻子一闻，肠胃就翻了，连胆汁都往外倒，响声骇人。

刚开始，薛定兵对甜汁的到来并不欢迎，谁坑了他似的，余致素的整个孕期他脸都是寡淡的，时不时眉头就皱起来。家对门的小单元里，那时合住着两个大学毕业新分配到办公厅的年轻人，一个是唐必仁，一个是贺俭光。贺俭光有天早上来叩门，说一直听到余致素的呕吐声，不好意思，想问一下，是有

92

喜了吧？余致素记得，当时薛定兵脸上是笑着的，但笑后面的不悦已经磅礴汹涌，看上去他几乎有被冒犯的恼怒。哪有年轻男孩这么直白地过问别人家女人怀孕的事？这个别人还是他的领导，连余致素都未免几分诧异。贺俭光很敏感，马上说，噢，我妈是妇幼保健院的护士长，我的意思是，要是想上那儿检查，我可以带你们找最好的医生。

其实薛定兵要想出面找保健院的好医生根本不是太难的事，他懒得找，他不觉得有这个必要。但余致素觉得必要。余致素那天果真跟贺俭光去了保健院。那天小腹有下坠感，隐隐作痛，虚汗一层层冒，她顿时心提到嗓子眼儿，怀疑是流产先兆。贺俭光叩门之前，她把这些症状跟薛定兵说过，薛定兵心不在焉地挠挠头。你怎么老这么疑神疑鬼！他显然不以为然。余致素心里一拧，胃马上跟着就一绞，她立即冲向卫生间，呕出一口呛鼻的酸水。很奇怪，之前她丝毫没有做母亲的欲望，婴幼儿粉粉嫩嫩的模样从来没有打动过她，但是从确认怀孕那一刻起，仿佛一道闸被蓦地打开了，洪流奔涌，涌动的竟是滔天的母爱。这个孩子对她太重要了，她得生下来，生下来手中就多出一张牌了，或许是唯一的牌。

甜汁，这小名是她取的。有点儿俗，但很喜气。缺什么补什么。

甜汁出生时，周丹又回了一次国。她竟然比薛定兵更高兴，抱起甜汁一直夸漂亮，甚至把薛定兵拖过来，说，你看你看，不知比娅妞好看多少倍啊！

娅妞是他们的女儿，那时正在墨尔本读书。

一直到那时，薛家的一个重要人物都没有出场，包括薛定兵的父亲。

婚礼时他父亲本来说要来，突然病了没来，然后，就再无音讯。明明有父亲，父亲却一直未露面，平时薛定兵也极少提起，他不提，余致素也不问。她不觉得奇怪，很正常，她自己的父母，也基本不会出现在她嘴边。她不像其他人家的女儿，乐意当贴心小棉袄。她没法贴，甚至只要想一想，都觉得矫情。甜汁出生了，她的父母以及哥哥姐姐一个接一个打来电话，说要从青山县城赶来探望，甚至说已经向农家买了十几只土公鸡，急着要送来，热情浓似火。她没有半丝犹豫，马上以坚硬的语气拒绝了。别来！不用来！

婚礼时她曾将他们请来，那是故意的。全部，一个不落下，都来。然后，够了，没有更多必要再虚假地亲热下去。他们曾经多么讨厌她，因为那件事，他们几乎联手将十一岁的她置于死地。她没有恨，只有恐惧，恐惧像一团烈焰，把所有温情逐一吞掉了。所谓一家人，那是他们几个人之间的概念，她没有。她已经习惯那样一种清淡的游离，像风筝一样孤独飘着，飘了十几年，突然因为她嫁给薛定兵，他们又一拥而上，试图重新将她焐热，热至彼此无间地相融到一起——这怎么可能？

天下这么古怪的家庭不是太多，但也一定少不了。薛定兵家里会不会也类似呢？

薛家让一个前妻作为代表，公然出现在前夫婚礼上，这样的行径多么不可思议！然后，甜汁一出生，这个前妻又轰隆隆热烈登场。

　　薛定兵应该没有告诉过周丹，说自己已经把她的身份向余致素挑明。周丹抱着甜汁说，叫姑妈，叫姑妈。她的表情不做作，挺自然的。真的由衷喜欢前夫的另一个孩子吗，跟另一个女人生下的孩子？如果周丹确实仍是薛家密不可分的一分子，那么这个薛家，不是比余家更匪夷所思？

　　既然人家大摇大摆地来了，余致素就必须好好应对。

　　她从来没给周丹脸色看，不需要的，她已不是过去那个余致素。谈笑风生的分寸余致素拿捏得很好，单独相处时，她甚至还会嘻嘻笑着将薛定兵一些可笑好玩的癖好告诉周丹，仿佛对方确实是丈夫的姐姐，她的大姑子，而她则是一个幸福满足的妻子。场面几乎有温馨感。

　　甜汁出生那次，不是周丹最后一次出现，之后每年，周丹都会从墨尔本飞来一两次，不会待久，一般两三天。冬天嫌太冷了，夏天说太热了，再或者就是嫌湿气太重，骨头难受。这座城市既然有诸多弊端，好好在她那美好的墨尔本待着便是了，何必一趟趟飞来？但她就是要来，说来就来，想走就走，像流感一样没有什么规律。也不住薛定兵家，而是在外住，住哪里她没告诉余致素，不外乎哪家酒店吧，档次必定还不会低，没有四星级都免谈。

　　从来没听到周丹在墨尔本是靠什么谋生的，偶尔提到自己在墨尔本的日子，三言两语也就带过了，归纳起来几乎都围绕着那个著名的皇冠娱乐中心：玩玩角子机，看看电影，泡泡咖啡厅，然后就是逛商店做美容，日子精致而悠闲。余致素弄出很羡慕的表情，感叹道，真是资本主义的生活啊。周丹听了，笑笑，回头瞟了薛定兵一眼。

余致素感觉到了，薛定兵很惮周丹，不是语言上怎么谦卑或者举止上如何迁就，甚至相反，周丹时时做奉迎状，客客气气，唯唯诺诺，但她的霸气和盛气，还是在一片谦恭中汹涌渗出，而薛定兵则温顺地驯服在这样的霸气下。每次周丹来，薛定兵必定去机场接，走时再到机场送。除了上级，除了公务，薛定兵还肯对谁这么尽心尽力？

余致素说，你像她孙子。

余致素又说，你像是她养大的。

这两句话都难听，可是脸上的表情却不坏，她眯缝着眼，笑嘻嘻的样子，看上去像在开玩笑。薛定兵肯定知道她没有开玩笑的心情，或者想开，也不会选择他作为对象。以前余致素不是尖牙利齿之人，现在是了，对薛定兵是，一开口就句句都被她削成尖尖的利刺，闪着亮光，飞扑而去。薛定兵没有回应，在家中他是缄默的，话越来越少。甜汁出生的第二年，他已经由副主任顺理成章地升为主任，主任很忙，被戏称为大秘，要伺候那么多领导，上上下下辛苦周旋，左右灵光，就是有十八双手都不一定嫌多。市委办公厅给每个主任、副主任都备一间小卧室，就在办公室的楼上，紧挨着领导会议室，一种召之即来的架势，其他人平时真派上用场的并不多，只有薛定兵结结实实地用起来。市委书记晚上一在办公室，整个办公厅都灯火辉煌，没有命令，却是人人都约定俗成一起陪加班。加完班，别人回去了，薛定兵继续留下，留到半夜，就上楼睡下，第二天接着上班。可以认为是敬业或者勤政，别人这么说时，薛定兵谦虚了一下，没有否认。

只有余致素最清楚，他只是找到一个合适的借口，避开家。他不愿回家。

那时候，薛定兵面前有着多么广阔的仕途前景，上下都有目共睹了他的能力，文好，字好，口才好，并且脑子冷静，思维清晰，举止果断，任何一件事交到他手上，心就可以完全一松。无论多棘手，他都可以干净利索地解决好，解决得流畅漂亮，所以老大对他才会格外倚重，走到哪儿带到哪儿。周丹跟余致素说过，周丹说，阿兵真能干，很早以前我就说过了，他会有出息的，他脑子多好用啊！她叫薛定兵阿兵。而薛定兵叫她丹丹，对余致素，从认识那一天起薛定兵就是连名带姓一股脑儿叫，余致素也一样，叫薛定兵，不叫阿兵。阿兵仿佛是周丹专用的，周丹叫起来顺滑甜柔，那么自然而然。

平心而论，余致素没有吃醋，或者曾经吃过后来释然了。人必须对生活低头，这没什么可说的。摊上什么命，都得全力面对。对这场婚姻她那时还是有指望的，指望不是因为爱，爱或许一开始就似是而非游移闪烁。她需要的无非是婚姻这个形式而已。婚结了，生下甜汁了，有了女儿，生活本来可以出现转折，像天下绝大多数男女一样，平静寡淡往下过，就是摇摇晃晃，也可以一生一世。

没想到，怎么低头都不管用。十三年前，当余致素去省城参加过那场培训班，一回来，薛定兵还是提出了离婚，并且从此不肯罢休，一而再反复提。

六

刚开始说离婚时，薛定兵是强势的，话一句一句都很硬，简直不容置疑。但他从来不当着甜汁的面说，他悄悄说，脸色阴郁，目光锐利。这时候只要甜汁突然出现，他的脸就马上一换，明亮而且慈祥。甜汁还在肚子里时，薛定兵毫无兴趣，等到小妖精出生，薛定兵突然间掉转了一百八十度。那个五官精致的小美人总是转动龙眼核般黑乎乎的大眼，惊奇地打量他，那种眼神，就是天使。再大一点儿，每天回家，开门时薛定兵都要做好可能被扑倒仰翻在地的思想准备，只要甜汁在家，她会从任何方向他奔来，速度极快地吊上他脖子，那份欣喜与依恋，带着能烤化钢板的热度，谁都不能无动于衷。余致素很高兴他心肝宝贝地宠起甜汁，这样很好。薛定兵说，离婚是我们自己的事，你不要让甜汁知道。余致素说，我一定要让她知道。薛定兵说，你这样很可笑，好合好散，对彼此都有好处，别害了甜汁。余致素说，那不行，我一定要害甜汁。有一次说到极端，薛定兵摆出一拼到底的凶狠架势，武力几乎都要用上。余致素眼见着挡不住了，脑中突然灵光一闪，想出一句至关重要的话，她说，一定要离也可以，这样吧，我先在饭里下毒，让甜汁死。她死了，天下就太平了。

余致素看到，刹那间，薛定兵像一根点燃起来的稻草，一截一截地短了、气焰灭了。

那时候甜汁还在读小学，有着水嫩的皮肤和稚嫩的声音，但风情却已经提前开始发芽，无论行走还是坐姿，都已经有四溢的媚态，媚态附在她骨子和血肉中，并且见风就长，摇曳生姿。天生尤物，世间真的有这样的人儿啊。余致素看着她，常常会恍惚。如果十一岁那年没有碰到那件事和那个人，是不是自己本质上也是柔媚入骨的？否则甜汁这一切遗传自何处？

离婚的话题后来淡过一阵，像蛇进入了冬季，蜷起了身子，似乎不见踪迹，事实上却并没有根除。歇一阵，薛定兵又会开始新一轮的进攻，只是换了一种方式，他说得委婉，以商量的口吻，诲人不倦的样子，似乎很温和，句与句之间却仍然是决绝的、不容置疑的、急不可耐的。还是离了吧，这样大家都很辛苦，是不是？不是！余致素答得毫不含糊，她已经不是以前的余致素，她知道自己立于怎样的境地，甜汁这张牌挺顺手的，可以一直往下打。

他们已经早就不住在市委分的那套小单元里了，家一共搬了两次，第一次在十五年前，办公厅集资建房，分给薛定兵一套一百平方米的房子。又过了几年，再买一套房，就是现在住的锦绣小区。

锦绣小区的房子是六年前买下的，掏钱的人是薛定兵，户主名字写的却是余致素。购房的过程余致素一无所知，蛛丝马迹都没有发觉，然后有一天，薛定兵叫上她，让她去一个地方，这个地方叫锦绣小区，一个不大的楼盘，只有八幢十八至二十层不等的楼房，但地点很好，位于温泉公园边上，五十米开外就是全市最繁华的商业圈，明眼人一看就知道升值空间很大。

那时地产商刚交了钥匙，就已经有几个性急的业主开始雇人搬运水泥与沙砖了，青石板铺出的小区通道因此被弄脏，污黑东一簇西一簇，鞋底与石面的沙子触碰，吱吱地响，牙都跟着发酸。余致素走得很从容，很优雅，很有节奏感，像是赴一场盛会。她还没弄清薛定兵的真正用意，薛定兵只是让她来一下，让她去看看，具体看什么？他不说。她也没问，只是心里一跳，知道非同一般。会不会看一个嗷嗷待哺的粉嫩婴儿？直到走进这个烟火气尚未弥漫开来的簇新小区，她才一下子明白过来，原来不是幼小的新生命，但区别也不是太大，是新房子。

那天进电梯必须用"挤"来形容。电梯本来不小，但因为怕不锈钢墙面被上上下下搬运的装修材料刮擦，所以物业在三面墙体上钉了一层厚木板加以保护，于是空间便马上小了一大圈。余致素跨进电梯时，里头已经塞满了十几箱玻化砖，几个搬砖的工人穿着厚厚的工装，后背上的布全都湿湿地贴住皮肉，发出浓烈的馊味，有热气扑来。

房子不高，在第六层，只是毛坯房，除了卫生间和厨房有隔断，其余空间都是通透的，因此显得格外大，说起话嗡嗡响，竟是回声。目测一下，面积应该不下一百三十平方米。余致素抬眼往外望了望，很意外，竟然看到一棵硕大的老榕树，年头肯定不小了，墨绿的叶片仍然抖擞挺立，叶片甚至伸到阳台的边沿，风过，沙沙作响。拆房建房的过程中，这一片地干戈大动，它居然还能被保护了下来，算是奇迹。就是在那一刻，余致素心里动了一下，因为树的缘故，她喜欢上这套房子了，但她脸上是寡淡的，波澜不兴，懒洋洋，事不关己的样子。跟在薛定兵的背后跨进屋，她一直不说话，除了到阳台上看看那棵榕树，她也并不怎么走动，连眼珠子都没怎么转。她在等待，等待薛定兵先开口。这时候谁先开口往往就意味着谁先输掉半局，这一点余致素有把握。是薛定兵叫她来的，薛定兵先在棋盘上摆下棋子，执黑先行，在围棋上占优，生活中却未必。薛定兵这样做已经无法沉默，他一定要开口。

　　薛定兵关上门后，靠在门框上，很疲倦又跃跃欲试的样子。余致素用眼角余光搜索到他的动静，这副表情是她熟悉的，但凡自以为胜券在握时，薛定兵总是以这种面孔出现。胜券在握？呵呵，还早着哩。嗓子有点儿痒，但她连咳都往下忍，她忍得住。跨进门后，她心里又一跳，薛定兵购房的目的已经大致猜出来了——房子是买给她的，让她从市委集资房里搬出来，搬到这里，这里算冷宫也好，算另室也好，总之是用来安顿她的。她不是善主，她太难缠了，终于将一向珍爱自己腰包的薛定兵逼到慷慨的境界，一出手，一套房子问世了，还不太差，薛定兵很清楚，太差安抚不了她的胃口。

薛定兵从随身带的皮包里掏出购房合同，递过去，食指在余致素的名字下戳了戳。现在你总该满意了吧？这房子给你，我们离婚。

余致素抿起嘴笑了，她没说满意，也不说不满意，只是垂着眼皮看合同，却不接。先装修吧，她说得像自言自语，又像一个句号。说过这句话，她真的就往外走。拉开门时，发现钥匙还插在上面，叮叮叮晃动，叩到铁门上，发出脆脆的声响。她把钥匙拔下，返身递给站在门框边的薛定兵，她说，老是这样，你太大意了。她故意这么说，心里其实很清楚，大意不是薛定兵的特点，大意的人不可能在官场上这么顺风顺水。

下电梯时，她又与刚才那几个搬运工人碰面。工人手上都抓着一双黄污破旧的棉纱手套，想必是搬玻化砖时戴的。余致素顺嘴问，哪家开始装修了？一个工人竖起手往上指指，说，十六楼。余致素点点头，她想，她家装修时，不知是否需要铺玻化砖，搬玻化砖的工人应该也会戴棉纱手套吧？这种事她要管吗？她不管。十五年前市委办公厅集资建的那幢楼，每套八十至一百三十不等，按职务薛定兵拿到一百零二平方米的一套。因为是单位自建，也不是电梯房，公摊很少，所以房子的面积是实打实的，看上去似乎也并不比现在锦绣小区的这一套小。那是他们结婚这么多年分到的最像样的房子，而且性质也大不同，是福利房，有产权，归个人所有。她那时多么欢畅地开始跑装修，每天见缝插针从杂志社溜出，骑着摩托车就冲去，泥沙、木屑、油漆味，多脏多臭都拦不住她。找施工队、买材料、买家电，转过身，又往哪个建材市场奔去了。那三四个月，从铁钉的尺寸、电线的品牌、PU 管的价格到木条、三合板、石材、灯具、洗浴用品的质量，她都了如指掌。经历了一次次讨价还价以及吃亏上当、再吃亏再上当，她几乎快成为半个建筑业的专家了，因为来了激情，差点儿向主编建议开设一个家装栏目，由她来当责编。那个过程，辛酸备尝，也兴奋连绵。眼睁睁看着自己的窝一天一个样地向前迈进，那份成就感，犹如吃下兴奋剂。

那当然是以前。以前的余致素不是现在的余致素，以前的薛定兵也不是现在的薛定兵。以前余致素还能全力以赴为装修耗神费力，是因为她心里还存几分幻想。固然薛定兵是冷的，但既然已经冷了几年，也就冷成常态，冷成习惯，修起巢，筑好窝，说不定哪一天也就峰回路转了。结果呢？结果不转，竟是越来越险峻恶劣，既然是这样，余致素不会再那么傻，不会再为了省点儿钱，钻进钻出，风里雨里辛苦操劳，把自己弄得蓬头垢面皮肤粗糙。她决计袖手站在一旁，轻松观望，好赖都不开口。薛定兵有能耐买房，自然也就有办法装修。装修不是多难的事，请个装修公司，再雇个监理，OK，有钱什么都好办。

那天，她就是在走出锦绣小区时，做出一个决定：装修结束搬来之前，她不再踏足这里半步。她要忙的是另外一件事，这件事很重要，简直像一场生死攸关的战役哩，要是没打好，她只有完败的份儿，所以她必须全力以赴，须臾不能掉以轻心。

<h1 style="text-align:center">七</h1>

有一个人余致素经常想起，就是柳静。

结婚时办公厅分的那套砖混结构的小单元房，对门后来住进两个新分配到厅里的唐必仁和贺俭光。贺俭光母亲是保健院护士长，贺俭光知道余致素怀孕便主动提出可以帮忙。余致素跟他去了保健院，结果就是在那次，贺俭光认识了刚从医大毕业不久的妇产科大夫李荔枝。贺俭光娶了李荔枝，李荔枝又把自己的中学同学柳静介绍给唐必仁，两人也结婚了。似乎有点儿复杂，理一理却是清晰的：从余致素到李荔枝，从李荔枝再到柳静，像一个连环套，一环一环地把他们当年的生活连在了一起。

最初贺俭光、李荔枝这一对跟余致素走得很近，其实是他们主动走近。甜汁在肚子时麻烦很多，胎位不正、胎心不好、妊娠中毒。接下去剖腹产，再后来那个干瘪瘦小的小东西今天发烧明天拉稀，三天两头都是毛病。李荔枝到对门找贺俭光时，一定会顺道敲开余致素的门，都没有空手，红菇、桂圆干、土鸡、海鲜之类，同时还会周到地将听诊器、血压器等一并带上，相当于上门巡诊了。一旦余致素去医院，也一直是李荔枝笑容可掬地开山辟路、跑前跑后。

贺俭光老家就在这座城里，父母把一幢老房子留给了他，结了婚他搬回去住，那套小单元就归了唐必仁。唐必仁与柳静交往的时间不长，很快也结了。这一对夫妻跟贺俭光他们不同，很安静，从不主动登门。有时候上下楼碰上了，点个头问声好，也就过去了。

　　但是有一次，从农贸市场买菜回来的路上，余致素恰好碰到柳静，两人就一起往回走。那天余致素手中提的菜有点儿多，柳静却仅抓着一包盐。柳静说，我帮你拿一些吧。不等余致素反应，已经将袋子抓过去两个了。余致素说，谢谢谢谢。柳静笑一笑，并不怎么理会，径自往前走。余致素从后面看柳静，终归有点儿感动。柳静腿很长，每一步都透着股向上的运动感，灵敏而富有节奏，弹性十足。余致素紧走几步，与柳静平行。那一瞬她其实很想看看柳静的脚板，那上面一定凹得很深，凹出优美的弧线吧？当然她忍不住了。

　　她只是问，哎，你当过运动员吧？

　　柳静说，是，中学时打过篮球。柳静转过脸瞥一眼，反问道，你也是吧？

　　余致素笑起来，摇头。她个儿高，一米七二，比柳静还高近半个头，如果反过来让她猜，她肯定也会猜是打篮球的，而不是练体操的。练体操的人必须四肢紧凑身材娇小，这是常识。在俄罗斯的冰美人霍尔金娜出现以前，女运动员超过一米六，还能在这个项目上翻腾成国际顶尖人物的，大约仅有罗马尼亚的科马内奇吧。科马内奇多高？一米六一，而她的所有奇迹都是在这个身高以前创造的，再往上长，不行了，年纪也大了，还发胖，只好退役。

进体操队那天，那个人就让她趴在棕垫上，拿尺子仔细量过了。那个人说，可惜了，你会长得很高挑。其实那时她还是矮小的，甚至比同龄人都矮小几分，但她四肢修长，趴在棕垫上张开双臂，双臂的长度超过了身高，那个人就是据此发出感叹的。也就是说，那个人其实一开始就已经看清她身材特点了，很清楚她虽有禀赋，却根本不适合在体操这条道上往下练，却还是让她练了三年多。如果不是发生那件事，她肯定还会练更久的时间，一直练下去。

她不想说这个话题，但她得回答柳静的问题。她说，我不懂篮球。

柳静应该听出她声调的变化，比刚才晦涩了很多，便不再说话了。两人安静地走着，走到楼道口，柳静把手里的购物袋交还余致素时，突然说，你也挺辛苦的。

又说，你们家确实挺特别的。

余致素愣一下。她买这么多菜是因为恰好周丹来了，周丹不住她家，但早上来晚上走，像上班一样，而她作为女主人，得为之备出中午、晚上两顿饭菜。薛定兵不可能对外人说出周丹的真实身份，余致素也没说，那么柳静究竟是随口说的还是已经猜出来了？余致素对这事暗暗琢磨了一阵，有时会站在阳台上往旁边的另一个阳台上打量。很少见柳静出现在那里，但挂在阳台上的衣服每天都有变化，内衣、短裤、胸罩、棉毛衫、牛仔裤、运动衣等，不见多么华丽奢侈，却是每一件都挂得工工整整，绝不苟且。

柳静是市一中的语文老师兼班主任。市一中是重点学校，柳静每天早出晚归，她的作息时间与余致素不太一致。是不是很多时候柳静也从自家阳台上往这边眺望过？

后来甜汁上中学时，进的就是市一中，恰好分在柳静班上，不过那时他们都已经离开那套砖混结构的小单元房，搬进办公厅集资房了。唐必仁那时仍是科级，仅拿到一套九十平方米的房子，跟余致素不再是邻居，不过都在一个大院里。甜汁读到高一下半学期时，余致素在院子门外碰到柳静。甜汁聪明，但心思没有花在学习上，对名牌的追逐占去了她太多的时间与精力。余致素没有办法，或者说她所有的办法都已经夭折了，不再起任何作用。她相信柳静也很无奈，无奈之下柳静在心底应该还有几分轻蔑与不屑。柳静的老公唐必仁一直蔫蔫的无光无彩，可他们的女儿锦衣小学五年级起，就已经有作文刊登到晚报上了，而风光无限的薛定兵，他的女儿却饭桶至此。所以，甜汁成为柳静学生后，余致素反而不愿与柳静打照面了，能避开的都有意避掉。那天避不掉，一个往里走，一个往外走，走到传达室窄窄的过道上，一抬头，四目相对，只好停下来。

柳老师，我女儿最近学习好一点儿吗？真是废话，但余致素一下子找不出别的话题。

没有。柳静的回答短促简洁。

那……还得麻烦你多督促她，这样下去，怕是连三本都上不了。

几本跟她什么关系？她又不在国内参加高考。

为什么？轮到余致素惊讶了。甜汁当然要参加高考，无论哪所大学，好歹得考进去再说。许多日子后，余致素一想起那天的情形，心里都不禁闪过一阵锐痛，像有人拿一把锯，用上所有的劲，在那里猛地划过。如果不是柳静说出来，余致素根本不知道甜汁将要出国。出国的所有手续是薛定兵与甜汁联手办妥的，但他们都不是真正主谋，主谋是周丹，是周丹为甜汁打通了一切通道。而甜汁要去的地方，就是墨尔本。

余致素从来没有在甜汁面前说过周丹任何不是，也从来没有当着甜汁面，跟薛定兵有争端。一代人有一代人自己的是非，不要把无辜者卷进来。但聪明如甜汁，她看不出哪怕一点点端倪吗？她一声声甜蜜地喊周丹姑妈，可是某一瞬不是也会一怔，然后偷偷用一种狐疑的眼神打量过去？又或者薛定兵长久住单位，偶尔回来也仅是独自睡书房，那么早熟的甜汁，怎么可能一点儿没有窥见父母间的缝隙？想想就不寒而栗，整个办出国留学的过程，甜汁竟那么不动声色，对其他事，她不是同样也可以了然于胸却只言不露？

一直把她当孩子，其实她已经成年。

这件事太严重了，如果它可以像地震一样测出级别的话，其震级至少在七级以上。相比较而言，薛定兵提出离婚，最多不过四五级。余致素那天往家里走时，腿是软的，眼前冒起金星。这一生竟然这么失败，一个薛定兵，一个周丹，她的生活中已经有两座遮天蔽日的巨型大山，本来甜汁是唯一的安慰，甜汁漂亮、妩媚，夏荷一般清秀可人，跟余致素也一直黏糊亲密。仿佛真的是一件贴心贴肺的小棉袄哩，余致素以为自己是从容在握的，握紧甜汁这张牌，她是她的女儿，从小一把屎一把尿养大的女儿。不料眨眼间，这个女儿却已经转过身，与薛定兵、周丹成为一个整体。他们携手同心，就在余致素眼皮底下，完成了这么重要的一次打击。

余致素以为自己会流泪，但那天她站在甜汁面前时，眼睛是干的，眨都不眨一下，一直那么瞪着。最后是甜汁哭了。甜汁所有的解释都浓缩在一个事实上：如果我早说，你肯定不同意。是的，余致素肯定不同意，她不会同意。即使一定要把甜汁往异国送，也绝不应该是澳洲，不该是墨尔本。

甜汁动身那天，薛定兵叫了一部小车送往机场。余致素没有去，她一大早就悄然出门了，去上班。甜汁给她电话，她不接，连手机也关上。晚上回家，薛定兵已经先回来了，黑着脸坐在沙发上，灯也不开。薛定兵说，哪有你这样当母亲的，甜汁今天多伤心啊，一直到进安检门，还在不断回头，她多么希望你会突然出现，送一送她。她有什么错？这一代孩子多少都出去了，甜汁当然也想去。她想去，你不同意她去，这不有矛盾吗？是我吩咐她保密的。她去其他地方我不放心，在墨尔本，丹丹一定会当自己的孩子一样周到照顾，这不很好？

余致素也坐下，坐到薛定兵对面，身子挺得笔直，看上去她的整个姿态都像在专注聆听教诲。眼前这位先生，真把她当傻瓜了吗？他以这样的手段，如同特务似的，隐秘完成一切程序，将她的女儿送到他前妻那里，难道她还得欢欣鼓舞感恩戴德大唱赞歌？

他不觉得这么做不仅将她人格一脚踩到地上，也侮辱她的智商了吗？

余致素站起来，进了卧室，把门重重关上了。

挺困的，铺天盖地的困，上下眼皮像抹了胶，眨动间不时粘到一起。

关灯躺下时，她打开手机，立即就调成静音。片刻，短信果然就进来了。甜汁在机场时给她发的，说了三句话：妈妈对不起。妈妈别生气。妈妈我爱你。

余致素泪终于下来。她一把扯过被子将头蒙住。

八

周丹给余致素打来电话，周丹终于直接出马了。

从婚礼那天晚上起，余致素就开始等待这一刻，她知道这一刻必定要发生的，只是没有料到会换得这么久，换到甜汁都已经飞赴墨尔本了，周丹才出手。

周丹先是说甜汁。她已经替甜汁联系好一家私立中学了，国内的高一学生，一般相当于澳洲这里的十一年级，不过甜汁基础不好，可能要多读一年。学校条件很好的，你放心。

又说，甜汁挺乖的，适应能力很强。我带她看 Como 古屋，看皇家植物园，看菲力普岛上的小企鹅，她每天都开开心心的，非常喜欢。送她出来真的很对啊。

余致素没有答。她知道周丹已经联系好学校，也知道甜汁在那边每天随着周丹到处周游很愉快。甜汁抵达墨尔本后，国内手机号并没扔掉，改成国际漫游了，由薛定兵在这边往里充钱，让她尽情与原先的同学朋友发短信联系，聊以解闷。甜汁也跟余致素联系，今天吃了什么好东西，明天又看到什么好风景，后天再有什么新鲜事，真是高潮迭起。她过得很好，先前皇帝往往爱屋才会及乌，母可以凭子贵，子更可能因母而得宠。甜汁是余致素所生，却被薛定兵断然分割成两个世界的人类。薛定兵百般迁就溺爱着甜汁，却忽略了追根溯源，忘了甜汁出自哪一个子宫。

来自甜汁的短信余致素一般不回复，就是回复了，也就是好、知道了、要注意安全之类的闲话。除此以外，她不知还能再说什么，她不想说。

其实已经不再对甜汁耿耿于怀了。所有的母亲都一样，就是被自己的孩子得罪一千遍，转身还是会一次次遗忘。只是甜汁就在周丹身边，一切受惠于周丹，这就叫余致素怎么也没法忘得踪迹全无，时不时地心里还是会痛一下，又一下。

周丹说，喂，致素，你在听吗？

余致素说，在听。

周丹说，哈，在听就好。你当然早知道，我不是阿兵的姐姐。对，我是他前妻。我都能当他前妻，为什么你不肯当呢，致素？

话题转得有点儿快，余致素抿一下嘴，仿佛周丹就站在跟前，她下意识地觉得需要调整一下呼吸。你认为我必须肯吗？她反问了。

唉！周丹口气没有变，仍然很亲切。算啦，阿兵要离就让他离吧。我当年也不愿离哩，可是，最后我还是同意了。强扭的瓜不甜，这又不是什么高深的道理。

余致素脑中嗡嗡响了一阵。她有点儿意外，以前她明明听说是前妻要出国所以把薛定兵抛了，为什么前妻说出的却是相反的？嘴唇动了动，她本来要问出这个问题的，最后却忍住了。另一个问题她认为应该更有必要立即弄清：是薛定兵让你来说服我的吗？

周丹马上说，不是。不过我知道，他一直想离，你一直不愿离。何必哩，结婚这么多年，你们像夫妻吗？薛定兵说你差不多就是在守活寡，那么你有没有这个丈夫还不一样？

电话静下来，电流声隐约地响。这么遥远的越洋电话，话质其实还算相当好，微微有点儿回声，并没有太多影响。

怎么能一样呢？余致素把腔调一下子拖长，拖出妩媚的味道。刚才她可能还有点儿恍惚，心是乱的，这会儿突然定下来，一切都俨然就绪了。守活寡？薛定兵对外费力粉饰着好形象，将任何生活的破绽都仔细掩饰，除非特殊的亲密之人，他绝不可能吐露半字。他对别人不吐，但对周丹吐了，连这个都对周丹吐！余致素脸上有了笑，仿佛周丹就站在跟前，她整个人都抖擞起来，有一股要往前冲的劲头。姐，她叫道，姐你别听薛定兵瞎嚷嚷，他其实对我挺好的，还非得在外人面前扮出苦大仇深的样子。她咯咯咯笑着，把"外人"两个字咬得很重。她说，他这人就是这样子的，你又不是不知道。

不待周丹再开口，余致素马上又说，姐，你别替他操心了，不值得。哈，这个白眼儿狼，那天还说你就是太爱管事了，所以老得那么快，脸上都皱成一团了。姐，我们自己要快快乐乐的，吃好穿好。那些臭男人爱干吗干吗去，别理他！

说到这里，余致素蓦然笑起，笑得没心没肺而且脆亮剔透。那一刻她其实很想看到电话那头周丹的表情。那个叫周丹的女人，她的前任，应该没有料到余致素竟是这个反应，蓦然之间必定也被噎住了，怔在那里。从第一次见面起，余致素奉献给周丹的都是一副温婉可人的面目，柔得像水。她不认为周丹会轻信。水是无形的，可以随时聚集起攻无不克的力量，这一点周丹必定很清楚。一直以来周丹也稳扎稳打，进退的分寸都精妙准确。但最终周丹还是大意了。再好的马也会有失蹄的时候哩。

主要是她并不真正了解余致素。

而且与薛定兵一样，周丹也低估了余致素。

余致素挺快乐的。一场大战役的失败者，能够在局部的小打小战中捞取一点儿战利品，好歹也能聊以自慰。有时候她觉得自己就像一只躲在暗洞里的孤独老鼠，被开水烫过，被鼠夹伤过，一身疤痕，灰头土脸，却仍然保持一颗敏锐的心，两眼骨碌碌转动，瞅准机会，猛地反击一下，有一下是一下。从十一岁那年起，她紧巴着身子，惊恐行走，小心躲闪，直到二十八岁时遇到薛定兵，以为寻到停泊的岸，可岸边却站着周丹。薛定兵是因为旧情犹存，试图复婚，所以才要她余致素离婚的吗？这个思路的确太通俗了，只要一想，就想到这上面去了。不能怪余致素缺乏想象力，眼前的一切让她只能这么想，她想了许多年之后，才渐渐觉得不太像了，究竟哪儿不像说不太清，似乎另有玄机，却又面目模糊。

是不是我占下别人的地儿了？余致素其实问过薛定兵。

当时薛定兵摇摇头，手又很随意地甩一下。这个动作还是让余致素想起那个人，真的很像。摇头甩手的时候，薛定兵脸上隐约有无奈抹过，稍纵即逝，但余致素还是看到了。为什么呢？他有什么难言之隐，总不至于是被周丹所迫吧？

余致素注意过周丹投来的眼神，那里头没有酸气，周丹并不吃醋，但周丹的眼珠却始终左右闪动，有着莫名的幽深，滋味庞杂。有时候余致素会做个假设，恍惚自己成了周丹，而周丹则变成了自己。她眨动的是周丹的眼睛，用这双眼睛打量对方，像一个演员进入特定的角色，酸甜苦辣都试图替对方体味一遍，但最后却仍然一无所获。生活出现了一个奇怪的三角形，他们三个人暧昧地站在各自的边线上。如果三个人距离是均等的，余致素可以不计较，也可以不在乎，但看来不是，绝对不是。周丹与薛定兵间的联络从来没有少过，夜深人静，独留办公室，与澳大利亚仅有两个小时的时差，他们可以绵久地、滔滔不绝地说尽无数话题。连守活寡之类都可以端给对方，还有什么不可以说不能够谈？一个早已离异的妻子，在精神上却是相通相守的，他们联结在一起，究竟要达成哪种目的？

没有人回答余致素。

这通电话之后的第二天，薛定兵再次说起离婚，是在中午的时候说的，中午薛定兵回家整理行李，他要去北京出差几天。临出门时，他一手提箱子一手抓住门把，扭过身子看着余致素。余致素正陷在沙发里，手握电视遥控器，这个台那个台无意识地点来点去。薛定兵说，我希望从北京回来后，能把离婚手续办了。

然后他站着，等着回答。

余致素挑起眉毛斜眼看他。余致素说，北京风光不错，好好散散心。一路平安哟。

薛定兵撇撇嘴，好像想发火，最后却忍下了。他是个有涵养的人，涵养越来越好，城府也因此越来越深，发火干吗？难道有用吗？他知道没用，所以忍下了。但他不甘心，他说，这把年纪了，不要再绑在一起互相伤害。

余致素心里紧了一下，"伤害"这个词像锤子一样砸过来。她伸个懒腰，有一股火辣辣的气从胃里往上顶，顶到胸腔，顶到咽喉，顶到舌尖。这是个转折的关头，也该轮到我发一次火了，她这么想。

但就在此时，一个恶作剧念头跳上来，她嘴一咧，反而笑了。她仰起头望过去，她说，如果离了后，你能跟周丹复婚，我就同意。

薛定兵嘴唇动了动，显然很意外，一时都回不过神来的样子，嘴抿起。

余致素说，不能搞欺骗，你要写字据。你只要白纸黑字保证跟周丹复婚，我就离。马上去离。这么说着，她就站起，拿起一张纸一支笔走过来，走到他跟前，头微斜着看他，一副静等好戏开演的贤淑模样。写吧，她说，写了你就脱离苦海了。如果写了，最后你却不跟周丹复婚，我其实也没什么办法，最多复印一些，到各个单位贴一贴。你以前练过书法，字真的很漂亮，市委大院里的人很多都认得你的笔迹。写吧，快写吧。

薛定兵盯着她，抓住门把儿的那只手松了，又把旅行箱放下，接过纸，一下一下地对折起来，折成越来越小的方块。然后他把手一甩，纸团飞起来，飞往窗外。

余致素突然想，这一串折纸、甩纸的动作确实很耐看，简直称得上潇洒。哪一天，如果他把离婚协议书拿来，放到她眼皮底下，逼着她签，她怎么办呢？她应该学着把这一系列动作重复一遍，并且一定要做得比他更流畅而且优美。

九

六年前，估计就是在甜汁着手准备去墨尔本之时，薛定兵悄然买下了锦绣小区的这套房子。

那时购房热还没兴起，如果不是另有企图，薛定兵根本不可能在这上面动心思。他是有仕途企图的人，仕途的冉冉升腾必定带来房子的一次次更新与扩大，这种事根本不需要他亲自费心。但这一次，他费心了，购房的一切手续都由他一手办妥。

只是他买得太匆忙，也很随意，证据之一就是他根本没有想到，房子的隔壁会是一套只有三十四平方米的小单元房，那房子的业主并不打算自己住，而是用来出租的，出租的对象，后来竟是鸡，就是妓女。因为楼房是点状的结构，为了省工省料以及省空间，很多设计都乏善可陈，比如两套房子间的隔墙太薄，隔音效果不好，阳台还并列悬空，中间仅有五六十厘米的距离，站在阳台上两套房就像一家人般接近。薛定兵有很多特点，心思缜密可能是最突出的一个，否则他不可能在市委办公厅混得那么如鱼得水。市委书记、副书记走马灯地轮换，书记与书记间又有那么多微妙的复杂，他却可以令历任领导都将他当成心腹，又能够在各书记大人间流畅穿梭，这样的本事，没有眼观六路耳听八方，绝对无法做到。但是，锦绣小区楼房的这么多不足，他却忽略不计了，这只能说明一个问题，那就是他本来根本没打算住进来。一套新房子，一百三十多平方米，在市中心，有电梯，按说价码也不低了，而且果真也装修了，装修得很像样，地板铺黄檀木、厨卫用具用TOTO，单这两样基本上就可以说明装修的标准了。

十三年前，省妇联那个培训班的主题是"女人怎样做好自己"，除了有一天是领导出来讲政策性大话外，其余的八天都专门请来美容、化妆、家政等方面的专家讲课，教怎么穿着最得体，怎么化妆最到位，家中怎么装饰最有品位，诸如此类。目的是什么呢？目的是让妇联干部换换脑筋，跟上时代步伐，带领全省妇女同志做个从里到外都焕然一新的新女性。

如果不是那天她从省城一回来，薛定兵恰巧就第一次提出离婚，余致素不会把那些听来的知识太当一回事。她所在的杂志社，是市妇联办的，刊名叫《天下姐妹》，定位的读者是女性，所以吃喝玩乐、时尚摩登之类的内容从来不缺。作为美编，她介入所有栏目，每篇文章发排时至少瞄上几眼，以便考虑版面的风格、插图的位置等，这样，她就一直被吃喝玩乐的种种新招儿熏陶着。但是，如同很多善于在台上讲大道理的领导干部一样，懂是一回事，真正实践又是另一回事。

她曾经并不在意外表，外表这东西不过是一张皮而已。男女之间的种种曲折微妙，渐渐领悟渐渐开窍，才能如树的生长、花的开放一样，慢慢将优美姿态和浓郁芬芳呈现出来，她却不是。十一岁那年，因为那个人，一切突如其来，没有丝毫过渡与预热，她就垂直坠落了。她先是恐惧，然后恶心，恶心的感觉最直接地反应到皮肤上，她觉得自己皮是紧缩的，像通着电，一触碰就是钻心的痛。这样的一张皮外面，她根本没有装饰点缀的兴趣，或者以前，也不具备这样的可能性。整个少年时期，她所有衣服都是哥哥姐姐淘汰下来的，父母哪里舍得为她耗费宝贵的布票与金钱。就是在美专那样的地方，仍穿打补丁裤子的女生，全校也仅她一个。没有什么，她习惯了，粗布陋衣，能遮体便行。直到嫁给薛定兵，直到在婚礼上与周丹短兵相接。周丹那天衣着优雅，化了淡妆，带着被洋风熏陶过的富贵气徐徐出现，人人都真把她当成薛定兵的姐姐，只有余致素心知肚明。余致素比她年轻，比她漂亮，但余致素知道自己的暗伤在哪里。那天对余致素而言是个里程碑式的日子，她结婚了，进入薛定兵的生活，也因此顺便进入薛定兵前妻的生活。前妻像影子一样左右随行，须臾不离，前妻是一面尖锐的镜子，余致素在里头看到自己的简衣陋裳，她觉得刺眼。她的外表就是从那以后开始改变的，但也只变给周丹看。在周丹出现的日子里，她马上一激灵，浑身像通上电，抖擞地裹上新衣新裙，它们已经不是一般的衣裙而是她的盔甲。一旦周丹离开，就如同跑道上少了对手，哪还能再提起竞赛的兴致？她浑身一松，马上斗志全无。

现在看来，真是错了。"女人怎样做好自己？"这个问题其实那个人在她还年幼时，就一遍遍灌输给她了，那个人让她把脖子挺直拔长，把腰身练柔软，甚至把脚弓也要尽可能练得高耸起来，那个人要求她以及她的伙伴们注意印象分，所谓印象分说白了也就是取悦别人。十一岁时她性别意识还模糊不清，就已经被那个人抢先确认了。她那时只是孩子，却被当成了女人。她肯定在那时就已经有了摇曳生姿的苗头，然后，因为那件事，一切毁于一旦。

这么说来，这么多年，她一直在暴殄天物？

取悦薛定兵就免了，跟周丹争奇斗艳也枉费气力，还是为自己吧，自己再不疼自己，她还剩谁可以呵护了？

那是一个新开端，从那天开始，她向主编提出要兼做时尚版编辑。她要投入第一线，穿越脂粉海洋，追逐最前沿的时尚，重新做人，做自己。一个人体内藏有多么深不可测的密码啊！原来她对服装、对化妆品、对香车美酒以及家具装潢真的有天赋啊，犹如当年对体操动作的超常悟性，连自己都不时倒吸一口气，暗暗惊诧。她想起那个人说过：你只要能刻苦，可以创造很多奇迹。这话除了褒，其实也有贬，他对她的懒惰一直非常不满。不能怪她，她的痛感神经太发达了，压腿拉韧带或者被高低杠平衡木、被横马的铁腿一磕一碰，马上眼泪就下来，然后抱住伤口歇着，半天不肯动一下。这时候那个人总是皱起眉头，他会把手掌往前一伸，伸到余致素的眼皮底下。那个掌，不是一般的掌，它又厚又大，除了掌心中央，整个手掌都浮着一层杏黄色的茧子，一粒粒隆起，连成一片，上面有着很深的纹路。它们不是天生长在那里，而是在器械上磨出来的。他练过十二年体操，又当过近二十年体操教练，带她们训练的间隙，他还会不时手脚痒痒，从这里到那里，常常不是用腿走，而是倒立着双手撑地快速行走，或者一个踺子后手翻——空间够的话，再加个空翻，总之人眨眼间就这一头到了那一头。如果空闲下来，他会跑到男队那边，套上皮掌，在单杠上转几圈，在吊环上翻几下。心情特别好时，他还会玩起跳马，稍稍一助跑，在弓形助跳板上一蹬，翻上横马，收紧身子，绷直脚尖，在空中直体转一两圈，落到另一端垫子上。他手上的皮一层层脱掉，又一层层长起，那是他自己乐意的，余致素不觉得自己也该这样。

那天在平衡木上练空中技巧串时她摔下来，其实没太大问题，那个人就站在一旁保护，她一坠落，小小的身体就被他托住了，只是因为惯性，腿甩到木头边沿上，红肿起一块。体操馆里到处是大小不一的棕垫，最大的那块练自由体操的垫子有十二平方米，就搁在馆的中央，余致素一屁股坐到上面，抱着腿哭，哭了很久。

他因此去了她家，对她父亲说，这是我见过最聪明的孩子，悟性太高了，但聪明也会被聪明误，她对自己没有要求，太娇气了。父亲点着头，又兴奋又恼火的样子。她能被县少体校体操队招去，是父亲千辛万苦托关系的结果。文艺、体育，都曾是那个时代出人头地的两条大道，而那个人，本来是上海体育学院的老师，结果却下放来青山县城，他一来，就把县少体校的体操队弄得名声大振，市里、省里都开始拿好名次，所以他已经不像教练，而像一个可以铺前程铺未来的行家里手。父亲从他嘴里听到女儿的优点，又听到女儿的缺点，心情复杂，喜忧参半。余致素看到，在那个人面前，父亲那天甚至表现出浓厚的谦恭与歉意，不断敬烟倒茶，点头应承，并且马上加入声讨的行列，把她在家中怎么怎么娇气的事实添油加醋逐一举例，大有越说越起劲的势头。最终还是那个人瞥一眼站在一旁羞赧不已的她，突然动了怜悯之心，摆摆手，笑起来说，没那么严重啦，你有这样一个女儿其实非常幸运啊，真的很幸运！她……说到这里，那个人顿一下，转过头定定看着余致素。

一直到现在余致素都记得那天接下来他说的一句话，他将手提起来，巴掌松松地挂在腕上，很随意地甩了甩，似在字斟句酌，然后很缓慢地说：她很特别，太特别了！

父亲被这句话逗笑了，笑出了声，嘴咧得很大，有近二十颗牙齿赫然外露。父亲个子本来就小，而那个人肩、臂、胸有一块块肌肉坚硬地隆起，隆到腰那儿又蓦然一窄，小腰小臀使他看上去像一个夸张的倒三角。父亲被他一反衬，越发瘦小了，整个人黯淡退缩，仅剩下两排牙白花花地闪烁。如果父亲能够预测到后来发生的事，当时会不会举起斧头一把将那个人劈了？

那天从她家离去时，那个人瞥了她一眼，突然喃喃道：亭亭玉立。父亲没听清，问他说什么。他笑了笑，欲言又止的样子，但最后他还是说了，他说，她这样的女孩子，以后应该过上锦衣玉食的生活。然后，他就匆匆往门外走去，步态昂扬而跳跃，弹性十足。那年他多大了，四十还是四十一岁？那年还只有十一岁的余致素其实离亭亭玉立还差十万八千里，但是他却大胆进行了预测。

而他所预测的锦衣玉食生活又在哪里？

房子有了，锦绣小区这套房户主是她，社会地位也有了，她是这座城市大名鼎鼎的薛定兵的老婆。可是，她又什么都没有。薛定兵给房子装修时没有马虎应付，所有施工材料也没有以次充好，他花钱找了一个熟悉的人当监理，一切任其全权代管。按他的如意算盘，把房子买了，然后奢侈装修好了，余致素就是有再大的胃口，就是再恋栈，也该吃饱喝足上岸走人了。

没想到最终余致素搬家时，连他也不得不一起搬来。

十

锦绣小区的新房子装修刚收工，恰好在一个饭局上碰到柳静的丈夫唐必仁。那时唐必仁已经从市委办公厅提拔到市体育局当副局长了。体育局不是权力单位，很轻闲，却因为要跟各路人马打交道，也就听得到各种消息。

就是在那天饭局上，唐必仁突然问，薛主任，你也要把那套房卖掉吗？

唐必仁用"也"，是因为市委分的那套福利房，早已归个人所有，办了证，有了产权，可以自由买卖，而唐必仁当年分到手的房子太小，仅有九十平方米，前几年就已经卖掉，另外在外面买了一套新房。

薛定兵仰头哈哈一笑。意外只是瞬间，他以退为进，大声问，你怎么知道啊？

唐必仁从公文包里掏出当天的晚报，翻到一家房产中介登的那版广告，递过来，手指头戳着其中一套房源的简介。你看你看，还不是你家？

薛定兵很镇静地扫一眼，心里就有数了。眼疾脑快，这是在领导身边待的人所必备的素质。每天穿行在如山的文件材料与批示中，稍一迟钝，可能就会做出错误的判断与反应，讲出不合适的话，差之毫厘，那就可能谬以千里了，其前途其命运都会霎时改变。没有错，报纸上所登的那套房源，从地点到层数到面积，都与他家吻合。他没有说什么，满脸是笑地举起酒杯，说，哈，为房子干杯！接下去他照样谈笑风生，一点儿没有走样。他酒量很好，这也是这些年练出来的，只要没有比他大的官在场，即使是公务场合，他也可以成为主角，迅速把酒桌调控得风起云涌，他有这个本事。

那天余致素也在场。

秘书帮，这是早年外人对市委、市政府秘书小圈子的通俗叫法。不是什么秘密，逢周末或节假日，他们几个跟在领导屁股后面的大跟班儿，常有小聚一下的习惯，轮流做东，反正早有哪个老板私底下很踊跃帮着买好了。圈子不大，能进入其中的人，身份至少是五套班子成员的秘书，带上夫人，加入亲情，女人凑在一起，更成为很好的黏合剂。圈子的人员并不是一成不变的，不断更换不断刷新，到新岗位会有新的圈子，新圈子会有新的人员加入，流水不腐，户枢不蠹。不同的圈子都愿意邀薛定兵成为其中一员，进这个圈出那个圈，圈圈相扣如同一条长链，这样的社交盛况，把薛定兵每一天的日子都弄得花团锦簇。有些应酬是单身奔赴的，应酬完栖身哪里自由自在；有些应酬则需要带家属，别人带，薛定兵也带，甚至别人不带，他也经常带。他会给余致素发条短信，时间地点之外不着一个字，余致素也就明白了，无须再询问。晚上时间一到，她会准确出现在那个场合，与薛定兵联手演戏，该说该笑都流畅自然，没有破绽可以让别人看出。由此分析，薛定兵在外面也不可能跟人提与她之间的问题，他一定守口如瓶。

对薛定兵而言，这是必要的。

余致素也有必要，至少那时她认为有必要。

那晚余致素笑眯眯地坐在那里，看着一桌的人，也看唐必仁递过来的报纸，还欠欠身子，似乎有些好奇，却并不过火，点到为止，涟漪般漾一下。饭局结束，她与薛定兵一起坐车回家，下了车，跟司机招手道别，两人再和谐上楼。

关上门，薛定兵才问，话不多，仅一句：中介是你找的？

余致素半秒都没犹豫，她睁大眼，一脸无辜而喜庆。她说，是的，我找的！

这是那晚他们最后的对话，接下去屋里比外面的夜更静。

薛定兵悄然买下锦绣小区，甜汁走后又进行了装修。他以为可以靠一套房，将余致素打发掉，但是他还是失算了。他没有把放在抽屉里的身份证、户口簿以及房产证收起藏好，这个小小的大意成了他的滑铁卢。余致素拿着它，以户主妻子的身份，与中介公司签了一份协议，委托他们卖掉旧的这套房子。

这场搏杀以余致素取胜而告终。

燕式平衡

薛定兵有权有势，他在这座城市已经熬到可以呼风唤雨的地步。但是，要害也在于他的有权有势，他如果是普通人，一百个余致素都不是对手，但他一步一步在仕途上前行，也就一步一步在与余致素的交手中处于劣势。中介公司在报纸上刊登出广告的时机竟然那么及时，就是在那期间，薛定兵成为副市长的候选人之一。他在市委办公厅主任那个位置上，可以比别人抢先听到风声。一个非常时期即将到来，他必须以一贯的好形象应对领导的观察、组织的考核和群众的评头论足。而这一切，余致素当时其实都不知道。只能说她运气好，关键时刻，机缘巧合，竟然是组织在无意中站到她这个阵营，助她制胜。

从十一岁到二十八岁，她走得沉默而努力。有一阵，她以为自己已经很成熟，对一切似乎洞若观火，认识薛定兵后才发现原来是井底之蛙。薛定兵比她大五岁，仅仅五岁，就有那么高深莫测的段位。他成为她的榜样，他的坐立行止犹如涓涓细流，已经一点点渗入她的眼中，使她像株被施足肥的植物，一天天成长起来，渐渐枝繁叶茂。而薛定兵则太忙，心思都花到应付领导、同事与政务上了，却忽略了她的变化。直到十三年前，他提出离婚，他以为不难，以为可以手到擒来，所以连语气都是居高临下的，结果却被有力阻击，而且这么多年下来，他都丝毫没有取胜的迹象。

以前有个善于攻破官场拿下高官的商人说过一句名言：就怕领导没爱好。换句话说，就是千锤百炼的官员，一有爱好，就有了软肋，有了七寸。这么多年余致素能立于不败之地，没别的秘诀，要说，她也不过把那个商人说过的话实践一遍。

第一爱女儿，第二爱官位，薛定兵的两个软肋一目了然。

余致素愿意与他协力，将那个软肋妥帖保护。一直以来，她确实从未对任何人说过与薛定兵之间的问题，包括父母、兄姐，她都守口如瓶，半句埋怨都不曾有过。

父母在三十多公里之外的一座小县城，与这座城有隶属关系，也就是说薛定兵的权力之旗恰好可以招展到父母兄姐们的上空。余致素能够想象得到，父亲在他那些老同事、老朋友面前反复说起薛定兵时的得意之情，他会陷在"我女婿……"这样的句式中乐而忘返，甚至渐渐将自己与"我女婿"重叠在一起，仿佛自己也位高权重了。这是不是另一种形式的意淫呢？

当年余致素考上工艺美专，从家里走出来，孤身在外，除了定期拿到非常有限的一点儿生活费外，来自亲人的温情缥缈如天上的云。直到她身份前缀上薛定兵的妻子，才重新成为余家的一个宝。这么多年她很少回去，或者说几乎不回，但兄姐们可以往城里跑，并且现在通信发达了，兄姐们还可以打电话，工商税务方面、子女上学方面，都是诸如此类的问题，有问题了，就让余致素找薛定兵，薛定兵再跟县里的头头说说，即使不说，人家不看僧面看佛面，早早就网开一面，谁也不想惹个不是。没有想到会有这一天，余致素自己也没有想到。父亲在电话里一开口，她马上声调就高了，她说不管不管，没办法！但后来她还是动手去做了，一做才知道自己很有办法。她是薛定兵老婆，这个标签非常管用，够了，她甚至可以不必麻烦薛定兵而直接出击。这个过程当然颇费智力，分寸怎么拿捏、话语怎么表达、手段怎么跟进等，曲折复杂，让一个笨人来做，犹如上刑，余致素却从中品出万千趣味，娱乐性甚多。

父亲要办的事，常常不是父亲自己的事，而是他老同事、老朋友、老同学以及他们子女的种种需求。父亲一遍遍吹嘘"我女婿"，就把别人的欲望很自然就吊起来了。父亲大嘴吹痛快了，人家一提要求，他悬在半空，没有了退路，只好打电话让余致素去办。其实就是有退路，父亲仍然很乐意要余致素办。不是图利，如果花钱可以，父亲甚至愿意暗掏腰包为天下人办事，办成了，他马上在巨大的成就感中醉得快晕死过去。

父亲说，素啊，尽可能帮帮人家吧。你想想看，以前人家是怎么帮我们的！

余致素想了想，但没想起人家怎么帮过。十一岁那年，她那么幼小，那件事就山一样压下来，却不记得可曾有父亲周围的人伸过手来，他们反而全部兴致盎然地加入看客队伍中，嘴巴从来没有闭拢过。整个小县城那时都疯了，那件事确实比银幕上反复上映的样板戏都更有娱乐性和传奇性，父亲的同事、朋友、同学以及熟人们哪个会想到，有一天，那个干瘦单薄貌不惊人的小体操队员，会摇身一变成为官太太？这些父亲都忘了，余致素却没忘，正是因为没忘，她愿意和父亲站在一起。她不是以善事来办的，而是当成一块块补丁。十一岁那年发生的事，已经把她整个人撕扯成一块千疮百孔的破布，她要逐一细针密线地修补起来，让那些还存有记忆的人，看到焕然一新的余致素、扬眉吐气的余致素、风光无限的余致素。富贵不归故乡，如衣锦夜行，谁知之？项羽的这个壮怀并不难理解，人之常情。谁知之？不知就犹如万千珠宝都埋藏深渊，无法散发一星半点儿的光亮。但偏偏她又不想踏上故土，那块土地储存着太多往日的疼痛，仅仅一遥想，都令她后背冰凉。怎么办呢？既然父亲那么亢奋地要为东家西家谋幸福，以获得虚荣感，那好吧，那就满足他的胃口，也使自己曲线衣锦还乡。

父亲再打电话来说谁谁谁托她做什么事时，余致素总是慵懒地答，让他自己来说！自己来说的人，话是谦恭的，是唯唯诺诺低三下四的，这样表达方式余致素喜欢。也有办不成的，办不成余致素就话锋一转，抱怨对方说得太迟了，误过时机，或者条件差太远，丧失了可操作性。她真是百炼成精了，长袖舞得行云流水，连抱怨都听不出怨，仅剩下嗔，句句都像灌了蜜，入耳甜丝丝的。十一岁那年哪怕有半丝今日的功力，也不会慌张无措到几乎窒息，几乎没顶，几乎没法存活下去。

十一

父亲对余致素是满意的，越来越满意，三天两头他就会打个电话来，电话简直成了他一日中的第四餐，都成习惯了，不打估计他都没法睡安稳。如果不是发生那件事，父亲确实是最疼她的，她是老幺嘛。然后嫁给薛定兵，并且随着薛定兵仕途上的节节高升，从办公厅副主任到主任，再到副市长，她似乎也再次升腾为家中最受宠的人。父亲老了，八十多岁，余致素想，自己爱他吗？谈不上，但无论如何他是父亲。子女爱父母是宣扬了几千年的概念，是的，对她而言确实不过是一个概念，而人依概念行事，则是惯性。

逢节假日时，父亲会在电话里说，素啊，跟定兵一起回家走走吧。

余致素听到那个苍老的声音里几乎有哀求的意思，但是她没有回，更不会带薛定兵一起回。这事她其实也做不了主，就是她愿意，薛定兵也不愿意。有几次父亲在电话露出要同母亲一起来住几天的意思，余致素脱口道，别别别，我这里挤，我太忙了，真的忙，不要来！她早已经学会曲径通幽地表达，很少说这么直白的话，那一下也是急了，才有点儿失态。事实上话可能还真需要这么往外说，遮遮掩掩地闪烁其词，他们果然来了，只会有更大的麻烦。她听到父亲在电话那一头悠悠长叹一声，声音浑浊苍凉，失望是肯定的。幸好父亲并不沉溺在这种情绪里，转个身他又亢奋了，细细询问起薛定兵近来的情况：开什么会，去哪里出差，见到什么领导，市里有哪些人事变动，等等。薛定兵不可能回家跟她说这些，薛定兵早就很少跟她有对话，越来越少，但这难不倒她，她可以从当地报纸电视上了解到很多，然后演绎给父亲听，如数家珍，说的时候，她眼前总有干咸带鱼晃动，她忆起当年父亲把干瘦的身子压在窗子木框上，听隔壁邻居家电视《新闻联播》的情形。很荒谬，荒谬的事情背后总是潜伏着更多一言难尽的不堪。

总有一天，纸终于包不住火，父亲终于还是知道了真相，知道薛定兵提出离婚，不是提一次，一年又一年已经提了二十五次，他该有怎样的反应？算啦，别去想以后，先不说吧，说有何益？女人或许都肤浅，通常藏不住事，绿豆芝麻点儿了都忍不住找人倾诉，但她不是这种类型的，从十一岁那年起，就不是了。雷电交加的日子，她的脸上也仍然有笑，她笑得很媚，每一根线条都是风情，眼是半月嘴是半月，像一片片花瓣飘落。

父亲其实也直接找薛定兵办事，这是余致素后来才知道的。

任何事做多做久，都会渐渐成精。余致素能量大，薛定兵能量更大，父亲像一位身经百战的将军，他会把别人托办的事精心掂一掂，然后根据难度决定分配给余致素还是薛定兵完成，他要保证成功率。有一阵父亲给余致素的电话锐减，余致素以为他终于甘心安享晚年了，松了一口气，又不免几分失落。她给父亲打电话，问他身体怎样。父亲铿锵地答，非常好！八十多岁的老人，走过近一个世纪，还能对身体这么自信，余致素相信，这其中有一大半是她的功劳。她如果嫁的是一介农夫，父亲根本不可能每天活得那么滋味横生。她借用了薛定兵的权力，父亲再从她这里沾去一些，权力像高浓度的营养液，一次次注入父亲这棵老树，令其容光焕发，枯枝发新芽。

两个哥哥都买了小车，一个奥迪一个别克君威，姐夫更早买了，除了两部运货的皮卡，还有一部皇冠。从县城到这座城里也就半个多小时的车程，他们常来城里，但不常到锦绣小区找余致素，余致素说不必来，不要来。她只想在电话里跟他们做兄弟姐妹，面对面时，她马上会从那几张熟悉的脸上看到过去。过去他们脸上不会有这么慈善的笑意，说话不会这么谦恭友爱。余致素说，不要到我家，我不在家！

她其实在家，在家想着一个奇怪的问题：他们哪来这么多钱买车？是的，哪来的钱？开酒楼、开汽车修配店或者贩运水产，生意都不大，眨眼间却都锦衣玉食起来。问过他们，回答很一致：贷款。比赛似的贷款，又比赛似的买房买车，他们哪一根筋抽了？父亲有一次打电话来时，余致素说了这个疑问。父亲很不以为然，鼻腔里嗤了一声说，唉，不就是房子、汽车吗？现在跟以前不同了，现在他们都过得很幸福。素啊，你也要跟定兵过得好好的，我们全靠你了，你幸福，大家都幸福。

那一刻，余致素心里绞了一下。"幸福"这个词太刺耳了，很嘲讽。父亲打死都不会想到，她与薛定兵已经离所谓的幸福有多遥远。

当上副市长后，除了出差，薛定兵已经很少在外住宿了。办公厅主任要服务领导，有理由住办公室，副市长被人服务，再住办公室，就肯定让人生疑。市委、市政府在江边为五套班子成员建有住宅楼，每套两百二十平方米，因为外墙是统一的鼠灰色PVC挂板，所以被戏称为"灰楼"。薛定兵有资格住灰楼，但他没住。其他市级领导也有个别拒绝搬去，理由不一，或者年纪大不愿移动，或者原先住房已经达标没必要改变。锦绣小区房子既没达标，薛定兵岁数也不大，但他找了另外的理由，他说在这边住惯了，反正女儿在国外，一百多平方米已经够了。这件事他没跟余致素商量，但一定跟周丹商量了。他跟周丹说过，所以甜汁也知道了。甜汁在墨尔本先读了一年语言，然后插入十一年级，重新读高中，读了三年后进入墨尔本大学学市场营销。似乎有了点儿经济头脑，她便在电话里抱怨不该把灰楼放弃掉。

余致素这才知道，原来放弃了。薛定兵要放弃的不是房子，而是她。他不愿把她带入那个领导人云集的住所中去，带去了，风吹草动都在那些级别的人眼皮底下。他仍然要离婚，她仍然不离。如果她离了，转个身，他肯定愿意马上打起包裹入住灰楼。

薛定兵拒绝房子的理由还有另外一个，就是钱。灰楼面积超标了，得象征性地把那部分钱补上，也不多，十来万吧，薛定兵说他没钱，他的钱拿去供女儿留学了。没有人相信他的鬼话，余致素也不信。甜汁花钱确实不少，学费每年就要十四五万元人民币，还有名牌包包、衣服、鞋子和化妆品。这些开销甜汁不需要忧愁，源源不断的银子会从国内送去，送去的人都是薛定兵。

余致素的工资一向只用来养自己，而甜汁的吃饱穿暖，都必须由薛定兵用工资全额支付，原因很简单，因为甜汁姓薛。

但薛定兵缺这个钱吗？

余致素隐约觉得，除了甜汁和甜汁那个同父异母的姐姐娅姐，薛定兵还必须抚养另一个人，就是周丹。以前家中的存折是由薛定兵掌管的，余致素不管仅仅是一种姿态：这个结婚前因为一个电话，就蓦然褪去激情的男人，她的丈夫，如果将全家的经济尽情控制，是否可以因此愉快起来？有点儿像盲人摸象，如同上帝没有给盲人视力，薛定兵也没有说出自己对这桩婚姻失望的理由，理由都不肯给，她只能陡然乱摸，摸至少体现她的诚意，她必须不遗余力地留在这场婚姻中。但是有一天，薛定兵还是开口要离婚，她就住手了，或者说是出手了。她要薛定兵把存折交给她。为什么？薛定兵问。余致素答得非常有弹性，她说，你不是要净身出户吗？这话给了薛定兵一个错误的信号，薛定兵以为她答应了，可以离婚，心一喜，果真把存折拱手献出。

余致素对这些存折是这样处理的：到银行新开了一个折，把所有钱都归到一起，户名是她，密码是新设的。做这一切时，她也没有跟薛定兵商量，没什么可说的。

柳静有一天曾问过她最喜欢哪个词语。这是柳静自己的爱好，柳静不见得逼每个人都跟她一样爱好词语，但那天是一个常规性应酬，市委办公厅的一拨老同事都在，都带了家属，唐必仁就把柳静也带上了。酒桌上男人说官场上的是非曲直津津有味，一旁的女人却开始疲倦，所以柳静拿出词语来问。别人怎么答余致素想不起来了，她挑选的则是"锦衣夜行"——虽然答得随意，话说出口后，她自己还是一怔。她用错词了，她把锦衣和夜行任意拆开理解，她喜欢的其实只是锦衣的繁华和夜行的神秘。这是两个概念，它们都潜伏在她内心深处最熨帖的地方，令她着迷。就好比将猎人的诱饵一口吞下，却没有上钩被毙，她拿到存折了，婚却没有离，还是不离。

这件事似乎有一点儿幽默感，她偷笑了好几次。

如果以此为开端，踏上屡屡将薛定兵钱财成功掠到手之途，在她也不是太难的事。常有人找上门来，都没有空着手，一盒茶、一瓶酒、一条烟，烟酒茶里往往有信封，信封里往往有钱。钱是送给薛定兵的，薛定兵常常不在家，家里只有余致素，她本来可以从容笑纳。但她不这么做，她问过对方的姓名与身份后，把人往外一挡，她说，麻烦你直接交给他。她又说，我记性不好，转身就忘了是谁送来的。说的时候，她眼妩媚地眯着，嘴角向天上翘，看上去无辜得像个孩子。但来人听懂她的话，关键是后面那句，忘了是谁送的，那不等于没送？人家就从了，提着东西转身就走。

以前没手机，后来有了，那些人一走，她会写个短信，发给薛定兵，告诉他谁来过了，提来什么礼物，但她没接过礼物，而是让对方自行提走。没其他意思，她只是表示自己知道有人找他了，她也知道那不是一般的找，就像一块肉包儿，里头有馅，而她袖起手，她的手与所有的馅都无关。

钱是好东西，这个世界能够给余致素安全感的，只剩下钱了，除了它们，谁还能给她一份安稳的生活？但钱又是最危险的东西，他们不是一对亲密无间的夫妻，他们两人站在沟壑的两端，沟壑那么宽那么深，里头不知纵横着怎样的险峻，只是下意识的，她有恐惧感，不得不防。

以前为了养甜汁，薛定兵老老实实把工资交来；甜汁出国后，薛定兵仍然收不回工资卡，因为余致素不愿意。关于这个问题，他们没有当面交流，其实几乎所有的问题他们现在都缄默了。感谢现代通信业的蓬勃兴旺，一个家里，各自在不同的房间，如果有不得不说的话，他们也不需要直接开口，在这个房间发一个短信，听到隔壁嘀嘀嘀声响起，要说的内容，都会在对方手机屏幕上显示出来，准确清楚，一目了然。轮到工资卡，余致素也给薛定兵发去一条条短信，就是让他别生出将旧卡挂失，然后再重办一张新卡归自己所有的企图。她得提醒他：天下人都可以叫穷，独独你薛定兵没权利叫，工资卡继续留在这，工资就够了，其余的不要。

薛定兵从副主任到主任又到副市长，他工资卡里的钱一直水涨船高。很好，谢谢。本来夫妻恩爱苦也甜，住寒窑都无怨无悔，可是在踏进婚姻之前，因为一通突如其来的电话，这恩这爱就缥缈了，然后又再而三试图离婚。天下事哪能都可以这么随心所欲的？你就是皇帝也还需注重民意，提防天怒人怨啊。余致素没有公开怒或怨，官员常常就是演员，人群中薛定兵煞有介事地说东道西，完全与她亲密无间，几乎看不出破绽，而她配合演出，将可掬的笑容和洋溢的媚态连绵献给公众，没有功劳也有苦劳，军功章上至少有她一半，花点儿他的

钱算什么？

即使她是雇员，也得开些工资来啊。

十二

薛定兵的钱，有一部分来自贺俭光，没有什么证据，余致素只是猜测的。

当年市委办一同大学毕业分配来两个年轻人，木讷的唐必仁一点儿都没有向薛定兵示好的欲望和举止，而机灵的贺俭光却能三天两头找机会向薛定兵靠拢，但贺俭光最终却没有从薛定兵手中得到什么好处，贺俭光眼盯着副主任的位置，口水流了好多年，以为势在必得，薛定兵似乎也做出要力荐他的样子，但薛定兵真正下力气推波助澜的，却是自己的一个党校同学。

这种事在机关并不算奇怪，跟人品都没法挂得上钩，可贺俭光却没沉住气，仿佛受了多大耻辱，一气之下辞职走人。走掉好啦，连余致素都觉得好笑，这种涵养都没有，还怎么在官场混出名堂？其实在人事问题上，尤其处一级，那时还只是主任的薛定兵并没有多少左右的权力，但贺俭光还是认为是被薛定兵糊弄了，是因为薛定兵阴一手阳一手，才导致他的失利。很明显，薛定兵把贺俭光得罪下了。不想贺俭光下海几年，先是打工后开木材公司，接着再弄起房地产，眨眼间跟薛定兵已经又称兄道弟了。

男人的游戏从来没什么逻辑可言，今天还飞机大炮轰隆隆地你死我活，明天可能又变成同志加兄弟了。余致素跟贺俭光很熟，但贺俭光已经不是以前那个贺俭光了，以前三天两天往这里跑，现在却不常来，来了也大多只是等在楼下，一个电话上来，薛定兵就下去了。

薛定兵下楼时，余致素有时会站在窗台后，撩起窗帘一角往下看，看到一个微微发福又微微秃顶的男人松松垮垮走出电梯口。楼道外有辆黑色奥迪静静停在那里了，贺俭光远远见了他，就打开了车门，谦恭候着。薛定兵走近了，薛定兵钻进车内了，贺俭光跟着也钻进去。隔一会儿，有时薛定兵又跨出车厢，有时被车带走。走时，车后面那两盏猩红的灯木木地亮着，像一对醉汉的眼。

毫无疑问贺俭光发达了。他在十几公里外一个叫白溪村的地方，先是把一所废弃的小学校园买下当木材加工厂，木材没挣到钱，转身开发房地产，将小学前后荒地也一起圈起来，母鸡变凤凰，一幢幢联排别墅拔地而起。有山有水，一条高速公路绕村而过，正是城里人时髦追逐的绿色居住地，又恰逢全城房价疯涨，一下子他就挣得盆满钵满。

很像一个奇迹，奇迹很多时候是运气所致，但人的因素不能忽略。尽管他们避开余致素的所有视线，但余致素相信贺俭光的运气并没有好到可以翻手为云覆手为雨的地步，是一根权力的杠杆助贺俭光撬动这一切的，杠杆在薛定兵手中。

余致素心里紧了一下。之前她从未对此担过丝毫的心，没必要，轮不到她担心。岁月真的不饶人，曾经在仕途上摇旗呐喊的薛副市长，眨眼间也年近六十岁了，秋风瑟瑟秋雨连绵，眼见着人生大幕再过几年就该拉上，舞台拱手让人，而这时候往往是最危险的时候。一只威风渐失濒于死亡的老虎，别人下起手来，也往往稳准狠。

有意味的是，在第二十五次说出离婚之后，薛定兵突然关掉开关，这个问题他已经很久不再提起。不是他忘了，也不是他打算歇下，余致素很清楚，他只是在等待时机，某一天某个时刻，他突然嘴一启，仍然会把这个问题丢出来。初升副市长时，他内心明显还有很大企图，比如市长或者副书记的位置，再不济弄个市委常委也还是可能的，大概正是为了这些，他按下了离婚的念头。不是不想离，他太想了，但余致素知道，他还是不敢来硬的，他仍在指望由她提出，然后他能够以一个受伤者的形象，完美脱离这个婚姻，如同上次，上次他前妻出国，将他抛下。

但未遂，余致素不让他遂。二十多年都过下来了，该熬该忍的她都一口吞下了，熬到现在，熬到薛定兵有权有势，她为什么要撒手让他如愿得逞？

周末余致素回了一趟青山县城，她自己开车去。

县城热闹了很多，临街的房子都比赛似的翻新过，贴上马赛克或者嵌了玻璃，路口上也挂了红绿灯，俨然有了城市状，乍一看似乎焕然一新，细瞧又是眼熟的，骨子里还是原先那个浮躁土气的老县城。

余致素把车停在街心公园，这里是县城中心，有一片绿地和一汪池水，水明显缺乏流动，呈一股有气无力的疲沓状，因而显出了重量，沉沉地伏在那里，量也不多，快要见底了，像一堆陈年老墨，墨之上拱桥和亭子仍然伫立。余致素眼在亭子旁那排羊蹄甲上扫过，羊蹄甲有两三人高了，刚刚开春，就已经满树是花，白的粉的挤挤挨挨，像几个急不可耐的村姑。它们中的哪一棵曾由她亲手种下的呢？种它们时她还在读高中，学校派工出活儿，活儿并不重，又可以离开无趣的教室到校园外嬉笑玩耍，男男女女都很兴奋，只有余致素阴着脸。她不明白修一个公园对县城有什么意义，又为什么要摊给各个单位义务出工出力。

重要的是，公园的位置居然在那里！

十一岁那年，在那件事发生之后，她已经远远逃开或者绕开这个地方。当然那次，在义务种植羊蹄甲的间隙，她还是装出很随意的样子，走上拱桥。从桥顶往北面看，可以看到一座三层高的青砖楼房，人字形的屋顶，外面一圈脱漆的铁栏杆，大门是弧形的，门旁挂一块白底黑字大木牌，上面粗粗写着：青山县少体校。

就是在这里，余致素度过三年多的体操生涯。每天清晨出操，傍晚又在棕垫上、在高低杠平衡木以及横马上翻滚。她的生活就是在这里滚入了深渊。现在她重新走上拱桥，还是站到桥顶上北望。不知道它现在还是不是整个县城唯一的公园，反正这里人不多，三三两两地在聊天或者打拳，他们没有一个认出余致素。

余致素看到那幢房子了，已经不是青砖楼，也不是仅三层，而是有七八层高，体面了很多，形状也不一样了，外墙贴着白色的瓷砖。看来是推倒重建过了。但那一道铁栏杆还在，只是上面的漆是新刷过的，很黑，黑得很假，像照相馆里的布置。门也不再是弧形的，改方了，改大了，有棱有角，门旁的牌子是烤漆的，黑底金字，还是那六个字：青山县少体校。

少体校的左面，是一片簇新的居民小区，楼不高，每幢十三四层，按当地规定，九层以上房子都得安装电梯。父亲曾在电话里兴奋地说，这是我们县城第一批有电梯的房子啊！父亲前年买下新房子，他说房子地段怎么好，结构又怎么好，朝向还怎么好。父亲说了很多好，他搬进去时要余致素回来看看，但余致素没有回。她本来就没有回的欲望，父亲的新房子在这个地方，她怎么可能回？

现在要回来也没有太清晰的理由，她只是突然觉得有必要。

她掏出电话，拨打出去。她只知道父亲房子的大致位置，却不知是哪幢哪号。父亲肯定告诉过她，但她没听进去，就是听进去了，也忘了。

电话是父亲接起的，一听说她回来了，像中了大奖，马上问薛定兵有没有一起回来。余致素说没有。父亲顿一下，想必是略略有点儿失望，旋即又高声叫起来，是叫她的母亲。父亲说，素啊你就站在那里，我叫你妈去接你。余致素马上阻止他这样，她不习惯享受来自他们的这种待遇，或者是她拒绝享受。她说，你告诉我具体的楼号，我自己走。父亲犹豫了一下，没有再坚持。父亲说，八号楼八〇八。

余致素往八号楼走去时，一直在按市场行情推算这个小区的楼价。然后进了门，她还是吃了一惊。面积很大，比她锦绣小区那套房还大，应该不下一百五十平方米。装修也高档，黑檀木地板、黄花梨木仿古家具，而餐桌，甚至是酱油色的酸枝木，又大又沉，闪出油光。有意味的是，黄花梨木博古架上，居然摆放着一张薛定兵的大照片，嵌在镏着金边的艺术镜框里。左右看看，家里再没有任何其他人的照片了，姓余的家里，姓薛的副市长独自一人在架子上亲切微笑，西装领带工工整整，手里夹着烟。显然是哪个摄影家精心拍下的，可是这张照片余致素之前并没见到，见到她其实也不会喜欢的。除非被抓拍，男人在镜头前抽烟与女人在镜头前抱宠物一样，都有几分装腔作势之嫌，有一丝虚弱隐约流露。余致素坐到沙发上，并不理会母亲递过来的糖果或者瓜子。这套房很多人来看过吧？她问。

父亲说，不多不多。

母亲大声嚷起来，还不多？刚搬来时，半个县城的人差不多都被他叫来参观了。牛哄哄的，害我那一阵每天做卫生都做到要吐血。

父亲有点儿不高兴，孩子气地白了妻子一眼。牛又怎么了？他说，别人想牛还没条件哩！

母亲息事宁人地点点头说，好好好，你牛你牛，继续牛。

余致素想天下夫妻真是千差万别，眼前的这一对，恩爱谈不上，缠绵更没有，毛毛躁躁地生活了几十年，竟也有一种莫名其妙的和谐，至少父亲咸鱼干似的趴在窗子前听邻居家电视《新闻联播》时，母亲是支持的，母亲没有觉得自己男人的猥琐与可笑。这一点很重要，夫妻间的失衡很多就是从反感开始的，反感说明双方的价值观出现了分歧，那是分道扬镳的开端。余致素嘘一口气，退到局外，仅仅以一个女人的眼光看另一个女人，她对母亲是不屑的。看看那身打扮，从衣到裙到鞋都不便宜，却是每一样都游离与排斥，无法相映成趣互为缤纷，它们组合在一起，有效地共同构成一个字，就是"俗"。但换一个角度，至少作为妻子这个角色，她跟母亲又不可比了。母亲跟在父亲身后，虽然有很多不满，却只是对世界和别人不满，而父亲，他没有体恤怜爱之心，没有缠绵悱恻，但他对这样的妻子是接受的，至少没有提过离婚，一次都没有。

每一个人生都有各自的亮点与盲区，仰视或俯视都在微妙之间。

余致素转动头，将屋里上下打量一遍。这套房很贵吧？她问。

母亲马上说，不贵，我们花钱买怎么可能贵？你哥他们也都买了一套，都不贵。

大哥二哥也买了？余致素很意外。

买了，但他们到现在都没装修，空在那里。你看，房价涨得多可怕啊，你知道这里一平方米现在多少钱啊？八千块！

你们当时一平方米多少钱买的？

母亲转过头瞄一眼父亲。父亲举起手捋了捋头上稀疏的白发，余致素看出来了，父亲在掩饰什么。父亲说，素啊，房子我们肯定是花了钱的，但也肯定比别人便宜很多。能一样吗？这地是定兵帮忙批的，别人有这个条件吗？

母亲点点头，母亲说，我们一平方米还要八九百块钱哩，换了别人，就是白送！那个贺总，抠死了。

哪个贺总？贺俭光？余致素脑门嗡地一下，她的担心居然是对的。但她没有想到，这个楼盘的开发者也是贺俭光。

十三

起风了，一连燥热了几天，然后终于下起雨，雨不大，小心翼翼地飘着，时断时续。

余致素趴在阳台的栏杆上往下望，这是她经常做的一个动作，楼前的那棵榕树就是她独享的风景，总是那么绿，总是茂盛与昂扬，一年四季都没有倦怠的时候。雨打在榕树上，叶片全都亮亮的，像抹着一层油。

这是棵颇有历史的榕树，查过了，种植的时间在清光绪年间。余致素为此翻过许多本市的文史资料，她想进一步往下查，如果能查出栽种该树的那个人究竟是谁，那就有意思了，如果是名人，甚至是女名人，就更有意思。可惜没有。她终于气馁的时候，对本市那些搞地方文史的人便生出很多看法，多半是意见。真是档次很低，道听途说一些，东抄西抄一些，然后再把胡乱拼凑起来的东西弄成资料汇编，大概一生也就这么打发掉了。当然，那些人其实很多是半路出家的，也没有什么严格尺寸限制着他们，所以收集资料随意一点儿，马虎一点儿，也不算太离谱。况且，光绪年间到现在，也有一百来年了，就是一个人活这么久，都不太让人在乎了，何况一棵树。

余致素有时想，自己会不会是世界最在乎这棵榕树的人呢？

它枝丫散得那么庞大，又那么葱茏，一百多年过去了竟还能有如此的霸气，连秋天拿它都一点儿办法没有，秋天里它是不掉叶的，像一个性情倔强的老人，硬是那么绿乎乎地伫立在那里，绿成墨色，绿得纵横交错飞扬跋扈，然后直到春天来了，淡黄色的新叶次第长出，长得一簇一簇地耀眼了，老叶们才终于松下那口气，慢悠悠往下落，缓缓地落，飘逸而且充满尊严。

枝干上没有褐色根须垂下，所以可以断定它是棵母树，性别相同。余致素将手抚在脸颊上，心里就黯淡了。她现在多么在意自己的脸，每天精心耗费国际一线品牌的化妆品，层层抹了又抹，但一张脸还是像搭上高速列车，按着自己的轨道往一个方向飞奔，那个方向与余致素所希望的完全背道而驰。现在她每天站在镜子前的时间比以前都多出一倍。"八"这个数字通常被看成是吉祥的，放在脸上，却是噩耗。从内眼角斜出一个"八"字，那是眼袋浮肿的标志；鼻翼处伸出一个"八"

字，那是腮帮下垂的标志；嘴角再拉出一个"八"字，则是整张脸松弛的标志。树的枝丫也呈"八"字，但那是倒过来的，一对对蓬勃向上张开，仍是一副青春年少的饱满滋润。

第二天余致素约了李荔枝吃饭，一见了面她就说起自家阳台前的那棵老榕树，她说，女人最怕有参照物，没有对比，都不知道人活着有多不幸啊。李荔枝打断她说，一棵树你就叹息了，那我怎么活呢？整天接生，似乎昨天才刚刚从娘胎里屙出来的，呱呱的哭声还在耳边，眨眼就也成孕妇了，又来生孩子。一代一代太快了，我这职业比你们残酷多了，所以也比你们老得快。

余致素看一眼李荔枝，她想这话说得真是一点儿没错。李荔枝天生黑皮黑肉，年轻时脂肪丰盈，脂肪闪出油光，搭上一对深目、高颧骨和厚嘴唇，一眼望去宛若热带女子，倒别有味道。现在呢，现在骨与皮之间脂肪已经大举消退，皮失去了支撑，就好像气球泄去气，黯淡、晦涩、疲沓、干瘪。

这个女人从来不是她的密友，就是早些年，因为甜汁先是在肚子里捣鼓，后来又三天两头生病，李荔枝主动贴过来，细心呵护关照，她有感激，但没有亲近感。人与人之间真的存在天生的关联，有些即使相隔千里，乍一见面马上就能凹凸相扣，有些却咫尺天涯，千辛万苦试图靠拢最终仍是未遂。余致素反省过自己，太苛刻了？太挑剔了？答案都不能说服自己。之前，在她们所有的交往史上，余致素从来没有主动过，因为各自丈夫的身份，余致素一直是处于可以俯视的地位，连电话都不曾主动给李荔枝打过。但俯在阳台上看雨中的榕树，看着看着，她却拿起了电话，她说，荔枝啊，好久没见了，出来吃个便饭吧。李荔枝马上就答，好啊好啊，我请客。

客当然没必要让李荔枝请，余致素在一家私房菜馆订下一个小单间。这不难，做了这么多年《天下姐妹》时尚版编辑，她已经是这座城市所有吃穿行的活地图，人家也都很乐意迎合她，都知道她那个刊物发行量不小，又是以有钱有闲的富婆为主要定位，只要手一松，弄出个免费软广告，哪个商家不喜滋滋地感恩戴德？何况，她的背后还站着薛定兵，肯登门来，就是给出大面子了，吃一点儿喝一点儿算什么？都恨不得她走时再顺手带点儿什么，好将自己这家店名牢牢记住。

余致素比李荔枝先到，坐定后她对脸上流蜜的店长做了吩咐，让他尽管忙去，她约朋友谈事不愿被打扰。不愿被打扰的其实是她的心情，这事一言难尽，她还有点儿恍惚，拿不准自己究竟要干吗，更不知这样做的意义与价值。

但她就是要往下做。

李荔枝迟到了三分钟，这三分钟很漫长。余致素望着窗外来往的车，有一种不真实感，像电影里的某个画面。李荔枝终于出现时，一直道歉。刚做了一台手术，本来早就结束了，产妇家属纠缠，拖了些时间。一出手术室就飞奔来了，还是迟了点儿，对不起对不起。余致素笑起来，下意识地瞥了一眼李荔枝的手，仿佛要看看上面是否还沾着胎血胎毛。做医生的人时间无法完全自主，这一点余致素知道，没关系的，不会介意。

待李荔枝坐定，余致素就说起榕树。这一场见面她没打算耗时过多，要尽快切入主题，她要借榕树慨叹人生，她的人生中山一样横亘着薛定兵，而李荔枝则曾经横亘过贺俭光。

两年前贺俭光就已经与李荔枝离婚了，据说几乎没波折，仅仅微澜了一下，李荔枝很快就打开绿灯，慷慨放行了。当时余致素心里咯噔了一下，坦白说她很意外。这两人的婚姻大幕是在她眼皮底下徐徐拉开的，起初多么波澜壮阔，一股欲与海比宽广与石头比坚硬的气势，最后还是碎了。婚姻的脆弱从这对男女身上可以得出有力的证明。贺俭光有钱了，有钱就变坏的逻辑很通俗也很实际，四处上演这样的情节，但余致素相信这不是唯一原因，甚至不是原因。所有的故事，外人看到的往往都仅是一个似是而非的外壳，而生活的潜流都在厚厚的壳之下汹涌激荡。就她而言，她不觉得这一对分开有什么不妥，天下分道扬镳的夫妻已经多如牛毛了，再多一对又何妨？但他们分得那么顺，李荔枝放手得那么流畅，就多少显出不妥了，因为只要一横比，就将余致素比成一块又臭又硬的顽石了。按现代的眼光，死活赖住男人，不肯将脸一昂、鼻子一吭掉头而去的女人，往往很难赢得人们的敬意，自尊的分量立减几成。但这似乎也与余致素无关，余致素的婚姻跟李荔枝不一样，跟所有人都不一样，它内里已经是斑驳的破絮，就是长满了虱子与蛆虫，从外面却仍然看到绸缎的华丽质地，明真相的人有限，除了两个当事人，余下的无非一个周丹吧。

　余致素好奇的是贺俭光究竟知道多少底细？不会全知，也不会不知。贺俭光办木材加工厂时还是潦倒的，经营房地产后才一跃致富，他腰包渐鼓的过程始终与薛定兵紧密相扣。两人走得很近，比余致素想象得更近，余致素看过父母家的房子后，背上渗出一层汗。她不能再一无所知下去，得着手了解，了解的第一步就从李荔枝开始。

最近跟贺俭光有联系吗？说过榕树，余致素觉得可以说贺俭光了。

李荔枝还是一愣。她可能还陷在手术室的氛围里没出来。

余致素看着她。坐在对面是这座城市最著名的妇科大夫，有着交口称赞的敬业精神与精湛医术。余致素有点儿恍惚，时光一点点往后倒退，退到孕期反应、阵痛开始、甜汁幼小……如果能回到从前，她还会再选择另一条路走吗？没有答案。

贺俭光现在很风光啊，楼盘开发那么多。余致素继续顺着这个话题往下走，她必须这么走，可能唯有李荔枝才是接近谜底的捷径。

李荔枝摊摊手，她说，我跟他没任何联系了。

场面静了一会儿。没有联系？没有任何联系？从李荔枝脸上没有看出有假，那么之前呢，在他们离婚之前？余致素说，贺俭光很厉害啊，他又不是学经济出身的，怎么会想到从木材公司一下子转到房地产上的？

李荔枝还是摇头，她说，不怕你笑话，我太失败了，一无所知，开工厂办公司他从来不让我过问。

你还爱他吗？余致素觉得这个问题很重要。

李荔枝愣一下，摇头，说，爱这东西是会死的。

你们以前……

李荔枝眼皮下垂，表情涩了。她说，以前你也见过，好成那样，但他那年因为没当上办公厅副主任，一气之下辞职走了，这一走一切都变了，再回来就更陌生了。他既然有自己的生活，我就放手了。都形同陌路了，再在一起有什么意思？

余致素注意到说最后一句时，李荔枝瞥了她一眼。这一眼是针对她而言的？她笑了笑，抿起嘴。她想起柳静，今天差点儿也把柳静约来，犹豫了一下，放弃了。柳静跟李荔枝是中学同学，是多年老友，在余致素看来似两棵相邻的树、两条交融的河，一直互为彼此。柳静不常见到，偶尔碰面也最多点点头，没有多少话可说。这么多年过去，柳静白净的肉依旧白净，虽也细纹密布，毕竟质地还在。女人皮肤如同服装，质地好，三分优势就已经抢占了去。如果柳静来了，这场见面似乎会更自然些，现在就没意思了，李荔枝说她不知道，什么都不知道。原来两场婚姻竟有许多相似之处啊，余致素想，作为妻子或者曾经作为妻子，她们对家里的那个男人都所知有限，不同的只是他们那对曾经是恩爱的，而她和薛定兵，也有爱，但爱的浓度不在一个档次，差很多。正是因为爱过，李荔枝轻易就放手了，而她余致素，原只是带着更多功利之心要踏进婚姻，刚走到门槛上，里头却突然塌陷了，所以她不甘，心在屈辱与恼怒中一天天锈了硬了麻木了，所以她不肯放手，放手就意味着全盘皆输，意味着成全一场阴谋。

可是现在，她其实很想告诉李荔枝，她此时正站在一条摇摇晃晃的边际线上，眼前白茫茫的一片。当了这么多年妻子，薛定兵没有让她同享过福，而祸哩，她担心有一天必须由她同担。

哎，李荔枝突然问，听说薛市长不姓薛啊？

不姓薛？余致素很意外，她第一次听到这种说法。谁说的？

李荔枝说，柳静。薛市长以前在柳静那所中学读过书，后来突然不见了。几个老教师从电视上都认出他了，这是他们以前的学生，成绩很出色，所以都记得。可是那个学生以前不姓薛，明明姓童，是本市人。薛市长为什么改姓，又变成江西人了？

余致素怔怔地坐着。她不知道，一点儿都不知道。

十四

几天后余致素给薛定兵发去短信：同意离婚。

这几天的时间里她从未见过薛定兵，连本地的电视新闻上都不曾见到。出差了？不知道，薛定兵没有回复她。她突然心有点儿慌起来。她给父亲打去电话，她说，爸，你这一阵跟定兵有联系吗？父亲很慌，连声说没有没有，我没有跟他联系。电话猛地扣下了。过一会儿又打过来，小声问，素，你是在家里？余致素说，是。父亲问，你没事吧？余致素说，我有什么事？父亲说，你也要小心一点儿。余致素说，我小心什么？父亲便把电话重新放下。

一会儿手机短信响起，拿起一看，是大哥发来的：定兵出事了。

好一阵余致素脑子是空白的。她慢慢在沙发上坐下，外面还是雨，细密的雨柔软地打在榕树上，所有的叶子都滋润饱满得如同一个浴中的少女。天下姐妹杂志社不要求坐班，稿子可以通过网络传来传去，她几乎一星期都不会去一趟，不去单位，她要去的只是那些购衣购鞋的奢华场所，不见得都要买，但看一看它们，它们从来那么流光溢彩，彬彬有礼得如同另一个世界的植物，她流连其间，没有社交，没有朋友。薛定兵出事了，被纪委"留置"，连远在青山县城的父亲他们都知道了，她却不知道。

生活真有幽默感，薛定兵用了十三年的时间要求离婚，她不愿意，等到她愿意时，却已经迟了。

不过也难说，两年前薛定兵就曾被检察院叫去过，但很快就出来了。没事，我哪有什么事？他曾乐呵呵地跟别人说起。这一次呢？也许仍然没事，没事就离婚。

但是这一次不一样了，事态非常恶劣，薛定兵确实跟贺俭光搅在一起，贺俭光成了他钱包，作为代价他得在贺俭光遇山时去开路、遇水时去搭桥，现在路崩了桥塌了，他们一起坠下深渊。检察院的人到家里两次，该找该查都翻过一遍，包括那本写有很多"正"字的笔记本。检察院的人问，这是什么？

余致素答：薛定兵提出离婚的次数。那几个人交换了一下眼神，没有再说什么。

一连几天余致素都没怎么睡好，但每次出门，她还是都化了淡妆。人在某种惯性里待久了，就是自己也无法接受另一种面目，十几年来她天天都有精致的妆容，没有化妆，她已经无法跨出家门一步。而且，别人的眼光这些日子总要在她脸上多停留几秒钟，她不愿让人看到萎败的眉眼。外面消息很多，仿佛全市人民都被娱乐了，很兴奋，飞短流长，奔走相告。糟糕的是，她的父亲以及哥哥姐姐们都逐一被卷进旋涡，没有一个逃脱干系。她在薛定兵的旗下，但没有轻举妄动，而他们在她的旗下，却越过她，一次次擅自伸长手。居然一个个胃口都那么大！而薛定兵，与她隔山隔水，却与她的娘家人一次次利益与共，她的父亲，她的哥哥，竟踊跃成了薛定兵掠财的秘密中转站之一。

她和李荔枝又坐进那家私房菜馆里，这一次是李荔枝约她。李荔枝说，我也刚知道。余致素点点头，她跟李荔枝的身份还是有差别的，李荔枝只是前妻，而她无论怎么撇，都无法撇得清关系了。李荔枝叹口气，没想到数目那么大，她说，这两个人真是疯了。余致素还是点头，确实疯了，一个人哪需要那么多钱？就是当饭吃也吃撑了啊。

还是柳静最好，李荔枝说，柳静老老实实在中学当老师，唐必仁不跟她离婚，也平平安安不出事，这么大年纪了，居然还能提拔，你听说了吗？

余致素摇头。她跟李荔枝不一样，李荔枝在医院里可以听到各路消息，她却不能。

李荔枝说，唐必仁提到市工商局当局长哩。你看看，从体育局到工商局，从副局长变局长，跨度有多大！都已经公示了。

余致素没有应。人各自命吧，二十多年前她和李荔枝、柳静有着多么迥异的生活状态，斗转星移，谁料到自己现在竟与李荔枝相似，甚至不如，而柳静，则仿佛被人托起来，已经高高居于安逸宁静的生活之上了。

李荔枝看看左右，把一封信扣在手掌里悄然塞过来。中午收到的，她说，加急信，撕开来里头还套有一个信封，是给你的。有一张纸条给我，周丹的，说她不是姐姐，是前妻。是真的？

余致素要撕开信封，被李荔枝拦住了。李荔枝说，周丹交代，要你私下看。她说怕信直接寄给你中途会被拦截，你收不到，所以寄我转。她真的就是……前妻？

余致素还是点头。这事到现在已经没有再瞒谁的必要了。

李荔枝噢了一声，她说，大家都在说，薛市长钱都是贪给前妻的呀，就是她？顿一下，她似稍有犹豫，打量着余致素，发现余致素也看着她，急着要往下听。噢，现在各种说法很乱，不知真假。都说这个前妻是他们家的恩人。薛市长以前名字叫童军，确实是本市的人，十七岁那年被他父亲接到江西去了。他父亲不在江西工作，到江西周丹家所在的那个村子只是要自杀，结果被周丹父母救下了，之后一直住在周家，这就欠下周家的情。后来薛市长要跟周丹离婚，两人订了协议，就是以后薛市长必须保证周丹过一辈子好生活，衣食无忧，尽情享受。你不知道？

余致素喉咙里咕噜着，却说不出话来。多么可怕，她确实不知道。如果所说不虚，周丹在薛定兵面前的所有霸道便都可以理解了。一方有恩情，一方有亏欠，这两个人其实是因为这样的原因成为夫妻的，却又无法永远勉强下去。然后一方离去，离去就欠下更多的愧疚。余致素站起来，她现在急着想知道周丹在给她的信中都说了什么。马上就撕开来看也不是不可以，但她心里隐隐有了预感，她相信一定还有隐情，所以她也想避开李荔枝。

李荔枝跟着往外走。她们点的菜还没上来，余致素匆匆对站在柜台后面的店长扬扬手说，先走了。走到门外，李荔枝说，听说薛市长的父亲这几天天天去检察院闹，一直把事情往自己身上揽，说都是他害的。有空你劝劝老人，我觉得这么做没用的，救不了谁，你说呢？

我没见过他父亲。余致素说了一句实话。

李荔枝显然没想到，很吃惊，直直地看过来。余致素没打算解释，她上了自己的车，发动了，往家里开去。裤袋那里烫得针刺般发疼，周丹的信就放在裤袋里。纵然余致素对周丹有过一万次想象，她都没有想到"恩人"这个层面上。是的，周丹在信里说自己父母确实救过薛定兵的父亲，然后还一直照顾他们父子，供薛定兵读书上学。信很长，密密麻麻写了七页纸。周丹急着为自己所做的开脱是，薛定兵一直没跟她说钱是怎么来的，她以为是正当赚的，所以花得理所当然，并且越花手脚越大，没想到薛定兵竟是受贿所得。

周丹不是向余致素忏悔，她的字里行间其实都是埋怨：这么多年余致素不该拖着不离婚，结果害了薛定兵。如果能早离，薛定兵就可以早点儿和自己父亲生活在一起，而他父亲肯定可以在一旁不断提醒他规劝他，一有苗头就能让事情立即得到扼制与扭转，不至于往深渊里滑这么深这么惨。

你们当年根本就不该结婚，周丹说。薛定兵父亲一看到你的照片和名字，就让我打电话阻拦，薛定兵那时能听我们的话就没事了，可他瞻前顾后，觉得婚礼请柬已经发出，担心有坏影响，结果影响更坏，坏了自己的一生。你知道他父亲的名字吗？他父亲叫童世林。

余致素觉得后脑勺那里被人狠狠猛击一下，手一松，信往下滑去。

十五

十一岁那年，她迎来了第一次赴省里参加青少年体操赛的机会。

那个人从上海体育学院下放到青山县后，县少体校体操队凡参加省市比赛，都不再空手而归了，名次一次比一次靠前。

县里领导因此拨了款，重新为男女队员置办运动服。女队每个人发了三套服装，一套比赛用，两套训练用。比赛用服很大众化，几乎所有队都一样，针织面料，连身套头，上面长袖下面三角裤，酒红色的，黄色装饰性混边，胸前印着"青山县少体校"的字样。而训练用服则是那个人自己设计的，上下身分开，上面是蓝色针织短袖，下面是银杏灰卡其短裤，裤管很大，偏大了，但是所有的队员刚开始都没有发现这个问题。即将到来的比赛令她们兴奋，可以因此出门，去一趟城里，见很多高楼和汽车。

事情在临赴赛的前十天爆发了。

比赛分甲、乙、丙、丁组，少年甲组年龄规定在十一岁至十二岁之间，包括她在内，甲组有队员七人，却只能有五人上场参加团体赛。肯定有人技术与经验在她之上，毕竟她练的时间最短，但那个人还是把她列入团体名单中了，理由不多，晨训时他傲慢地站在队伍的前面，脸绷着，下巴昂起，手抬起，手掌仿佛只是挂在胳膊间的一个瓜，就那么连着摆动几下。你们谁的动作能比她做得更优美更有味道？呃，谁？不知是他的动作还是语气，总之他伤到人了。当天就有一封匿名信到了少体校领导手中，内容直指她，说她训练时不穿内裤。

确实没有穿，少体校领导一把她叫去问，她就承认了。为什么不穿？是那个人叮嘱她不要穿的。她以为他叮嘱了每一个人，如同她曾听到男队教练让每个男队员无论训练还是比赛，都必须穿起一条特制的窄得几乎没有任何空隙的布质小三角裤一样。

真的没穿？这句话好像是校长问出来的。

当时她是从体操馆里直接被叫到校长办公室的，正穿着挺括的裤管大大的卡其训练裤。

校长旁边的一个人就说，是不是经常要做燕式平衡啊？

她点头。燕式平衡是自由体操的规定动作，那个人说过，平衡感也是体操的基本功。

来，你做一个。

她没有生疑，以为是校领导要检测她的水平与能力，以便最后确定是否入选团体赛。她把双臂张开，身子前俯，右腿撑地，左腿后扬，扬得很高。动作很规范，她钉在那里，像一只真正展翅高飞的燕子。

在场的人有四五个吧，全是男的，他们一下子都从眼前消失了，转到她后面，站到张开的翅膀和高翘的尾巴后。没有声响，静了很久，然后才有一阵强忍住的低声笑断断续续传来。她有点儿慌，不知自己这个动作哪里做得不好。那个人确实常要她做这个动作，其实全队都做，大家站成一排，往同一方向俯下身子跷起腿，而他也总是站在后面，久久站着。

校长问，你不知道这样会被人看到什么？

她摇头。看到什么？她问。

没有人答。他们脸上都起了一层古怪的神情，看着她，又互相看。

校长说，好了，你可以走了——噢，以后训练时，记住里

158

头要穿上三角裤，否则……会被看到的。明白了吗？

她其实一点儿都不明白，但她懵懂地点点头，然后如释重负地往外走，刚走出门，里面就一阵大笑，是那种憋坏了后一下子往外喷涌的笑。笑让她心更慌了。他们究竟看到了什么？

她从校长办公室回来不久，就看到那个人也被校长叫去了。然后整座少体校、整个县城就成了一锅沸水，她被放入锅里，上下翻滚着。"流氓"这个词的意思她终于知道了，而这个词竟跟她紧密相连。

那个人那天随着校长离开后，就消失了，没有人知道他的去向。

其实他早已结婚，妻子在城里，育有一男一女。有消息说，妻子很快跟他离婚，然后妻子带着女儿消失了。而他，很快也不见踪影，传说到国外生活了，儿子判给他，跟着他一起去。原来到国外的不是他和儿子，是他的妻子和女儿，而他只是远走江西一个偏僻小村庄，在那里改了名换了姓。余致素忘记他了吗？一天都没有。这么多年过去，那个人鬼影般一直嵌在她的生活里，她已经记不清他的眉眼了，但记得他说过的很多话，以及他的体格、他的动作、他的某个神情。

她也记得他的名字。他就叫童世林。

周丹在信里说，阿兵父子在我们家住了几年，彼此比真正的亲人还亲，这种感情你根本无法理解。结婚是两家大人的意思，阿兵却不能接受我成为妻子，在床上老是觉得是跟自己姐姐做爱，十有九次是失败的，所以只好离婚。可是他为什么偏偏找上你？想想看，你这样的儿媳妇老人怎么接受？他不让阿兵跟你结婚，婚还是结了，然后他催阿兵跟你离婚，可是阿兵怕甜汁出事一直优柔寡断。十三年前，老人大病过一场，病之后就被阿兵从江西接回来了。阿兵那时下决心跟你离婚，是为了把父亲接进家门，可是接得进去吗？你不离去，老人怎么能进？以前的老房子早就卖掉了，他跟你们在同一座城市，却只能另购一套小房子独居。他妻子不原谅他，离婚后就出国，出国第二年就病死了，所以他的女儿就更不原谅他。他只剩薛定兵一个儿子，可这个儿子却被你死死占住，你拖苦了每一个人。

周丹这时候的形象非常奇怪，竟像个道德审判者，可是她哪里有这个资格？她不过是一个前妻，一个特殊的前妻。

电话响了，是李荔枝打来的。李荔枝说，柳静让我转告你，有什么需要就告诉我们。没关系的，只要我们能做到的。

余致素说，谢谢。

没事吧，那封信？

没事。

都说什么了？

说……一个往事。

放下电话时余致素眼前还是虚的，整个世界似乎都蒙上一层玻璃纸。她把信折起，举到胸前，慢慢地一点儿一点儿地往下撕，然后再对折，再撕。那些纸越过重洋，从浩瀚海水环绕的澳洲千里迢迢抵达她手中，在薛定兵的前妻与现妻之间完成了自己一生的使命。真相能够安慰人吗？不能。况且她也清楚，被薛定兵放纵喂养得已经习惯养尊处优的周丹，也根本没打算安抚她。周丹肯定会继续对甜汁好，这一点无须怀疑，仅仅因为甜汁是薛定兵的女儿。周家与薛家奇怪的关系还会一直往下延续，但这都与余致素无关。这封信周丹本来完全可以不写，但在信末，周丹做了说明，是薛定兵特地交代过的，说自己哪天要是出事了，无论如何都必须把事情原委告诉余致素，让余致素知道所有的一切背后隐藏着什么，知道他也是无奈的，不是故意要那样做。

知道了有什么用呢？希望她不要加入揭发他的行列中去？希望她原谅？

她不会有任何揭发行为，事实上她也没什么可揭可发，因为她不懂。

她也不原谅。不原谅那个人。不原谅校长室里的那些人。不原谅薛定兵。

事实上就是她愿意原谅，一切也都无济于事了。

这个城市显然已经不再属于薛定兵，判决还没出来，但无论如何，他都不会再有在这块土地上自由行走的机会了，而贺俭光也不会有好日子过。薛定兵收的其实不仅是贺俭光的钱，他收上瘾了，或者只是有了惯性，多方来朝他都统统笑纳。他们间的纠葛缺乏新意，到处都在重复类似的情节，余致素叹口气，她甚至连打听一下的兴趣都没有啊。偶尔报纸或者电视上会出现有关市工商局局长唐必仁的报道，他也开始入暮年了，头发稀疏，眼袋浮肿。时光带走了一切，一切都不可能再重来。

那个阴郁的周末余致素向城北一个小区走去。倒春寒，天很冷，她穿得很多，厚厚的羽绒衣将她团团包裹住，连帽子也紧紧扣上了，从头顶到脖子根，一条大围巾再从脸上搭过，整个人就只剩一双眼睛黑黢黢地裸露在外。离开家之前，她站在全身镜前，张开双臂，身子前俯，头仰起，右腿撑地，左腿后扬。燕式平衡，这个动作已经有整整四十年没有做过了，重新再做，已经没法做好，腿和腰都僵硬了，但姿势不难看，仍然漾出特殊的韵味，像一束干掉的花朵，虽艰涩，却依然有余韵袅袅弥散。十一岁以前，她的脖子、腰身、脚弓，她的举手投足都被细细锤打过，锤打了三年多。他说过，女人练了体操，注定就不一样了，骨骼和肌肉一辈子都会替你说话。肢体也有自己的语言。

城北芙蓉小区七号楼一〇五，这是周丹留在那封信上的一个地址。

没别的意思，余致素只是想去看看，那个人，那个童世林，是不是真的如周丹所说，独自住在那里，老了，快走不动了，满头白发，一口假牙。

右手握拍

一

有儿子不是件太难的事，但一下子有两个就不容易。李威的大儿子叫紫电，小儿子叫青霜。说是大小，其实也仅是前后脚之差。前面一个儿子，后面又是一个儿子，那天产房外李威俨然成明星，羡慕的眼光快把他烧死。他自己也乐，手插裤袋在走廊上走过来走过去，脑子隆隆响，突然被自己的能干弄得非常非常有成就感。

生活就是在那天开始起变化的，一点点变化，变到现在，紫电、青霜都已经十五岁了。

这时候是下午五点左右，阳光还未退去，但已经开始发软，只能在西面的外墙上做最后的流连，漏几束摇摇晃晃地穿过玻璃窗，落到地上，地上就黄了一块，塑料般虚假。李威在卫生间里脱掉毛衣与棉毛衫，将 T 恤往下一套，白色瓷砖墙面上，就映出一个黝黑的人影。然后换裤子。短裤与 T 恤不同，不是纯棉的，而是纤维、冰丝、尼龙等成分的混杂，虽然内里有一层白色网状的衬，贴到大腿上时，李威身子还是不免一缩。有点儿冰。

但他并不急着马上把毛衣外裤重新罩上，就那么 T 恤短裤地走几步，站到窗前，站在那一块黄色的地面上，提提裤头，将衣摆塞到里头，眼望到楼旁那排刚冒出绿芽的黄花槐树，它们在斜阳中，有几分无邪的窃喜。

这一层楼共有大小办公室十六间，李威的办公室在最东头，卫生间在最西头。如果没有出差或开会，每天这时候他都要把球衣球裤卷好捏在手里，从最东头走到最西头，换上，再从西头走回东头。单看外表，一切照旧。有趣就在这里，似乎没变，却分明变了。走廊上铺着暗红色的大理石，脚踩在上面，嘎吱嘎吱响，这时候，李威脑子里相当热闹，暗度陈仓、兵不厌诈之类充满诡秘色彩的词语会一拥而出。

换衣服是为了打球，这其实也不是秘密。

重新走进办公室时，一进门，恰好老余从电脑中抬起脸。老余说，好啦？

李威随口答，呃。

老余说，何必去卫生间换，那儿多臭呀。

李威说，臭吗？一点儿也不臭。

老余眯着眼呵呵笑起来。李威知道，这么笑的时候，通常意味着老余要逗乐儿了。老余头往前伸了伸，他的对面坐着小卢。怪麻烦的你说是不是呀小卢？他李威的肉有什么可稀奇的，以为是你小卢啊。

小卢摇摇头，很认真地装傻，她说，他怎么可能是我？我有那么难看吗？

然后笑，三个人一起笑。

助理调研员老余，主任科员小卢，调研员李威，办公室摆三张桌子坐三个人。三个人中李威级别最高，却是最迟进来的。李威对他们不错，反过来他们对李威也行。办公室这个空间很特别，有时像船，需同舟共济，互相配合，共同掩护；有时又像车，金属外壳虽然不动声色地光洁华丽，引擎盖下却是横七竖八陡峭嶙峋。船与车不是一成不变的，但谁都希望是和平的船，至少非船非车，否则日复一日，抬头不见低头见，大家都不好受。

离下班还有近半个小时，李威这时候要做的事一共三件：往塑料壶里泡上茶，把桌面上的材料摞到一起，再坐下拨个电话。对方并不马上接，铃声一遍遍地响，李威充满耐心，他知道这时候杜若在厨房。响到第五声或第六声，那一头终于喂一声过来时，李威甚至都能感觉到杜若握住电话的手还是湿的。喂，杜若，紫电、青霜还没回来吧？

杜若说，没有。

李威讨好地笑笑。青霜、紫电读初三，这时肯定还在学校，他这么问都是闲话，接下去才是真正要说的，他说，我去打一会儿球啊。

杜若嗯了一声，说，不要太迟。

李威说，不会。你没事吧？

杜若说，没事。

李威说，那就好。不要太累了。

杜若说，知道。

放下电话时李威嘘一口气。杜若没事就是他的大事，拿起话筒时，他心总是条件反射地紧一下，铃声响，铃声又响，直到杜若接起，传出声音，他才猛地一松。他可以去打球了，杜若没事他才能往球场去。

老余说，唉，这都什么世道，有人打球快活，有人却要回家当牛做马。他双手一举，夸张做挽袖状。他的办公桌下已经搁着青菜以及鱼肉或者海鲜。省府大院一百多米外就是农贸市场，老余每天下午三四点一定要溜出去转一圈，用一个公文袋装回晚餐的美食，整个办公室便因此淡淡弥漫着海鲜、青菜、血肉交相辉映的腥臭味。

李威知道老余对美食有着异乎寻常的热爱，已经心甘情愿把人生浓缩进厨房，做痛苦状无非是欲进反退、欲扬先抑之类的把戏，可以起到抛砖引玉的效果。李威说，天下有几个老余这样的好丈夫啊。说得不客气一点，只要人人都像老余一样模范，世界将变成美好的人间。小卢呵呵一笑。我要把老公叫来让你们培训培训，他懒得跟猪一样，既不锻炼也不做家务。李威，让我们家老公跟你一起去打球吧。

小卢的老公做外贸工艺品生意，李威以前见过。李威说，那我不如带你去。

小卢说，我去你们那个狼窝虎穴干吗呀？

老余很无辜的样子说，帮狼擦汗，帮虎捡球。

166　　小卢嘴一撇，你以为他们是谁啊？

李威没有多纠缠下去，他跟老余摆摆手，跟小卢点点头，就提着帆布包出去了。帆布包里放着球鞋、球拍、毛巾以及刚刚泡好的还是滚烫的茶水。

二

李威打球的地点是有讲究的，星期二、四在党校，星期一、五在省委办公厅，星期三在经贸委，周末一般去电视台。各单位都有高手，也都有一般群众，水平差距很大的两大阵营是聚不到一张台上的，彼此都不乐意，渐渐就分道扬镳各一座占山头。

办公厅的乒乓室不是最好的，却是最大的。李威两面反胶弧圈结合快攻，常常要退到中台拉扣，空间的意义就明显了。李威跟东道主老张打，三比二，老张输了，但不服，他尖起嗓子说，反了反了，居然跑到我们办公厅作威作福了。一旁的人大笑，起哄说，党委部门终于内讧了。李威说，不好意思，得罪领导了，可是我不是故意的呀，水平就是高，不是一般高，而是相当高。他说到"相当"二字时，放低音调、拖长尾音，模仿宋丹丹的东北腔，就有了滑稽的效果。老张把球拍往桌上叩叩说，放你一马都没觉察？政治警惕性哪儿去了？再这么下去，这次提处长，还是没你的份儿。

李威怔了一下。提处长？哪里提处长？但他忍住，没问出声。

经贸厅的老欧马上冲过去顶上老张的位置，跟李威开打。

李威今天本来状态奇好，好得见谁灭谁，灭得他都兴奋得万分嚣张，不断举着球拍指向其他人，不怕死的，来呀。看你们一个个吓得缩在那儿发抖了吧。

状态这东西真是奇怪得很，状态不好时，一点儿手感没有，怎么打怎么下网，手稍一抬腕稍一用力，又出界。一旦好起来，又怎么打怎么到，对方突如其来一个大角，眼看已经无望，却又鬼使神差一步跨过，照样捞起，而且不偏不倚，居然擦边，球嗒的一声落地。李威很少有这么顺风顺水的时候，他自己都被这种可遇不可求的状态弄蒙了。后来他想到一个词：乐极生悲。人确实不能太顺，太顺了连老天都要嫉妒。

打赢老张是李威今天最后一盘赢球，接下去，他急转直下，怎么打怎么输。

球场上的玩笑跟别处不一样，混熟了后谁也不再正经，甚至故意不正经，比赛似的把红与黑、正与邪的话混杂一起，混杂得反差越大，越有爆笑效果。即使反差不大，也笑，笑成一片。球场仿佛有特殊磁场，一进来，笑细胞就都浓妆艳抹化好妆，随时候场，只等大幕一拉就急不可耐地挤上舞台。说话也不一样，不是说，全是喊，大声喊大声笑。但是李威抽抽鼻子，嗅到藏在老张那句话里的非玩笑元素。这次他们厅里又要提几个处长？老张是办公厅政文处的，比别人提早得到一些消息不是什么奇怪的事。究竟是哪几个处？哪几个人？李威眼光追着球，眼角却不时瞥着老张。老欧打削球，李威扣一板，再扣一板，都被接回，第三板，放在平时李威照样质量很好地扣过去，可是现在，他手臂一紧，球下网了。那些人大喊，李威李威，你怎么不威了？这么菜的球也好意思打出来！

李威做出痛苦的样子，捏着拍子败下阵，一屁股坐到老张旁边。

老张说，李威，你就那么恨我吗？打我拿出十二分狠，打老欧却软成这样。李威用毛巾先擦脸上汗，再擦球拍上的汗。老张虽然跟他说了话，但老张注意力都在场上。老欧退到中台一拍一拍慢慢削，总要等球落到台面之下再捞起来，手臂左一下右一下在台前划出弧线。攻过来的球再急，老欧都不急。老张却看急了，老张竖起手上下舞动，快点儿快点儿，他喊，老欧你这样一局几小时都打不完，真是气死了。老欧嘻嘻笑，节奏仍然不变。这是战术，知道吗，战术。老欧一边说一边伺得机会，再突然一步跨前，猛地反扑，球弹到对方台上后迅速飞走。

战术，知道吗？老欧直起背，手叉腰，抬抬下巴。朱世赫要是没把我这一手学走，四十七届世乒赛他能打掉马琳进决赛吗？

老欧发球，新的一轮牛皮糖战术又开始，球来一下去一下，一时半会儿停不了。李威咳一声，喝口水。把茶壶盖子拎上时，李威喊道，老欧，吴仪来视察了，看你这么没效率，非撤了你不可。然后，几乎没有间隔，没有停顿，李威猛地降低声音，嘴靠近老张，似乎无所谓地问，你说我们那里要提处长？

老张说，没有啊，我说了吗？

李威没有再问。恰好老欧被对方一个大角度扣死，大家鼓掌，李威马上把茶壶往两腿间一夹，也鼓。就这么打就这么打，他喊，声音又陡峭地上升了，刚才对老张的那一问，像墙缝里的一株小草，仅探个头就被忽略过去了。

但是骑摩托车从办公厅回家的路上，李威脑子里缠的还是这件事。真的要提几个处长？哪几个处？都会是谁？

杜若已经把菜煮好，都温在电饭煲里。李威进门时，青霜、紫电前脚也刚回来。中考在即，他们能否上重点高中，真是一点儿底都没有。非常奇怪，小学六年里，两人的各科成绩从来没有低于九十分，初二后，考试单双号分开，与其他年段穿插排位，麻烦就出来了。紫电、青霜如果在同一考室，即使隔几排离很远，照样拿高分；一旦分到两间不同的考室，成绩就参差了，分数丢得厉害。同卵双胞胎有很多莫名其妙的心灵感应，但中考是电脑随机排位的，没有人可以保证到时他们一定在同一考室。

李威冲儿子的屋子喊，吃饭！

马上噼噼啪啪响，紫电、青霜出来，直接去厨房，帮杜若把饭装上，把菜端出，然后整齐坐下，吃饭吃菜，动作整齐划一得如同一人。

复习得怎么样了？

青霜说，不错。

有问题吗？

紫电说，没有。

因为学校离得远，紫电、青霜中午不回来，晚上在饭桌上，李威都把这两句话作为常规性的问题提出。答案虽然每天一致，让他们说一说，听起来就放了心。李威相信，这也是杜若想听的。成绩很好，充满信心，这时刻没有其他什么东西更能让做父母的宽心了。

接下去，李威很想把老张的话说出来让杜若听听。他扒饭时瞥了杜若一眼，一下子就打消了这个念头。

杜若脸相当寡淡，隔山隔水的。

三

认识杜若是在1985年省直机关乒乓球团体赛上，那时李威大学毕业刚两年半，虽然稍有球艺，在厅里的老少高手中却未脱颖而出，让他跟去现场，主要是因为年轻人善做后勤服务。李威送水送面包送牛奶，比赛一开始，他又成了啦啦队员。在大学时，他当过两年中文系学生会主席，这类活儿熟门熟路的十分称职。他们厅抽了个上签，林业厅、交通厅、政协都不是强队，半决赛又超水平发挥打掉广电局，就进了决赛。决赛跟省妇联。赛事规定四男一女五局三胜，开赛前都以为妇联女人成堆，成不了气候，没想到预赛、复赛、半决赛，他们牛气冲天。四个男的至少三个体现了有过专业训练的痕迹，这还不要紧，这种五对五的比赛大家都清楚，四个男的不可能水平均衡，不可能都强，只要布阵合理，先灭掉一个弱的，再侥幸胜一个强的，就二比二了，胜负的关键就看那个女的。李威这个厅女的是位大姐，推挡不错，相持能力也好，本来也有几分底气。没想到妇联上来的是细眼睛的小丫头，直拍快攻，正反手能扣能挑，拉得出高吊弧圈，就这几样儿，她一上场就风卷残云。省直机关乒乓球赛每年举行一次，一向疲软的妇联，居然突然发力，成为黑马，夺去冠军。真的很诧异，让本来知己知彼的各厅局纷纷放下架子去打听，才知道那四个男的有三个都是一年内陆续从基层调来的，小时都在少体校待过，算半途而废，后来又业余消遣数年自娱自乐地练，终于变废为宝。而那个小眼睛女孩，大学刚毕业，只因为她履历表特长一栏中填写着乒乓球，妇联就要定了。在屡遭败绩、屡屡垫底之后，妇联主任恼火地发话说，我们不能老是让人小瞧了，小瞧妇联就是小瞧妇女，必须为妇女长长志气。

大家心里感慨万千，不免回过头希望自己单位的领导能以人家为榜样。凡事都经不起领导重视啊，除了工作，居然连乒乓球都概莫能外。

发奖结束后，各队忙着整理东西，场地内有几分钟的杂乱。李威看到，妇联那个女孩倚在乒乓桌旁，手插在裤袋内，一副事不关己的恬静。她的眼不大，鼻子嘴巴也小，分头来看五官都无可挑剔，但组合到一起就算不上美人。李威确实不是觉得她美才走过去的，那时，25岁的李威给自己的一个单纯理由只是要向她祝贺一下，他说，你好，打得真棒！

女孩看他一眼，莞尔一笑，露出色泽浅浅的牙床。李威奇怪了一下，他记得自己的牙床映到镜子中时，从来都是通红的，不是这么浅，浅得最多只能称为粉红。那个那个。他做着手势比画着，反手的这一挑我也一直在练，练不好。

女孩脸慢慢转过来，看了李威一会儿说，想学？

李威一怔，不知她什么意思。

女孩说，想学拿拍子来。

李威喜出望外，连忙跑去借了一个拍子，再返回时，女孩已经也拿着拍子和球站在球台一端了。李威一站定，她就发球，一来一往几个回合。李威看出来了，她并不真打，因为身体是松的，并不弓下，腿也不弯着。李威倒是拿出十二分的劲。看了三天比赛，三天里手上抓的都是牛奶、面包、矿泉水。这样的场合，球台只能给上场的队员留着，老机关见缝插针上去玩几把都不合适，何况他这样的小青年。现在比赛既已结束，又有人主动邀他，邀的人竟是女的，他很高兴。

这样对吗？李威挑一个球，马上问。人家就是为了教他这个动作才开球的，他识趣地围绕主题。但女孩并不答，她还是笑笑，继续把球潦草打过来。你们厅高手很多嘛。她说。

李威说，再高还是输你们。

女孩说，我们也有输的地方。

李威问，什么？

女孩说，啦啦队输你。你嗓子那么大，那么激动，好玩儿。

李威脸不禁一红，拍子在手上就有点儿僵硬，球老是出界老是下网。不好意思，他说，我打得很差。

女孩把捡起来的球在桌上颠颠，嗒嗒嗒，又用拍子接起。就这样吧，行吗？

李威不敢说她根本还没教他怎么挑，他道了谢。事情到此本来结束了，但接下去，李威问了一句关键性的话：你叫什么名字？

杜若。

噢，屈原在《九歌》中吟道：山中人兮芳杜若，饮石泉兮荫松柏。你是香香的草哩。

三年后在他们的婚礼上，李威当着双方来宾的面得意炫耀自己的两步好棋，那个主动上前祝贺是单纯的吗？同志们啊，一点儿都不单纯啊，内心其实险恶得很哪。至于名字，那是随便问的吗？一点儿都不随便啊。省直机关通讯簿上有妇联的电话，但没有杜若的电话，我难道能打电话去说请找那个会打乒乓球的女孩吗？中国会打乒乓球的女人多如牛毛，找错了怎么办？找错了嫁给我的就不是杜若而是别人了。

妇联的人笑得东倒西歪，都说，哇，李威太好玩儿了，活宝啊。

李威单位的人就趋势夸道，我们李威能说能写，前途不可限量啊。

这么说其实是客观的。李威一分配就在厅宣传处，这是做大小材料的主要阵地。有没有能力很大程度取决于会不会弄材料，弄得怎么样。大家都清楚，在这样的部门，做材料就相当于做升级的台阶，一篇篇材料提供上去，就一天天向领导岗位靠拢过去。新婚之夜李威说，我要对付工作，我们迟两年要孩子。杜若没有任何异议，杜若说，我还小，我更不想马上生。

其实那时杜若也不小，已经二十六岁。两年后，当李威转为主任科员，杜若终于怀孕，这一怀了两个。厅里从几个正副厅长开始，都以生女儿居多，他们开玩笑地哀叹风水不好。李威扑通扑通连生两个儿子，所有人见了他，都羡慕嫉妒交织地一番大恭大喜。

李威就觉得自己运气好。那时，李威的运气确实非常好，很多东西都指日可待。

四

杜若一病，李威才发现自己运气出问题了。

紫电、青霜周岁多一点儿，杜若二尖瓣突然狭窄了。这么说当然与事实不符，事实是小时候杜若得过风湿热，怀孕后诱发了心脏问题，她气喘，老是喘，硕大的肚子让她举步维艰。我心脏被挤到肩上去了，她说得泪眼婆娑。医生开出利尿剂和血管扩张剂，还开出小剂量维持电解质平衡的洋地黄。杜若把药往地上一摔，歇斯底里地吼起来，你想害死我儿子啊！医生很平静地说，实在不行，得考虑终止妊娠。杜若脸色大变，这才肯吃药。

　　剖腹拿出紫电、青霜后，杜若已经不像杜若了，她身上的血被两个儿子瓜分光了，走两层楼梯就大口喘气，就头晕，就两颧潮红嘴唇发紫。李威把母亲从乡下接来带小孩，杜若手一按太阳穴一按胸口，母亲就撇嘴。以为是西施啊？以为就她会生啊？李威说，妈，你不要这样。母亲就爆了，她也憋了很久。猪狗生了仔都还有奶水供给哩，杜若却没有，一滴都没，只好不停地泡奶粉米糊，还怎么也喂不饱两个小肚子。他们哭，一起哭，一起闹，连发烧腹泻也约好了一起发作。这都是什么怪胎啊！母亲生过三男两女，带大子女带孙子，带过好几轮，都快成专家型人才了，轮到紫电、青霜，她吃不好睡不好，真是焦头烂额。李威是她最小的儿子，她本来想好歹咬一下牙也就过去，偏偏李威还要说她。她正准备喂米糊，猛地把手中的碗勺一摔，指着李威说，哦，我连说都不能说呀？你爸你哥你侄子，这一大堆我都丢下了，跑到你这儿当牛做马，说都不能说了？你这没良心的，生两个没良心的兔崽子，整天折腾死我，我都一把老骨头了你不知道？

　　李威就是在这时听到卧室里的异样声音，类似于一部老机器开动的嘎嘎声，沉闷中夹着些许凄厉的破碎感。他起先不是太在意，光看着母亲发呆。母亲嘴巴能说是村里闻名的，她说的也不是一点儿道理没有，只是此情此景毕竟过了。他正想着应该让母亲明白，杜若没有奶水不是故意的，紫电、青霜同闹同哭同生病不是刻意安排的，他还想说两个哥哥生的儿子是她孙子，他生的儿子同样也是她的孙子。但是李威其实什么话也没说，他还来不及说，卧室里就传来骇人的一声惨叫。

杜若咯血了，咯了一地的血。李威下意识觉得该让她躺下，手刚插到她腋下，她就一歪，整个人软到他臂弯上。

送医院，治了一阵，医生还是说要手术。杜若的胸腔被打开，心包被切开，病变的二尖瓣叶、腱索、乳头肌被切除，植入一个由合成材料制成的机械瓣膜。如果贴近她胸部，离半米远就听得见与机械钟走动相类似的嘀嗒声。

出院前，杜若对李威说，让你妈回乡下吧。

李威挺为难。紫电、青霜这么小，杜若难道能带？杜若不能带难道他能带？杜若说，花钱买平静，一个保姆不够就雇两个，两个不够雇三个。

那天厅里专门派一部小车接杜若回家，李威把瘦得只剩一把骨头的杜若揽在身上，脸望向车外。是个阳光不错的日子，街上人很多，等红灯时，甚至看见一旁有位时髦女人耳朵上挂对酒杯口粗的黄金大耳环。李威低头瞥一眼杜若，她闭着眼，无限疲倦。李威把手伸向她耳垂，在那里揉揉。杜若的耳垂又大又厚，相书上说，这是聚福拢财的象征，可是她聚了吗拢了吗？李威不知不觉就叹了口气。

司机老黄回头看他一眼，没话找话地说，厅长今天在博物馆开会，厅里很多人都去了。

什么会？李威也就是礼貌性地随口问。

老黄说，纪念鲁迅诞辰一百一十周年。

李威感慨地噢了一声。从初中到高中到大学，课本中都断不了鲁迅的作品，读着读着，不知不觉间都把他当成熟悉的同事或亲戚了，其实是那么久以前的人物。人站在时光中，不知不觉间就恍惚了。这样的会，厅长少不了讲话，要讲话就得有人写稿。如果不是请假，十有八九是李威写。他写，不停地写，连绵而来的会议需要连绵不断的讲话稿，那些材料垒起来足有半人多高了吧？如果是文学作品，撇开名气，好歹也换回一堆稿费了。在校时李威差点儿心血来潮力争去当作家，就是到厅里后，心也没死透。但后来他慢慢开始接受别人的观念：不要目光短浅，放眼未来就知道，一份材料就是一个跬步，积下跬步就能致千里，就可以获得另一种更实惠的稿费。

这一刻，把杜若从医院接回家的这一刻，他心里对千里之外的那个景色还是充满自信的，也愿意踏踏实实辛辛苦苦一点儿一点儿地积他的跬步。

事实却不可能了。

杜若不是病一次，而是病一串，她最后连班都不上了，在家拿百分之八十的工资。医疗改革后，她这百分之八十的工资对付超标的药费都不够。李威的工资除了养自己还得养两个儿子。保姆三个两个不可能，一个却是必要的，但雇到紫电、青霜六岁上幼儿园后，也不得不辞退了，换成做卫生的钟点工。

那几年没有领导把材料扔给他写，家里已经这样了，单位还能不照顾他？单位每年给他的困难补助都有限，既然不能给更多的钱，只好帮他腾出一双手来。李威可以不上班，也可以上了班马上就走，他腾出来的手不是煮饭买菜，就是喂饭把尿。直到紫电、青霜上了小学，直到杜若身体相对稳定到可以早上下楼买买菜、下午进厨房完成钟点工预先洗切好的晚餐饭菜。然后李威蓦然回首，厅里的材料已经不需要他写了，新的人早就奋不顾身地顶替上来。他在宣传处闲几年，到老干处闲几年，调到办公室任助理调研员基本上也是闲。紫电、青霜初中时，他轮岗轮回到宣传处，提了半级，变成调研员，正处级，却仍不是领导职位，或者称为有职无权，除了工资多一点儿外，跟一般主任科员没有区别。

日子在杜若一病之后就这样一截两断了。

但杜若病一难受，总是瞪着眼对紫电、青霜吼，都是你们害的，不生你们我好好的，我本来好好的知不知道，你们这两个讨债鬼！

这么一追溯，原来是断在两个儿子身上。

但杜若也懂追溯，追到源头，发现种子是李威下的。她说，我都半死不活了，你还这样！

李威想，我怎样了？我没怎样呀！

五

查 B 超时，医生一说是双胞胎，李威脑中就闪电般浮出一个句子：腾蛟起凤，孟学士之词宗；紫电、青霜，王将军之武库。大学时，李威差不多把王勃的《滕王阁序》全文背下。

古文中奇峰林立异壑万众，为什么却独独偏爱此篇？李威自己也无法细说。杜若说，这个名怪怪的。这至少说明她当时就反对过了。李威却坚持说，不怪，简直是天赐的。杜若又问，什么意思？李威说，都是宝剑。是剑？杜若眉头皱起来，剑不是会伤人吗？李威得意地大笑，伤谁？还能伤自己？最多伤别人，伤别人中的敌人。

但是后来，李威心开始一点儿一点儿地虚了。他常常盯着两个儿子出神，难道不幸被杜若的乌鸦嘴言中？

外人看紫电、青霜的脸是一模一样的，李威却一眼就看出区别，区别很细微，紫电脸宽，青霜脸窄，相差大约一厘米。而且紫电牙床浅淡，有着注水猪肉的色泽。李威有一次见电视里一头猩猩张大嘴装模作样嗷嗷叫时，一下子就想到紫电的牙床。想到紫电的牙床其实就是想到杜若的牙床。两个儿子脸盘上半部像李威，下半部像杜若，模样俊朗，个头高挑。每天晚饭一完，不用催不用赶，他们就立即进入自己的房间，并排坐在两张桌前，拧开台灯，摊开作业。台灯把他们脑袋放大数倍，看上去像两粒毛茸茸的球。

这个时候，李威内心又被温暖吞没。他们很努力，至少努力了。有时即使考不好，也不是完全错在他们，他们是同卵双胞胎兄弟，他们是特殊的，天生与别人没法一样。

李威不是没动过给儿子改名的念头，紫电改吉祥，青霜改如意，李吉祥李如意，叫起来也很上口。他悄悄把两个新名字念了一遍又一遍，最终却没有付诸行动。剑是双刃的，也许正因为叫紫电叫青霜，儿子才如此健康懂事，换一个名字，谁知道会不会风水大衰哩。杜若是一个，儿子是两个。李威放在心里偷偷一比，比出了更想要的，一咬牙，还是让两把宝剑继续寒光闪闪。

一株弱草即使再芳香，也挡不了锋利双剑。杜若被砍倒了，李威被株连，他在浪涛上荡来荡去历经了几个回合。一开始心歇下，脑睡着了，只剩手脚漫天飞舞。两个儿子一个妻子，谁如果有幸被三个搅和成一盆糨糊般的生命突然拖去当伞，都只好把浑身每一块肉都悉数撕扯下来，尽可能撕大扯薄，否则怎么够得着三个的遮风避雨？单位、工作、升级、材料，这些词汇被医院、药片、奶瓶、尿布一一取代。渐渐安稳下来后，左右一看，别人的兴致仍然勃勃，只有他已经被甩出舞台了，只能从幕布一侧窥几眼他们脸上的油彩。

三年前回到宣传处上班的第一天，他的面目比较模糊，似强弩之末，又似老树新枝。处里的人风水轮转，从处长到一般干部，都早不是当年那些面孔。处长让他在会上讲两句话，他没有推辞，但言语很简练。他说，在厅里我是老同志，在现在这个处里我又是新兵，欢迎批评，欢迎指导。然后他站起来，对大家鞠个躬。

一个厅是一幢楼的，先前彼此抬头不见低头见，所以李威的客气就有点儿亲切的滑稽感，让人意外也很受用。没有人看出来，李威在躬下身子的那一刻，一股气浪刹那间就从小腹腾地喷出。还有一拼，四十六岁不是男人的终结，该重头收拾旧山河了。处里的材料长年不断，处长派工时，这个人一段那个人一点儿，最后由他统稿，成绩就算他的。李威把属于自己的那一段领回，既照顾总体风格，又保持个人特点。天底下最容易与最困难的写作，都集于公文一身。模式化的语言不能不用，也不可死用。至于上头的精神、领导的意图，领会上哪怕出半点儿差错，都可能前功尽弃。李威很卖力，卖力是他的本色，学生时代从组长到班长到学生会主席，一步一步都是卖力地投入激情展示才华的结果。即使知道写得再好，最终也可能只是成为贴到处长脸上的金片，他也不计较。

他不能计较，这是正常的。现在给领导写讲话稿，以后当了领导别人替你写讲话稿，每一行都有自己的游戏规则。就是美国，也没让布什孤军奋战在所有发言场合，早有智囊团拟好稿子等在那里了。想到"智囊团"这个词，李威愉快了一下。这三个字组合在一起实在别致，有动感，有征服，有温暖。从某种角度上说，他事实上也充当着类似的角色。

幸亏没有武功全废，那些公文格式像一群久违的亲戚，起初稍有隔阂，但一捡也就捡起来了。年终考评，李威已经连续两年评为先进。先进不一定说明什么，但确实也能说明一些什么。

星期五再去省委办公厅打球时，他有意无意地靠近老张。他不再见谁灭谁，而是谁见他灭他。他沮丧地仰天长叹，完了完了，我成了误入狼群的羊了。话虽这么说，心里其实是轻松的，他清楚自己的球技不是不明不白地退步的。那一瞬间突然想，国乒队狠杀恋爱风也不是没道理的嘛，乒乓球跟花样滑冰的卿卿我我怎么能一样？注意力不高度集中，眨眼间就兵败如山倒了。

今天来状态的是老张，老张打掉李威，又打掉老欧，再打掉党校的老周。李威喊，老张你吃伟哥了啊！其他人大笑，跟着喊，早一阵干吗不发飙啊？你要发了不就直通不来梅了吗，省得国家队那群小屁孩争得死去活来。

老张头顶已经光秃，剩两旁有限的一些发毛，他小心地把右边的留长，覆到左边，用摩丝固定住。摩丝能够制服的只是静态的时候，现在老张一跑动，头发就造反了，就挣脱了，就顽皮地跳回自己的右边，挂在耳边，随着扣球拉球搓球而剧烈晃动，像风吹动晾在架子上的线绳。

赢球让老张忽略了头发，他的头顶在灯光下熠熠生辉。

只有打球的人才能真正体会赢球的畅快，真的畅快啊，上下通气不咳嗽。即使接下去，老张再也跑不动，输给第四个人，他退场时也仍然保持壮士十年归的宏伟气势与得意之情。

老张已经浑身湿透，他这时候得喝水，而他的茶壶边就坐着李威。

老张一屁股坐下时，李威顺势把茶壶递过去，很自然，一点儿不做作。生猛！李威说。老张张大嘴，呃呃呃地承接。谦虚都在会场上，在球场除了比球，还比骄傲。老张手一扬，继续放出大话，胶皮不争气，知道吗，这块胶皮老化了，中午本来抽空出去买，又被头儿叫住干活儿。要是换了胶皮，嗝嗝，宰你还不是踩豆腐？

　　放在以往李威一定会正面回击，打嘴仗已经是球场不可分割的组成部分，这个乐趣谁都会见缝插针地捣鼓。但现在李威只是把老张的球拍拿过来。这是块红双喜拍子，拍柄底部有两道被拇指与食指磨出的痕迹，可见老张用它已经有些年头了。李威用指尖在胶皮上压压，他得在延续以往风格的基础上注意分寸又有所创新。他说，老了吗？这不跟十八岁的小妞一样嫩吗？不要心虚找借口，老张，等会儿看我怎么报仇！

　　你？老张转过脸夸张地瞪大眼，还没输怕？鲁迅说得好，确实要痛打落水狗。你看看你看看，我刚才对你太心慈手软，你就试图反扑了不是？

　　李威大笑，适时转入弱势。嘴仗到此为止，两人都忙着看场上的球去了。老张的球拍还留在李威手上，完全无意识的，李威像打音乐拍子似的把球拍在掌心轻轻击两下，老张猛地一跳，起身一把夺过拍子，嘴里咝咝吸着冷气。哎，想破坏啊！

　　对不起对不起！李威连忙道歉。

　　忘了这是我二奶了？

　　罪过罪过！李威都恨不得抽自己嘴巴了。打球的人爱惜球拍无异于战士爱惜武器，而老张尤甚。每天打完球，用湿毛巾把拍子擦一遍，晾干，再粘上塑料薄膜，以免胶皮氧化，这一点大家都一样做，只不过一样的事一样的程序，做得用心和细致的程度却有天壤之别。老张那哪是清洁球拍呀，简直与对待一尊千年薄胎瓷器无异，小心轻放不说，眼中放出的光在珍惜

184

中还夹着无限的怜爱。

李威知道这时候他不能再向老张打听厅里的事了，时机不对。一个晚上的苦心经营，却毁在一个不经意的动作上，想想都懊恼。

六

如果那天老张不是无意中漏一句关于厅里提处长的话，李威的想头还冬眠着。人都禁不住挑拨的，欲望一冒个火星，马上就可能呈燎原之势。

李威只是放在心里暗暗燎原。

当年一同进省直机关的大学生，正厅副厅都有了，更无论正副处，而他，却仅仅是调研员。按实际情况，就是什么级别都不给他，也是活该。这十几年他干什么了？一生中力拔山兮气盖世的十几年被生生截掉了，就仿佛脚下一块地突然塌陷，黑乎乎中只听见路上千军万马仍生龙活虎脚步匆匆呼啸而过。

现在新一轮的呼啸又要掀起，李威好不容易从坑中遍体鳞伤地爬上来了，他抬起脚，却不知能不能被行进的队伍卷入。

小道消息已经有了，机关里这样传言总是生机勃勃。第一天老余压低声音说，唉，我听说吴平要调文化厅当副厅长，龚三林要去社科院当副院长，你们有没听到？吴平是办公室主任，龚三林是干部处处长，他们是省属后备干部中的两员，提拔是迟早的事。

李威问，还有谁？不会只这两个吧？

老余就摇头说，唉，关我什么事呢？我这么老了，反正没戏，都是你们年轻人的事了。

小卢说，老余你五十六岁算什么？放在中央，都算后起之秀。

李威附和地笑着，心里却想，不会只动两个处长吧？按以往的规律，不动则已，一动就有多米诺骨牌效应。

果然过几天，陆续又传出机关党委书记可能去报社当纪检委书记，调研处处长似乎是去新闻出版局当副局长。最惊人的是，宣传处处长，也就是李威、老余、小卢的顶头上司叶卫星要提为副厅长。

有人提拔，就意味着有位置空出，如同一盘棋，一动百动，全盘皆活。

夜里躺在床上时，李威常偷眼看黝黑的天花板。一旁的杜若睡着了，垫了很高的枕头，几乎半坐着，呼吸还粗粗的不顺畅，人造心脏瓣膜嘀嘀嗒嗒响。这个女人的身份是妻子，可是她又怎么能尽职履行妻子的职责？遵医嘱，做爱的频率、力度、时间一律受限，这种事一受限还有什么滋味？但李威不能有任何怨言。也是遵医嘱，做过二尖瓣手术的人都必须有一个愉快的心情，连刚出生时能哭能闹的紫电、青霜，在杜若一病之后也蓦然大变，变得乖巧安静，多大委屈都悄悄忍下。被刀一切，心脏都不是心脏了，而是脆弱的气球，生气会把血往那儿推，会推出什么结果真的很难说。十几年来，这个家里都只有女人朝三个大小男人吼，女人吼得理直气壮，男人有口不能言。憋到极限时，李威最多到楼下逛一圈，回来又脸带微笑。

医生的另一个嘱咐是，百分之九十二的病人做过打开心脏的手术后，损害了心理上的调节，以致造成各种心理变化，出现抑郁、自信心缺乏等问题，你们得多理解。没有其他办法，李威的确得多理解，也只有理解一条路。

不是有人害，倒霉是自己摊上的。

如果杜若没病，他会对她说说机关里的事。结婚前后那几年，杜若对职位的在意程度远远在李威之上。比如她会很自然地说，像我们这样的高干子女。其实她父亲一直到退休也不过是副师长。又比如她说起妇联主任怎么怎么笨嘴笨舌没有能力时，表情与口气都明显藏有潜台词，那就是：如果我是主任。她是在军营里长大的，宿舍旁边就是军区乒乓球队驻地，成长环境不一样，对机关的气氛比李威天然敏感几分。李威那时还有玩心，要跟她一起打球，她说，认真工作吧，别玩物丧志。是因为乒乓球两人才认识结婚的，到了家庭生活中，反而没有了乒乓球的位置。厅里其实也有一个活动室，放着一张省体委送的双鱼牌球桌，偶尔见有人在里头开打，李威也溜去玩几局，杜若知道了，还不高兴。你这样给领导什么印象？她黑着脸说，好印象不是一天两天堆积起来的，坏印象也不是一天两天沉淀下来的。千辛万苦才让自己在领导心中留点儿位置，很可能一个小细节就全毁了，知道吗？

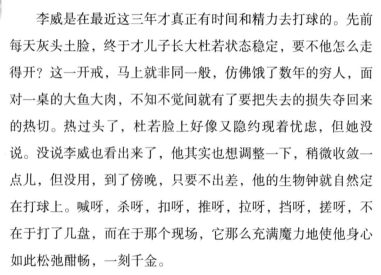

李威没什么可反驳，人家说得句句在理。

但是后来一病，杜若对球的看法也变了，她让李威去打球，催他去。李威从两个方面理解她的意思：一是这场大病让她意识到身体的重要性；二是觉得李威照顾她和儿子这么辛苦，也该放松放松。

李威是在最近这三年才真正有时间和精力去打球的。先前每天灰头土脸，终于才儿子长大杜若状态稳定，要不他怎么走得开？这一开戒，马上就非同一般，仿佛饿了数年的穷人，面对一桌的大鱼大肉，不知不觉间就有了要把失去的损失夺回来的热切。热过头了，杜若脸上好像又隐约现着忧虑，但她没说。没说李威也看出来了，他其实也想调整一下，稍微收敛一点儿，但没用，到了傍晚，只要不出差，他的生物钟就自然定在打球上。喊呀，杀呀，扣呀，推呀，拉呀，挡呀，搓呀，不在于打了几盘，而在于那个现场，它那么充满魔力地使他身心如此松弛酣畅，一刻千金。

他原先确实是单纯享受球的快乐，与那几个球友混在一起，彼此从不在意官衔、职位、单位性质等诸多区别，仅为了球。但是现在，球之外其实还是有什么的。不打球，他听不到老张说的那一句话。而老张说的那一句话很有可能正在慢慢变成现实。办公室主任吴平比李威还晚一年分配到厅里，初来乍到时还处处以李威为楷模。而干部处处长龚三林当初跟李威一起待在研究室时，他写出来的材料，李威可以低看三分。

所以，不能怪李威有心理波动，就连神仙到了此时心电图也不可能正常。

但四周水茫茫，看不到任何浮桥栈道。李威侧脸瞥一眼身边，沉睡身边的女人已经不能再像从前那样给他主意，替他分担。一具如履薄冰的身体，哪还能拿出多余的热量温暖别人？

七

早上到厅里时，看到办公楼前停一部钛银色的东风标致307。厅长们的车都是黑色的别克，黑色庄重沉稳，与领导的形象契合。李威断定又有人购车了。这一阵私家车成风，白色的凯越，冰蓝色的飞度，沙砾金色的赛拉图，厅里有车一族在成长。他们中不可能有李威，李威没钱。

前一阵小卢学车时，曾邀李威一起去。我挺怕的，有个伴儿，胆子会大些。小卢说。李威想都不想就拒绝了，他说，我更怕，那么大一堆机器，怎么捣鼓得了？说的时候，李威乐呵呵的，心里其实却是另一种滋味。所有男人对操纵与驾驭的向往都是天生的，加上打球，打球锤炼了李威反应的灵敏度与手脚的协调性，不成问题的，他肯定可以很快上手。可是，他只能拒绝。不说学车的三千多元费用，就是学了，拿到本了，又哪有钱买车？没车有本，不是更难受？

办公室里只有小卢，老余还没来。小卢手托下巴正看一份文件，见李威进来，瞥一眼。过一会儿又瞥一眼，再瞥一眼。李威泡好茶，坐下，拿起报纸，终于还是被小卢瞥出诧异来。

怎么了？他问。小卢就不看文件了，抬起头，继续托下巴，她笑。

李威抖抖报纸，眼睛已经落到第一版上。以前当学生时，所有报纸都是从最末一版往上看，看到第一版时，兴致已经所剩无几。但是到机关后，慢慢颠倒过来，直至现在，每天上班不把第一件事用来关心报纸的头版头条，心里就觉得空了一块。

当然他不忘问小卢。怎么了，捡到一包美元了？

小卢说，哪里能捡到美元，我这样的倒霉蛋如果能捡到美元，就一定先买一辆法拉利，最不济也得把一部红色保时捷拍回来。

李威眼还看报纸，脑子却慢慢转过来了。那部新车，那部东风标致，它的主人不是别人，是小卢。有几秒钟李威心里杂乱了一下，但很快他选择了激动。无论如何他得激动给小卢看。他把报纸往桌上一拍，以如梦初醒的方式欣喜问道，你买车了？就是那部307？

小卢似乎想矜持，结果还是得意地笑了。怎么样，看见了吧？款式是不是很难看？

李威说，嫌难看就送给我啊。

这时老余慢悠悠地进来，接口说，送什么呀？我也要有一份。

李威说，小卢买车了，我们的美女终于有香车了。

小卢类似娇嗔地一笑，说，香什么呀？我老公一定要我买，我本来说用小 QQ 代步就行了，我老公不让，他说那多丢份儿啊，买不起宝马奔驰，最差还得要欧系车呀，德系的更贵，就买了东风标致。

李威说，标致好啊，那头小狮子很可爱。

小卢说，我主要是喜欢它的外壳，你们不觉得它有肌肉感吗？

老余大笑。新鲜，车子还有肌肉感！小卢你是买车还是买男人啊？

李威替小卢挡一下，他说，都一样都一样，有肌肉感才有安全感。小卢是我们这间办公室第一个有车的，也算为我们争光了。

小卢说，老余当然看不起我了，人家老余是不买，要买的话，向女儿一伸手，日元就大大地来，什么雅阁丰田皇冠都不在话下。

老余笑一笑，不再往下接话。这是老余不想说的话题。几年前他女儿考上北大，大二时就结识一个日本留学生，很快恋爱很快同居。老余痛恨日本人，如果有可能，以血肉之躯来拼死阻拦老余都愿意，问题是他越阻女儿越勇往直前，一毕业干脆招呼都不打就嫁掉，然后去了日本。

这一天的开始有点含混不清，一部标致把办公室弄得怪怪的。老余开电脑上网，两眼专注盯屏幕不再理人。他围棋好是厅里出名的，有时其他处的人会找来，关上门下一两盘，老余从没失手的记录。前几年厅里装了宽带局域网，又给每个人配

右手握拍

了电脑，老余原先对自己没信心，觉得手指头都僵硬了哪还能噼噼啪啪弄键盘，不料字果真没怎么能打，却学会了另一手：在网上下棋。他用"黑心男"为名，在联众网上名声大噪，每天都一堆人等着跟他过招儿，让他饱享胜利的快感。

叶卫星出现在门口时，是李威先看到的。李威的桌子正对着门，只觉得眼前黑了一下，叶卫星高肥身子已经站在那里了。李威不慌，他清咳一声，直直身子，脸仰着。叶卫星要找的人通常是他，不过无论找谁，提醒一下老余都是应该的。老余的桌子斜对着门，站在门口是看不见电脑屏幕的，所以老余很从容地移动鼠标，把界面最小化，收起棋局，也仰起脸看叶卫星。叶厅长，你好！他开起玩笑来。

叶卫星说，别乱叫，哪有什么厅长呀？

老余到厅里的时间比叶卫星长得多，树一老就成精。老余说，嘿，叶厅长还不许群众爱戴你呀？到时至少得请我们处的人撮一顿吧？

小卢很可爱地帮腔，是啊是啊，不理别人总不能不理我们这些田间兄弟吧？人家陈胜还苟富贵无相忘哩。我们好歹算是跟你打江山的呀。

叶卫星举起右手像打扇子一样连扬几下，暧昧地笑。然后，他手又往前一伸，很有气势地指着李威说，下午你跟我一起去省委办公厅第二会议室开个碰头会，祁副书记的讲话稿要开始做了。

李威说，好。心里不免动了一下。今年全省表彰大会马上要开，姓祁的省委副书记分管意识形态，每次他的讲话都是由办公室主任代表副厅长出面牵头，这次由叶卫星牵头，看来形势已经明朗。

叶卫星又说，对了，刚才工会打电话来，说下个月月底要举行省直机关乒乓球赛，你团体、个人都得参加。你可得好好准备一下，替厅里争光啊。

宣传处共有三间办公室，叶卫星在第一间，两个副处长在第二间，李威的这个第三间叶卫星每次来，大家都习惯各坐各的，没有任何客套。但这时，李威边点着头，边站了起来。此情此景，就觉得有一股气从下而上把他硬拉起，没法坐得住。固然马要鞍装人要衣穿，但单单一层衣服是不能把男人撑出多少气度来的，跟女人不一样，男人得有内核的东西，这东西现在体现在叶卫星身上就是那个指日可待的副厅长职位。看看口气已经多不一样了，他的鞭策忽然间已经上升到厅的高度，要替厅里争光啊，而不仅是替处里。

厅里的黑色别克很快就会多出一部。正处与副厅看上去只差一个级别，但正处骑自行车上下班，副厅却有专车接送，能一样吗？

八

下午的碰头会老张也在，还是主要人物。这会儿老张的头发十分工整，一根根都服服帖帖地横在头顶。其实也起不了太大的作用，头皮的劣势仍昭然若揭，最大的价值不过是安慰了自己，达到自欺欺人的效果。

第二会议室是椭圆形的，几个人环桌而坐。某次某个省级领导肯定也在此主持过会议吧？那么这个位置会是谁坐过？李威不免挪挪屁股，真皮的椅面与裤子摩擦，突然发出与放屁类似的声音。他有点儿尴尬，偷看左右，好像别人并没在意，才放下心来。

老张摊开笔记本，神色端庄，语气也很正式。祁副书记今天没出席，但之前与老张交谈过了，关于相关工作的总结与今后的展望，祁副书记提出一些要点，一二三四五六七。去年表彰大会时办公室写过一稿子，书记的新要求听起来与去年的区别并不是太大，但李威跟别人一样还是低头记录。老张不是球场上的那个老张了，李威知道自己此时其实也与球场上判若两人。

墙上挂有一个钟，指针指向五点三十五分了，会议还没结束。李威想，今天的球看来打不成了。他瞄几眼老张，老张兴致尚浓，还在要求大家讨论来讨论去，一直讨论到六点，才散会。

李威有意留两步，等老张一起出会议室。还去打球吗？他问。

老张说，算啦，今天不去。

李威说，下月月底的比赛你参加吗？

老张说，参加。

因为明显感觉到老张并没有交谈的兴趣，李威就没敢多问下去。场合不同，气氛就不同；气氛不同，效果就不同。李威每天打球的时间是五点半到六点四十分，偶尔拖一拖会拖到七点，太迟了回去就是杜若不说，自己也不好意思。今天确实一定要去，也还可以打半个小时。但这样的时间是最不尴不尬的，身体还没打开，就得收摊，不如不去的好。

回到家杜若正在发火，脸通红，一声声地骂。紫电、青霜缩着脑袋站在她面前。

这是比较少见的现象。杜若反复再三把自己病因强调了，紫电、青霜从小耳朵就听出茧子，他们乖得像猫一样，哪里还敢造次。怎么啦？李威问。

杜若手指头在紫电、青霜头上狠戳几下，怎么啦？都什么时候了，逃学，下午没去上学，老师打电话来问了。

李威拍拍杜若的背，说，好了好了，不气，我来解决。又推一下两个儿子，回你们屋去！

李威把门掩上后问紫电，逃课？去哪儿了？

紫电摇头说，没有。

李威说，没有？那么是老师瞎说你妈瞎骂？

紫电说，不是。

李威吼起来，那是什么？没有逃学，不是瞎说，那你们都去哪儿了？

紫电双手放在小腹前绞着，爸爸，我们以后不敢了。

青霜马上附和，不敢了。

李威半晌不吱声，他还有点儿回不过神来。初三压力大，报纸不时刊登哪里哪里学生因厌学出逃，但他从来没把紫电、青霜与之联系上。儿子甚至属于过于循规蹈矩的一类，在家都不敢造次，何况在校？爸爸，我们真的不敢了，你不要生气，你一生气妈妈就更生气了。紫电说的时候，还拿胳膊往李威身上蹭。青霜几乎同时也做出一致的动作，两人连表情都一模一样，他们就是这样，总能这样，基因这东西不服都不行。李威心软了。反正是初犯，再追究下去也无益，只会耗时耗力。他说，下不为例知道吗？

紫电、青霜的头就点得像电动玩具一样。

杜若斜靠在床上喘气，李威从儿子房间出来，坐到杜若床边，帮她拉过被子盖好。不要生气，他说，没事，淘气了一下，跟同学去看电影了。杜若说，都什么时候了，看电影？李威说，就是啊，千不淘气万不淘气，到这时候淘气。不过，也挺可怜的，学习负担确实太重了，换了我，可能也会这么干。说到这里他耸起肩做个鬼脸，以这个动作将自己跟儿子归入同一行列。

通常晚饭后李威会陪杜若散散步，但今天杜若不去。杜若说，你自己去吧，我有点儿累。

李威下楼后给儿子的班主任打了电话。按手机键时，他吸了一口气，提醒自己要语气平静态度温和。王老师，他说，紫电、青霜的妈妈身体不好，我以前不是交代过了，有什么事麻烦你以后直接找我。

那一头，王老师好久不说话。

李威一时有点儿拿不准，他回忆了一下刚才说话的内容，觉得也还行，没有太出格。家里的情况班主任很清楚，既然清楚还把电话往家打，就是有不对之处，就得容许家长稍稍有生气的表示，否则以后不是还打？

这时王老师说话了，她是个女人，中年女人，声音粗糙，缺乏平仄。紫电、青霜爸爸，你是省直机关干部，我一向很尊敬你。但是，我觉得你今天很没修养。我今天下午不是没给你打电话，我打了，可是你的手机一直没有信号。怎么办？我只好往你家打。你要是说无论发生什么事都不必打，我听你的，就不打了。

李威听到她说出"没修养"三个字时，心里咯噔了一下。时至今日，还从来没人把这个词往他身上安过。他自己有时候检讨起来，最多也就想到没才气、没运气、没福气之类，其余的似乎都尚可。谁知突然连修养都没了。他决定修正一下跟老师的关系，功利一点儿看，毕竟儿子还得在她手中捏上两个月。王老师，他说，对不起对不起，下午我在省委开会，可能会议室手机屏蔽，所以没接到。你不是不能打家里的电话，实在是我太太身体太糟了，动气不得。这不怪你，真的，不好意思。

王老师说，只逃学半天就气了？

李威心里又不高兴了一下。什么话，只逃学半天，还要怎么逃？

王老师说，紫电、青霜爸爸，我们当老师的没什么社会地位，所以也不敢乱讲话。我下午打电话去的时候，如果是你接的，我就不会那么小心翼翼地只说半天了。

李威马上嗅出她话里有话。不是半天吗？

不是。是很多个半天，我数了一下，这个月两人已经缺课十二节，按每天下午三节课计算，他们每星期有三个半天不知去向。

李威太阳穴嗡嗡嗡响。他们去哪儿了？

王老师说，我问过，他们都说家里有事。分开问，回答也一模一样。没办法，双胞胎有感应这是地球人都知道的。我批评一次，他们表示改正一次。但是过后还是老样。

李威有种被人拿刀一步步逼进断头巷的感觉。这三年，他和班主任打交道不下十次，每次看进眼里的都是平面直板，像一块洗旧泛白的粗布，缺乏立体，没有层次。没想到一转眼，却深不可测。但他已经没有耐心跟她玩猫与老鼠的游戏，他需要谜底。王老师，他们究竟去哪里了？

王老师说，这样吧，你等我电话，我会给你答案的。不过，你暂时不要跟紫电、青霜捅破。

九

李威是在第三天等到王老师的电话。杂音很多，她声音又做神秘状压得很低，不觉间李威就提高了声音。老余、小卢都在办公室，就一起伸长脖子好奇。李威说，喂，在哪儿？哪儿？澳洲路？哦哦，二舟路，知道了。

李威站起要走时，小卢问，有事？

李威说，没事。

小卢不丧气，继续友好，需要我车送你吗？

李威奔出门，丢下一句：不需要，谢谢。

二舟路，读大学四年，工作二十二年，都在这座城市，李威还从不知道有二舟这条路。但拦下的士一说，司机一点儿都不疑惑，马上按下表就走。太顺了，反而心会生疑。李威从后视镜里看司机，是一张年轻的面孔，面无表情。师傅，二舟路，没听错吧？他想要是听错了，就走错了，那王老师在那儿可能等恼火了，甚至一走了之。

二舟路怎么不知道？司机不以为然。

李威就明白了，这个二舟路只是他不知道，对很多人来说，却是熟门熟道。他试探着问，这条路上都有什么呀？

司机说，有什么？什么都有。

比如什么？

比如人。比如房子。比如树。比如吃喝嫖赌杀人放火。

李威屏住气静止了几秒钟，仿佛站到三岔口上，不知下一步往哪儿走。最后只能继续往下问，他得在到达二舟路见到王老师之前，大致弄到心中有底。他说，二舟路电子游戏店很多吗？这么说是因为中小学生被网所害太甚，没见紫电、青霜在家玩游戏，就是上网他们也只看考试网页。但是，说不定哩，

右手握拍

说不定别人一邀，他们就随之而去了。

司机哧地笑起。你外地来的吧？我刚才还以为你逗我哩。真不知道？二舟路又叫野鸡路也不知道？那里酒吧、夜总会、桑拿、洗脚房、演艺吧啥都不缺哩老兄。

李威终于开始真正紧张了。他想象力的极限仅仅是电子游戏，一下子扩张到夜总会、演艺吧，把他手脚都弄凉了。王老师在电话里就是让他在金皇演艺吧前下车的啊。

王老师站在杧果树下，脸色黝黑。看见李威，她说，你来。她就径自往里走，走到门口，回过头说，我们看一眼就出来，什么话都不要说。听着，什么话都不许说！

李威点头，心怦怦跳。

王老师轻轻拉开虚掩的门，穿过一条通道，拐两个弯。很暗，没灯，也没人，但有音乐传来。音乐越来越响，歌声越来越清晰，是一男一女的对唱。但大厅的舞台上却是三个男人，一个背对着台下，眼盯着两个拿麦克风的。扭，扭，扭，对，幅度大一些，媚一点儿，再媚！

再媚的要求是对两个男人的其中一个提出的，一会儿又换成另一个。他们唱的是首情歌，不知道歌名，有"很多爱，爱比海深"什么的。两个男人都可以唱女声，一会儿甲唱男乙唱女，一会儿又乙唱男甲唱女，边唱边做缠绵状，贴脸，亲吻，摸屁股。

李威被王老师挤在角落，地上有些湿，粘着鞋，他气喘不过来，胸憋着。他往外挤，要出去。王老师就捏住他胳膊，二话不说，往外拖。

到门外，站到杧果树下，王老师叹了口气。如果不让你亲眼看看，你不会相信。我也不相信啊，那天下午得到消息，我本来就是要让你来见一见的。

这是干什么？他们在干什么？

我了解到的情况是，这家夜总会要把他们训练出来，然后晚上在这里表演，取乐客人。

表……演？李威舌头都硬了。路上不时有车唰地开过，喷起烟，油烟味裹着厚厚的尘土。

王老师说，你现在先回去。

回去？李威突然扯起嗓门儿，手往夜总会一指。他们还在里面，他们！

王老师抿抿嘴，很平静。他们交给我。

交给你？为什么?！

王老师突然身子一震，断喝道，不要吼！马上又放缓声音说，事情不能闹大，闹大了对谁都不好。我比你大几岁，你得听我的。

怎么听？李威神志慢慢开始恢复。

只要有可能，这事暂时不要扩大，甚至学校都不一定要知道。你明白我的用意吗？

李威不是太明白，但他及时点头。

中考只有两个多月了，必须把影响降到最低限度。这事我也有很大责任，我也不愿闹大。两个啊，我班上一下子出了两

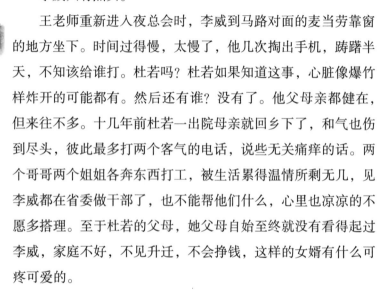

个这样的学生！我现在进去带他们，你在外面，躲起来，不要出面。以后，也不要再提这事，永远不提，就当什么都没发生。你做得到吗？王老师定定看着李威，眼光锋利得像刀片。

李威只有点头。

王老师重新进入夜总会时，李威到马路对面的麦当劳靠窗的地方坐下。时间过得慢，太慢了，他几次掏出手机，踌躇半天，不知该给谁打。杜若吗？杜若如果知道这事，心脏像爆竹样炸开的可能都有。然后还有谁？没有了。他父母亲都健在，但来往不多。十几年前杜若一出院母亲就回乡下了，和气也伤到尽头，彼此最多打两个客气的电话，说些无关痛痒的话。两个哥哥两个姐姐各奔东西打工，被生活累得温情所剩无几，见李威都在省委做干部了，也不能帮他们什么，心里也凉凉的不愿多搭理。至于杜若的父母，她父母自始至终就没有看得起过李威，家庭不好，不见升迁，不会挣钱，这样的女婿有什么可疼可爱的。

头上戴着红纸帽，上面写有大大"M"黄字的小姐过来，笑眯眯地问，先生，你需要些什么吗？

李威摇头，他现在需要的只是一个答案。他所熟悉的那对一直猫一样安静的儿子，为什么突然之间判若两人了？

谁能替他解答一下？

十

第二天中午李威再次见到王老师，地点在与学校隔两条街的温泉宾馆，他们一起坐在大堂的沙发上。

都弄清了，王老师说得很轻松，不能怪紫电、青霜，他们用意是好的。

什么用意？这个问题李威已经在心里憋了一天一夜。

王老师说，他们想挣钱。夜总会承诺正式演出后，每晚给他们一百元。你想想，这么小的孩子，一百元在他们眼里是多大的数目？

可是，谁要他们挣钱了？我们不需要他们挣。

你们需要，至少他们认为需要。你老婆不是病了吗？你老婆不是整天在家休养吗？他们认为那都是因为你挣不了大钱，有钱，你老婆就可以去北京、上海甚至纽约、伦敦治病。毕竟是孩子啊，能这么想，也是孝心一片，我都感动了。

李威手掌侧托着下颚，他没想到是这样。要说感动，他也有，但更有股说不清的酸楚或难堪汩汩冒着。他是挣不了大钱，从来没挣过，几年潦潦草草地上班，不扣工资，单位已经很大恩大德了，还怎么挣大钱？况且机关哪有大钱可挣？连贪污受贿都缺条件。

王老师从手提包拿出一张纸递过来。交涉了半天，夜总会才放人，但他们说是专门请人培训紫电、青霜的，得把费用算清。我威胁要报警，紫电、青霜还是未成年孩子哩，他们才软了。不过我想还是多少算一点儿吧，免得以后再纠缠，就给了他们五百元，这是收据，你看，盖了他们的章哩——这钱得由你出。

右手握拍

李威在身上摸来摸去，很狼狈，他没带这多钱。

王老师说，没关系，不急，以后再说。

李威拿出金穗卡。宾馆前有取款机，刚才进门时他看到了。他说，你等等，我就回来。

五百元钱从机上嗒嗒嗒地吐出来时，王老师也从宾馆里出来了。她从李威递过来的五张百元人民币中抽走三张。我也有责任，她说，也该罚两百块。

李威急了，把剩下的两百元往她手中塞。他说，王老师王老师，不能这样，你已经费了这么多心，哪有再出钱的道理？

你把钱收起，收起！王老师的口气很硬，你不收起，我会理解成你有不满，万一到校长那里告个状，我就惨了。懂吗？或者这样，两百元你就先收着，一定要给我，等中考过后，紫电、青霜考上重点校了，再给我也不迟。

李威觉得还是不妥，但他说不出话。生活再次教训了他，这世界谁都不能小瞧，谁都不能。昨天在麦当劳里，透过玻璃看到王老师双手分别揽着紫电、青霜从夜总会出来，拦下的士，把紫电、青霜先推上车，然后自己跟进。那个瞬间，李威羞愧不已。他真的没想到这个瘦弱的女老师竟有如此强大的一面。

王老师说，现在得保证紫电、青霜注意力集中，情绪不能波动。如果想教育他们，也得忍着，考完试再秋后算账。是不是这样？

204　　李威觉得他得说几句感激的话了，心里真的已经堆满感激。王老师，他说，碰到你这么好的老师，真是紫电、青霜的幸运，也是我和他们妈妈的幸运。说到这里他停下。真奇怪，好好的话一说，反而变成公文似的，居然假了。

我好吗？王老师斜着眼问，好与不好都是相对的。也许这时好，马上下一刻又不好了，人是最不可靠的动物——你是省里的领导，我这么说可能不对。

说得对说得对，不过你确实好。

那么你呢？你好吗？

李威一怔，她问得别有深意。

王老师说，你有别的女人？马上她又收了嘴，笑笑。对不起，她说，冒犯你了。是这样，那天下午打电话到你家，紫电、青霜妈妈接起后，很不友好，一直追问我是谁。我本来是不打算跟她说紫电、青霜的事，她要出了事我也担待不起。可是，那时，不说都不行了，她可能把我当成你的相好了。

怎么可能？李威惊得气都出不来。

王老师又笑笑，我不管你可能不可能，别影响到孩子就好，至少在这两个月之内。

李威点头，但他心里憋着气。王老师话里的意思傻子都听得出来，她还是认为他有问题。要是在以前，王老师的看法好歹他肯定都不会在意，可是现在，他在意了。面对一个值得尊敬的人，我们通常的反应总是也非常希望能获取对方的尊敬。如果有可能，李威是想辩解的，但王老师显然已经没有再谈下去的意愿。李威突然记起一件事，这件事很实际。他说，王老师，中考时紫电、青霜能不能想办法帮他们排在同一考室？分开考他们成绩出不来。

王老师摇头。多两个学生考好，对学校也有利，但我们无能为力。

任何可能性都没有？

没有。中考不是人为安排教室，而是电脑随机安排。所以，只能看他们的运气了，运气好也有碰到一起的可能。不过，你别介意，我实话实说，这事我一直觉得有点儿怪。

什么怪？

双胞胎以前我不是没碰到过，但没有像他们这样的。

李威想说即使是双胞胎，也不见得心灵感应程度都一样。紫电、青霜会同时感冒，同时腹泻，同时眼肿，甚至同时喷嚏同时放屁，别人会吗？别人不一定会息息相通到这种程度。但王老师急着回校，她扬扬手说声再见就径自走了。李威待在原地，心里真是不舒服。相好？真是见鬼，他有相好？杜若从没在他面前流露一丝此类想法，但王老师也不可能编造，那么，是真的，杜若真的那么想？

下午上班李威脑子还老缠着这事，他几乎一言不发。到了五点，他把黑色帆布包从桌底拖出。换 T 恤，换短裤，泡茶，出发。何以解忧，唯有打球。他不能就这件事一直想下去，再想，脑子就破了。

今天的球在党校打。党校校长老罗球姿跟他长相一样，土得掉渣，腿不屈，腰不弓，事实上鼓囊囊的大肚子也让他弯不了腰。可就是这样，李威只要不是状态超好，都输他。李威怕生胶，老罗恰好打生胶，克上了。第一局11比8，第二局11比5，第三局11比9。李威气呼呼地败下阵后，在老张右边坐下。老张说，你怎么老不长进呀？李威笑笑，抓过茶水猛灌几口。老张说，以前我也怕他，现在不怕了。说到这里老张大声喊起，老罗，现在我不怕你了。老罗说，哈哈，还有个不怕死的。老张喊，顶个大球打小球，吓唬谁呀？推他正手空当！又回头低声说，你看，他一退台接正手，反手速度就跟不上了。拉，拉弧圈！老张又喊起来，下面那句对李威说时，声音又压下去：要拉高，拉慢，他就借不上力了。说着老张用拍子比画几个拉球的动作。他是左撇子，拍子舞动起来时，李威发现不是那块旧拍子，拍子变了，由旧变新，由圆形变方形。李威顺手把拍子拿过来，老张没反对，好像还挺乐意。手感不一样，李威掂了掂，断定底板是碳纤维的，细看柄上的商标，原来是BUTTERFLY，日本蝴蝶牌，胶皮也是。这样的皮，李威知道，不经磕碰，没几天就会破裂掉屑，于是还得再换，换一张就是五百多块钱啊。

鸟枪换炮了嘛，李威说。老张笑笑，把拍子拿回，指教的热情仍然持续着，他说，无论生胶还是正胶其实都不难对付，把它琢磨透了，就不可怕。

趁对方捡球，老罗跑过来喝两口水，边摸着自己的大肚子边说，你们总不会忘记王涛是怎么把金泽洙打得屁滚尿流的吧？大肚子有大智慧。老张说，老罗啊，一个人不能无耻到这种地步。老罗就高举右手，做扔东西状。老实点儿，他故作面目狰狞地说，我用馒头砸你一个血案啊！大家都笑，笑声从身体深处放纵发出，声音悠长而且厚实。

李威笑声最小，而且短促。那个瞬间他心里一扭，突然就有些酸楚了。这几个人都报了省直机关乒乓球赛，都可能是他的对手。他有把握胜他们吗？没有。他低下头，转动拍子。他是右手，两面反胶，红双喜底板，友谊729胶皮，一切都是最普通平常的，跟乒乓江湖中成万上亿的人一模一样。太平常了，所以泯然众矣，所以紫电、青霜都认为他挣不了大钱，所以，他连相好其实都没有，所以他年近五十了，还只是有职没权的调研员。

如果由反胶改长胶有没有可能？

如果请省体工队的戚教练指点指点会怎样？

他确实该赢一赢了，哪怕仅是一场机关内部的乒乓球赛。

十一

倒退三十多年，戚教练名字在省报上偶有出现，他拿过一次省冠军两次省亚军，还差点儿进国家队，这都是他自己说的。李威跟他认识是在前年的一次酒桌上，别人介绍说这是省乒乓球队教练时，李威眼睛亮了一下。桌上聊一阵球，喝一堆酒，吹一阵牛，高山流水相见恨晚地亲热，过后其实再没往来。

李威在名片夹中翻半天，他记得那晚彼此是交换过名片的，但是没找到。

打电话到省体委一个熟人那里问，他说，戚教练？好像退了吧。你等等，我回头给你电话。过一阵电话打过来时，果然说戚教练去年底已经退休了。李威觉得退了并不影响其水平，教他反正绰绰有余。那个熟人就报出一个号码，他说，你打这个电话试试，他现在被火凤凰乒乓球俱乐部聘去了。

李威没有先打电话，他直接去火凤凰。这是全市最大的一家私人乒乓球营业场所，场地、器材、教练都很专业，服务也好，收费因此就高，每小时50元。前年地税局跟厅里搞联谊活动，曾在这打过球。

其他乒乓球俱乐部很少有宾馆式的总台，这家却有。打扮俏丽的小姐笑眯眯地望着李威。李威说，请问戚教练在吗？小姐摇头，戚教练今天没有班，找他有事吗？李威说，我想请他教教。小姐表情更可人了，她说，他每星期只有二、四和周末在。其他教练可以吗？李威说，不可以。

星期六李威在火凤凰见到戚教练时，对方已经想不起他了。但只要按规定缴足费用，戚教练仍愿意教他。戚教练说，有没人点拨肯定不一样的，要不马琳、王励勤那么高水平的运动员为什么还要有教练？但反胶改长胶被戚教练否定了，戚教练说，怎么可能？变长胶，拍形、手势甚至海绵厚度等都得变，剩一个月时间来不及了，别人不适应你，你自己也不适应自己，划不来。

况且，戚教练有几分不屑。水平得靠技战术来提高，玩弄胶皮这些雕虫小技一点儿意思都没有。来，你先打几个球看看。

两人找到一张空球台，来往打了几个球，戚教练眉头就皱起来，走过来拿起李威的球拍看一眼，一把扯掉正手胶皮。换掉！他说，换狂飙3！

从这天起，李威每天都来火凤凰。星期二、四、六、日，戚教练到场时，他打一至三小时；戚教练没来，他坐在旁边看别人打，听其他教练指导球。很管用，以前跟老张他们打，志在逗趣，乐在宣泄，怎么扣怎么拉怎么冲怎么吊怎么变线，并不多想。现在戚教练逼他想，不是想一拍，而是想下一拍对手回过来会怎样，再打过去又是怎样；想手腕加力时球的转速和落点，想两个大角调动时步法的移动与衔接。

他心里充满隐秘的快乐。没有人知道他在火凤凰练球，甚至杜若他都不说。有时候他觉得自己有点儿像躲进密室修炼的武林高手，秘籍在左，宝典在右，风生水起却又滴水不漏，直到华山论剑之日，才石破天惊，技压四座。

但是杜若还是发现他有变化。杜若在饭桌上不时瞄他，眼神飘忽。杜若用筷子指指儿子说，他们很快就要市质检了，接下去还有省质检。李威看看紫电、青霜，两人都低头大口扒饭。那天从夜总会出来至今，这件事李威没在家里提过半句。王老师说得有理，他得听王老师的。况且他们错了吗？他们只是要替家里分忧。这么一想，李威几分心酸又几分爱怜。他们懂事成这样，还能再说什么？

李威分别夹起肉放到儿子碗里。多吃点儿，他说。

紫电说，谢谢爸爸。

青霜也说，谢谢爸爸。

李威眯眼打量他们。多么乖巧，与夜总会舞台上丑态百出地扭唱的是同一个人吗？熟悉的人突然陌生，这样的反差会把人撞出暗伤，李威一直到现在心里都还有隐痛。

杜若说，这时候了当然要多些营养。但是要营养就要多花钱。

钱不够吗？李威听出她话里的意思。家里的经济一向很清楚，杜若的那点儿工资用来日常开支，其余的费用由李威解决。虽然只有百分之八十，杜若一个月也有一千多，买菜足够了。但李威也不敢肯定，两个儿子以及杜若的身体都急需营养，这方面不能紧缩。真不够吗？他问，不够我明天去取点儿给你。

杜若撮起嘴，她眼小，幽怨之情就来得隐蔽，常常已经翻江倒海了，露出来的也只是冰山一角。所以可怕，所以李威得费力捕捉苗头。他十多年反复做类似的事，筋疲力尽却又反复忍耐。两个儿子换得一身病痛，包括儿子寒光闪闪的名字，暗地里李威对她确实心有内疚。他给过她什么欣慰？钱没有，官也没有。

祁书记的那个讲话稿李威已经粗拟一遍交给叶卫星，叶卫星提些要求，让他再过一遍。

李威把稿子交给叶卫星时，在他办公桌对面坐下。刚开始先说稿子，这是工作，将工作作为与领导交谈的开场白是再合适不过了。叶卫星边听边插话，适时提出自己看法。这都正常，连气氛也融洽。李威觉得是时候了，他给叶卫星打下手三年，从来没提出任何要求，即使现在也不能提，他只是说自己的经历，哪年到厅里，哪几个前后到厅里的人现在都在什么职位上。他把语调放低，轻松而不失庄重，几分委婉的遗憾和淡淡的伤感，分寸都在，分量也有。他想叶卫星是何等聪明的人，肯定听明白了，该明白的都明白了。

组织部已经来人考核，然后公示。传言不是白传，都在慢慢得以证实。也就是说叶卫星很快就不是宣传处处长，他仍是李威的上司，更大的上司。至少在直觉上，李威感到他是欣赏自己的。宣传处还有两个副处长，但这次给祁书记写讲话稿，叶卫星却弃他们不用，而起用李威。在他即将升为副厅长前夕，给分管书记写的讲话稿对他来说，也是至关重要的啊。

李威站起来，他笑笑，把所说的话又归结到工作上。他说，我按你的意思再改改。

叶卫星说，对，时间上稍微把握一下，会议下星期开，不能耽误了。

李威说，不会，明天就给你。

叶卫星点头，突然问，杜若近来身体怎么样？

李威说，还好，不错。

儿子也好吧？快中考了啊，准备报哪所中学？

李威说，过半个月就市质检了，接着又省质检，这两场考试成绩出来，才能估算怎么报志愿。

叶卫星又点点头。你很不容易啊，他说。

十二

在全省表彰大会之后，叶卫星就搬到楼上厅长办公室上班了，其他的几个提拔的处长，也陆续离去。厅里一下子感觉不一样了，像一块萝卜地，拔走几株后，豁开的窟窿就格外刺眼。明摆着马上要重新洗牌。

没有想到最先动的人是老余。老余不是提到厅里其他处，而是调到卫生厅宣传处任处长。从副处级的助理调研员到处长，其实也仅跨了半步，关键是老余五十六岁了，这个年纪居然还能动一动，那就不是一般的能耐了。

关于老余的升迁有几种说法开始流传，一种是老余自己找厅长痛诉待遇不公，他在副处这个级别上待了十一年了，没偷没抢没贪污没受贿没玩女人，不提的理由在哪里？另一种是说老余在日本的女儿接待过赴日经贸洽谈的省长，双方相处和睦，老余女儿见机提出请省长照顾一下她忠心爱国的父亲，以弥补她内心的愧疚。还有一种说法是老余其实跟省委办公厅政文处张处长有拐个弯的姻亲关系，老余让女儿从日本买回蝴蝶牌乒乓球拍和一堆胶皮送张处长，张处长与祁副书记关系密切，他跟祁书记一说，老余就成了。

213

没有哪一种说法是绝对可信或绝对不可信的，如果一定要从中挑选一种可能，李威选最后那个。他见过老张的蝴蝶拍子和胶皮，但除了老余女儿赠送，老张自己难道买不起？

老余来办公室理整东西时，非常低调，没有平日那股倚老卖老的邪劲。小卢说，余处长，以后但愿我长命百岁，万一有什么三长两短，你可一定要挺身而出啊。老余说，没问题没问题，你永远健康永远美丽。

李威把老余送到大门外，心里难免悲欣交集。说起来这三年两人相处得还不错，老余心眼儿不少，坏心眼儿倒不多。这样的人做同事已经难得。反过来，老余的那些心眼儿都放在怎么少做事，怎么多空出手下几盘棋，他其实都不惜自毁前程了，只等退休一天的来临，谁知竟还能峰回路转。李威说，真有你的啊老余，不吭不哼，却水到渠成。老余说，嘿嘿，狗年走狗运。她也蠢蠢欲动哩！李威没听明白。她？指谁？老余说，小卢呀，还有谁？

怎么可能？李威不信，她离处长还远着哩。

老余说，你看你，呆了吧？处长位置空了，不是副处长可以提上去吗？副处长提了，不就可能把她提到副处了吗？

李威噢了一声，这他还真没想过。

老余说，小卢想想也是正常的，谁不想呀？不过私下里大家猜测最大的可能还是你，你已经是正处，业务能力又在两个副处之上，凭什么不是你？

李威拍拍老余的肩。谢谢，他说，谢谢。没有人这么真诚地肯定过他，老余以前也从来没有。

手机响了，李威的手机。看来电显示，是家里的。喂，喂！李威声音提高，可是里面却没有任何反应。李威猛地把手机盖一合，顾不得跟老余道别，紧跑几步，拦下的士。在的士上他挂了120。

果然是杜若出事了。家里的每一部电话都储存着李威的手机号，平日紫电、青霜上学去了，紧急关头，杜若只要压一个键就拨出去了。

急性肺水肿，这个病是二尖瓣狭窄的并发症，杜若不是一次两次犯了，但从未像这次这么严重。李威冲进家门时，杜若已经躺在客厅地板上，粉红色泡沫状血痰从她鼻中嘴中涌出。喊她，一点儿反应都没有。

120救护车把她送进医院。从急救室，到ICU，到撤机拔管转入普通病房，这是杜若一步一步从死神手中挣扎回来的过程。生命体征差不多已经丧失了啊，医生说迟一步就回天无力。杜若睁开眼时，李威正站在ICU玻璃墙外往里探，他脸上的焦急不是装出来的，眼眶都陷进去了。急救室的门霍地关上的瞬间，他猛地紧跑过去，一声声追着喊，喊杜若的名字，声音嘶哑。天人永隔的悲戚把他击中了，那时他真的以为杜若就这么去了，再也见不到她。

杜若的父母也被叫到医院，他们后来说了一句让李威哭笑不得的话：看来你对杜若是真的不错。

这么说，以前他们认为都是假的？

杜若靠在病床上轻轻笑着，很久没见她这么笑了。她说，爸妈，你们回去吧，这里有李威就行。李威不知道自己行不行，家里两个儿子，单位有一堆工作。送走两位老人后，他在床沿一坐下，就觉得手被温了一下，是杜若从被子中伸出手把他的手抓紧。李威下意识地把手往回微微一抽。这种亲昵，已经久违了，非常陌生，不习惯了。他眼光在杜若脸上扫过，扫到她绀紫的唇上时，停顿了几秒。有多长时间没在上面亲过了？这个问题是突然想起的，却没有答案。

这时杜若说了两件事。

她知道紫电、青霜去夜总会唱歌了，是去菜市场买菜时听紫电、青霜同学的母亲说的。

另一件事是关于小卢。小卢婚后不愿生育，而她丈夫公司的女秘书却迅速怀孕，所以去年她在得到一笔财产后离婚，用这钱她买房买车。

李威把杜若的病与她得知紫电、青霜去夜总会的事联系起来。王老师的消息是学生透给她的，要不打死她也想不到紫电、青霜去了那里。所以包不住的，班上很多同学都听说了，杜若知道其实也只是迟早的事。

至于小卢的东风标致与离婚，李威一下子很难联系到一起。不太可能吧，这一年多来没见小卢情绪有过任何波动，整天风和日丽，而且，不是还一口一口地称"我老公"吗？

杜若在医院住了一周，这一周李威请假。白天在医院，晚上回家。没有杜若的床铺一下子空出许多，没有人造心脏瓣膜嘀嘀嗒嗒的声音，屋子也静下来。但她的气息还在，那股特殊的与多种药物混杂在一起的气息，被子上有，枕头上有。

迟一步就回天无力了，迟一步其实是多么容易，迟一步对家里电话做出反应，迟一步拨120电话……李威吓了一跳，他怎么居然冒出这样的念头？他冲着急救室门大声喊叫的悲戚连自己都记忆犹新啊。

那一刻很真实。

而这一刻呢？他有点儿恍惚，他说不清。

紫电、青霜几乎每天下午放了学都骑自行车去医院，趴在杜若床头，挨着她坐。这次杜若破例没有发火，没有责备。杜若很受用地左一眼右一眼看着他们，咧嘴笑着，眼泪不知不觉漫上来。紫电、青霜就用手去擦。十五岁小男人的细致体贴，把杜若都快暖化了。她说，不管怎么样，生你们都是值得的。然后望着李威，说，不管怎么样，嫁你也是值得的。

李威没有去呼应，他有意躲闪回避。突然之间，这个女人，包括她的身体，她的神情，她的言语举止甚至气味，竟都凉飕飕的，他止不住开始害怕，这种害怕在深处，宛若一条蛇隐秘地藏于皮肉之下，贴着骨头，冰凉地一寸寸缓缓爬过。

过两天就市质检了，两个儿子不知道在不在同一考室。紫电说，在。准备得怎么样了？青霜说，很好。李威让他们早点儿回去，他说，你们认真读书，把成绩考好，才能对得起你妈。紫电、青霜就重重地点头，嗯嗯嗯地答着。

十三

李威重新上班时，宣传处的工作已经由一位副处长主持了。李威没有想到会这样，老余说得很对，他本来已经是正处，业务能力又明显在两位副处长之上，即使是暂时主持工作，也该由他而不是别人。

思量两天，他决定还是找找叶卫星。

而且，他要单刀直入。叶厅长，他叫道，从叶处长到叶厅长，口改得很顺，一点儿没有别扭感。我们处现在有人暂时负责了，我只是想知道一下是不是长久负责。是或者不是，明确一下，便于以后工作。他把"以后"两个字咬得很重，是啊以后，以后他还要不要再那么卖命？以后别人是不是还那么好指挥得动他？

叶卫星笑笑，他的笑跟以前不一样了，是副厅级的分寸感。怎么样，你夫人出院了？我本来要去医院看看，一忙，又拖下了。

李威不答，定定地看他。

叶卫星又笑一下，拿起烟，递一根给李威。李威摆手，他不抽烟的，本来就没有瘾头，杜若病后怕烟呛着咳嗽，就更戒了。叶卫星自己点一根，慢慢抽几口。

我在厅长办公会上推荐了你，叶卫星说，你的能力几个厅长都是肯定的，这么多年大家对你是了解的。这件事……你看你家有特殊情况，你夫人身体一直这么糟糕，所以……所以其实也就是暂时的。你真的挺不容易，夫人病了这么多年，你都不弃不离，很了不起的。不过你自己也要多注意身体。

话说得像绕迷宫，其真实本义却在里头血脉般隐约浮动。李威屏住气辨析一下，他想他应该明白了。还不是定局，还有一丝希望，但最终的结果不在于他，而取决于杜若病情会不会成为拖累，取决于其他几位厅长能否信任他，也取决于那个副处长能否最终有能耐从暂时顺利过渡到正式的。

有几分恼火，但李威却笑了。既然还有一丝的希望，为什么要放弃？他站起，说，谢谢叶厅长，谢谢你推荐了我。

回到办公室时，小卢眯着眼打量他。怎么样？她终于还是忍不住问了。

什么怎么样？

你不是去找他了吗？她把握在手上的笔往上指指。

他是谁？李威继续装傻。老余提拔捂得严严的，小卢离婚不透半点儿风声，谁不会装？谁都会装，谁都在装。

小卢有点儿不高兴地撇撇嘴，但过了一会儿还是她先开口。她说，哎，李威，你老婆很奇怪啊，居然托人打探我的消息。

李威一惊。

小卢说，我本来不想提这事的，她是病人嘛。可是，心里真的怪怪的，我招她什么了？我离婚了关她什么事？

李威眨着眼，杜若的假想情敌原来是她。他说，对不起，

右
手
握
拍

她确实有病。

小卢说，有病也别病到我这呀！难道我会抢她丈夫？难道我是为你离婚的？真可笑，你愿意我还不愿意哩！

李威说，我也不愿意。

但他突然意识到，自己讲的不是实话。从前他并没把小卢太当女人看，办公室这种场所里人都中性了。可是平心而论，小卢不错，五官洋气，穿着讲究，举止利索，而且，最重要的是，她非常非常……健康。

手机响了，王老师找他。王老师说，紫电、青霜爸爸，请你来学校一趟。李威心脏猛跳，又怎么了？王老师还是没有平仄地重复那句话，紫电、青霜爸爸，请你来学校一趟。

学校从昨天开始市质检，一切都与中考仿真，划了警戒线，分了考场，一个考场两名监考老师，一个考生坐一张桌子。

是小卢开车把李威送到学校的。李威在门口给王老师拨个电话，王老师说她在三楼的校长室。

校园很静，上午的考试还未结束。李威走进校长室时，里头除了校长、王老师，还有紫电、青霜。紫电、青霜低着头站在屋角。李威伸出手跟校长和王老师分别握握，用这个动作他想让自己镇静下来。紫电、青霜惹麻烦了，这个麻烦一定比去夜总会唱歌更棘手，预感在接到电话那一刻就有了，但不知道是什么。

紫电、青霜作弊了。咳嗽、摸头、托下巴、触鼻子、挠耳朵、抓头发……所有的肢体语言都可以是符号，只有他们自己才能破译。王老师为什么也能破译？王老师靠在窗户上，木着脸说，我注意他们已经很久了，没有把握是不敢出手抓的。比如紫电手掌靠在腮边，三根手指头翘起，青霜就把笔在桌上叩一下，这是告诉他选择题第三道题的答案是 a。如果是问答题，他们就打手势，手指这么弯一下是什么字，那么摆一下是什么字……我跟你说，太不可思议了，当了这么多年老师，没见过！

问题是究竟谁抄谁？

王老师说，互相，他们分工很明确，这个负责英语，那个负责语文。花样多着哩，回头你自己再问问。真想得出来啊！这种聪明劲儿要是花在正道上，什么成绩拿不到？

李威脑子嗡嗡嗡地叫，王老师生气的脸像漂在水中，被浪打过来打过去。他舔舔嘴唇，唇很干，都开裂了。校长去倒杯水，放在李威面前。校长说，不好意思，我们没教育好。刚才王老师给你打电话时，那两个人，他用嘴努努紫电、青霜，他们干什么知道吗？他们爬窗子，要跳下去。所以，一直到现在，你看王老师都在窗户前守着。我们也没办法，要不你先把他们带回家吧。出了意外，我们也不好交代。

李威从三楼下来时，让儿子走在前面，他跟在后面。背影一模一样的儿子，一样的衣服，一样的发型，一样的个头儿，他们一顿一顿地脚迈得很重，到了一楼，突然站住，然后同时往下一矮，跪下了。

紫电说，爸爸，不要告诉妈妈好不好？

青霜说，我们是想让妈妈高兴，我们……

两人开始哭，先是小声，然后越来越大，直至浑身抽动，号啕起来。

李威身子僵硬地站着，然后缓缓过去，把他们拉起，抱住，拍拍背。这时候，儿子，他的儿子很需要有人伸出手支撑一下，这个人只能是他。李威说，不告诉，我们谁也不告诉。我们自己错了，自己改。还有一个多月才中考，来得及。是不是？我们来得及。

小卢的车躲在校门旁的小巷里，大路上不能停车，她怕警察抓。李威让紫电、青霜坐到后座，自己进了副驾室。倒车雷达开始嘀嘀嘀地响，然后车子退出小巷，鱼一样向前滑行。小卢什么都不问，她直接把车往办公室的方向开。一层玻璃之外，人变小了，房退远了，一条条路弯来弯去永无尽头。小卢轻松转动方向盘，向左向右向右向左。

李威觉得五脏膨起，五官也一点点胀开，仿佛正有人拼命地急速地往他身上灌气。

人生如果能像驾驶汽车一样从容不迫地选择方向，然后随心所欲地奔往某个目标，就没有这么多无奈与沉重；生命如果能任意倒车，李威愿意倒回到初次在球场上见到杜若的那一年。那一年他还多么年轻气盛，一心以为前方良辰美景可以随意撷取，他竭力了，但命运的轮子不听使唤，他无能为力。右眼角越来越重，一道泪终于顺着鼻梁滚落下去。他侧过脸，他皱起来的脸映在贴着灰黑色防晒膜的窗玻璃上。

小卢看了他一眼，把车载收音机打开，歌声刚响起，她马上又关掉了。喂，你手机响了。她提醒道。李威把手机接起，是戚教练。你怎么回事，这么久不来练球？不是马上要比赛了吗？李威一句话没应，烫着似的立即摁掉。比赛？他都忘了这事。他低头看自己的手，右手，拇指与食指握拍处有微黄的茧，对搓一下，硬硬的，不像肉，像塑料。

右手握拍，绝大多数人都这样，他无非是其中之一。

他一直看着这只手，然后慢慢握起，捏成一团，使上狠劲。你说，我要参加吗，乒乓球赛要参加吗？他问小卢，其实是问自己。那一刻，他心里其实已经有了答案。

仰头一看

一

天是阴的，雨在前一天已经下过，并没有立即再下一场的打算，但也不是太坚定，或者只是歇一口气，喘一喘，等过一两天攒足劲了，再拿点儿水分往地面洒。这就是初秋让人最舒服的日子了，风似乎都刚洗过澡，裹着一股说不清的淡淡香甜，脸被吹拂时，每个毛孔都张大嘴一口口吸着。

徐明噘噘嘴，把头向上仰起。四十六年前初秋的这个阴天，他才九岁，眼睛很大，形状像两枚横下来的橄榄，眸子黑得出油，泛着星星点点的光，眼梢还宛若燕尾向上翘出一条柔和的线条。他姐姐徐华单眼皮，整天没睡醒似的眯缝着。妈妈林芬奇左右一比较，长嘘一口气。徐明这样的眼睛放在女孩脸上，只能以妩媚来形容，一不小心就徐徐散发出狐狸精的气息，肯定会惹出一堆是非，放徐明脸上就安全多了。男人注重整体性，身高和气质才是取胜法宝，一定拿脸说事，鼻子挺不挺是唯一的评判标准，而眼睛一直不算重要器官，但既然眼睛好看了，也不多余。

徐明九岁时个子在同龄人中偏高，长胳膊长腿，脖子也长。他还有一个特点，就是好奇心重，学了"水滴石穿"这个成语，就端一盆水到楼下，双手捧起水，往石板上持续滴落，试一试会不会穿。个儿高本来是好事，正如眼睛大原本值得庆幸，好奇当然更是。人类所有的发明都建立在好奇的基础上，但在那个初秋的阴天，大眼、高个儿和好奇凑在一起，却几乎置他于死地。

那天晚上部队礼堂放电影，中学英语老师林芬奇本来要骑车带徐华和徐明去看，结果前一天发现英语小测一塌糊涂，一气之下她决定把全班留下来补课。天下电影那么多，反正看不完，就不看了。也就是说，傍晚放学，徐明本来直接回家，那就什么事都不会发生。没有了电影，徐明放学后到操场上打一会儿乒乓球，然后才往家走。从小学到军区宿舍得经过奋发路，五六百米长，两旁的樟树已经种了二十多年，树身经过无数次刻意修剪，分别整齐地往路中央倾斜，枝丫和树叶在半空中密密麻麻交错在一起。这是一段没有天空的路，树梢离地面至少是十个徐明的距离。

路旁加了围墙的是市委机关宿舍，大门是拱形的，顶上有一颗粗壮的红星。徐明走在人行道上，看到拱形门前的夏伟伟了，还听到叮叮当当的声响，响声是从夏伟伟掌心发出来的。罐头厂用剩下的边角料压出麻雀、飞机、公鸡、蜻蜓等形状的小铁片，和爆米花装在一起卖，每包五分钱。爆米花不如糖果禁吃，进嘴就化了，但包里有块铁片，这足以让人把有限的钱舍弃买糖果而买了爆米花。课间时，两人先锤子剪刀布，输的

仰头一看

把铁片放地上，让对方用铁片摔。不是直接摔铁片上，而是砸旁边，两个铁片碰到一起就犯规认输，所以这需要技巧，靠得越近，冲击力越大，地上的铁片就越容易翻转过来，翻过来就赢了。夏伟伟其实不是本地人，父母都在江苏一家纺织厂上班，一个挡车工，一个修理工，兄弟姐妹共七个，三餐都顾不过来，就把最小的夏伟伟送到叔叔这边。叔叔结婚多年生育不了，夏伟伟来了当儿子养，但婶婶据说很不喜欢他，打打骂骂，还严控叔叔把钱花到他身上。夏伟伟没有零花钱，他买不起爆米花，但臂力好，总是轻易就能把别人的铁片摔翻过来。今天又赢多了吧，所以抓在手心得意地捣来捣去。

徐明和夏伟伟关系谈不上好也谈不上差，碰到就一起很嗨地玩，碰不到互相也不会思来想去。他紧走两步，本来想喊一声夏伟伟。如果他喊了，夏伟伟应该会停下来，转过身等着他，那接下去一切就不会发生。可是还没开口，陈力力出现了。陈力力铁青着脸从旁边的树后闪出，估计早就埋伏在那里等着了。他们马上吵起来，每一句话都围绕着铁片，大意是今天夏伟伟从陈力力手中赢走的铁片都靠下流手段，在铁片摔下的瞬间，巴掌同时着地，这就大大增加了冲击力，铁片是被这股力带翻的。两人课间交手时陈力力就发现这一点，马上就戳穿过，但夏伟伟不承认。陈力力输光了为数不多的铁片，整堂都听不进老师的一句话，越想越气，然后就早早溜出校门，不是为了回家，而是留在奋发路上，把身子贴在樟树后，等着夏伟伟经过。他让夏伟伟把赢走的铁片还给他，夏伟伟不肯。

两人扯起来，身子粘到一起扭来扭去，脚下趔趄着。

这时徐明慢慢走近了，离他们只有五六步远。他没打算帮谁，甚至也没想劝架。打架本来就很吸引人，两人都是他同班的，脸这么熟，就更有吸引力了。人行道上有一块砖坏了，一脚踩下，身子一歪，上身就很自然向下低去。待到他重新抬起头，脑子还是空的，脸向左上方微微仰了仰。上面有东西，不大，如果是晴天，阳光会把树叶打得半透明，那么飞行中的东西，就会显出形状。但天一阴，叶子就跟着暗了，这时候一块不大的飞机状铁片闪过，它的形状就似是而非。

后来才知道陈力力要抢夏伟伟手里的铁片，夏伟伟抓牢不放。夏伟伟手臂有力，但陈力力更有劲。两人揪住互相扭着，如同发动机被摁下马达，每一下都是加速度。突然陈力力把夏伟伟捏住铁片的那只巴掌往上重重一拍，夏伟伟受惊般松开巴掌，十几个铁片像从一张怪兽嘴里喷出，在空中划出不同弧线，扑向徐明。徐明四周水泥板叮叮当当响起，飞机形那个却没响，它没有砸到地面，而是直接扑向徐明眼睛。

眼黑了一下，是左眼，徐明脱口叫起，然后蹲下，双手捂住脸，头插到两膝间。

半个小时后，他被小学老师用自行车把他送进附近的市一医院，然后老师拨通中学校长办公室的座机，林芬奇赶来，摇摇晃晃跑进急救室，一把抱住刚用白纱布做过简易包扎的徐明，哇地一下，张大嘴。徐明吓一跳，从来没有人这么近地对他哭。哭原来这么丑陋。一个多小时后父亲徐刚健才来，把他转到部队医院去。穿军装的人，对部队医院总是更信任。

眼破了，飞机状铁片最尖的部分，差不多是横着切过他眼球，球体正中央裂开，长度不大，但伤口恰好在瞳孔上。医生在瞳孔左右两边各缝两针，瞳孔却没缝，让其自然愈合。倒是合上了，但留一个米粒大的白点，按林芬奇的猜测，可能是里头的晶体流出来，凝结在那里。

一个多月后徐明出院时，林芬奇皱着眉走得像舍不得离开。到大门口，林芬奇把徐明右眼捂住，指着医院大门上的字问他："写着什么？"徐明摇头。其实林芬奇问得多余，医生早就告诉她，徐明左眼视力丧失，只剩下隐约光感。她无非抱着侥幸心理，徐明一答，她眼睛就湿了。徐明脸无表情，主要一时之间他不知该有什么表情，他的表情已经跟左眼视力一起，从脸上逃走了。

整个世界还是完整的，可徐明却只能微微侧过脸，慢慢习惯用剩下的右眼看东西了。

二

徐明和夏伟伟、陈力力都是 1966 年出生的，月份也差不多。事情发生后夏伟伟就被叔叔送回江苏，陈力力参加高考，考上外地什么大学。高考跟徐明无关，连高中他都没上，初中离毕业还有一个月，红星通讯修理厂招工，招的都是部队子弟。也不是所有部队子女都招得进，至少得高中毕业。徐明不够格，但林芬奇怕以后未必再招。这事徐刚健认为有不正之风嫌疑，他不管，也反对林芬奇管。林芬奇哪里听得进去，她到处跑，在很多领导面前说徐明眼睛，边说边伴着众多眼泪。从前许多人印象中非常清高的林芬奇老师，突然变成另一个人，头发蓬乱，声音颤抖，一开口就一脸涕泪。她这副形象多少让人震惊，这一惊，就惊出效果，徐明因此被招进红星厂。即使不去，其实高考仍然跟他无关。九岁初秋那个阴天后，他除了住了一个多月医院，后来又三天两头请假，接着干脆休学一年，一年到了觉得不够，又休了一年。徐刚健但凡去北京、上海、广州这样的大城市出差，都把他带上，托人找医生瞧瞧，看能不能动手术换晶体，让视力得以恢复。据说现在这已经不是大问题了，跟白内障手术有点儿类似，但那时谁都摇头。学校很快习惯了徐明请假，徐明自己更习惯，动不动说眼睛难受，林芬奇就明白他不想上学，很配合，说："好，那就别去了。"

接着总要再骂一句："什么破学校！"

徐明觉得徐刚健对他眼睛的反应远没有林芬奇大。在病床边照顾徐明，林芬奇一急得骂起来，徐刚健就冲她摆摆手，小声说："都是孩子嘛，又不是故意的，计较什么？"林芬奇哭腔就出来："我们徐明也是孩子，他以后可怎么办啊？"徐刚健紧张地看看左右："谁都不愿意这样，但已经这样了，你闹有什么用？传出去不好。"

徐明很久以后才知道那时徐刚健提为副团长不久，正对自己职务十分受用，做好团长、副师、正师一路上升的眺望，他认为高风亮节是必要的，所有人的形象都是靠自律一点点建立起来的。"这里是部队医院！"这是他当时最常凑近林芬奇耳边提醒的话。在部队医院里，当时部队家属看病是免费的，也就是说徐明住在这里，除了吃，其余都不需要花钱。受了伤，纯属意外，那就治呗。夏伟伟的铁片是被陈力力打飞的，但陈力力的手并没有碰到铁片，他打的是夏伟伟的手，责任因此就不好算了。如果要赔偿，夏伟伟父母肯定拿不出钱，他叔叔也不可能背这个债。至于陈力力，他家更穷，父亲以前是搬运工人，一天夜里喝点儿酒回家被汽车撞倒，腿骨被车轮碾碎，车跑了，他没钱，到医院草草治一下，没治好，路都走得一瘸一拐，再也扛不动货，一直在家歇着；母亲是扫马路的，赚的钱还不够一家人糊口。

徐刚健和林芬奇都有工资，确实比他们家境好，至少三顿饭菜不至于愁，穿衣买鞋也大致有保证。但那都是之前，徐明眼睛受伤后，林芬奇一下子捏紧了钱包，饭桌上肉少了，鱼不见了，衣服太短了接个边照样穿。

祁小燕后来一直对这件事叨个没完。哪有伤了人却不要人家赔的，二百五啊？责任是谁就是谁，陈力力打了夏伟伟手，铁片从夏伟伟手里飞出去，那两个人就是同谋了，管你穷不穷，反正都得赔。祁小燕说："你爸你妈太傻了，就是缺心眼儿！"

徐明叹口气，不完全同意，但也不是一点儿认同都没有。

副团长军装上已经有四个口袋，跟夏家和陈家这两个老百姓公开较劲确实不太方便，但脱掉军装冲上门去，至少横七竖八骂一顿，顺便把他们家的碗摔碎一两个，好歹发泄一下作为父亲应有的愤怒。什么都不说，都不做，连个道歉都没有讨来一句，好像徐明只是被蚊子叮一个包，这算什么？升官当然好，但徐刚健最后转为文职，职位也仅相当于副师。副师多如牛毛，多一个少一个都不稀奇，但徐明多一只眼和少一只眼，却完全不一样。

也只有像红星维修厂这样的工厂才不在意徐明的眼睛。但是很奇怪，祁小燕为什么也对他眼睛不在乎？这是徐明不明白的。他进厂时，祁小燕已经在厂办上班一年，做着收发信件、替客人倒水这类轻闲的活儿。她其实不是部队子弟，老家在离这座城三百多公里外一个盛产茶叶的村子，传说前厂长去村里出差，喝了几天好茶，认下一个干女儿，就是祁小燕，眨眼祁小燕就出现在红星厂办公室了。有人怀疑不是干女儿这么简单，但也仅是怀疑而已，收着信倒着水的祁小燕对谁都像对前厂长一样好，脸上浓厚的笑意可以融化红星厂每一块砖，张口就是哥长叔短，姐呀姨呀地叫，声音又柔又甜，大家慢慢心里就将平整了，甚至觉得再对她说三道四很无耻。

见到徐明第三个月祁小燕就开始倒追，这让徐明吓得不轻。他接到祁小燕写给他的信，约他看电影逛马路，又给他买衬衫、皮凉鞋之类的。徐明那时还小，祁小燕比他大三岁。回家徐明在饭桌上怯怯聊起这事，林芬奇马上放下筷子，眉头拧

仰头一看

231

起片刻，一字一顿地说："可以!"边说边往徐明左眼瞳孔上瞥一下。徐明只有一边视力，算半残疾，祁小燕虽是农村的，父母大字不识，下面还有两个智力不全的弟弟，但她手脚齐全五官正常，脑子也一点儿毛病都没有。林芬奇的"可以"，指的就是把她娶进门不亏。

几年后徐明真的就跟祁小燕结了婚，生下儿子取名徐平安，眨眼三十岁了，五官像祁小燕，个子却像徐明，一米八六，腰瘪瘪的，背向前弓去，看上去就像半个细长的括号。儿子一天天长大，祁小燕的埋怨就一天天增加，她认为如果当初拿到赔偿，哪怕仅三千五千，那时钱值钱，一套房子才多少?用一只眼换一套房，也不过分，那样徐平安结婚时，也能有自己的新房。现在什么都没有，一只眼等于白白坏掉。

如果徐刚健活着，还能补贴他们一点儿，毕竟部队工资高。徐明和祁小燕也在部队，但只是工厂工人，而且祁小燕前几年五十岁，已经退休，退休金每个月四千多。徐明还没退，也只是名义上在岗而已，工厂早废了，每月只拿到基本工资，比祁小燕的退休金高不了多少。两个人加起来每月收入上不了一万，这点儿钱孤立起来看，也够日常开销，但一比较就不够了。

跟谁比呢? 跟夏伟伟和陈力力。

三

徐明住院时，夏伟伟和陈力力一次都没出现，他们家长只明显约好了各自写封慰问信，夸徐明是勇敢的好孩子，未来肯定是前途无量的国家栋梁之材，好好休息，病好了广阔天地大有作为。林芬奇一下子把信撕碎，狠狠摔地上，吐几口痰，再用脚掌踩几下。尽管不是故意的，可徐明眼睛毕竟被弄破了，作为肇事主，他们来医院看看，当面道个歉，又不是多难，为什么却不来呢？

因为休学两年，徐明眼睛受伤后，回江苏的夏伟伟就见不到了，陈力力变得比他高两级，他也见不到。上初中后更没见到，也许陈力力去了另外一所中学，或者远远见到徐明，就早早躲开，反正徐明视力没他好。徐明那时也特别不想见他们。一开始他没意识到自己不想，直到姐姐徐华要出嫁的前一天，一家人围着吃饭，徐华盯着徐明看了片刻，突然把筷子往桌上重重一搁，说："好好的一个人，成这样了！"

当时祁小燕已经住进家里好一阵了，是林芬奇一开始就故意弄出各种借口，让祁小燕早早来过夜，显然要把生米做成熟饭。家里只有两房一厅，之前徐明睡在客厅沙发上，林芬奇逼徐华和徐明对换一下，也就是徐华睡沙发，腾出来的次卧让徐明和祁小燕住一起。徐华挺不高兴，她一个大姑娘，因为一个外来的陌生女孩，就得搬离自己从小住到大的房间，每天把身体摊在沙发上，再也没隐私可言。林芬奇反驳她不满的武器就是一句话："那你快找个人嫁掉呀。"

徐华二十二岁嫁给小学老师王明胜。论脸蛋，王明胜配不上徐华，单眼皮的徐华，小时候老是让林芬奇不满，但慢慢长大后，发现单眼皮安在鹅蛋脸上，跟高鼻梁和小下巴真是绝配。可惜徐华的身材不配合，只有一米五五，再高十厘米，去当电影明星都够格儿。徐刚健和林芬奇都不矮，徐明最后长成一米八二的高个儿，徐华却从十一岁起，就不怎么往上长了。她十一岁时，徐明九岁，左眼被铁片划裂，在医院住一个多月。这一个多月，以及后来的十几年，徐刚健和林芬奇仿佛就只剩下一个孩子了，他们轮流去医院陪徐明，后来又带徐明去各地医院。徐明眼睛出了这么大事，一门心思往上扑，徐华也不是不理解，但她又不是圣贤，不高兴是正常的。有时候徐刚健和林芬奇离家走得匆忙，连钱都忘了留点儿，到了北京或者上海了才记起。幸亏部队通个话方便，徐刚健的战友找上门，把哭得快背过气去的徐华领去住几天，徐华要是不去，他们就给点儿钱、捎些菜，让她胡乱对付着。

"好好一个人，成这样了！"徐明听出来了，徐华说这话有多重意思，最核心的问题归结到他的眼睛。那个阴天，他从学校打完乒乓球，走在两旁种着大樟树的奋发路上，正要回家，铁片飞来了，划过眼睛，眼球破了，在医院住一个多月，缝了几针，但一边视力没了，成了残疾人，其实这个家也残疾了，否则徐华不至于这么匆忙就嫁给长得那么难看的王明胜，鼻子塌，嘴巴宽，比徐华还大了八岁，结婚时大半个脑袋已经秃了。徐明就是在这一刻突然想起夏伟伟和陈力力，只是一闪而过，但身子马上紧了一下。他垂下眼皮盯着自己的胳膊，上面变得非常陌生，像鸡褪毛后密布着一个个浮起来的疙瘩。

"真是受够了！"徐华猛地站起，扭头走进厨房。家里没有属于她的房间后，她只剩下厨房。以前三顿饭菜林芬奇做起来绰绰有余，但徐明一住院，厨房的主人就从林芬奇变成徐华。十一岁的徐华在小小的厨房里慢慢变大，终于熬到可以出嫁。

当时徐明发现祁小燕正瞥他，想跟他对视。他把脖子梗住，脸就是不转过去。他不需要跟谁对看。夏伟伟和陈力力有姐姐吗？出嫁了吗？徐明一点儿都不知道，他甚至都记不得他们长什么样了。

他知道夏伟伟的消息是去年，也就是五十四岁时。那时他和祁小燕带着儿子刚搬到新房，房子所在的小区叫大成江山，是林芬奇出钱买的，三室一厅，有电梯，每幢四十层，他们家在第十六层，连装修也是林芬奇出钱出力，整天灰头土脸地跑前跑后，家具都配齐了，连车库和小车都买好，徐明一家三口才直接入住。有一阵林芬奇明里暗里收学生补课，英语嘛，怎么补都不见底，多收一个是一个，中午、周末、傍晚，她骑着自行车去这家跑那家，赚到的钱一分一厘攒着，最后变成这套房子。幸亏早买，再迟房价涨起，而林芬奇岁数大牙一掉，发音不准，新教材又跟不上，就没人付钱请她了。

"哎呀，徐明快打开电视，本市一频道，对，新闻台，晚间八点新闻，快点儿快点儿！"林芬奇在电话里气喘吁吁地说。徐明"噢"了一声，并没有动。林芬奇的声音以前被讲台弄大了，现在改不了。"你不要光'噢'，快打开电视！"林芬奇加重了语气。徐明想你倒是说呀，电视里到底有什么。他不喜欢电视，林芬奇又不是不知道。按他的意思，家里根本不必装电视，反正他又不看。他只剩下右眼视力，世界就不再是三维的。静态的东西还可以，一旦动起来，眼睛没法对焦，就好像一个人本来两条腿走路，突然丢了一条腿，剩下的那条勉强也能走，但可想而知完全不一样了。反正电视也没什么好看，别人的新闻，别人的故事，安在那里，祁小燕看连续剧，儿子看足球赛，根本轮不到徐明，轮到他也不看。

他打开电源，抓起遥控器，按来按去找不到本市一套。话筒里林芬奇还在催，急着跟着火似的。他转过头朝厨房里喊："小燕，来一下。"祁小燕正收拾晚餐后的碗筷，半晌才慢吞吞出来。徐明先把遥控器递给她，马上又把话筒也一并递过去。

祁小燕"喂"了一声，眉头很快皱起，然后像被人按了快进键，手指头在遥控器上哗哗跳动，屏幕上很快就出现一个男人的画面。祁小燕话筒还压在耳朵上，脸转过来盯着徐明，努努嘴，紧着嗓子问："他是不是夏伟伟？"

徐明一时间没反应过来，他看看祁小燕，又看看电视，不知道里头这个人跟祁小燕有什么关系。

"快说，他是不是夏伟伟？"祁小燕提高了嗓门儿大声喊起。

"妈，他还晕着哩。"这话祁小燕是对话筒里的林芬奇说的。

话筒很快就射出一声尖叫。祁小燕把话筒拿远一点儿，她盯着徐明说："妈问，这个人是不是当年弄伤你眼睛的夏伟伟?"

徐明脑袋嗡了一下，脸马上转向电视。里头正在开会，镜头拉大时，上方的横幅标语写着是市人大闭幕，主席台上一个男人正站在左边发言席上读着，微胖，中等个儿，细眼，三七开的分头梳得极其工整。可能读的时间有点儿久了，稿子已经翻到最后一页，读完，他长嘘一口气，下面掌声响起。他走出来，对台下鞠个躬，又转过来对主席台再鞠个躬，然后走到自己位子坐下。刚才屏幕上打出字幕是夏伟伟，这会儿坐到前排正中央位置时，桌牌写着也是"夏伟伟"。

这个夏伟伟就是那个夏伟伟? 徐明没把握，他完全联系不起来。

"有他以前的照片吗?"徐平安不知什么时候从自己屋里出来了，头伸到电视前看着。

徐明摇头，没有。

徐平安说："合影也行。"

徐明还是摇头。那时照相机还没普及小学生头上，哪有合影? 他盯着徐平安后背，觉得奇怪，儿子对家里的事从不过问，整天关在屋里闭紧门，这会儿怎么突然有了兴趣?

第二天一大早祁小燕出门了，徐明以为她照例去公园跳广场舞了。快中午祁小燕才回来，一进门就冲着徐明喊："真的是他，就是你那个同学夏伟伟，他当市长了。"话音未落，电话响了，是林芬奇打来的。"徐明啊，就是他，弄伤你眼睛的人居然当上市长了，你说巧不巧？"

弄伤徐明眼睛的人，林芬奇以前每次说起都恼火，恨不得提刀扑过去，这会儿话语里却透着一点儿喜气。联想到刚才祁小燕进门时的表情，徐明相信这两个女人在这件事上，情绪是一致的。后来祁小燕说起来他才知道，不仅两个人，加上徐华，应该是三个女人。祁小燕找林芬奇，林芬奇和她一起找徐华，然后徐华逼她老公王明胜找在市委办公厅工作的同学打听，问到的情况如下：夏伟伟考上南京大学，毕业后留在江苏工作，读了在职研究生，从乡镇做起，一步步升到厅级，然后调来，先当代理市长，再正式被选为市长。小时候他曾在这座城市短暂生活过，算衣锦还乡。

祁小燕突然说："徐明，你应该去找找这位同学，是他把你眼睛弄半瞎的嘛。"

徐明在客厅沙发上缓缓坐下，闭上眼，心跳咚咚咚响着。市长，夏伟伟居然是市长了，这太意外了。

四

就是在得知市长夏伟伟就是小学同学夏伟伟的第二天，徐刚健体检报告单出来，肺癌晚期。过六十岁之后，别人动不动就往医院跑，徐刚健相反，他不去医院。部队医院跟以前不一样，已经对地方开放，每天乌泱泱地挤满人。没病都会被挤出病来，这是徐刚健的看法。其实不挤病也照样来，他咳很长一段时间了，气喘不匀，走几步就得歇下，被林芬奇拉去查，报告一出来医生让他马上动手术。

徐刚健和林芬奇还住在原先部队分的两室一厅老房子里，五楼，没有电梯，每天得爬上爬下。大成江山这套新房子，徐华认为应该让父母住，老人有电梯毕竟方便，但林芬奇不肯。老房子是砖混结构的，顶上架着预制板，据说五级地震都够呛。林芬奇认为年轻人命更值钱，他们上年纪了，真要撞上，死就死呗。徐华当时撇撇嘴，脸拉得老长。

徐刚健手术动过。其实也没用，拖了一年多还是死了。从火葬场回来，徐华在老房子边帮忙收拾东西，边愤愤地说："我爸说不定是爬楼梯累死的。"

屋里一下子静下来。

林芬奇已经哭了两天，主要哭之余还得操心所有的后事。这会儿累了，正闭眼靠在客厅沙发上养神，听到徐华的话，她眼猛地睁开，又很快闭上。当时徐明和祁小燕也在，祁小燕用脚尖踢了踢徐明，徐明没理她。徐华是他姐姐，这是他家内部问题。徐华不缺房子，当年她嫁给王明胜，就是因为王明胜家老房子大，后来拆迁分到四套单元房。王明胜有一个弟弟一个妹妹，弟弟妹妹各分一套，王明胜是长子，就多分一套，一套自己住，一套出租挣钱。但不缺是不缺，父母给徐明买房，却没给徐华买，徐华心里不舒服不是一天两天了。文化课她比徐明强，但也没强太多，只是高中毕业。如果林芬奇能像为徐明招工时那么不要命地托关系，她个子矮是矮点儿，进部队当兵也不是绝对不可能，但林芬奇把所有能找的人已经为徐明都找过了，轮到徐华，无论是否求得动，又重新清高，谁也不求，想都没想过。徐刚健关系比林芬奇多，但徐刚健脸皮太薄，前些年他出差时顺便带上徐明去治病，被人举报了，说假公济私，进步的事就停下了，几乎被焊住，很多在要害部门任职的上级，都是他以前的下级，他最沮丧的就是这一点，所以根本不想出面。"不要搞不正之风。"他还是这句话。徐华于是下乡当了知青，几年后招工进市橡胶厂，20世纪80年代中期下岗，在家闲着，终于挨到有房租收入，手头才松下来。

徐刚健从发病到死去这一年多，跑医院的基本是徐华。徐华女儿大学毕业后留在上海工作，她平时除了打麻将，也没其他可忙的。有时她懒得动，在电话里冲林芬奇喊："又叫我，你不会叫徐明去？"林芬奇马上用更大的声音顶回去："他只有一只眼，你呢？你也残废了？"徐明倒是主动提出自己也可以去医院顶一顶。林芬奇马上说："你要上班她不要上班。"徐明悄悄叹一口气，心里知道林芬奇是故意的，她不是不知道红星维修厂的情况，还有什么班可上呢？挂在车间门后面的签到本早被人当草纸撕光了。

按说祁小燕也退休了，可以帮徐明跑跑腿，但从一开始林芬奇就不让祁小燕做事，舍不得似的，其实是怕她做着做着一恼火就把徐明蹬掉。这也是徐华一直介意的。一个外人住着林芬奇花钱买和装修的房子，亲生女儿却当牛做马。

徐明理解徐华的想法，换他应该也这样，但理解是一回事，试图改变又是另一回事。一直以来，他从来没有动过改变什么的念头。林芬奇说招工，他就去了；徐刚健带他去外地看医生，他也去了；再就是林芬奇认为跟身体健全的祁小燕结婚很合算，他二话不说就结了。九岁以前他肯定不是这样，他手脚长，体育老师挑乒乓球人才时，还把他算在内，大概七八个人站一起，体育老师若无其事边说话边向前走，突然一转身，扔出几个粉笔头，其他人都条件反射地闪开了，只有徐明没动，粉笔头直接击中他脸。反应能力不行，身体协调性差，就这两点，就不适合乒乓球。可是徐明真是太喜欢乒乓球了，白色小球一来一往噼噼啪啪地脆响，简直是天下最美妙的声音，他就自己每天后裤腰带上插一块球拍，有空就冲去操场上练。反应能力而已，他觉得完全可以练出来。但还没等练出来，铁片划过他眼球，证明他反应能力确实不好。出院后他只拿过一次乒乓球拍，发现更不好了，不是一般差，球冲过来时，他靠仅剩的右眼根本无法对焦，哪还看得清楚？眼球一破，一切都不一样了。

徐华在主卧里收拾徐刚健遗物时，徐明和祁小燕跟林芬奇一样，整个身子窝在沙发上。祁小燕看手机，徐明看窗外的云。云也是动的，但变化不大，缓慢柔和地变，仿佛正是为徐明这样眼神不好又需要持续锻炼的人存在的。大成江山的新房子买在十六楼，装修时林芬奇特地在朝南大阳台弄出五六平方米的小空间，侧面用磨砂玻璃推拉门隔断，正面也围起来，从栏杆到天花板立起一面贴有 3M 防晒膜的大玻璃，再以格子状的白色铝合金固定住，安了空调，摆一张深褐色的牛皮大沙发，旁边搁个小茶几，再放张小矮凳，这样徐明大部分时间都可以摊手摊脚躺在那里看云。只有晴天才有边缘清晰的云交错上演，所以几十年来他都喜欢晴天。天一阴他就浑身毛孔都缩紧了，他讨厌阴天。

林芬奇看来累坏了，徐刚健病这些日子，她瘦了很多，却并没有想象的悲伤。徐刚健前天死了，昨天很多亲友来吊唁，今天送去火化，一切处理得紧凑利索，都是林芬奇自己一手操办的，她永远不相信别人能办得比她好，二十岁是这样，四十岁是这样，现在八十三岁了还是这样。

主卧里不停传出响声。徐明走到门旁，见徐平安在徐华边上走来走去，就也凑过去。有本相册装的都是徐刚健和林芬奇年轻时候的照片，其中有几张是徐刚健在上海或北京，他的旁边站着消瘦的小男孩，就是徐明。徐平安把照片从塑料套里抽出来，摆平了，一张张拍照。徐华问他："以前没见过吗？"徐平安摇头。徐华又问："拍这个做什么？"徐平安说："玩。"

徐华把徐刚健的衣服一件件清出来，摸过口袋，准备抱下楼烧掉。这时林芬奇喊起："徐华，来来来你过来。"顿一下又喊，"徐明，你也来。"

徐明就放下相册，从主卧出来。

"你爸其实是没用的人。"林芬奇摇着头，"我也没用，这一辈子我都听他的。那年他要装高尚，我也只好装了，可是这一口气我几十年都没顺过来啊。是眼睛啊，又不是哪里破个皮。"

徐明抿抿嘴,他觉得父亲刚死,母亲就在背后说坏话不妥。

"这些日子被他这一病,差点儿误了一件事了。我心里其实一直惦记着,只是腾不出空来,年纪大了,精力实在不够花。哎,徐华。"林芬奇看着站在旁边的徐华,"你让王明胜的同学转个口信儿,让夏伟伟来我们家坐坐,我要见见他。"

徐华瞥一眼祁小燕,祁小燕抬起头,嘴咧了咧,轻微一笑。徐明没看懂祁小燕为什么笑,这日子本来不适合笑。

徐华说:"妈,这么多年你一直说我爸是窝囊废,我跟你说,王明胜才是真正的废物。上次找在市政府办公厅的同学打听夏伟伟情况后,他吓得吃了十几天安眠药。还敢再托口信?要敢托,小燕早让他托了。小燕提了酒和茶跟他磨了多少遍,还是一点儿用都没有。不是不愿意,是借十个胆儿他也不敢了,他不是这个料。"

徐明和林芬奇唰地一下,同时把脸转向祁小燕。

祁小燕反复打算找夏伟伟,徐明一点儿都不知道。

五

徐刚健第一次见祁小燕就摇头。"跟我们不是一路人啊。"他一这么说,林芬奇就急了。"什么跟什么呀,人家不嫌我们就好啦!"徐明当时垂下眼皮。他只有一只眼,他知道林芬奇指的是这个。徐刚健指的是什么，他不太明白。得有个老婆，老婆有了得再有个小孩，人生不过如此。但祁小燕究竟是哪一路人呢？这个问题有时会猛然闪过，但他懒得再往下琢磨。他眼睛破了，一眨眼大半辈子就过去了，他已经习惯了是祁小燕的丈夫、徐平安的父亲这样的角色。习惯是个好东西，身心都因此放松下去，过一天是一天。

祁小燕也习惯吗？他不知道，没问过。两人间的对话其实一开始就很少，就像两根并排竖在操场的旗杆，在别人眼里是一体的，其实却各自站立。唯一重叠的是在同一张床上，还联手制造出徐平安，但细想起来仿佛钥匙插锁孔，彼此也不过如此一下而已。

徐平安高考两次才考个三本，学新闻，毕业后去当地都市报应聘，当了跑时政新闻的记者。报社搞末位淘汰，上稿量最少的每半年开除一位，徐平安第一次就轮到了，也就是说他只上了半年班，就迅速成为末位。稿子他不是不会写，时政的新闻每天都上头版，接二连三的会议通常人家早备好通稿，去了拿回，安上个"本报记者"就不愁工分了。问题在于徐平安对开会有看法，他懒得去，就有其他人抢着去。祁小燕气不过，哪能这么对待一个老实本分的年轻人？她这么一说，徐平安嘴角一扯，一脸都是不服，喃喃道："老实个屁。"

大成江山小区旁边有个全市最大的公园，林芬奇看中的就是这个。大前年交房，装修，又透气大半年，去年初徐明一家三口才搬过来。他们房子装修时，大成二期开建，住进来后三期也动工了，都围着公园 C 形展开。之前传说市里本来要把公园再扩大，最后没扩成，预留的地都被地产商拿走了。又传说地铁本来并不经过这里，也是地产商让地铁拐道了，报道出来的理由是为方便市民上公园，地铁站就设在大成江山三期门口，房价立马噌噌涨了几波，连一期二手房价格也跟着上跳一大截。

公园有空地，空地如今都不可能白白空着，只要不下大雨，每天早晚都有穿着花花绿绿、挂着鲜艳长纱巾的女人在那里高声放出音乐，起劲地跳来跳去。年轻时她们只能远远看别人在舞台上跳，现在不需要舞台，有块十几平方米以上的草地就行，水泥地也行，可以从藏族舞、蒙古舞、新疆舞，一直跳到古典舞。不过举个胳膊蹬个腿，她们觉得自己会。

徐明不知道祁小燕是怎么混到其中的，她突然变成一名文艺妇女，家里就多出歌声，不是她唱，而是手机里反复播着视频，她坐着站着都盯着看，冷不丁就手一举比画几下，再转两圈，连煮菜做饭都可能突然屁股一扭，弄出个造型。时代真是进步了，以前跳舞是件多高不可攀的事，哪怕像林芬奇这样，读大学时曾在几千几万人马中放声唱歌，被掌声热烈包围过的女人，要让她到演出场地以外的地方扭动身姿，都是不可能的。按林芬奇的说法，没有舞台，就是裸跳。胸罩三角裤不是也把该遮的都遮住了吗？但穿出去逛街，是不是让人笑掉大牙？道理是类似的。

对动起来的东西，从九岁那个阴天起，徐明就下意识地避开，所以祁小燕手脚一动他眼皮就烫了般垂下，或者转开脸，这样他打量祁小燕的时间就比以前又少了大半。

祁小燕要王明胜帮她找夏伟伟，王明胜怎么都不敢。舞友就给祁小燕出主意，让她打市长电话。祁小燕果真就打了一阵，但每次接电话的都不是市长。对方问她反映什么事，她支吾一下，就把电话放下了。受打电话启发，她开始写信，然后在图文店打印了一大沓，一周寄出一封，没有回音再寄下一封。

徐明对家里的东西从来不细究，就是一只大象戳那里，他一般也不多看一眼。眼睛不好，他得省着用。打印回来的那些信，祁小燕一大意，就随手扔在沙发上。那天徐明从阳台进来，恰好一阵风也跟进客厅，掀翻沙发上的纸，一张张落在地上。徐明走过去，脚踩着纸，然后坐到沙发上。屁股下还有纸，嘎吱嘎吱响，他伸手抽出，往旁边甩去，然后猛地就停下了手。他右眼看见"夏市长您好"这几个字了。

当时祁小燕正在厨房准备晚饭，徐明一扭头，把她喊出来。"你都写了什么呀？"他很恼火，事情不能这么做，而且还瞒着他。结婚以来家里大部分事都是祁小燕处理的，不需要跟徐明商量，徐明不听，不理，不管。但这件事毕竟不一样，信是以徐明名义写的，却瞒着他。"夏市长您好，我是徐明，以前是您在奋发路小学的同班同学……"信里没提到眼睛的事，这件事过去这么久了，当时也没道歉，夏伟伟还记得吗？

徐明早就不是个好奇的人了，但这会儿他突然有了点儿兴趣，他问："他回信了？"

祁小燕迟疑一下，摇摇头，说："没有，电话也没打。"

祁小燕在信里写了自己家的住址，还写上她自己的手机号，而不是徐明的。徐明对这个细节在意了一下，他想不明白以他名义写的信，却不留他的电话号码。他问："你是不记得我手机号吗？"

祁小燕两肩一耸，反问道："你看手机吗？你手机随身带吗？以前给别人电话你哪次不是留我的手机号？"

徐明想想也对，但问题是留你的手机号，人家也不打来啊。他已经不愿意在这件事上争论下去了，任何人任何事他都不争。他说："以后信别寄了。"

祁小燕把那沓信从徐明手中抽回来，转身进了卧室。

林芬奇很快也知道这件事了，她打电话来问信具体怎么写。祁小燕不在，电话是徐明接的。林芬奇说："你去把信拍个照，发微信给我看看。"

徐明忽然想起徐刚健。活着时，徐刚健智能手机不会用，上街买菜必须用现金。"都像你们这样，再要执行'三大纪律八项注意'，你们说说看怎么办？钱都看不见，不拿群众一针一线怎能说得清楚？"这话徐刚健说得甚至有点儿生气。林芬奇其实微信支付也不会，但她至少会用微信语音，图片也懂得点开看。同样是老人，林芬奇还是不一样的。

徐明说："妈，我爸刚过世不久，您好好歇一歇，别管这事了……"

林芬奇打断他，说："他刚死我更要管这事。他都死了，他儿子眼睛被人伤了的账都还没有算哩。以前是他拦着我，现在他死了就没人拦了。这个夏伟伟，我得找找他。他是市长了，市长也是人嘛，也会伤人。无论有意还是无意，反正事实摆在那里，他想耍赖不可能。唉，跟你说有什么用，一会儿我问小燕去。"

徐明把话筒放下，悄然长嘘一口气，然后用巴掌从眼眶的右边拉到左边。以前老听人说眼睛左右是相通的，这边有什么问题，另一边也一定会出现相应的问题。他暗暗捏了把汗，左边视力没了，右边如果再没有，他就是瞎子。祁小燕肯去跳广场舞锻炼一下身体倒也好，他万一真瞎了，以后一切还都指望她哩。但其实这么多年右眼的视力并没有怎么改变，不如以前了是肯定的，但哪个渐渐上年纪的人，不是眼睛渐渐不好使的？每年体检他都略去查视力这一项，不查了。前些年徐刚健还催他去问问医生，看能不能动手术，他不问。九岁起，他不得不慢慢习惯以右眼独览，如果手术成功了，他不知道该怎么重新同时使用两只眼球。

第二天早上六点多，祁小燕照例要去公园。晴天在空地上跳，雨天她们缩到自行车棚里跳，不跳是不可能的。广场舞居然能被女人当鸦片，真是不可思议。每天祁小燕都早早去公园，从不迟到。每天去她都要化妆，穿得也越来越花哨，紧身上衣、长裙、纱巾，马尾巴束得高高的。据说有很多早练的人围观，围观的人越多，祁小燕和同伴越觉得自己跳得好。她们的共同点就是，每个人都认为自己最风姿绰约。

祁小燕一走，徐明也马上从床上翻下来。人把身体横下来跟地球平行，真是最舒服的，刚生下来是这样，死了也这样，这么一想，出生和死去原来是人生最舒适的两个阶段。今天徐明不打算舒适下去，他趿着拖鞋开始拉每个抽屉，打开每个柜子。家里有电脑，但没有打印机，祁小燕会打字，但无法把信一封封打印出来。那一沓文印店打印回的信，他记得祁小燕从他手里抽走，然后就进了卧房，可是卧室里没有。

房子一共三间，朝南的主卧他和祁小燕住，朝东南面的次卧儿子住，朝北的客房也放了床，装修时林芬奇是准备自己和徐刚健偶尔过来住的，其实一天都没来过，就成了储藏间，什么东西都堆进去。徐明也进去找了，一遍，没有，再找一遍，还是没有。

儿子的房间他没进去。离开报社后徐平安一直不再找工作，每天迟迟睡再迟迟起，中午出来吃一口饭又关到房间里，一般都反锁着门，好像跟自己房间焊到一起了，一步都舍不得离开。忙什么呢？不知道，祁小燕曾贴在门上听过，没听出什么。屋里电脑似乎二十四小时都开着。写文章？不是；看别人写的文章？应该也不是。除电脑外，他最迷恋的是手机，华为一部，苹果一部，总是不离手，动不动就拍照或录视频。独生子女这一代真是奇怪的一批人，可以天天自己跟自己玩，挣钱不急，找对象更不急，除了电脑，其他什么兴趣都没有，需要的东西就网购，包裹直接送到家门口，连街都不用上了。

林芬奇一直叨叨这样不行，一点儿本事都没有人就废了。祁小燕整天上人才网找招聘信息，但没用，徐平安不去应聘。徐明倒是无所谓，不去就不去吧，没本事有什么关系，在家老实待着，不害人也是本事。

主卧有个抽屉上了锁，徐明知道这是祁小燕用来放钱和首饰的。家里的钱徐明不管，事实上他什么都不管，工资卡一直放祁小燕那里。抽屉是祁小燕锁的，但告诉过他钥匙放哪里，他走来走去，想不起究竟在哪里。要打开这个抽屉，得先找到钥匙。

看看时间，已经快八点，一般祁小燕早上在公园的时间是一个半小时，太阳出来前她们得散，晒黑了不值得。从公园往家走，二三十分钟，快的话她八点五十分就会推开家门。

很巧，八点二十七分时，徐明在衣橱最角落一个茶叶罐里，找到了抽屉钥匙，打开来，果然有一沓打印好的信，共十二份。夏市长您好……夏市长您好……每封都一模一样，以徐明的口吻介绍自己，说多想念他，见他当了市长有多高兴，请他有空来家里坐坐。

徐明双掌一用力，刺的一声，再几声，十二份精白的 A4 打印纸就不完整了，碎成大小不一的块状。客厅也有一部电脑，他不会打字，平时也很少开，但懂大致的操作。打开文档，找到那封信，删除。

终于忙完了，他抬头看看钟，八点四十七分。整个早上他像被摁了快进键，额上已经一层汗。他想不起自己何曾这样过，九岁之前也许有过吧？不知道，不记得了。

门上有响声，钥匙孔开始转动。祁小燕回来了。

六

徐平安从来没喊过"爸"，他对家里其他人喊得也不多，但称呼都正常，轮到徐明却卡住了。林芬奇以前一直催徐平安喊，但越催徐平安越不喊。这事徐明不急，细算起来他也没喊过徐刚健几声"爸"。一个称呼而已，又不是器官，有没有不重要，血缘关系又不是靠嘴喊出来的。何况徐平安从小话就少，能不说都不说，也不黏人，自己独自蹲一旁拿个魔方就能玩大半天。那二十六个小正方体方块被他扭来扭去，手指头飞快动着，六个平面的颜色一次次被打乱，眨眼又归位了。徐明对他不管吃不管穿不管上学，这些事都归祁小燕，每天能平安进家门就够了。有时心里会突然一怔：儿子居然这么大了？

晚饭后徐明照例坐到阳台那张褐色沙发上。快中秋了，月亮歪斜地吊着，云被月光一照，镶了金边似的，一绺绺地散开，无序中又有几分奇怪的周正。徐明觉得应该把林芬奇喊过来过节，毕竟这是徐刚健走后第一个节，林芬奇独自留在老房子里，难免睹物心酸。

电话通了，林芬奇似乎早就等在那里了，马上说："徐明啊，你看夏伟伟现在天天在电视里露脸，又是开会又是去哪里视察，他凭什么这么风光啊！"

徐明咳一声，嗓子眼儿似乎真有口痰堵着。

林芬奇说："我天天看电视，天天生气。明明就是他把铁片弄进你眼睛的……"

"明天中秋到我这边过节吧。"徐明打断她。

"什么节不节的，不去！"林芬奇话音一落，手机挂了。

徐明叹口气。他不明白本市新闻有什么好看的，连徐平安这一阵也凑同样的热闹，祁小燕每天一打开电视，徐平安就从屋里冲出来，等着夏伟伟出现。既然见了生气，换个台夏伟伟不是就不见了吗？

风凉起来，节气一到，气温就准点儿起变化。徐明起身把玻璃门关上，然后重新坐下。这幢楼在小区大门旁，一墙之外就是马路。但从这个阳台是看不到马路的，阳台在南面，马路在东面。去年这条路开挖地铁，争议一直没停过，地方志专家不停在报纸上写文章，说路下面是东汉古城旧址，不能挖。开工不久确实停过一阵，以为不修了，没过多久又继续修，打桩机、挖掘机、水泥车每天轰隆隆响着。徐平安的卧室正对着工地，祁小燕怕他被吵着，说过几次，让徐平安搬到客厅住，徐平安说不吵，他喜欢吵。

玻璃门被推开，是祁小燕。"我打印的那些信呢？"她声音很硬。

徐明不看她，也不答。

祁小燕跨进来，问："我打印的那些信呢？"

徐明说："小燕，别惹事了好不好？你找他干什么？"

祁小燕眉头拧起，说："我只是让他来喝喝茶，惹什么事了？"

玻璃门暗了一下，徐平安瘦高的身子立在那里，两手交叉在腹前，不说话，抿着嘴，这个看看那个看看。

祁小燕问："信到底在哪里？"

徐明说："撕了。"

"神经病啊，干吗撕？"祁小燕抬脚正要往沙发重重踢去，胳膊被徐平安揪住了，一把拉了出来，再推向客厅。然后徐平安又返回，倚到门上，脸转向栏杆外，看着越来越清晰起来的月亮。"你为什么不是市长呢？"他说得很小声，像是自言自语，但接下去徐平安看着徐明，提高了声音，又说，"如果反过来，是你弄伤了他眼睛，市长会是你吗？"

徐明身体在沙发里挪了挪，正不知怎么答，徐平安已经转身走掉了。

手机响了，徐华打来的。"你们怎么回事啊？过节了都不管妈吗？"

徐明说："她不来。"

徐华喊起来："你不会过去接？你要不去，我只好把她接来啦，虽然我房子不是她出钱买的。"

"好吧，"徐明说，"我去接。"

第二天徐明跟祁小燕说起这事，他要出门接林芬奇，被祁小燕拦下了。祁小燕说："我去吧。"她会开车，徐明不会。但一会儿她却一个人回来了。"今天平安去那边了。"祁小燕一脸惊讶。徐明看了次卧一眼，门依然关着，他也不知道徐平安什么时候出去的。祁小燕说："他居然要在那边跟你妈一起过节。"徐明在脑中把儿子跟林芬奇的关系捋一遍。很一般，不见得特别亲，主要徐平安跟谁都亲不起来，搬到大成小区后，从不独自往林芬奇那边跑，为什么今天突然去？

祁小燕想起什么，碎步跑进卧室，一会儿再出来时，上身绣花红褂子，下身纱质绿肥裤，脚上则是红布鞋，手里还握着一把圆形绢扇。"好看吗？"她双肩微张，又把扇子握到小腹前，转一圈。"好看吧，是不是很好看？"徐明"嗯嗯"两声。祁小燕应该听出他在敷衍，但情绪并没有消减下来。"后天我们要演出，跳《梨花颂》。你也去看吧，舞友们都把家属喊去围观了。"徐明又嗯了一声。这一阵祁小燕的手机里循环响着一个又尖又脆的嗓音："梨花开，春带雨……"据说是一个男人唱的，男人捏着嗓子唱得比女人还女人。居然要演出了？

祁小燕把扇子一挥，单腿转一圈，再跷着兰花指比画一下，说："去吧去吧，就在公园里啊。我们公园成先进了，有领导来视察，还有电视台的人跟着。是不是很意外？我们跳的舞说不定可以上电视呀。"

徐明眼皮眨了眨，他意外的其实是祁小燕。他十七岁进厂就认识她了，那时起直到她退休，从来不知道祁小燕能跟跳舞这件事沾边。也许所有女人都有演员梦吧。林芬奇有吗？不知道，看不出来。

第三天早上祁小燕不到五点就起来了，煎三个蛋，摆好面包牛奶，就提着服装出门了。她走时徐明也起床了，正在洗漱。祁小燕喊："徐明，早点儿去哟!"徐明还没答，门已经砰的一声关上了。

　　来视察的领导说是九点到，徐明八点十分出门。应该事先安排好的，公园里到处是煞有介事地舞剑打拳踢毽跳绳唱歌的人，甚至踩着单杠整个身子一圈圈地甩出三百六十度。他们头发白了，看上去年纪都比他大，但一个个都打算活三百岁似的，荷尔蒙爆棚。公园中央喷水池旁，十几个女人穿着上红下绿的衣服，头上斜插着硕大的红绢花，化极浓的妆，腮鲜唇艳，大都额上泛一层汗，正拿着镜子用纸巾小心地按压着。眼光扫一遍，徐明终于在她们中找到祁小燕。很陌生，即使祁小燕昨天已经穿着这套衣服在他面前摆弄过，他仍然觉得怪异。祁小燕也看到他了，很高兴地站起来，摆了摆手。

　　太阳非常大，是一种热烈过头的秋高气爽。九点过了，九点半又过了，围着看的人近一半是家属，另一些显然是特地组织来的，默默刷着手机，脸上都是见惯世面的淡定。徐明想走，他不刷手机，也没有认识的人可交谈。他忽然觉得自己跟公园里这些人根本就不是一个星球的，也许从九岁那个阴天，他就直接跳到老年，所谓年轻，他不清楚究竟是什么滋味。

　　人群突然抽搐般动起来，两个拿对讲机的中年男人微弓着身子跑来，压低嗓子连声说："快快，来了，来了!"

　　音乐很快就响了，红衣绿裤的女人刚才已经像一堆捞到盆子里的鱼，蔫蔫残喘着，这会儿水猛地灌下，霎时活蹦乱跳起来，排好队，脸上摆出夸张的笑。"梨花开，春带雨……"歌好听，在这么好听的歌声中，拿扇子的女人们僵硬地扭来扭去。真丑，像一堆在菜市场上摆了一上午卖不出去的青菜与胡萝卜。徐明下意识转开头。九岁之前他常被徐刚健带去部队礼堂看演出，之后再也没去过，连电视晚会都不看，对舞蹈他真不懂，这会儿竟还是看出了丑，那就是真丑了。但显然祁小燕她们都有不同看法，一个个仰着脸，咧着红艳艳的大嘴使劲陶醉……真的醉了。相比较，祁小燕个子高，身体协调性不错，虽然肩颈也僵硬，手臂每次往上举都像抢起的棍子，却仍算是她们中最好的一个。

徐明突然意识到，祁小燕活在任何地方，似乎都可以是最好的，整个村子唯一被招工进城的，整个红星厂年轻人中唯一进了厂办公室的，徐家的人中唯一会跳舞的。

一阵脚步声，围着看的人脸齐刷刷转向后面。先是扛摄像机的人跑在前方，边拍摄边后退。然后是一群人，以中年男人为主，大都穿着精白的长袖衬衫，中间那个微胖，中等个儿，细眼，三七开的分头梳得极其工整……

原本围成一圈的人群，已经被分流出一个缺口，恰好可以让这群新来的人站定。

"梨花开，春带雨。梨花落，春入泥。此生只为一人去，道他君王情也痴。天生丽质难自弃，长恨一曲千古谜，长恨一曲千古思。"祁小燕她们立即从头跳一遍，曲子终时，她们高低不同举起扇子摆出个古怪的造型。掌声，是站中间的那个男人带头鼓起的。接下去是握手，合影。一个显然是当陪同的女人很高兴，大声说："欢迎夏市长发表重要讲话。"

马上是一片更尖厉的掌声。

徐明往旁退了两步。刚才他在愣神片刻之后，已经认出迎面走来的这个男人与那天电视上作报告的是同一个人。夏伟伟！夏伟伟说："我市群众性文体活动真是丰富多彩啊。你们跳得非常好，一点儿不比市里、省里甚至中央电视台的春晚节目差，啊……"

他的话被鼓掌声和叫好声打断。徐明看了一眼祁小燕，他没弄清祁小燕之前是否已经知道今天来视察的就是夏伟伟。

"就是你们这个服装……"夏伟伟笑了笑，"要是换一套服装，会不会跟这首京剧味的歌更协调呢？"

陪同的女人马上说："对对对，市长说得太对了，我刚才也这么觉得。"

徐明只看到这个女人的背影，她上身白衬衫，下身黑色一步裙。可能腰围太松了，中间那道本来应该从屁股中间竖下来的缝，这会儿已经往旁边歪去，裙摆下的那个开口也就斜斜地向旁胀开。从女人的肩膀穿过来，是一个熟悉的身影，虽然又宽又大的手机横在脸前，应该正拍着视频，但后脑勺扁平的脑袋，驼得像半截括号的背，还能是别人？他一怔，徐平安，徐平安居然也来了？

这时夏伟伟挥了挥手说："没关系啊，群众性的活动大家高兴就好，不用那么讲究。"

仰头一看

看上去视察已经接近尾声了，夏伟伟欠欠身子，正要走，那堆青菜胡萝卜突然动起来，其中一株猛地脱离队伍，向前急走几步。是祁小燕。

"市长，夏市长！我是祁小燕，我给您写过很多信……"

旁边几个人立刻伸过手拦住祁小燕，想把她推开。夏伟伟停住，对旁边的人摆了摆手。

祁小燕大声说："我是徐明的爱人，您还记得他吗？他是您小学的同学啊。噢，他在那！徐明，徐明快过来见见夏市长！"

徐明像被人打了一棒，双脚虚浮地定定立在那里。所有人都扭头看着他，每一道目光都像一束火扑过来。他闭上眼，天地一下子黑下来，什么都不见了，再睁开时，夏伟伟已经站在跟前。

七

从公园回来，家里是空的。徐平安也还在公园？徐明先去撒泡尿，然后在镜子前站了许久。他不是自己看自己，而是以另一个人的眼光看——对，是市长夏伟伟的。镜子里的人眼睛仍然像两枚横下来的橄榄，眸子却不黑了，泛不出光，连眼梢也不再上翘，而是呈下垂的八字形了。左眼比右眼木，瞳孔上还有个米粒大的白点，但如果不细看，外人并不能看出异样。夏伟伟算不算外人？

"你好啊。"当时夏伟伟这么说，还一下子伸过手来握。

徐明只觉得手心软了一下，像一块面团塞过来，温热，细腻，柔顺。以前他握过这双手？肯定没有。事实上他想不起自己曾跟谁握过手，突然夏伟伟以市长的身份站到眼前，说你好，说好久不见。脑子嗡嗡响，他只往对方瞥了一下，就犯了错似的立即闪开，垂下眼帘。在那块铁片飞来之前，他们是能够四目相对的，如今却只剩三目互相看，他不敢看。但在低头的一瞬，他看到夏伟伟眼光在他左眼定了两秒。那么，夏伟伟其实是记得的？

祁小燕已经挤过来，因为抹着厚厚的浓妆，整张脸变得像一具塑料模型，上面敷着一层粉，又黑又长的假睫毛像两片毛刷僵硬地横在那里。"夏市长夏市长！"她一只手直直戳向徐明，"他就是徐明，您小学同学徐明……"

"徐明你好。"夏伟伟在徐明手背上拍了拍，笑得很平稳。

徐明点点头，显然他已经适应了，可以抬着脸看着夏伟伟。上次见到是四十六年前，在奋发路上，那个有红星的拱门前，夏伟伟把铁片托在掌心，哗哗哗地抛着，然后跟陈力力扭在一起，巴掌突然被拍，铁片飞起，到了徐明眼里。

祁小燕抓住夏伟伟的胳膊："夏市长您真记得他呀！"

站在夏伟伟旁边的那个中年男人贴过来，隐蔽而坚定地把祁小燕的手从夏伟伟胳膊上扯开，然后巧妙地挡在祁小燕和夏伟伟胳膊之间。祁小燕还要往前挤，边挤边喊："夏市长，夏市长……"

徐明瞥了她一眼，她嘴张得很大，口红把她嘴唇的边缘清晰勾勒出来，像古地图中的城郭，比平时大，又比平时难看。徐明把脸左右转两下，人群中一转头有徐平安，再一转又找不到了。他低下头，朝鞋尖处看了看。如果下面有缝隙，他会像条蚯蚓一头钻下去。

夏伟伟摆摆手，这个动作不是对徐明做，而是对四周的人。然后夏伟伟又特地对徐明也摆手。"老同学，见到你很高兴啊，我还有事，以后我们找机会再聊啊。"

徐明没答，他清楚夏伟伟也不需要他答。果然话音未落，那个中年男人已经侧过身，站到夏伟伟和徐明之间，并且手臂向前伸，做出"请"的姿势，顺便把旁边的人向外挡去，转眼他们就只剩下一堆背影，谁也没有回过头来。

徐明就是在这时也转过身，朝另一方向走去。祁小燕在后面叫他，问他去哪里。他没理，脚像被她的话给推了一下，竟越走越快。还能去哪里？他无非是回家，回到阳台的沙发上。

祁小燕是一个多小时后才回来的，妆还在，红衫绿裤倒是换掉了。她先去厨房噼噼啪啪忙了一阵，才进卫生间把妆卸掉，然后边用纸巾擦着脸，边走到阳台，问："哎，我今天跳得怎么样？"

徐明没有答。祁小燕又问："中午吃面可以吗？"

徐明还是不答。吃什么不重要，他一直无所谓，什么都能吃，少吃一两顿也无关紧要。祁小燕以前从来不会征求他意见，端上什么就是什么。祁小燕说："要不要炒几样菜，再来点儿酒，庆贺一下？”徐明眼皮一抬，侧过身子瞥了她一眼。"庆贺什么？"他确实脑子没转过来。祁小燕笑起来，说："庆贺你和夏伟伟终于见面了嘛。"

徐明猛地把眼重新闭上，有一股气流正从肚子里冲上来，顶到喉咙。他打个嗝，鼻孔长长呼出一口气。

祁小燕转身要走，马上又回过头，说："你等着，他肯定会找我们的。今天当着这么多人的面哩，还能再不理？"

徐明眉头一皱。你等着？他什么时候等了？他为什么要让夏伟伟理一下？他侧过头，重新看祁小燕，只看到祁小燕的背影，屁股仿佛被改造成另一种东西，腰间的螺丝松了，随着脚步向两侧边走边有节奏地荡来荡去。她的肢体似乎还留在《梨花颂》里，仍缓缓春带雨中。

午饭前徐平安才回来，徐明问："你今天也去公园了？"徐平安头都不抬，也不答，洗了手就坐到饭桌上。饭桌是长方形的，三个人分坐在桌子的两边，祁小燕与徐平安并排，徐明独自坐他们对面，这个格局从住进这个小区第一天起就形成了。一般徐明和徐平安都不怎么开口，说话的主要是祁小燕，话的内容都围绕着菜，这个有营养、那个要多吃。说这些时她总是侧过脸冲着徐平安，或者干脆边说边把菜夹进徐平安碗里。徐平安很烦这样，徐明看着也烦。儿子要是生在旧社会，这岁数都快能当爷爷了，祁小燕还是把他当婴儿。

把一块煎带鱼夹到徐平安碗里时，祁小燕侧着头问："哎，平安，如果市长帮你安排工作，你想去哪里？"

徐平安马上眉头拧起来，说："哪里都不去，我不要工作！"

祁小燕说："你怎么这样？不工作怎么办呀？这种关系别人求都求不来……"

徐平安把碗筷重重一放，站起走掉，进了自己房间，关上门。

徐明也站起，走到阳台，贴着玻璃往下看，脚马上一虚，连忙后退两步。房子买得太高了，以前老房子在五楼，他都不敢往下看，现在十六层，要不是林芬奇用玻璃围起来，他都没法到阳台上来。他坐下，闭上眼。这次夏伟伟来公园视察，祁小燕之前一定是知道的，却没告诉他。为什么不说？如果提前知道今天会在公园见到夏伟伟，他会去吗？不会。祁小燕还是了解他的。并不是所有人的生活里都需要一个市长的，看上去祁小燕需要。祁小燕想给徐平安找工作，可是徐平安不乐意。

第二天一大早祁小燕又去公园跳舞了，她刚走，林芬奇就开门进来。每次来她都像来灾区，总是先拐去超市买了一堆鱼肉菜，然后大包小包提来。把鱼肉清洗，分袋装好，再放进冰箱后，见徐明坐在阳台上，她也过来，在旁边小凳子上坐下，手在腿上拍两下，说："徐明我跟你说一件事。"

徐明欠欠身子看着她。虽然入秋了，天气其实仍很燥热，家里的空调从夏天一路开下来，还没断过，林芬奇却已经穿长袖衬衫，外面再套一件双层灰马甲。她是真瘦，背也驼了，脖子好像已经扛不住脑袋，斜斜向前倾去，整个人看上去就像随时打算向什么地方钻去。以前林芬奇不是这样的，翻徐刚健留下的旧相册，在每一张照片里年轻的林芬奇都清新鲜艳，长辫子时系着蝴蝶结，短发时烫着大波浪，衣服从列宁装到布拉吉，都典雅得体，微微颔首，嘴轻抿，笑得花好月圆。

那样的林芬奇早已不见了。

林芬奇眉头皱了皱，嘴里还小声嘀咕一句什么，在手机上按几下，然后把手机递过来。她用的是徐华淘汰下来的旧智能机。徐明瞥过去一眼，屏幕上是一个发富的中年男人，脸圆圆的，泛出红光，下巴堆着三层肉。

林芬奇问："这个你认得吗？"

徐明探过身子看了看，摇头。他认识的人很少，以前在红星厂他连三分之一的人都认不全，大家都知道他视力不好，不认人是正常的。厂里不用上班后，他见到的人更少了，他确实也没有认识谁的念头。

林芬奇说："他是陈力力啊！"

徐明半晌没反应过来。

林芬奇说："就是那年，跟夏伟伟一起把你眼睛弄破的那个人！"

徐明太阳穴猛跳几下。陈力力？他想起这个名字了。那年陈力力也只有九岁，很胖，是结实苗壮的胖，跟现在的臃肿完全不一样。隔着几十年的光阴哩，他怎么记得？

林芬奇叹了口气，收回手机，把屏幕搁在膝盖上搓两下，好像手机刚才被徐明看脏了。"你知道他是干什么的吗？你根本想不到，他居然是做房地产的。我们市里最大的房地产公司是哪家？大成集团。陈力力就是大成集团的老板。啧啧啧，大成集团啊，都上市了。我们都像个死人，这房子其实就是大成集团建的，可是当初买房子时，我一点儿都不知道。我要是知道就好了……"

徐明缓缓坐直，转过身看着林芬奇，半晌才问："你现在又是怎么知道的？"

林芬奇头微仰着，看着上方的玻璃。"徐明啊，都怪我，那天我要是不发神经把全班学生留下来补课，你就能早早到家，然后晚上我们一起去看电影。看个电影多好啊，什么就不会发生……你一直很恨我吧？"

"没有！"徐明脱口答道，他真的不恨，事情太大了，那块铁片一下子把他眼前的东西撕碎，他当时根本来不及恨，后来好像又忘了该去恨一恨谁。

林芬奇又叹了口气，说："我们都太笨了，傻乎乎的，这么多年一直吃着哑巴亏。还是小燕聪明，她一直说冤有头债有主……"

徐明一怔，马上问："陈力力是祁小燕找到的？"

林芬奇犹豫了片刻，才小心地点点头。她看着徐明，嘴唇动了动，还没开口，徐明抢先问："祁小燕找陈力力干吗？"

林芬奇伸过手在徐明胳膊上拍了拍。"你呀，我以前真的很担心你找不到老婆……你爸当初老嫌祁小燕素质低，但她对你对这个家不差啊，是不是？好歹人家也没不三不四地搞外遇，还给我们家生个儿子。而且，她脑子确实比我们都活络。徐明啊，她怕夏伟伟找你，你不理人家，特地让我来劝一劝。要是夏伟伟真找你了，你不许不理啊。做亏心事的又不是我们，干吗我们要避开呢？"

徐明定定地看着林芬奇："他找我干吗？"

林芬奇眼皮垂下，好像在思考什么，一会儿再抬起时，眉头微微拧起来。"徐明啊，"她语气里很清晰地夹着几丝不满，"他是市长，我们跟他有来往，总不是坏事。平安这么大了，再怎么样也得替他考虑了。是不是这个理？不要任性，你看你这样子小燕都一直守着这个家……"

徐明打断她："我什么样子？"

林芬奇一愣，局促地笑起，摆了摆手，说："唉，我又乱说话了。我的意思是，小燕也不容易，她脑子比我们都好使，就听她的吧。如果人家真的找你，你不要使性子，好不好？"

徐明闭上眼，嘴唇抿住。

林芬奇又说："你答应我，好不好？"

徐明迟疑了一下，点了点头。他突然想，在公园里见面时，当着那么多人面，夏伟伟没多说什么，私下再联系他，会不会专程为了道歉？

八

三天后徐明午睡还没醒，手机响了，是陌生电话。他接起，一个外地口音的男人问："请问你是徐明先生吗？"

徐明局促地应一声，他被人称为"先生"还是第一次。

对方说："您好，我姓齐，是大成集团董事长办公室的，你喊我小齐就行。董事长请您抽空聚一聚。请问明天晚上有空吗？"

"董事长？"

"我们董事长叫陈力力，您是他小学同学吧？"

"噢……对。"徐明终于回过神来。

"那就好，徐先生，我们董事长请您明天晚上吃饭，具体地点我已把定位发给您太太了。"

"你说……太太？"徐明犹豫了一下，还是问了。

"噢，刚才我已经跟您太太通过电话了，还加了微信。她让我再直接给您打个电话。"

直接？一直到放下手机，这个词仍跟石块似的硌在徐明胸口。祁小燕跟人家都说妥了之后，还要让对方再给他一个电话，她是怕自己说了他不信或者不听？他从床上下来，在屋里各处转一圈，没有看到祁小燕。

天黑下来后祁小燕才回来，左右手各提着两个纸袋，脸上显见是兴奋的，嘴咧着，但来不及说话，先冲进厨房开始忙晚饭。等到吃过饭，收拾好了，她才把纸袋里的东西掏出来：一双中跟黑皮鞋、一件紫碎花连衣裙。"好看吗？"她问。徐明瞥一眼，没有答。祁小燕又去敲开徐平安的门，问好不好看。徐平安眯起眼打量一下，不置可否地歪了歪头，就把门重新关上了。

徐明走到阳台，往外看几眼，又俯瞰几眼。要看什么他并不知道，也许什么都没有看进去，只是把看的姿势做一遍罢了。可能因中秋的时候月亮把该亮的都亮过了，相比之下，这一阵总是显得又瘦又窄，仿佛疲倦了，连光泽度都减下去。月朗星就稀，现在月不朗，星也仍是稀的。明晚呢？在这样相似的月色中，他将和几十年前的小学同学陈力力见面，这个人当年在奋发路上突然出现，把夏伟伟手掌猛地向上拍去，如果不是他，夏伟伟掌心里的铁片不会挥起来，再落下，然后划破徐明的眼球。

徐明觉得左眼隐隐有点儿疼，他闭上眼，用手揉了揉。明天他要带着这只早就破掉的眼睛去见陈力力？之前祁小燕一直要见夏伟伟，在公园里算是见上了吧？然后轮到陈力力。

为什么陈力力要请他吃饭？

很奇怪一直到第二天傍晚去酒店前，祁小燕都不提这事，徐明几次想问，又觉得不问也罢。他本来以为只是自己一个人去，看时间差不多了，让祁小燕把地址给他。祁小燕从卫生间里出来，已经穿上那套紫色碎花连衣裙了，还化了妆，连假睫毛都粘上了。“你要地址干吗？”她很诧异，抹上口红的嘴唇微微噘起，突然艳起来的唇把牙齿衬得又涩又黄。“我开车呀，可以导航嘛。——平安，平安快点儿，要走了！”

徐明怔怔地看看她，又转过头看向儿子的卧室。门恰好开了，徐平安穿一套西装出来，打着领带。他平时从来都穿运动休闲服，西装什么时候买的？徐明不知道。"他也去？"这话他问祁小燕。祁小燕头一晃，说："是啊。"

徐明继续问："你们都去？"

"是啊。"边答着祁小燕边走到门后，打开鞋柜，取出新买的黑色中跟皮鞋，套上，拉开门。徐平安跟在她背后也出了门，徐明还原地站着不动。"快走啊。"祁小燕喊。

徐明不想走了，一动都懒得动。陈力力请他吃饭，祁小燕一起去已经算过分了，还要再加上徐平安，这都算什么事呀？祁小燕好像猜明白了，踩着高跟鞋大步进来，把手上的黑色小坤包往他腿上一甩，说："怎么回事你？跟人家都说好了，快点儿！"

徐明往门外瞄一眼，儿子正侧着身子低头看手机，手指头在屏幕上利索地划来划去。

徐明问："是他们让你们去，还是你们自己提出要去？"

祁小燕说："有什么区别，快走吧，今晚说是陈力力请客，其实夏伟伟也会去。人家是市长哩，你不能让人家等着你。"

夏伟伟也去？徐明脑子嗡了一下。但不容他多想，胳膊被祁小燕拉住了，她用上了力气，把徐明往门外拖去。

吃饭不在酒店，而是一家外表很朴素，内里装饰却非常华丽的私人会所。一个中年男子站在门口，一见到车来就迎上前，弓着腰问："是徐先生吧？"

祁小燕连忙摇下车窗答："对对对。"

中年男人保持着刚才的姿势，脸上的笑更多了，说："我是小齐。曾给您打过电话。"

祁小燕朗声说道："原来齐先生就是您啊，太好啦。我们……"

小齐往旁招了招手，马上有个穿灰色中式制服的清瘦男孩小跑上前。小齐说："请你们下车，泊车交给他。"三个人在车内都怔着，最先明白过来的是徐平安，他打开后车门一脚跨下来，回头招呼还愣坐着的徐明和祁小燕："下来，你们下来呀！"

徐明在打开车门，伸出脚即将跨下去的一瞬，突然记起一件事。他反过身对祁小燕说："别跟他们提起我们家住哪里！"祁小燕眉头微微皱一下，马上又笑开了。她不是对徐明笑，而是把脸朝向车外，紧接着就利索地跨下来。

车果然被服务生开走，三人跟着小齐进了屋里。房间还是空的，但几盏罩着米色绢缎的方形吊灯已经全亮了，光柔和富贵。屋子非常大，足以摆下五六张八仙桌，却只在中央孤零零放着一张直径三米左右的圆桌，铺着精白的桌布，已摆放好餐具。椅子是红木的，窗上嵌着雕花玻璃，地面铺着松软厚实的羊毛地毯，有隐约的香水味和细微的音乐轻缓飘着。小齐招呼他们先在圆桌旁的茶台边坐下，话一说完就匆匆转身出去了。他一走，三个穿旗袍的美女就出现了，端着茶盘，各自走到徐明、祁小燕和徐平安脚旁半跪下，先是递来热毛巾，紧接着几杯热茶也依次摆好了。

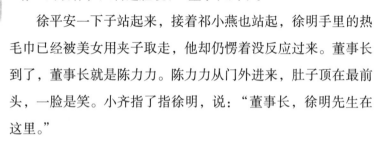

徐明没想到现在酒店是这样伺候人的，他捏住热毛巾，以为是让他擦脸的，举到半空，看徐平安只是在手上擦了擦，连忙也依样画个葫芦。正拿着热毛巾不知放哪里，门外传来声响，小齐小跑着出现在门口，仍然微弓着身子，先对门外做出"请"的动作，又转过脸说："董事长到了。"

徐平安一下子站起来，接着祁小燕也站起，徐明手里的热毛巾已经被美女用夹子取走，他却仍愣着没反应过来。董事长到了，董事长就是陈力力。陈力力从门外进来，肚子顶在最前头，一脸是笑。小齐指了指徐明，说："董事长，徐明先生在这里。"

"哎呀，徐明啊徐明！"陈力力张大双臂，声调拉得高，边说边大步向前。

徐明从椅子上站起，脚下意识地向后微微一退。小时候徐刚健抱过他，九岁铁片划过他眼珠那天，林芬奇跑进医院一把抱住他，哭得呜呜响，之后他不记得还被谁在大庭广众之下搂抱过，连祁小燕好像都没有。但其实是他多虑了，陈力力手臂只是象征性地张了张，并没有往下持续，他甚至立住，脸转向圆桌，说："怎么不上桌呢？来，坐下坐下。"

祁小燕小声问："夏市长……"

陈力力好像没听到，挥了挥手，说："坐下，来徐明，我们坐下，坐下。"

陈力力径自坐到主位，中年男子让徐明坐陈力力左边，祁小燕坐右边，徐平安坐正对面。小齐走到陈力力边上俯身问了一句什么，陈力力马上手掌举起来一甩，说："上菜吧。"小齐"好好好"连声说了几句，就退出了。徐明心里嘀咕了一下，眼光在小齐背上追了片刻。硕大的圆桌只有四把椅子，仅仅四张，徐明是这会儿才意识到的，刚才进门时他并未发现。不是夏伟伟也来吗？来了坐哪里？

陈力力转过脸，看着徐明，说："今天本来伟伟要来，临时开会，走不开。不管他了，我们自己吃吧。唉，这么多年没见到你，跟做梦似的，对不对？眨眼间我们也都老了，你看你儿子都这么大了，时光无情啊。"

服务员开始上菜了，都是即位式的，每一道菜都提前分了四碗或者四碟。鲍鱼、龙虾、大闸蟹、海参，还有一些海鲜徐明叫不上名，见都没见过。祁小燕很高兴，她的脸一直侧向陈力力，筷子极少提起，提了也仅夹一点儿，偷吃般缓缓放进撮成小圆形的嘴里。

徐明对此没有太意外，或者说他所有的意外都集中给徐平安了。知子莫若父这句话现在一点儿都不适用，突然之间徐平安变陌生了，坐到这张圆桌后，嘴仿佛刹那间换了一张，唇一直忙活着上下禽动，倒不是胡说乱说，该停时停，该歇时歇，一旦陈力力开口，他马上直直看着，不时以脆亮的笑声应和。话题不稳定，东跳西跳，包括国际局势、个人打拼经历、股票、地铁……这期间，夏伟伟不时被提起。"伟伟"，陈力力都是这么喊，说得好像是位跟他恋爱一百年的女人。可是那天在奋发路上，陈力力突然从树后出来，明明是和夏伟伟打成一团。他们不打，铁片就不会飞起，更不会落进徐明的眼里。

陈力力对红星厂兴趣也很大，问了又问，徐明只是"嗯嗯""就那样"应付着。工厂不是他的，他在里头混了一辈子，实在所知不多。他惊讶的是徐平安居然对红星厂很熟悉，厂里目前的情况说得一清二楚，包括徐明现在工资和祁小燕的退休金。徐明第一次知道徐平安居然酒量这么好，每几分钟就要站起，端着酒杯过来，向陈力力敬酒。有一次甚至把瘦高的分酒器直接提过来，"敬您啊，我是晚辈，先干为敬了。"话音未落，分酒器已经底朝天贴住嘴唇，仿佛他嘴里又长出一个透明的舌头。

桌子上开的是瓶茅台，徐平安一个人至少喝掉六成。

祁小燕要开车，喝的是饮料，脸竟也红扑扑的。她说："董事长，我们家就是买您大成的房子哩。"

"咦？"陈力力马上转过脸盯着祁小燕，"哪里？"

徐明嘴巴动了动，刚想把话岔开，祁小燕已经开口了："大成江山一期啊。"

"噢。"陈力力点点头，转过头问徐明，"那个小区不错吧？旁边有公园，小区外不是正在修地铁吗？到时有个站就设在小区外，出行太方便了。"

徐平安马上问："地铁站真能建起来吗？前一阵停工过哩。"

陈力力说："不是又开工了吗？停不了，谁敢停？"

徐平安提着酒杯过来，俯身问："夏市长肯定大力支持了吧？"

陈力力在徐平安背上拍了拍，说："这还要问吗，年轻人？你问问你爸，伟伟跟我是什么交情。哈，反正你们房子买对了！"

徐明一口酒都没喝。怕酒刺激眼睛，林芬奇以前从来都不让他沾酒，连煮菜当作料都不行。奇怪的是整晚没有人劝过他酒，他坐在陈力力边上，陈力力不停让他快吃，多吃点儿，却一次都没有劝他喝点儿，他前面的酒杯始终是空的，没有倒上酒。

变化太大了。陈力力父亲腿被车撞断，母亲一个人扫地养活一家人，九岁时这个人穷得没有买一袋水果去医院看望他，跟他说句对不起，现在却富成这样，公司上市了，能呼风唤雨，而徐明住的则是他建好出售的房子。

九

祁小燕要加陈力力微信，陈力力犹豫一下，对，犹豫了，这个徐明看到了，但只一瞬陈力力就掏出手机，嘀一声，加了祁小燕微信。轮到徐明，陈力力主动把手机伸过来，说："我扫你。"徐明坐着没反应，祁小燕连忙说："他呀，用的是老人机，上不了网。"

陈力力脖子一挺，显然很意外，然后手向上一举，小齐马上从门外跑进，耳朵伸到陈力力嘴边。陈力力说了句什么，小齐点点头，转身小跑出去。几分钟后小齐再进来，双手托着一个白色的长方形小盒子，盒子上有手机的照片。小齐把盒子递给陈力力，陈力力没接，下巴往前伸了伸，小齐就转过身，把盒子递给徐明。

"什么意思？"徐明一直到这时候都没反应过来。他身子向后仰去，试图离盒子远一点儿，眉微皱着，垂着眼睑看着盒子。

陈力力说："我车上刚好多一部新手机，用不了。手机更新换代太快了，放着就旧了。别嫌弃啊，徐明，麻烦你了，帮我用一用啊。"

徐明仍盯着小盒子一动不动。

这时祁小燕走过来，从小齐手里接过盒子。她笑得眼都只剩两条细线了。"哎呀，还有这种好事啊，董事长你待我们家徐明太好了。"

徐明侧过脸看着祁小燕，祁小燕却不看他。

陈力力的手机响了，他接起，嗯嗯两声，马上站起。他屁股离开椅子的那一瞬，小齐就出现在门口了，然后碎步跑进，弯腰抵近陈力力。陈力力收了手机，对小齐说："临时有事，我得先走，你好好陪徐明一家再多吃点儿。捡好菜上，别总是一桌子烂菜！"

小齐连忙点头，说了七八个"是"。

陈力力在徐明肩上拍了拍，说："徐明啊，真是不好意思，今晚我本来什么电话都不接，专程陪你喝一场。你看我们好不容易见个面，最后还是被一个破事给搅掉的。没办法，我得先走，身不由己啊。以后找时间好好再聚聚，叙个旧。哎呀，多少话要说啊，是不是？"

徐明坐着没动，祁小燕已经站起，掏出手机说："哎呀，董事长，能跟你合个影吗？"

陈力力不置可否地嘴咧了咧，祁小燕马上把手机递给徐平安，自己站到陈力力边上，头微微靠过来。

拍过照，陈力力双拳抱起作个揖，说："得罪了，得罪了。"

徐平安跨前一步，站到陈力力跟前，问："董事长，据说我们小区前面修地铁，挖出了东汉古城，市里的文史专家一直反对，是不是真的啊？"

徐平安说这话时，陈力力正低头取放在桌上的手机。徐明仍坐着，他是仰起头，从下往上看的，他看到陈力力伸过来的手曾停了半秒。待完全站起，又一脸乐呵呵的了。看错了？徐明只有一只眼管用，他眼神不好，但那半秒非常清晰摊在面前，应该不会错。

"怎么可能啊？"陈力力声音一下子大了，"我跟你说，那些地方志专家为什么闹你知道吗？他们想买大成的房子，要求我们打折。房子那么俏，一开盘就卖光了，你说干吗打折啊？打折是对其他业主的损害，是不是？"

祁小燕附和道："就是就是。想得美，就是你们要打折，我们也不同意！"

陈力力好像被逗乐了，双手往半空中一张，又朗声笑起来，边笑往大步往外走。走到门口，马上要闪身时，头也不回丢下一句话："徐明，我们再约啊。"

小齐跟在背后跑去，几秒钟后又返回。

徐明已经站起来，他要走了。小齐拦住他："哎呀，徐先生，我本来要送送董事长，但他不让送，要我回来陪你们再吃点儿……"

祁小燕说："就是，刚才我还没吃什么东西，肚子还是饿的。"

徐明脚没有停，他说："那你吃吧，我先回去了。"

徐明很快就听到后面熟悉的脚步声了，徐平安几个大步跨到他前面，说："我也回，我去开车。"

"别别别，我开，你车不熟。"说着祁小燕已经冲到徐平安前面去了。

小齐也追来，很为难地弓着身子说："哎呀，你们都走了，我怎么向董事长交代呢？"

徐平安突然站住了，看着小齐，问："齐先生房子也在大成吗？"

小齐讪讪笑起来："见笑见笑，我哪买得起那房子啊？"

徐平安又问："你知道我们大成小区那边挖地铁，下面挖出东汉古城吗？"

小齐后退一步，连连摆手说："我刚到公司上班两个多月，不知道啊，真的不知道……"

到门口了，祁小燕把车开过来。小齐冲过来开车门，徐明和徐平安钻进去。车子刚动，小齐身子弯下，头探进来，说：

"不好意思，董事长要是问，您就说今晚你们又继续吃了很多啊，拜托拜托！"

徐明正犹豫着要不要答，徐平安身子探长了，把手机伸出窗外说："齐先生我们加个微信吧。"

小齐有点儿意外，从裤兜里慌忙掏出手机。两部手机重叠一起时，嘀的一声。徐平安一收回身子，祁小燕就把车开动了。徐明扭过头从后车窗看出去，见小齐立在那里，举着手摇着。看不清他脸上的表情，灯光在他背后，不过徐明猜他应该仍嘴角上扬，挤出笑来。他多大了？比徐平安大不了七八岁吧？刚才门外明明没看到他，结果陈力力手一扬，他怎么就冲进来了？他们坐下吃饭，他却没坐下，这会儿还饿着肚子？

红灯，车停下，祁小燕回过头说："徐明，人家好好请我们吃饭，你干吗整个晚上都在叹气？"

徐明一怔，叹气了？这顿饭他吃得不舒服，但他一点儿都没发现自己整个晚上都在叹气。

两天后刚吃过晚饭，小齐找上门来了。门铃响后是徐明去开的门，看到两手拎着几袋花花绿绿的礼品盒的小齐，他嘴马上张到最大："你怎么知道我住这？"

小齐笑笑，把手里的东西往上举了举，好像是它们领的路。

祁小燕正在洗碗，听到动静从厨房冲出来，很惊喜："哎呀，快进来坐。是啊，你怎么知道我们家在这幢这间？"

小齐脱鞋进屋，把手里的东西放在客厅茶几上，转动身子四下看了看，说：“这房子不错吧，南北通透的，结构好，功能区分非常合理。你们是一手房还是二手房？”

祁小燕说：“一手。”

小齐嘴一噘，脖子同时往前一伸，做出一种敬仰与羡慕相交织的表情。

祁小燕端出水果，开始泡茶，让小齐坐。小齐正要坐下，突然身子一紧，转过头看向徐平安的卧室。不知什么时候徐平安已经打开门，靠着门框，静静看着。小齐喊：“平安兄您在家啊。”

徐明眉头皱了一下。徐平安看上去明明比小齐小多了，居然成“兄”了？

小齐已经不往下坐了，他对徐明和祁小燕欠欠身子，小声说：“不好意思啊，我能跟平安兄单独聊一聊吗？”

徐明没有答，嘴反而抿紧了。

祁小燕显然也很意外，但她马上说：“可以可以，你们随便聊。噢，就坐这里聊吧？”

小齐边说着“好好好”，边向徐平安走去。走近了，两人非常默契地对看一眼，一起进了屋子，门马上关上了。

徐明坐着不动，祁小燕怔了片刻，走到徐明身边，揪住徐明的胳膊往厨房拖。“怎么回事？”祁小燕一脸都是不解。徐明摇摇头，他确实不知道。“很奇怪啊，是不是？”祁小燕又说。徐明点头。小齐是陈力力的手下，他突然来，准确无误敲开门，然后进了徐平安的屋子。他找徐平安干什么？

"会不会是……"祁小燕好像想起什么，"噢，其实那天晚上从酒楼一回来，我就给陈力力发过微信了……你别瞪我，我只是想让平安去陈力力公司上班。刚才我以为这个小齐来是为这事，可是也不像啊。上个班光明正大的，还要单独说话？"

徐明叹口气，不知说什么好。

祁小燕很不满他的叹气，说："你除了叹气，还会什么？儿子这么大的人，整天待在家不出去工作怎么行？老婆都找不到。陈力力公司财大气粗，又有你们这一层关系，安排个好职位这辈子就不愁了。我们就这一个儿子，不管管他，以后怎么办呀？"

徐明眉头皱起。徐平安能有个正当的工作当然好，可是隐约又觉得有哪里不太好。他往徐平安的卧室瞥一眼，门仍然关着，关就关吧，两个大男人在里头而已，还能弄出什么是非来？他转身去了阳台，把屁股陷进褐色沙发里。世界太大了，而他有这几平方米就足够。没有星也没有月，天凉下来了也不需要风。地铁工地咚咚的声响很清晰地传来，从这里却看不到。市里有规定夜间不许开工扰民，这里却通宵都没有停下。专家越闹，工期越要往前赶？他把玻璃门推上，闭上眼，咚咚咚还是反复灌进耳朵。一个多小时后他听到小齐从徐平安房间出来，站在客厅跟祁小燕道别，祁小燕先是挽留他再坐坐，小齐不坐，祁小燕就把他送出门，结果祁小燕自己也一起出了门，过二十多分钟门才重新开了。祁小燕趿着拖鞋进来，走到阳台，推开玻璃门看他一眼，似乎想说什么，又走掉了。

这个晚上剩下的时间都很安静，洗漱，上床，三人各忙各的，都没有话。躺上床，关掉灯后，祁小燕左转右转。徐明想，可能祁小燕有话要说，如果她不说，也就算了。过了一阵徐明已经开始迷糊了，祁小燕还是开口了，她问："哎，你知道小齐今晚来干吗？"

徐明身体向外侧着，不答。

祁小燕摇摇他，再问："你猜他来干什么？"

徐明含糊地说："不知道。"理论上他是这个家的男主人，可第一次登门的客人离开时却不向他告别。把他忘了？忘了就忘了吧，无所谓，这个人来干啥他也无所谓。

祁小燕可能在说与不说之间又犹豫了片刻，才缓缓开口。她的话很简练，归纳起来是下面两点：

一、小齐说陈力力让徐平安去公司上班，月薪三万起，但徐平安拒绝了；

二、徐平安有一台手持高清摄像机和一架小型无人机。被报社末位淘汰后，他开始做视频放网上，以前内容以游戏为主，他自己怎么打，再教别人怎么打。这些天他突然转向关注社会问题，动不动就拿地铁工地说事。

十

早上五点多林芬奇就来了，她先敲了徐明和祁小燕睡的主卧门，再去敲徐平安的门。徐明从床上下来，揉着眼走到客厅。林芬奇青着脸问："还睡得着啊，你们！"徐明没答，坐下。他差不多一整夜都没睡着，是啊，他怎么睡得着？

一会儿祁小燕也出来了，她肯定也没睡好，眼袋浮肿，从内眼角、鼻翼、嘴角向下拉出好几根八字形的线条。林芬奇朝徐平安房间瞥一眼，正要再过去敲门，祁小燕拦住她。"妈，"她低声喊，"我们再商量商量。"林芬奇愣一下，点点头，两人同时向主卧走去。祁小燕走两步，回头看一眼徐明，"你也来！"徐明只好跟上。一进屋，祁小燕就关上了门。

主卧只有两把椅子，徐明坐到床铺上。他不知道接下去要干什么，一只腿跷起来，双手搁上面，木然看着两个女人。林芬奇问："你们是死人吗，居然都不知道？"

徐明垂下头。房间里现在阴盛阳衰，之前整套房子都是，祁小燕统揽家里一切，两个男人这也行那也行，都随她便。可是眨眼间，阵地上却只剩下徐明一人了。他什么都不知道不奇怪，祁小燕怎么也没发现徐平安根本不是曾经的那个徐平安。

"平安要干什么？"这个问题是徐明从昨夜到现在都没弄明白的。

祁小燕摇了摇头，"昨晚小齐一说平安偷录音录像，我整个人都蒙了，谁会想到呢？还无人机，天哪！回到家我马上问他这些东西哪里来的，他说网购的。问他买了干什么，他说不用你们管。妈，我知道徐明从来不管，所以昨晚那么迟了还给您打电话。我是真的六神无主了。你们说平安到底怎么了？"

林芬奇说:"我想了一夜,我们家平安会不会是特务?"

"什么特务?"祁小燕一下子坐直了。

林芬奇重重舞了一下手,说:"徐明啊,以前你爸说过他们部队抓到水鬼,会同时缴获发报机之类的东西,都是往台湾那边发情报用的。你们说平安居然买了那么多设备,普通人要那些干什么?徐明,你说话呀!"

徐明嗯了一声。特务这个词已经很陌生了,突然冒出来,他虽然不相信,心里还是急跳了几下。

祁小燕嘴唇动几下,重重呼一口气,站起来。"妈,不用跟这种人商量,浪费时间!"说着她把林芬奇往屋外拉去。林芬奇回头看几眼,大概觉得祁小燕说得有理,也就出去了,还把门又带上。

徐明继续呆坐一会儿,索性一仰,躺下了,揪过被子盖住肚子,闭上眼。困,这是他此时最真实的感受。还真睡着了,醒来时已经十点多,起来发现家里非常安静。走到徐平安的门外,以为他还睡着,拧了拧把手,居然开了,里头空无一人。迟疑一下,徐明走进去。他记不起上次进来是什么时候,每天他要下楼,在小区草坪里走走,再去公园散散步,这屋子对他来说,竟比小区和公园还陌生。床、柜、桌、椅以及桌上的电脑和一部小游戏机,看上去没什么特别。录音机、无人机、手持摄像机呢?拉了拉抽屉,上锁了。飞机那么大,无人机究竟多小,难道也能藏得进抽屉?屋角立有一个半人多高的铁架子,顶部是个巴掌大的横向支架。徐明提起掂了掂,不重,他没弄懂这是干什么的。

从桌旁那扇门出去，是比桌子大不了多少的阳台。住进来快两年了，徐明到这个阳台来过吗？没有，应该没有。从十六层往下看，看到小区围墙外的马路，中央被围起来的那部分横七竖八的，挖出深坑，堆着钢筋、木板、推车、挖掘机以及各种杂物，几部打桩机和吊车架子高高朝天立着。路一下子变丑了，也许所有东西刨开来都是不堪的，包括人的肚子，五脏六腑也没一个会是悦目的。原来从这里可以这么清晰地俯瞰到工地，但很奇怪，非常安静，一个工人都没有，所有机器都是静止的。刚才他其实已经觉得不对，明明昨晚施工声还非常响，这会儿却突然熄了，原先留着让工人和水泥车进出的缺口也挡上了。又停工了？他不敢久待，主要他不习惯来徐平安房间，徐平安肯定更不习惯他来，所以还是走吧，万一撞上了彼此别扭。

餐桌上是空的，什么都没有，这种情况之前从来没有过。祁小燕有很多问题，但对家里人是尽心的，有了这一点，他才睁一眼闭一眼——他本来就只剩一只眼，另一只九岁那年闭上了。他去厨房转一圈，没发现什么可吃的，连一块饼干都没找到，那就算了，不吃反正也死不了。

中午十二点过了外面才有动静。林芬奇和祁小燕回来了，两人的声音从客厅传来，很快就没了。徐明出去转转，发现她们正在厨房里忙着。看到他，林芬奇上前两步，把他拉到餐桌边坐下。徐明想，自己已经两顿没坐到桌旁吃上东西了，这会儿桌上仍然是空的，让他坐下算什么？

"平安去哪里了？"林芬奇问。

徐明摇头。

林芬奇说："早上我和小燕出门时，他还反锁在里头睡，这会儿不在里头了。"

徐明问："他去哪儿了？"

林芬奇头往后一仰，大声喊起来："问你哩，你问我？我这辈子到底做了什么孽呀，生出你这样的废……"

徐明点点头。林芬奇虽然把后面的话吞下去了，但意思已经表达出来了。废什么？当然是废物。这时祁小燕端了一碗面出来，转身又进厨房三次，一共端出四碗面摆在桌子上。徐明往她脸上瞄一眼，从碗里蒸腾起来的热气把她五官遮模糊了，但也可能跟热气无关，只是他眼神不好，看不清她脸上的神情。

"吃吧。"祁小燕说得有气无力。

徐明眼睛闭了一会儿。胃想吃，脑子却不想吃。最后脑取胜，他站起，转身又走到阳台，坐进褐色沙发。祁小燕很快就过来，说："快去吃吧。"他一动不动，眼都不睁。过一会儿林芬奇也过来，恼火地揪住他胳膊往上拉。他仍然一动不动，眼也不睁。林芬奇说："唉，都是人，这几十年，我从早到晚心里塞得满满的都是你这个儿子儿子儿子，可是你呢，你的儿子你什么时候上过心？"

徐明眼仍闭住，鼻子却突然酸了。林芬奇再上心，他也不过成这样，九岁左眼就戳进铁片。徐平安至少眼没瞎，而且大学毕业，这怎么比？这时他听到轻微的窸窣声，眼不好的人耳朵总是格外好。他抬起眼皮瞥了一眼，祁小燕巴掌挡在嘴前，正趴在林芬奇耳边嘀咕着什么。两个女人对视一下，微微点了点头。祁小燕嫁进来三十多年了，虽然对林芬奇一直做出客气恭敬状，二人却从未如此水乳交融过。原来身边两个女人蓦然和谐起来，竟有几分吓人。

"你起来，"林芬奇上前拉徐明，"来，我们要跟你谈一谈。"

徐明从沙发起来时，祁小燕已经先离去了，她坐到餐桌旁，双臂像小学生上课似的工整交叉在桌面，脸却别开，呆呆望着屋角。

林芬奇也坐下，顺手拖了一把椅子让徐明坐。徐明站片刻，只能坐下。说什么？他想到徐平安。果然，林芬奇开口了，她向徐明前倾着身子，问："你知道什么叫网红吗？什么是直播吗？"

徐明犹豫了一下。网红他能猜个大概，至于直播，电视里不是经常有吗？但他马上意识到林芬奇显然不是指春晚、体育比赛之类的，就又摇了摇头。

林芬奇眉头拧得更紧了一些。"徐明啊，平安不仅仅拍视频，他还开抖音、微视什么什么，把拍的很多东西放到网上。"

徐明没有答。抖音、微视都是什么？连林芬奇都懂了，他却不懂。

林芬奇手在桌上重重一拍，说："你知道这一阵他做直播吗？"

"不行！"祁小燕猛地站起，"他这样肯定会惹祸，惹大祸的！"

徐明浑身紧了一下。"什么事？"他像是怕惊醒了什么，问得很小声。

祁小燕白了他一眼，用快得有些失真的语速，说了徐平安的大致情况。徐明上半身微微探出，一条胳膊支在膝上，像棵台风中被支住的树。老实说他听得不是太明白，但他没问，不问也大致猜得出来了：徐平安在网上突然红了，有很多粉丝。他用无人机拍下面的地铁工地，有时还站在阳台上直播，或者把之前拍摄的视频剪成短片播放。徐明不明白的就在这里，建地铁有什么好拍的？拍了又有什么可看的？年初地铁开建，路挖了，圈起围挡，他每次路过，最多往围挡上设置的不停喷射的水雾瞥一眼，起初不知道它们要干吗，后来明白是为了降低粉尘的飞扬，还感动建设者为往来的人着想。难道是拍这个？

突然他意识到另一个问题。他问："你们怎么知道这些的？"是啊，怎么知道的？

林芬奇看了祁小燕一眼，祁小燕点点头。林芬奇这才开口："上午我和小燕去大成公司，本来要找陈力力，他不在，我们就去找小齐了。他其实不想跟我们说，是被我们一点点挤出来的。"

"找陈力力干吗?"徐明不懂。

"你怎么还不明白?"林芬奇坐直了,嗓门儿一下子大起来,"平安就是冲着陈力力啊!"

"妈,您别急。"祁小燕这时候倒平静下来了,"这事最后可能只有徐明出面才有用了,陈力力铁片伤的人毕竟是徐明,这个账怎么也都记着。徐明,妈的意思还是要让平安去大成公司上班,我们今天找陈力力,就是想让他给我们平安安排个更好的职位。职位高,收入就高。以前那个平安可能嫌钱少吧,钱多了他就会去。去了,这些乱七八糟的事就没时间弄了。妈,你说是不是?"

林芬奇点点头,手指在桌上叩几下,说:"徐明啊,你真得向小燕学一学。"

徐明长吸一口气,又悄然吐掉。周围的所有人一下子都如此陌生,他能学谁?他谁都不想学。

十一

电话响了,是徐华打来的,她居然想买大成三期的房子。买就买呗,难道还要徐明同意?徐华说:"我昨天就找小燕了,她拽得要死,爱理不理的。哎,还是你去找那个陈力力给我打个折吧。"徐明马上说不行,打折哪是件小事啊?徐华马上不高兴了,她说:"祁小燕前几天跟陈力力拍那么亲密的合影,今天还去陈力力办公室,这是什么关系啊,打个折算什

仰头一看

287

么？"徐明马上问："你怎么知道？"徐华说："她自己晒朋友圈啊，我还能杜撰？"徐明心里噢了一声，就把手机摁掉了。徐华又打来，他不接。

祁小燕跟陈力力合影他知道，祁小燕上午和林芬奇一起去找陈力力他刚才也知道了。但他不知道祁小燕没找到陈力力，只是见到小齐，却拍了陈力力办公室的照片，然后晒到朋友圈去了。他没微信，手机不能上网，他一时想不明白祁小燕为什么要把照片发上网，不发徐华就看不见。

徐明仍坐在餐桌旁，他相信自己跟徐华通话的内容，林芬奇和祁小燕肯定也听出大概了。他把手机重重捏在巴掌里，看着祁小燕，祁小燕却不看他，眼下垂，盯着手机。她用的是陈力力给的那部新手机，手机里传来的是徐平安的声音——徐明一怔，站起，走到祁小燕身后。他果然看到徐平安一张脸正装在屏幕里，徐平安在说话，说得很快，头晃着，手不时舞动。然后祁小燕手指往下一划，另一个徐平安穿着另一套衣服又出现了，还是很快地说，头动手动。

祁小燕手指再在屏幕上一划，徐平安不见了，但声音仍然是他。是一个片子，镜头从上往下拍，越来越大，变成了特写。十几个工人俯身在地面捡着什么，旁边站着几个穿干净T恤和白衬衫的人，双手叉腰，戴着草帽，看不清脸。徐平安在说什么呢？嗡嗡嗡的，还是地铁地铁。

徐明喘一口气。所谓嗡嗡嗡不是徐平安咬字不清，是他脑子仿佛塞满了乱草，连耳朵也堵上了，他听不清。"你为什么要把跟陈力力的合影还有他办公室的照片发上网?"徐明觉得这个问题他得先弄明白一下。

祁小燕把手机一摁,徐平安和地铁一下子都消失了。"你怎么知道?"她眼斜过来,问。

徐明说:"徐华看到了,刚才她不是要买房吗?"

"噢,"祁小燕嘴角向左扯了一下,"我自己朋友圈不能发吗?徐华看看吧,她居然这么有钱,已经有那么多房子了,还要再买。"说到这里她瞥了一眼林芬奇。林芬奇刚要说什么,门响了,徐平安进来了,背着一个鼓鼓囊囊的双肩背包。祁小燕先小跑过去,问:"平安,你去哪了,我给你打了好多电话,怎么都不接?"徐平安没吱声,直接进了自己的卧室,关上门,过了几分钟才出来,走到餐桌边坐下,说:"饿了。"

林芬奇已经在厨房了。刚才徐平安的面温在锅里,这会儿端上来。徐平安抓起筷子,快速往嘴里扒去,哧溜哧溜的声音一下子荡开。

祁小燕问:"你去哪里了?"

祁小燕又问:"你为什么要拍地铁的施工?"

林芬奇马上插上一句:"你干吗要去惹事啊?陈力力发达了,得让他把以前亏欠的补偿我们。平安你还是好好去他公司上班吧。"

徐平安脸贴在碗上方,没有答。

"对啊!"祁小燕站在徐平安旁边,手搭在他后背上,"大成公司多牛啊,在里头上班我们也有面子。你现在这样做,有什么好处？"

徐平安头也不抬，说："没好处。"

林芬奇骂道："那你为什么还这样？小齐说了，他们公司好不容易才把东汉古城的事摆平了，结果却被你坏事了。你听听今天地铁有施工吗？听听！工人全撤了……"

徐平安仰头把面汤倒进嘴，放下筷子，站起，肩一耸，说："撤得好。"

"撤了？"徐明话一出口就开始后悔。上午在徐平安的房间阳台往下看时，他已经看到工地是空的。撤了难道跟徐平安有关？他想问的其实是这个。可是没有人理他，谁也没打算回答他，他完全像不存在。

祁小燕说："平安啊，东汉都多少年以前了，关我们屁事？快把那些视频都删了吧！"

"干吗删？"徐平安站起，大步进了自己的卧室，关上门。

祁小燕和林芬奇对看几眼，表情很一致，都张着嘴，脸色难看。她们都不看徐明，徐明就也走了，到阳台上，坐进沙发。他得缓一口气，理一理头绪。小区前面在修地铁，施工挖地时挖出东汉古城，祁小燕认为是屁事，徐平安不知道怎么认为的，但徐平安把这些拍下来，放到网上……怎么拍的？

铃声响了，是徐明装在裤兜里的手机。平时他手机几天都不会响一次，今天特殊，刚才徐华打过，这会儿又响，屏幕上显示的是一串陌生的号码。接起，是小齐。小齐说："徐先生，有空吗？我们董事长想见您。"徐明像被烫着，脱口说：

"没空!"小齐说:"就一会儿时间,我开车过去接您,可以吗?"徐明说:"不行。真的没空。"

放下电话时,他心跳得很快,可是他做错了什么?

祁小燕仍坐在餐桌前,低着头,盯着手机,里头仍然传出熟悉的声音,是徐平安,一会儿变成老年人沙哑的嗓音,很激动地扯大嗓子说东汉古城有多重要,接着则是几句听起来耳熟的话:"怎么可能啊?我跟你说,那些地方志专家为什么闹你知道吗?他们想买大成的房子,要求我们打折。房子那么俏,一开盘就卖光了,你说干吗打折啊?打折是对其他业主的损害,是不是?"

徐明一怔,他记起了,这几句陈力力是在那晚餐桌上说的。俯下身盯住屏幕,看到那张直径三米餐桌上的自己,还有陈力力和祁小燕。

祁小燕脸色也变了。那天晚上徐平安一直不停地说话喝酒,他什么时候拍又用什么录了?徐明大跨几步,站到徐平安卧室外,没有犹豫,他先是拧动门把,拧不动,马上又举起手重重拍打着。

"平安,开门!"喊的人是祁小燕,她和林芬奇也跟过来了。

又敲门又喊,三个人接连喊了好一阵,徐平安才打开门,脑袋上罩着一副大耳机,手仍抓住门沿,随时打算再关上。徐明向前一步,身子抵住门,祁小燕马上挤了进去。结婚这么多年了,夫妻间从来没有这么默契过。

“你们干什么？”徐平安很不高兴。

徐明盯着徐平安。这个人因为那副耳机，头一下子大了一圈，变得陌生且奇怪。自己生的儿子，也许他从来就没有熟悉过。

“你在直播？”祁小燕问。

徐平安把耳机扯下，耸了耸肩，说：“没有。”

徐平安的声音又响起来了，不是从徐平安嘴里，而是从祁小燕手机里。然后祁小燕把手机递过去，另一只手指着手机屏幕。

徐平安眼皮一垂，笑起来：“你居然也有抖音啊。不是直播，发了一个短视频而已。”

徐明问：“什么时候发的？”

徐平安侧脸瞥了一眼徐明，显然他有点儿意外，问：“刚才啊，你也有抖音了？”

徐明说：“快删了！”

徐平安噘噘嘴：“为什么要删？”

林芬奇揪住徐平安的胳膊说：“你叫平安，只要平平安安就行了。还是删了，回头去他公司上班吧。”

祁小燕也上前一步：“就是啊，干吗这么傻去得罪他？他欠我们的，得把钱赚回来。”

徐平安很不耐烦，“这多劲爆，劲爆才有流量嘛，上传才这么一小会儿，你们看看阅读量多少了？别管我，你们不懂，走吧走吧。”

徐明手机又响，接起，没想到是陈力力。"徐明，有话好说，你们这样就没意思了。"

徐明用舌头舔舔唇，唇一下子成两片沙漠，非常干。

陈力力说："至于吗？过去的事早就是陈谷子烂芝麻了，那时我们几岁，现在又是几岁？"

"嗯……"徐明嘴张了几下，还是说不出话来。

陈力力说："房子你们当时买多少钱？我可以退你，白送你一套房行吗？"

徐明打断他："不行。"

陈力力大概没有料到徐明会这么说，手机里安静了几秒。"嫌少？大成的房子现在一平方米多少你也知道。"

徐明说："不知道。我不要你钱。"

陈力力说："那你想怎样？"

徐明觉得耳疼——是头疼，胸口也疼。他重重地吸一口气，说："抱歉，我还不太懂……"

陈力力呵呵笑起来，"徐明啊，装傻就没必要了。这么多年我什么风浪没经历过？你要是念旧情，大家还是朋友。过分了就不好，你说是不是啊？就这样吧，我还有事。"

手机传来嘟嘟嘟的信号音，断了。徐明把手机从耳旁拿开，无措地盯着上面看。这部机子已经用好多年了，屏幕只有一块小豆腐那么大，亮了一会儿，很快就黑屏了。他左右一看，林芬奇和祁小燕不知什么时候起已经站在他两侧了。

"谁呀？"林芬奇盯着他问。

祁小燕问："是陈力力？"

徐明去倒了杯水，喝下。居然这么渴，仿佛体内的水分在陈力力那通电话中都顺着电流跑光了。

祁小燕突然叫起来，她把手机往上举，大声说："哇，没了！"

林芬奇问："什么没了？"

"你们看。"祁小燕把手机立起，转一圈，全屏是黑的，中间一块白，写着"此账号已被封禁"。

场面静止了片刻，徐平安转身到桌前抓起自己的手机点开，然后嘟囔一句："操，被封号了？本事这么大啊。"

"你看你看，"林芬奇说，"现在知道人家是何等人物了吧？"

徐平安恼怒地走过来，把三人推出去，重重地关上门。

徐明走到阳台，坐到褐色沙发上，仰起头，闭上眼。很不舒服，像有几个拳头在心里头横七竖八地击打着。这一天都发生了什么事啊？一大早林芬奇就来，然后祁小燕和林芬奇去大成公司，然后小齐和陈力力打来电话，所有的一切都围绕着徐平安，徐平安拍地铁施工，徐平安拍了那天晚上吃饭——是偷拍！

徐明猛地坐直，头向上仰，这个瞬间眼前一黑，如同九岁那年，他走在奋发路上，从陈力力掌心蹦起的铁片迎面而来，插进他眼球。

十二

晚饭徐平安不出来吃，祁小燕去敲门，他隔着门说已经带外卖回来了。

徐明早餐忘了吃，午餐吃不下，这会儿肚子也不饿，但还是被林芬奇拖去吃了几口，然后又回到阳台的褐色沙发上。一会儿林芬奇跟出来，坐到矮凳上，僵着身子，双掌按住膝盖。"这几十年我没有一天心里是踏实的，总是怕出事，现在你看还是出事了。人家有钱有势，平安真是太傻了，好好的大款不去傍，反而这样。他会不会被抓走啊？而且，要是门口地铁建不成了，小区里的人不也恨死我们？他们会不会气得打平安？"

徐明长长叹了口气，胸口那里像一枚充气中的气球，正不断胀大撑起。为什么要偷拍呢？他掏出手机，给徐平安打了电话，他说："我在阳台，你来一下。"徐平安嗯了一声，但十几分钟后才出来。"为什么要偷拍呢？"徐明问的还是这个。

徐平安嘬着嘴一笑，一种你懂什么的意思布满全脸。

徐明想自己是不懂，所以得问。"为什么要偷拍呢？"他重复一句。

徐平安身子往玻璃门上一靠，问："眼睛这事，你真的从来都不介意吗？"

徐明不知道怎么答。九岁一只眼就坏了，神仙才不介意吧！中秋前一天徐平安曾问过他，如果换过来，是他弄坏夏伟伟眼睛，他能不能当市长。不能，不是谁都能当市长的，但至少他和市长的距离不会像现在这么大啊。

林芬奇仰起头问："平安，你是不是要报仇才这样做的啊？"

徐平安耸耸肩："也不是，只是巧，反正让我赶上了。这事有含金量，含金量等于流量。你们忘了我大学是学什么的吧？"

林芬奇说："你就别乱搞了，听话，还是老老实实去大成公司上班吧。"

"什么叫乱搞？"徐平安一下子不高兴了，"东汉古城你知道有多珍贵吗？那样破坏性乱挖，良心不痛吗？从地铁开工到现在，专家一直在呼吁，不能挖，文物不可再生，毁了就没了。我采访了好几个，他们急得不行，说着说着都掉眼泪了。"

祁小燕从客厅出来，推了推徐平安："听说挖出来的都是破砖烂瓦，那些东西送我都不要，根本没意思。"

徐平安往旁闪了闪，说："你把跟人家的合影晒到朋友圈虚荣一下就有意思了？"

徐明站起来，看着徐平安，问："你到底是不舍得古城，还是为了做那个什么流量？"

徐平安已经提不起劲回答了，斜着眼问："都有，不行吗？"

徐明说："流量干什么用？"

徐平安说："赚钱啊。"

徐明不知道这是怎么赚钱的，但现在这已经不是他想知道的问题，他问："为什么要偷拍？不管为了什么，都不能偷拍。偷是下流的，你干吗偷？"

徐平安鼻孔里哼了一声，转身走掉。徐明要追出去，祁小燕说："算了，反正他账号都已经被封，再也发不出来了。"

徐平安已经走到客厅，这时候冲这边喊道："封得住吗？越封我越要放大招儿。"话音一落，就传来重重的关门声。

徐明猛地从沙发上站起来，粗粗喘着气，一会儿又身子一松，颓然坐下了，双手支在膝上，低着头。夏伟伟能管一座城，陈力力有那么大的公司，他却连一个儿子都无能为力。

"平安的大招儿是什么？"林芬奇很紧张，声音有点儿打结。

祁小燕说："我一起跳舞的姐妹也有开抖音的……"

林芬奇打断她："也是说地铁的事？"

祁小燕说："不是，是专门发自己跳舞的。我向她们打听过了，号一封，就发不了视频了，更不能直播。"

"噢。"林芬奇嘘一口气，将信将疑。

徐明伸手把林芬奇一缕散乱下来的头发捋起，往她耳后夹去。"妈，"他说，"今晚迟了，你别回去，就在客房睡下吧。"

林芬奇摇头："我自己的床睡习惯了。公交车还没停，我这就回。你们也累了，我在这里，你们也睡不好。"

林芬奇走时，徐明把他送出门，被林芬奇拦住。徐明不说话，也不回。电梯里没有人，灯从头顶罩下，把林芬奇一头白

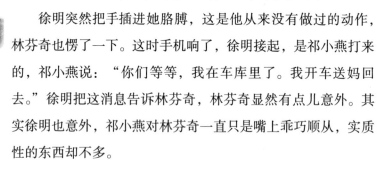

发和佝偻的背一下子放大了——也许本来就是这样了，只是徐明之前没有细看。他也很久没注意过林芬奇的步态，僵硬，迟缓，每一步都迈得细碎微颤，眨眼间她就这么老了。

到小区大门时，林芬奇说："你回吧，早点儿睡。"

徐明突然把手插进她胳膊，这是他从来没有做过的动作，林芬奇也愣了一下。这时手机响了，徐明接起，是祁小燕打来的，祁小燕说："你们等等，我在车库里了。我开车送妈回去。"徐明把这消息告诉林芬奇，林芬奇显然有点儿意外。其实徐明也意外，祁小燕对林芬奇一直只是嘴上乖巧顺从，实质性的东西却不多。

车到了，徐明给林芬奇开了后座门，他也坐进去。林芬奇这会儿没阻拦，她来这边多少次了，从来没人开车送过她，突然被送一次，似乎都不知所措了。从大成小区到老房子不算远，不过七八公里的路程，一路上谁都没开口。到了，林芬奇下车，徐明也下，再次把手放到她胳膊上，扶住她，跟她一起上楼。走台阶时林芬奇手按在膝盖上，每跨一次身子都歪一下，先把一只脚支撑住，再把另一只脚提上来，嘴张着，用力呼出气。徐明咽一下口水，突然想起徐华说过的，徐刚健说不定是爬楼梯累死的。大成小区是电梯房，他已经习惯上上下下都不需要费力气了，他多久没爬楼梯了？他气也喘。"妈。"他小声喊。林芬奇可能没听到，一点儿反应都没有。"妈，要不以后搬我那边住吧。"他又说。林芬奇还是没反应，她低着头，正一心一意对付台阶。

到五楼了，林芬奇让他快走，祁小燕的车还在楼下哩。徐明下楼，每一步都跨得犹豫。这台阶他从小到大走了几十年，每一寸都是熟悉的，现在，在昏暗的灯光下却如此陌生恐怖。终于到楼下，爬上车，祁小燕很不满，问："怎么去这么久？"徐明不觉得久或不久。祁小燕又说："急死了，刚才打你电话也不接！"徐明摸了裤兜，刚才他没听到铃声。祁小燕把手机往他跟前一递，说："看，平安干什么了！"

　　屏幕里在动，画面一闪一闪的。车内很暗，发动机还没打火，车灯也没开。祁小燕坐在驾驶座上，头向后仰，无力地靠在椅背上。这是徐明最不想用眼的环境，他不能在黑暗中看动和亮的东西，可是现在他必须看了。年轻的穿军装的徐刚健、同样年轻的烫着大波浪的林芬奇、年幼的瞪着大眼看镜头的徐明，这些照片都曾被徐刚健工整装在相册里。徐平安在说话，他有时露出脸，有时候人没了只剩下声音。他说铁片，对，飞进九岁徐明眼中的那块铁片，这样饭桌上陈力力就出现了，不时说着"伟伟"，公园里和跳《梨花颂》大妈在一起的夏伟伟也出现了，他跟徐明握着手，说"你好徐明"……徐明仿佛置身于一台轰鸣的机器中，眼前有很多光影在闪，他忽然想起两个字：大招。

　　"你不是说号封了就发不出来了吗？"他像跟自己说，声音低得甚至有点儿混沌。

　　祁小燕说："不是发抖音，他把你和夏伟伟、陈力力的这件事做成纪录片了，发在自己的微信公众号上，这是完整的视频。他还有一大堆微博、微视、视频号、西瓜视频等，有的整个发，有的分段发。真的疯了！"

徐明说："你知道他还有那些东西，也不制止！"

祁小燕身子猛地从椅子靠背上跳起来："我哪里知道了？刚才都是小齐发给我看的。小齐本来想处理好这事，他要买到公司折扣低的房子，可是因为平安发那些抖音，他已经被开除了。你懂吗？你什么都不懂！"轰的一声响起，车打火了，祁小燕手动得很快，仿佛是方向盘得罪了她。车子拐上大路，车和人都不多了，两旁路灯在树丛间泛出塑料感十足的光。树很密，树干发黑，枝叶往路中央聚拢，遮住了天空，跟奋发路很像……噢，就是奋发路啊。徐明挺直身子，摇下车窗，盯着外面看。恰好正经过一个宽阔的大门，门前加了栏杆，站着保安，拱形门上有颗硕大的红星。

市委宿舍大院！作为市长的夏伟伟应该也住在里头吧？还有夏伟伟的老婆。他收回身子瞥了祁小燕一眼，想让祁小燕停车，他要下去走走。祁小燕在他左边，他左眼坏了，就把全脸都侧了过来。其实只有一瞬，马上又转开了。正开车，祁小燕专注地盯着前方是对的，但也有不对的地方。这会儿她脸上堆满了恼怒、委屈、厌恶，灯光从前车窗打进来，她的脸一会儿亮一会儿暗。夏伟伟和陈力力老婆什么样的？他突然想到这个，一个是市长，一个是董事长，他们的老婆美色和素质哪里是问题呢？有问题也可以换。而他，按林芬奇的说法，他这样的人，只能娶到身体正常没缺陷的祁小燕。一个小铁片把他和夏伟伟、陈力力分隔到两个世界里了。

徐平安卧室门关着，祁小燕一进屋就直接走过去敲门。"平安，开门！"这一句她重复了十几次，但门一直没开。祁小燕一扭身抓起沙发靠垫往门上扔去，靠垫是软的，撞击声比巴掌更小，不过恰好这时徐平安打开门，靠垫往他怀里冲去，他一把抱住，像抱着一个婴儿。

"把那些删了，你要惹大祸啊，快删掉！"祁小燕躬起身子，声音嘶哑地吼。

徐平安嘴一撇，说："反正他们都会删的，不急，让子弹先飞一会儿。"

徐明嘴唇动了动，"为什么要偷拍呢？偷是下流的。"除了这句话，他不知道还能说什么。一路上祁小燕都气呼呼的，在小区地下车库停好车，也自己先下来，径自往前走，走出十几米，等徐明也下了车关上车门，她把手里的钥匙远远一按，嘟的一声锁上了，头也没回。然后进电梯，然后进家门。她从来没发过这么大的火，可是徐平安却若无其事，似乎不过多吃了一个苹果。

他猛地转身向外走去。祁小燕喊道："你去哪里？"他没答，带上门，下了电梯。

小区里已经很安静，夜越来越深，人也越来越少，但屋里的灯光还大部分亮着。他在楼下的草坪上坐下，双手环在膝上。能去哪里？哪里都去不了。一个灰暗的夜晚，月亮根本就不知去向，天上像铺着一块厚厚的粗布。他取出手机，屏幕在暗处亮得格外刺眼，他忍住了，调出最后通话，那是陈力力打来的，他回拨过去。嘟嘟嘟一声接一声地响，没有通，最后一个女声出来，说："你好，你拨打的号码暂时无人接听，请你稍后再拨。"

找陈力力什么事？他握着手机愣了一会儿。

这一阵祁小燕急着找夏伟伟，徐平安又把夏伟伟和陈力力都弄到网上去。他不上网，但听过网的厉害。九岁那年，他一个仰头，然后一切都变了。现在徐平安把这些弄上网，夏伟伟会丢官，陈力力会做不成生意吗？铁片不是故意落进眼睛的，偷拍就不一样，偷都是害人。

他又拿起电话，这回调出的是倒数第二个通话。他记得这是小齐的，小齐已经辞职，但说不定仍然愿意帮忙找陈力力呢？徐平安发上网的那些东西，陈力力得尽快知道，陈力力知道了，夏伟伟也就知道了。删掉，封掉，处理掉。可是仿佛约好的，小齐也没接，那个女声同样让他稍后再拨。

楼在七八米外，他仰头看着，一层层往上数，数到第十六层，停住了。太高了，其实已经模糊成一团，剩栏杆上立着被铝合金白格子固定住的玻璃墙隐隐约约，微弱的灯从客厅里透出来，那是他的家，刚才他匆匆出门，原来是要向陈力力通消息。可是他打不通电话，也不知道他们住哪里。他站起来，腿有点儿麻。在原地立会儿，再走出小区。风过，有点儿凉，他紧了紧身子，把衣服扣起，步子也加快了，几乎是小跑。

然后他就到那个顶上有红星的拱门前了。奋发路早就拓宽了一倍，原来左边的那排树现在立在路中央，拓出来的路旁新种下的也是大树，扎根几年，叶子已经茂盛地与原先的树融合一起。仍然是一条没有天空的路，在夜色里向上看，更是什么都看不清。

今晚他已经第二次到这条路上了。红星门内有保安，肯定不会让他进去。他只是贴近了，在门外角落里站着。夏伟伟会不会这时候恰好进出？

汽车喇叭突然从背后传来，他扭过头，看到几米外停着车，车门开了，一个女人跳下来，跑向他。祁小燕！

"回去睡觉吧，"祁小燕揪住他衣角，说得声音轻缓，"平安的那些视频都被删掉了，删光了。走，回去。"

徐明鼻子猛地一酸。祁小燕只在跟他刚交往的那些日子，用这种腔调跟他说话。他问："真删了？"

祁小燕点点头，衣角一直揪着，把徐明往车上拖。徐明顺从地走着，上了副驾驶室。车开了，他整个人后仰在椅背上，仰得非常彻底，整张脸与车顶形成两个平面。这几十年他一直刻意回避这个动作，连睡觉都必须侧躺，头向下勾，用手臂挡住。脖子那里的零件似乎坏了，他仰不动头，原来竟可以。"小燕。"他叫。

祁小燕轻轻按一下喇叭算是回答了。

徐明嘴唇动了动，又闭拢了。他本来想告诉祁小燕，明天他要去找陈力力，最好也找到夏伟伟。不该偷拍，很抱歉，但不是他指使的，无论他们信不信，这一点他都必须亲口解释一下，再当面道个歉。

另外，路下面真的是东汉古城吗？古城真的像徐平安说得那么重要吗？他只有一只眼睛，很多事都不懂，也一直懒得懂，但这个他想弄明白。是文物地铁就该绕道，不能再挖！这话他也要大声对夏伟伟和陈力力说出来。

他重重地吸口气又重重吐掉，突然觉得这几天一直蜷起来的心舒缓了很多。

床上的陈清

一、窗户

窗户朝南面开了两扇，下方横着两道不锈钢条防止有人跌下，但这对陈清没有意义。

从春节起高干病房往来的人就一下子少了，消毒水的味道却比平日浓几倍。以前在医院里靠戴不戴口罩，就可以分辨出是不是医护人员，现在已经不行，每个人都用白色或者淡蓝色的口罩把脸捂掉一半，剩两只眼警觉地留在外面，一听到有人咳嗽，马上就往旁退去几步。新冠肺炎疫情虽然在这座城病例不多，但紧张度是一样的。

陈清躺在病床上，瘦得像根木棍，肉没了，皮直接贴住骨头，二者面积相差太大，如同一面大旗蒙在一枚小硬币上，皮只能皱巴巴地蜷起，无序地挤来挤去，挤出很多长短不一的纵横线条。其实身上那些皮怎么皱法并不能一眼看清，他罩着宽大的蓝白条子病号服，长裤长袖。但不是还有手掌吗？胳膊一东一西被拉成一条直线，手腕被两只长丝袜绑在床左右侧栏上，手掌便像两个展品，赫然摆在床的两边，朝天张开。左手背上还插着留置针，营养液和药液每天从早到晚都是从留置针

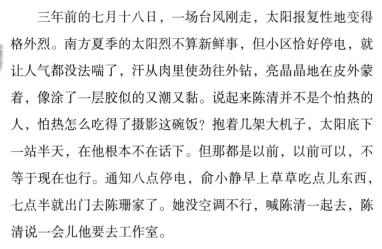

缓缓输入体内的，吊在半空中的药瓶仿佛是陈清的心脏，输液管则是血管。

这一年他八十九岁，已经在 1803 病房躺了三年多。

三年前的七月十八日，一场台风刚走，太阳报复性地变得格外烈。南方夏季的太阳烈不算新鲜事，但小区恰好停电，就让人气都没法喘了，汗从肉里使劲往外钻，亮晶晶地在皮外蒙着，像涂了一层胶似的又潮又黏。说起来陈清并不是个怕热的人，怕热怎么吃得了摄影这碗饭？抱着几架大机子，太阳底下一站半天，在他根本不在话下。但那都是以前，以前可以，不等于现在也行。通知八点停电，俞小静早上草草吃点儿东西，七点半就出门去陈珊家了。她没空调不行，喊陈清一起去，陈清说一会儿他要去工作室。

工作室在城南的码头附近。近一百年前这座城围绕着码头建起很多厂房，造船公司、货运公司、搬运公司以及茶、米、布等各种商行，算是繁荣过。后来汽车、火车、飞机取代船运，码头就荒了，房子不断易主，瓦破墙塌，路面的青石板也被人撬光，雨一下到处是淤泥，每一脚踩下都吱吱响。陈清的工作室就在这里，是货运公司一间破败的房子，不大，七十平方米左右。20 世纪 50 年代初，他来这里租下房子时，被很多人嘲笑，但他租房不是为了房子，除了俞小静外，真实原因他从未对人说过。其实连俞小静都未必了解具体，他没详说，没必要说。90 年代恰好市里兴起旧城保护，政府投资进行修复，弄成吸引游客的文创街区，以低租金邀很多名家挂牌入驻，这间房子就顺势继续租给陈清，门外挂起一块木牌，写着"陈清摄影工作室"。里面其实只存些以前拍的老底片，打算得空时陈清会过去整一整。

但最终他却没有去成。

在床上躺到十点多，起来后他觉得浑身哪里都不对头，每一根骨头都有说不出的酸软，一点儿劲都没有，他不想动了。

事实上到那天为止陈清还是正常人，至少是正常的老人，虽然膝关节不太好，那也仅是退行性的问题，最多不那么利索，却并不影响行走。至于饮食，他真是胃口太好了，什么都不挑，任何东西入口都津津有味。所以八十六岁对于一个享受离休待遇的人而言，还不一定看得到生命的尽头。

中午他想再去床上躺躺。早上俞小静走时已经把家里所有窗户都开了，这会儿他再去，把每一扇窗都推到最大。其实再大也没用，太缺风了，风好像一下子缩到哪里睡大觉去了。

他住的新闻小区是单位福利房。20世纪80年代末，省新闻出版部门把一片都只有二三层高的苏式旧办公楼拆了，先临街建起上班用的二十层大楼，楼后面余出来的那片空地，就建起五幢"品"字形职工住宅楼，每幢十层高，内部消化，算福利房。陈清是画报社创社者之一，职称正高，拿到的房子在七楼，三室两厅两卫。原先没有安电梯，走楼梯吃力，前几年在楼梯位加装了电梯，哧溜一下就上来，虽然楼房外观变难看了，人却活得一下子顺当了。往往就是这样，中看的大多违背人性，总之未必中用。

他折起身子，把头探出窗户，像狗伸舌头一样试图散个热，马上烫了似的猛地缩回。刚才嚓地一下，声音轻而迅捷，电流般从脚底蹿向后脑勺，整个人仿佛被重重甩向空中，眼前一白，一下子模糊不清了。这座楼每层两米八高，加上一楼下面的架空层，从窗户到地面不过二十米多一点儿，这么点儿距离都让抱着相机爬高钻低一辈子的人这样？

他手扶住窗框，闭上眼静立一会儿——究竟立多久心里并没数，楼好像在晃，地震了？这一带地动不动就震一震玩，不算稀奇事了，他没多想，当然也想不了。脑子似乎开了小差，壳还在他脖子上原地安着，魂却已经溜到半空中，过一会儿似乎慢慢又钻进体内，眼皮终于可以微微睁开。他吸口气，吸得仍然不畅，鼻孔塞着什么异物。这种感觉以前有没有过？想不起来，应该没有，肯定没有。他又呆立一会儿，然后提起两臂，缓缓向前伸出，像两根竹竿直直地戳在肚子前，然后慢慢提起腿，他以为提得非常有力了，事实上腿根本没离地，塑料拖鞋整个底都压在木地板上，一下一下地摩擦，噗噗噗响，响了很久，他才终于站到餐桌后面的备餐台前。

药，这是他唯一的反应。他有很多药，药盒子在桌面垒出一个高高低低的小型群山。他低着头看它们，好半天一直看着，他忘了为什么要过来，自己跟它们之间又有什么关系。

后来他终于想起来了，原来是过来吃它们的，他得吃药。

吃什么？他的手松松地横向拉过，它们马上像被强拆的房子，哗啦往下掉，一点儿都看不出重量，砸在桌子上，却发出奇怪的尖厉声响，好像非常委屈。他觉得这不对，一直以来他都很少吃药，能不吃就不吃，整张嘴没有一处不竭力排斥着药，哪怕是补药，那些白色、蓝色、朱红色的药片从牙齿到舌头到喉咙，像孙猴子师徒取经路过火焰山、女儿国、通天河，总得遭些难，翻滚好几次，头仰得跟天空平行，仿佛吃的是天花板和白云，然后左右甩几下，让药震荡入喉，再一口口灌水，反复几次，才能把它们冲进胃里。是药三分毒，这话他是认可的，身体也争气，除了血压、血脂偏高，其他也没什么大毛病。平时去医院，医生会给他开出一些补钙、降脂降糖、安神镇定以及 B 族 C 族之类的维生素，还有降血压的氯沙坦钾片，拿回来大部分都叠到桌子上。可是现在他找不到哪盒是氯沙坦钾片。

应该问问阿贵，阿贵是家里的保姆，平时都是阿贵帮他拿药，他接过，转身就悄悄丢掉。

电话机就在备餐台上，跟药盒们并排站在一起。他拿起话筒，之前阿贵设了一键拨号，说好有急事可以叫他。他当时觉得多余，能有什么急事？不料就用上了。按下，通了，但没人接。再拨，还是没有接。他喘着气，仿佛站在悬崖上，脚打着战，使不上力，胳膊更不听使唤，柳枝般摇过来摇过去。俞小静也许知道。可他却想不起俞小静的手机号了。正想再给阿贵拨一个，手却突然一松，话筒滑出掌心，往下坠去，没坠透，吊在一半，一圈圈像冷烫过的电线顿时爆发出惊人的弹性，跳起、荡开，咚咚咚撞到桌子的前挡板上。

他伸长手向下探，想把话筒抓起，整个人却斜斜地向后歪去。眨眨眼，视线是虚的。再眨，看到卧室里的床。从备餐台去卧室，不过三四米远。

他要好好睡一觉了。他想躺上床，歇一会儿也许就会好。

所有的力气都集中到两条腿上，挪一步，再一步，挪到第三步或第五步之间时，脚尖竟勾到另一只脚的后脚跟上了。他趔趄几步，向前扑倒，两个巴掌拍到地板上，发出一道又长又响的咕噜噜声——这提醒陈清是人，人有腹部，腹部里那些"月"字偏旁的器官即使塞满屎尿残渣废料，也无法把他变成一个实心物体。

应该躺了很久，具体多久不知道。他动动胳膊，再动肚子、胸、腿，都很沉，但还是慢慢欠起身子。这一摔好像还帮了他，一抬头，原来已经到了床旁。他伸出手抓牢床单，然后像从井中吊水般，把自己整个人缓缓往上提，终于上半身高过床铺一截了，他把这一截猛地向前一折，脚再蹬几下，就横到两米宽的大床上了。铺着棕垫的床微微荡了荡，又很快安静。俞小静对床没要求，能睡就行，陈清却有。刚搬进新房时，买的是弹簧床，俗称席梦思，太软，腰腿都不舒服。换，一次，两次，最后换成弹簧外正反面都铺一层硬棕的，既有弹性，又有硬度，整个人扑下去，床荡几下，马上就稳住了。

床跟陈清已经很熟，躺上去，他心里安定了很多。以前他曾在床上弄出过很多故事，其实别人也一样，人间绝大部分故事都跟床有关。他出生的是一张嵌着象牙雕花的楠木拔步床，母亲从娘家带来的，精致得全城没有第二张。后来床哪儿去了？不知道，那年从上海回到这座城，家空了，人走光了，床也不见了。这么多年他好像已经把那床忘了，现在它忽然清晰地立在那里，围栏和垂柱上的雕花都伸手可触，连横眉上麒麟、凤凰、牡丹的镂刻透雕，都电影镜头般缓缓拉过去。

手机就在枕头边，昨晚忘了充电，电将耗尽的提示音不时嘀地响一声。他瞥过一眼，觉得需要做点儿事，这事跟手机有关，但他想不起究竟是什么，脑子里填满雾一样的东西，竟一点儿缝隙都没有。不知过多久，手机响了，响了好几次。他睁大眼看着亮起来的屏幕，都像从街头外走过，看到商店里正播放广告的电视，很热闹，但跟自己无关。终于有几秒钟，他突然觉得有关了，于是伸出手，伸了很久，却够不着，就算了，不伸了。接下去手机好像又响了几次，然后仿佛生气，再也不响，只是门响了，进来的是妻子俞小静和女儿陈珊，她们推开门，尖叫了一声。

接下去120来了，他进了医院。

二、俞小静

俞小静有捉奸在床的天赋。

陈清跟别的女人眉来眼去或长或短的微妙过程，似乎都没有入俞小静的法眼，这客观上形成一种鼓励与支持的架势。故事于是在暧昧中稳健向前推进，终于推到床上，俞小静就神仙般十次会出现七八次。

十次和七八次只是虚数，细算起来一共三次。对于一场婚姻来说，三次也已经太多，但很奇怪，俞小静却一次都没提出过离婚。每次站在横有两具裸体的床前，俞小静多数仍能保持优雅的身段。她头很小，颈很长，背极薄，这是吃舞蹈饭的人所必备的，但因为离虎背熊腰太远，明显不适合动武。她也很少流眼泪，越是这时候越不知道泪去哪里了，她抿着嘴，像在抵挡谁把吃的东西突然强行塞给她。虽然名字叫"静"，也不可能总是这么静态。如果她把双臂团在腹前，胯往旁一歪，背和颈仍然是挺直的，如同舞台上某个瞬间的造型，往往意味着后面会立即跟来一串大动作。她说："哼！"她又说："哼哼！"声音是从鼻腔深处轻轻推出来的。然后她把一条腿往上一抬，抬向天空，另一条仍直直戳在地面，整个人宛若一把直立的剑，接下去她的脚后跟很可能猛地向下砸，砸向任何一处都只在眨眼之间。至于手臂，既可能蛇一般灵活扭动，也可以如鞭子远远抽过来。

每次陈清都一哧溜从被窝里翻出来，立在她一米之内，双臂伸直，腿张开，形成一个白花花的"大"字。按习惯，在"哼"过之后，俞小静眼珠子会微微一转，视线在空中划出一个抛物线，然后落在附近某个物体上，有碗是碗，有锅是锅，甚至有刀是刀，总之它们会迅速由静止转成剧烈的动态——先是到俞小静手中，再向床上扑去。

这是她的床，她一点儿都不喜欢床。

从五岁那年母亲把她送进俄罗斯人索考尔斯开在上海茂名路上的舞蹈学校学芭蕾起，她就习惯了动，每天围绕把杆，一遍遍和着音乐"开、绷、直"，押着自己身体往柔软轻盈的方向奔跑。她不喜欢睡眠，也不太需要，入夜后身体好像只是勉强借给床用一用，然后就匆匆讨回来。她记得母亲以前就是这样。睡不多在别人精神乏力、终日苍白着脸阴郁得快死过去，她们却正相反，似乎少睡就赚到了，长时间撑着的双眼皮又快活又精神地吧嗒吧嗒颤动，与嘻嘻哈哈的笑声配合在一起，手脚动得像跳上岸的鱼。总之睡眠她们都不稀罕，连床也没兴趣，这应该是潜伏在基因里的。每天拿出三分之一时间躺在床上人事不知，到底是谁发明和推广的？原始人如果每天也得睡八小时，根本来不及进化，早就在梦乡中被野兽吞进肚子了。

所以她一开始就无法理解为什么陈清需要那么多睡眠。在睡与非睡之间，陈清好像安装着一条流畅的拉链，呼地一下关上，就闪电般坠到梦里去了，可以睡十小时，也可以睡十五小时。但他退休前入睡的时间并不多，一个勤快的摄影记者是不可能有太多时间把自己放在床上的。最好的光线都出现在清晨和傍晚，而那些眨眼即逝的瞬间，都需要他提前背着相机、镜头、三脚架翻山越岭去长时间蹲守。

只要不外出，他就会一下子成为床的一部分，醒了也舍不得离开，靠在上面看书，或者一张张翻来覆去查看新冲洗出来的照片。老说电影是遗憾艺术，其实所有的艺术都是，在陈清看来每张照片在快门按下的瞬间，命运就决定了。如果速度、光圈以及取景的角度是那样而不是这样呢？他琢磨的就是这个。

很多动物不是动起来才可爱，狗或猫懒洋洋横卧时，反而更招人怜爱。但床上多出一个女人，什么都变了。

并不是所有女人都能在同一张床上，看到同一个男人跟不同的女人的胴体。除了直接摊在床上的，另有一些难辨是非的传闻起伏，报社的，电视台的，甚至地县文化馆爱好摄影的女青年。陈清胃口太好了，不挑不拣，似乎吞得下所有桃花杏花李花莫名其妙的花。巅峰的是珠子那次，珠子黑得像在炭堆里滚过的身体从被窝翻出来时，俞小静惊愕得张大嘴，久久回不过神来。

纵观俞小静的捉奸史，甚至在结婚初期，其震惊与暴怒的程度都远没有超过珠子这次。珠子那年二十二岁，比陈清小十三岁，比俞小静小十岁。年纪是次要的，站在那里珠子比俞小静矮一个头——当然身高也是次要的，甚至五官都不重要。那重要的是什么？是横贯在肢体甚至眼神间的气韵。五官、脸形、身高都是娘胎带来的，属于每个人后，既可以点石成金也可能把好牌打烂，就好比提前备好的食材，拿到手后怎么盘活它们才是考验人的。好厨子会把再普通的东西弄得色香味俱全，普通的厨子会把好东西炖成一锅烂菜。落实到俞小静和珠子身上，就是前者与后者的距离。也就是说珠子其实五官并不差，虽然黑，鼻子也短，额头凸，眼窝内凹，但凹的深处眼睛像沉在两个水洼里，眼皮褶子显得格外深，仿佛特地用刀子划上去的。她初来时，俞小静眼睛定定地落在她脸上，说："你怎么有点儿像东南亚那边的人？"

珠子脸一下子红了，说："我奶奶是菲律宾人。"

俞小静第一次看到脸红居然会使黑皮肤像烤红薯似的，一点点油亮起来。红只是一个概念，正被黑更浓重地淹没，肉眼看不出来，却能清晰分辨。

"咦，"坐一边的陈清也好奇上了，问，"你不是明明北溪那边的人吗？"

珠子点点头，她娘家婆家都是北溪的。北溪是城郊北面半山上一个不大的村子，还没通公路，出来得走两个多小时山路。她爷爷那一辈要走更久，爷爷离开家，去了南洋，落脚菲律宾宿务，娶了当地土著女孩。20 世纪 30 年代中期父亲回国上学，后来兵荒马乱，就逃回北溪，只打算暂时避一避，最终却早早病逝，再也没去成菲律宾。在北溪长大的珠子十八岁就嫁给本村人，结婚四年，一直没怀孕，她是被丈夫打得逃出来的。

俞小静不能理解自己这样柔软修长的身体，活脱脱摆在床上可以无限循环享用，可是陈清却把珠子这样的身体也摆到同一张床上跟她并列了。胸口那里有一百面铜锣连天敲响，她细嚼一下，嚼出屈辱。对男人她一直了解不多，父亲是谁？不知道。上海百乐门当红舞女，就是她母亲，母亲混迹于男人中，家中却没有男人。以前母亲说过："一世太短了，骚气在女人身上停留的时间更短，脸上多一道皱纹，就会让男人减一分兴致。"她当时还小，没听明白，等到跟陈清结婚了，才一下子回过神来。

捉奸在床像生活花絮一样到来，她必须像常人一样生过气之后，又迅速不像常人那样持续生气。她太忙了，每天的练功和排成品舞，已经把自己练成一摊泥。即使歇下来，脑子里也是音乐和舞谱交错迭起。肢体上的每一块肉时时都想以松弛、倦怠和肥厚来强调自己的存在，她宛若守疆将士，必须专注地与之抗衡，其他事大多都风一样转眼过去了。

但珠子那么黑，黑得她眼前一黑，就忘不掉了。

即使再不喜欢的床，她也不愿意被其他女人躺上去呀。

陈清个子一米七四，不算高，但作为这座南方城市长大的人，又不算矮。并且因为长期背着相机四处行走，他的胳膊大，腿比常人更坚硬几分。每次他赤裸着这样挺括的胳膊和大腿从被窝里冲出来，直接挡在俞小静面前，其实是为床上的另一个人挡住可能到来的袭击。他对迎面而来的任何东西都不躲不闪，头挺起，胸口向前，脸上连羞愧之色都来不及泛起。

"小静，错在我，是我……"话出口后，他会及时把脸向后一侧，说，"快走!"这话则是对床上已瑟瑟发抖的那个人说的，声音短促，像是命令，却分明带着保护的意味。

俞小静的怒气往往会因此急速往上跳一级。她眼珠子转一圈，如果周围仅剩桌子、电视这些她拿不动的东西，就会吸一口气，把脚向后一勾，一只黑皮鞋霎时就蝙蝠似的拔地而起，飞过她的后脑勺和头顶，然后顺着额头到胸前。她伸手一接，鞋托在了掌心，垂下眼皮，仿佛打算看一看鞋的模样，却突然一个后甩，臂和鞋都到了半空，然后一侧身，扭动腰，跨出腿，鞋迅速就到了陈清脸上或者腹上、腿上，不是一下，而是噼噼啪啪左无数下又右无数下，时长依她当天体力而定。

打人都打得像表演，这真是舞蹈演员最致命的硬伤。

陈清嘴咧起，仿佛在笑，表示出应有的讨好。他眼不大，但细长，有着弧线很好的半月形，下方两道卧蚕清晰浮起，就是不笑时其实也已经像在笑了，再认真笑起，露出两排整齐的大白牙，脸上马上呈现一种犹如他乡遇故知的喜庆。如果床上那人已经顺利离开，他就长嘘一口气，用手拨了拨变得蓬乱的长发，整个人一松，身子挺起，站得更直了，好像在享受这场体罚。等到脸肿了，皮破了，东一个西一个红印子上下密布，俞小静也累得双手乏力了。抓奸在床原来也是体力活儿，她长年累月的练功并不是为了对付这样的场面。

接下去俞小静总会消失几天，也不需要陈清找或者求，不超过一周，她又没事人一样回来。就是在这样反反复复中，陈尹、陈萼、陈珊三个女儿接连出生。如果不是因为珠子，说不定还会再生出一长串的陈是、陈伍、陈溜、陈柒。

陈珊出生时，陈清托人雇来保姆，就是珠子。

珠子之后，俞小静的肚子再也没有大起来过。她的肚子本来也不是用来装胎儿的，那里得紧致、柔软、有弹性，充满力量。被撑大三次，已经是极限，每次她都得费很大力气，加倍，加三四倍苦练，才能让它重新回到最初的状态。

珠子一来整个家一下子就显得宽大了一圈，她从早到晚手都不停，走路带着小跑，洗完擦，擦完煮，煮完缝，仿佛掘开一个井，事情水一样没完没了地往外冒，但都只冒向她，俞小静和陈清都很清闲，什么事都不用管。俞小静曾经对珠子非常好，是那种感激多于喜欢的好。一个外人来家里，不仅把陈珊照顾得白胖健康，做家务也这么尽心，同样的菜每天不一样的煮法，毛衣破了怎么用同色毛线补得毫无痕迹，诸如此类。俞小静带珠子看妇科医生，查过，没问题。俞小静说让你丈夫来看病吧。珠子摇头，眼泪就出来了。俞小静那时想，挺可怜的，就多留她几年吧。

结果却把珠子留到陈清床上。

珠子在时，俞小静以为自己马上就会重新登台，她穿起塑料薄膜缝制的带勒口的衣裤练功，已经把怀孕坐月子肥起来的肉都化成汗流走了。重新瘦下来，她仍然背极薄，腹扁平，可以像燕子那么轻盈地舞动。那年她还不大，才三十出头，这是专业舞者在舞台上的最后时光，她必须抓牢，再绽放一次。可是珠子一走，她却突然不能再登台。不是珠子害的，但她后来心里一直相信，冥冥中二者必定存在什么说不清的因果。

功继续练，她用十余年的时光等待。但她没有等到，就像一台突然静止的演出，金丝绒幕布闭合得紧紧地，永远不再开启。在过完四十五岁生日那天，她把所有的练功服装全部打包收起来，她不会再练，不需要练了。但仅仅一个月，她又站到把杆前，是陈清把她拉回的。陈清把自己的腿也架上去，装模作样压几下。这一个月她每天丢魂似的坐立不安，是不是让陈清看着烦呢？跳舞以外，她确实不知能做什么。

陈清说："练吧练吧，为什么一定要上台呢？当锻炼身体，每天稍微动一动不是也挺好？"

陈清又说："以前练那么狠，一下子歇下，身体不适应，容易病倒的啊。"

哪想到最终陈清却比她先倒下。那天陈清被送进医院，从救护车上抬下来时，已经没有知觉。这家医院离新闻小区不过三五百米，走几分钟就可以抵达。之前陈清很少来，他讨厌医院，不料在浓密的夜色中，却像只进屠宰场的牲口一样，被一辆闪着红光一路尖叫的 120 救护车送了进来。

医生拨开他眼皮时，眼珠子已经缩得小小的，眼眶里只剩下白，白得像团炸裂的棉花。

三、陈珊

陈珊出生还不满一个月，晚上就跟珠子睡了，她对吸到嘴里的乳头有时有奶水有时没奶水、有时是黑有时是白，非常无法理解。珠子把她抱在怀里时，常常把脸埋在她头发里长久吸着，或者像检查机器零件，用嘴唇在她的手、脚、脸上一遍遍地蹭。她的唇不是红的，偏紫，接近于酱色，而且饱满丰厚，上下两片合在一起，就像把一个黑黑的小屁股横过来，举在那里。

陈珊长得跟陈清一模一样，大额头，高颧骨，腮帮外鼓，鼻子长而挺，整个脸形有一种粗犷的坚硬，但半月眼也跟陈清类似，看上去永远处于笑的状态，连哭都像笑，又一下子让脸柔和了下来。女儿像父亲天经地义，但上面的两个姐姐陈尹和陈萼五官却更多与俞小静类似，小脸，尖下巴，眼梢上吊，眼皮略肿厚，嘴偏大，唇却很薄，唇形起伏有致，唇角上翘。原先一直以为演员在舞台上需要做表情，不知不觉俞小静就把嘴笑大了，直到陈尹、陈萼一模一样的嘴摆在那儿，才知道其实是天生的。三姐妹唯一相同的是头发，每一根都是卷曲，一圈圈打着旋，如果不用皮筋紧紧扎住，就满头炸开，蓬得像顶着一堆木刨花。

陈萼比陈尹小两岁，陈珊比陈萼小三岁。陈萼之后俞小静本来根本没打算再生了，但又怀孕了，一天拖一天没去成医院人流科，索性就生下来。

如果不是陈珊，珠子就不会来。

珠子的事发生时，陈珊还懵懂，不清楚发生在床上的这一切意味着什么。那天她一大早就跟俞小静去剧团，团里已不再排练演出，人都不知去向，四面墙上安着大玻璃和把杆的排练厅空旷得像飞机场。陈珊那年三岁零五个月，按俞小静的想法，陈珊的第一个目标是上海舞蹈学校，然后上海芭蕾舞团。陈尹和陈萼脸像她，身材却复制了陈清，上下半身接近均等，腿肚子圆滚滚地鼓起，屁股早早就开始挂肉。只有陈珊除了脸外，身材比例基本复制了俞小静，长颈长臂长腿，而且脚弓高，臂肘关节小。用尺子量了一下，上半身从臀线到第三颈椎骨比臀线到脚底短十三厘米——不要小瞧这个细节，四肢短是亚洲人的死穴，不纤不细，不修不长，基本功再好，在台上仍然是蛤蟆跳。

俞小静要自己带，她相信陈珊可以练出来。陈珊每天哭着不想动，俞小静还是每天把她拉到练功房。音乐、把杆和优质的地板，这里全是现成的。她自己先练两套基训动作，陈珊则站到把杆前，提踵或压腿、下腰，总之把身体活动开。

那天刚练一阵，陈珊就喊肚子痛。俞小静瞪她一眼，让她继续。陈珊继续不下去，蹲到地上，又一屁股坐下。噗的一声响，地板上很快就有黄色的水渍漾开，臭味也荡起。肚子痛，很痛啊。练功房旁边有盥洗室，4月初，天还是微凉，没有热水，也管不了那么多，只能脱下裤子，潦草擦洗一下，然后回家吧。

结果回家就捉奸在床了。

俞小静吼叫着往床上扔东西时，陈珊就站在门旁。她当时还没有美丑的判断，只是觉得眼前的一切很陌生。俞小静逼她训练时也常动手，但从来不是这样，整个人像只炸药包，轰地一下炸开。每次俞小静手刚举起，她总是就竭尽全力先尖叫起来，能躲就躲，能跑就跑，可是陈清却站着一动不动，只有俞小静动作向下时，他才把胳膊往下猛地一伸，双掌交叉遮在两腿根中央。刚才陈珊已经看到，那里奇怪地多出一团皱巴巴的肉，随着身子晃来晃去。

当时陈珊正被裤裆里没有清洗干净的秽物弄得很不舒服，鼻子一吸一吸，吸进去的都是屎的气味。一个人居然把这么臭的东西藏在肚子里，这真是令三岁多的陈珊非常震惊的一件事。路上她本来想到家后问一问珠子这究竟是什么道理，但一进门，家里就成这样了。三个大人都没把她纳入视线，她肚子又开始痛，咕噜咕噜叫着，屁股眼里不时排出不同声响的屁，臭气在屋里飘动。

珠子从被窝里蜷着身子爬下床，腿抖得像两条猫尾巴。她跟陈清一样也光溜溜的，身子从上到下一样黑，如果咧开嘴，牙会闪出一道白光，但这时她抿紧嘴，用双臂护着鼓得像两只小篮球的乳房，低着头，齐耳短发盖住半边脸。

陈珊嘴巴动了动，似乎想喊她一声。在剧团练功房盥洗室里，俞小静并没帮她洗充分，这不是俞小静擅长的事。她本能地觉得应该让珠子帮她重新洗一洗，然后换上干净的裤子。

珠子从旁边跑过时，陈珊扭头看着那两瓣晃来晃去的真屁股。没有错，这时候它们的形状确实像竖起来再放大的嘴唇。

他们住的这间房子，是画报社的宿舍，原本只是长条形的一个大开间，用木板隔出前后两间，后面摆着一张大床是陈清和俞小静的，前面摆张一米二宽的高低学生床，底下归陈珊和珠子，顶上的留给的陈尹和陈葶。她俩在乡下那个叫芬姐的保姆家里，偶尔才回来住一两晚。

珠子那天穿好衣服，就急急往外走，陈珊以为她只是出门倒垃圾或者买菜。她看到掩上门那一瞬，珠子眼睛里有一道光重重地扑到她脸上。她向前几步，想跟珠子一起出去，珠子却触电似的猛地拉上门，然后就消失在门后，再也没有回来。

当天床空，夜里陈珊小小的身子第一次独自放在上面，跟躺在望不到边的野地里一样，冷飕飕的风四面八方灌来。后来身体慢慢大了，床才渐渐变满起来，但床上再也没有那么结实热乎的皮肉了。家里不再请保姆，不会请了，家务顿时成为问题。懒得做家务，这一点俞小静和陈清是一致的，有过珠子之后，他们就更懒得做了。家里一下子纷乱起来，地面是灰，脏衣服堆成一团，饭不是煮焦就是没煮熟，菜太咸或者忘了放盐。

这些问题最后是陈珊解决的。仿佛珠子附了体，陈珊不觉得跳舞有意思，却整天津津有味地洗衣做饭擦地板，连炒菜都迅速展示出独特的天赋。俞小静很愿意这些事都被陈珊做掉，她自己反正不想动手。但陈珊家务做得太投入了，却一直不能以同样的投入来练舞。

一进入小学陈珊就被校宣传队招去，三天两头脸蛋化着红扑扑的彩妆上台，都占据 C 位，独舞跳过《北风吹》，群舞跳过《我编斗笠送红军》《洗衣歌》《草原英雄小姐妹》之类，从芭蕾到各民族舞都演示一遍，掌声噼里啪啦响。但考上海舞蹈学校，每次她都过了初试，后面的二试、三试、总复试都没有下文。按俞小静的意思，必须再去上海，一直去，但陈珊不去了。她自己报考了省艺校，录取通知书接到后，她递给俞小静看。俞小静整个人往下一矬，顿时矮了一截，然后用尽力气，双掌重重扭到一起，把通知书捏成一团，摔向窗外。

陈珊没说什么，她只是出门捡回通知书，自己去艺校，成为舞蹈班的一员，之后留校，当了三十多年教师。艺校分她一套房，搬出去住后每周回来一次，就是做卫生，彻底地清洁一次，再多煮几样菜放冰箱里。

那天她开车来新闻小区，刚到大门口，保安队长就拦下她，说："陈老师，你妈让我找的保姆，过两天就来，以后你就不用这么辛苦了。"

陈珊一怔。这么多年，"保姆"是家里的大忌，俞小静居然要找了？她有点儿不信，进门就问了俞小静，俞小静说："你总有一天做不动的，还是找个吧。队长说可以帮忙在他村里找个男的。"

第三天傍晚俞小静打电话让陈珊过去，一起看看保姆怎样。陈珊到达小区门口时，保安队长正站在铁闸门旁，已经等得有点儿不耐烦。"怎么才来？人家已经到很久了。"说着他转过身，往保安室门口指了指，"就是他，阿贵。"

天已经黑了，保安室明亮的 LED 灯光打出来。他个子不高，黝黑，几乎见不到一根头发，都贴着头皮剃掉了，看上去脑袋光溜溜的，倒显得格外干净。停好车，陈珊就把阿贵带上楼了，四个人在长条形餐桌的两边坐定。

"一直做这个职业吗？"俞小静问。

阿贵有点儿紧张，头低着，眼闪来闪去不知该看谁。

"呃，不是，以前做其他的。"

"其他什么？"

"在工地打墙、挑砖、扛水泥，还有刷油漆、跑长途货运……"

"会开车？"俞小静很意外。

阿贵点点头。

"早成家了吧？"

阿贵点点头，说："儿子十五岁，读初中了。"

"为什么要转行做保姆？"这是陈珊问，她的意思是，阿贵年纪虽然偏大，但看着还有一大把劲，挣钱应该不难。

阿贵嘴唇动了动，眼睛转向陈清，好一阵才开口："陈老师，我来，其实也是想向您学怎么拍照片。"

陈珊看了俞小静一眼，两人脸上都有愕然之色。

陈清也没想到，问："你怎么知道我是干摄影的？"

阿贵说："市里学摄影的人都知道您啊，您以前那么有名，网上有很多您的作品，还有生活照片，一搜，都有……"

陈珊问："你是来学拍照片的？"

阿贵怔一下，马上连连摆手说："噢，做卫生煮饭我都会。我只是想顺便向陈老师学习。我刚买了部相机，是尼康D5，店里还让我配了定焦、长焦和变焦镜头，可是我不会用。"

陈清很意外，问："D5？你买的？"

阿贵点点头。

陈清说："不会用买这么专业的机子干吗？"

阿贵羞涩地笑起来，说："我想学……"

陈清慢慢坐直了，看着阿贵。陈清的态度显然鼓励了阿贵，他掏出身份证摆到桌上，陈珊瞄一眼，发现阿贵年纪比看上去要小，1967年初出生的，比她还小四岁。她看看俞小静，俞小静说："那就先来试试吧。"

陈珊重重嘘一口气。嘘完马上一惊，原来她骨子里并不喜欢做家务，谁会真正喜欢呢？从小到大，她勤肯地洗洗涮涮，没完没了地煮炒煎，即使搬出去住了，仍要每周买一堆菜回来，连轴转忙上一天，其实不过是把自己扮成珠子的替代品。珠子因她而来，那天又是因为她肚子疼弄脏裤子，俞小静带她提前回家，才闹出事来。

陈清和俞小静都盯着她，他们或许心里早就明白。

过几天她电话问阿贵怎么样。俞小静说阿贵已经正式上班了，每天上午来。

陈珊问："为什么只来一上午？"

俞小静说："他自己有房子，不住我们这儿。哎呀，他居然还有小车，每天开车来上班，绝不绝？只上半天班，下午他要出去拍照。半天把一天的饭菜都煮好了，卫生也做过了，完全够了，这样最好。"

陈珊跟阿贵加了微信，朋友圈里他会不时晒出花鸟、山水的照片，有时晒的是他自己的照片，海边、江边、山地，他握着大相机，开着车，穿摄影马甲、大黄靴，戴墨镜和宽檐遮阳帽，乍一看，与专业人士并没有任何区别。偶尔也出现陈清，陈清在看书或者看镜头，显然是阿贵用手机拍的。"我师父陈清老师。"他这么写。

那天小区停电，太热了，俞小静一大早就去陈珊家。陈珊觉得陈清也应该一起来，俞小静说："他要去工作室。"

晚饭前，俞小静给陈清发微信问，电来了吗？没回。

吃过晚饭再发，还是没回，便拨了家里的电话，忙音。拨他手机，通了，一直没人接，接着又关机。

陈珊忽然有点儿不安，问："阿贵今天在吗？"

俞小静说："不是停电吗，今天我让阿贵别来了。他很高兴啊，说一大早要去湿地拍鸟了。"

这时手机响了，是阿贵。陈珊忙接通，阿贵说："你爸……"紧接着是一声古怪的巨响，然后就没有声音了。

陈珊马上下楼，开上车，和俞小静一起去新闻小区。开门，再开灯，看见陈清躺在床上，头歪一边。陈珊打了120，救护车来了，把陈清送进医院。一阵忙乱检查和抢救，陈清还是没有了意识。病床上他已经躺了三年多。

四、陈尹和陈萼

陈尹和陈萼小时候的经历很相似，出生不久，就被送到郊区平田村芬姐的家里，先是陈尹，接着陈萼。芬姐生有三个儿子，最小的那个三个多月大时正准备断奶，陈尹去了，接过奶头，又吸了四个月。陈萼再去时，奶水早没了，芬姐用米糊喂，也喂得白白胖胖。从市区到平田村没有直达公交，得转两趟车、坐一次船，再走上半小时才能到。起先陈清骑自行车带俞小静去过几次，后来就不再去，去了也没意思，陈尹、陈萼已经不认他们了，根本不让抱，一抱就哭得死爹死妈似的，小脸涨得紫红，脚蹬手舞，身子扭得像泥鳅。什么都会习惯的，知道她们在芬姐家没问题，不看也就不看了，但工钱会如期通过邮局汇去，一般两个月汇一次。收到钱，芬姐让大儿子写封信，说说陈尹、陈萼的情况。陈尹五岁、陈萼三岁那年春节，芬姐把她们送回城里，本来打算在家里住些天，过完寒假再下去，但当天芬姐走时，陈尹、陈萼也一起走了。那次陈清多少是震惊了，陈尹、陈萼一看芬姐要离去，一人抱住一条腿，用的是那种鱼死网破的狠劲。芬姐一开始狠下心执意迈开腿，那两人就挂在她腿上在地上拖。走几步，芬姐终于也哭了，蹲下，把两姐妹抱住，在她们脸上擦地板似的一寸寸吻过，本来是要吻掉泪，结果自己的泪也纷纷涌出来，一把沾到她们脸上。

陈清看看俞小静，俞小静正皱眉也看他。他明白了，如果芬姐真走掉，接下来他和俞小静都对付不了留下来的陈尹和陈萼。"要不，她们还是去你家吧……"他的话音还没落，就见地上的三张脸唰地同时仰向他，像溺水者捞着稻草，连芬姐也一下子就笑了。

当晚躺在床上，黑暗中两人很久没说话，但都知道对方没睡着。最后是陈清先开口："看来得把她们接回来了。"他说得游移不定，自己都没多大把握。

俞小静问："为什么要接回?"

陈清说："你都看到了，不接回她们快不是我们女儿了。"

俞小静身子一侧，转一边去了，说："都已经生下来了还能不是? 不是就不是吧，当初根本就不该生，劳民伤财，害得我两次中断上舞台。"

陈清说："以前我们没时间带，现在她们慢慢大了，好歹可以进幼儿园了……"

俞小静说："这就算大? 幼儿园还是屁点儿大好吗?"

陈清就不知再说什么了。并非所有女人都有母性，有些人天生就没有。他自己父性多吗? 也没多少，白天看到陈尹、陈荨哭的样子，他也头皮一麻。另外他推测芬姐也不一定舍得两人被接回。第三个儿子在肚子里才五个月，芬姐的丈夫上山砍柴，被毒蛇咬，来不及治，死了。一个寡妇靠种地养三个儿子，日子可想而知。陈清给的工钱，虽然不多，好歹是现钱。这事就这样拖下去了，拖到陈尹要上高中、陈荨要上初中了，有天芬姐突然来，沉着脸说："尹和荨，她们必须回来了!"

那时家已经搬到码头那边的工作室，俞小静去歌舞团图书馆上班，只有陈清在。芬姐站在门外，短发，黑长裤，白底蓝细花棉衬衫，看上去像一块刚洗过晒干的杉木板，清爽，舒适，有着可信赖的淡淡香气。当初介绍人说起芬姐时，"干净"这两个字被反复提了又提。陈清去她家看过，房子是那种老式的木板和三合土筑的大厝，已经破旧，但到处被洗刷得发白，所有东西都规矩有序，连门口的稻草，都一捆捆工整地垒着，随时会齐步走似的。

陈清招呼她进来，一肚子都是诧异。之前芬姐从来没到过工作室，她居然能找到，而且脸上的神情也不轻松，出事了？

果然，是陈尹出了事。

芬姐的第三个儿子小名叫安安，比陈尹大三四个月，却高一个头。上面两个哥哥个子比安安更高，但陈尹整天只跟在安安旁边，好吃的藏着给他，动不动就在他的肩、胳膊、脑袋推一下蹭一下，总之哪里都想推都想蹭。

"什么意思？"陈清一时没回过神儿。

芬姐叹口气，说："我是舍不得她们回来的，但看来必须回了。这事也不是一天两天了，我一直防着，但已经防不住了。你还没明白吗？尹尹太早开窍了，她看上了安安……"

"看上了？"陈清一下子提高了声音。陈尹才多大？刚刚十五岁啊。

芬姐停下，眼睛躲闪几下，看到窗外，那里一棵白玉兰树正开着花，花不少，但大多被肥大的叶片掩藏在身后，只有风吹进时，花香才一阵阵跟进来，气味幽雅。"不怕你生气，"她伸出舌尖舔了舔嘴唇，"你的传闻我也听到一些……"

"嗯？"陈清警觉地看着她。

芬姐说："就是女人方面……尹尹和荨荨是你们女儿没错，但我也当是我自己的。对不起，之前我其实一直担心她们会被你带坏，所以一拖再拖，拖到现在是没法再拖下去了。尹尹一天天长大，她平时话少，但胆子挺大的，做事有狠劲。说实话，我这三个儿子中安安心性最不好……是不好，那狗脾气一上来就山崩地裂，他配不上尹尹的……你能明白这种心情吗？"

陈清沉吟了一会儿，慢慢点点头。

芬姐说："那就好。你们在城里先帮她们找好学校，马上放假了，村里的中学差，回城里上学，用这个理由她们想得通，当然也是事实。我那三个儿子没办法，只能在村里的中学混下去，这是没办法的，但尹尹和莘莘不能混，她们得回来。"

陈清说："城里的学校其实也乱，都闹哄哄的，哪有上什么课……"

芬姐打断他："再乱也有好教室和好老师。村里全是民办老师，他们自己都没弄明白该教什么哩。"

陈清抬起手腕看了看，他戴着一块钟山表，他把表脱下，往芬姐面前推去。

芬姐一下子坐直，紧着身子问："这是干什么？"

陈清笑笑，有点儿难为情，说："真不知怎么报答你……这个你留着，万一手头紧，卖了……"

芬姐马上站起，拿起表，上前一步，放到陈清面前。"你不能这样，这样不好。"

陈清说："这些年，我们给你的工钱真是太少了……"

芬姐说："够了，多两张嘴而已，但她们却给我很多开心。她们真的……也是我心头的肉啊。"

陈清猛地低下头。鼻子一酸，眼睛潮了，他很久没有这样过了。今天两件事都是他没有想到的，第一是陈尹，一直觉得她还是小孩，居然情窦已经开了；第二是芬姐，她哪像个半个字都不认识的农妇啊。

十五岁的陈尹和十三岁的陈萼终于从平田村回到城里，住进码头附近的工作室。两人各带了两套夏装和一套冬衣回来，都是芬姐亲手缝的。陈珊的床旁，加了一张床给陈尹、陈萼睡。开头一个多月工作室里天天都是哭声，过一阵渐渐转为夜里的低泣，两人躺在床上，抱在一起，捂住被子呜咽。第二天起来眼睛都肿肿的，黑着脸既不跟陈清说话，也不跟俞小静说话。至于跟陈珊，那得看心情，有时说，有时不说。

三个姐妹就有一种分为两个国家的感觉，陈尹、陈萼为一方，独来独往的陈珊是另一方。有时陈珊主动讨好，压低嗓子柔弱地喊："姐姐……"陈尹与陈萼对看一眼，食指互相指着对方，一个说："她叫你。"另一个也说："她叫你哩。"然后双手互相拍打着，咯咯咯一直笑到捧着肚子蹲在地上。有那么好笑吗？陈珊看着她们，手指头在腹前胡乱搓着，眼泪慢慢往上爬，爬到眼眶，她连忙转过身，走掉。

后面还在笑，仍然笑。

陈清看出问题了，有一天把陈尹、陈萼叫到工作室外的空地上。白玉兰树和树下的石桌石凳，都是当年货运公司留下的。三人坐下，陈清看着她们，有一瞬突然恍惚了一下。这不活脱脱两个年轻的俞小静吗？眼眉鼻唇都是直接复制粘贴啊。
"我想跟你们谈谈你们的妈妈。"他是这么开口的。

陈尹、陈荨对看一眼，接下去按正常逻辑，她们应该把视
线转回来，看着他。她们却并没有，而是非常整齐地把头一
低，定定看着桌面。桌面是一块带花斑的秀石打磨出来的，淡
淡的蟹青色，青中泛着隐约的灰，有几片白玉兰花瓣落上面，
新旧错杂，有些还保持着水润的象牙色，有的已经枯得蜷起，
变成焦糖色。

她们不看过来，陈清也要开口，他说："你们妈妈曾是一
名非常出色的舞蹈演员……"

"厉害!"陈尹突然说，声音突兀得像从远处甩来的一块
瓦片。

陈荨点点头，马上也脆亮地附和一句："天下第一!"

陈清没有理会，保持住刚才的节奏，说："一个跳舞的，
当初肯生孩子就很不容易了……"

陈尹说："孩子是你弄的，又不是我们。"

陈清说："她要不生就没你们……"

陈荨说："没有就没有，谁想有?"

陈尹说："就是!"

静默了几秒，陈清鼻孔重重吸进一口气，又蹑手蹑脚悄悄
呼出。喉咙有点儿痒，像有几只蚂蚁正急速爬着，最终他还是
连咽几下口水，忍住不咳，然后继续往下说。

"每个人都有短处的，她是真不会做家务带孩子。你们不

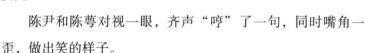

知道当时是什么一种情况，你们哭，她更哭，家里整天跟一锅粥似的，呼啦呼啦的不得安生。陈尹你生下来时她才多大？二十四岁。当然当时这也不算小了，但别人是别人，她饭经常煮不熟，菜炒得太咸太甜没个谱，奶水也没有，而且一练功，她整天不回家，也喂不了奶。不送到保姆家，你们怕都会被饿死。但她肯定是爱你们的，我也一样，怎么说你们都是我们的女儿……"

陈尹和陈莩对视一眼，齐声"哼"了一句，同时嘴角一歪，做出笑的样子。

陈清心头短促地紧了一下，其实是某种程度的惊悚。说到底他对这两个女儿了解都不多，陈莩泼辣些，脑快嘴更快，陈尹不吭不哼，嘴唇大多时候是紧闭的，但突然来一两句，都直戳要害，锋利得可以杀人。

陈清一下子没了说话的欲望。陈尹、陈莩也不说，低着头，先是用指甲在桌面上没有目的地划来划去，又不约而同把花瓣抓在拇指与食指上，毫无目的地转着。她们的手跟陈珊不同，陈珊手指又细又长，她们的却偏肥厚了，因为肥显得更白，血管泛着青，一根根清晰地纵横。陈清盯着上面看，他觉得陌生，这种皮肉是从他身上蔓延出来的？

高中毕业后陈尹去一家国营农场插队，两年后陈莩也插队了，去的是一个山区小村，离农场十几里地。她们离去后，双方都松一口气。世上人这么多，阳关道和独木桥别交叉到一起搅来搅去就相安无事，彼此还能觉出对方的好，一旦拢到同一个屋檐下，抬头低头每天擦肩碰脸，该难受的，会无一例外全部难受一遍。相处舒服至关重要，不舒服了，就尽量隔得远一点儿，空间就是最好的篱笆。

1977年陈尹和陈荨同时参加高考，一个考上工艺美术学校，中专，一个考上清华大学，本科。接到录取通知书那天，也同时接到芬姐的死讯，肺癌。

陈清和俞小静很少为一件事一起出行过，这次倒是去了，把陈珊也叫上，而陈尹和陈荨在芬姐病危时就已经提前赶去。倒是熟门熟道了，从公共汽车上下来，然后坐船，再走一段路，进了村，离芬姐家还很远，就听到熟悉的号叫。有这么尖厉高亢的哭声，只有陈尹和陈荨加在一起才能制造得出来。女声二重哭？音质太天衣无缝糅合在一起了。

芬姐的三个儿子只剩下两个在场，询问一下才知道，最小的那个安安，在陈尹、陈荨回城的那一年，把班上同学一只眼睛打瞎，判了十一年，正在少管所里。陈清心里咯噔一下，马上条件反射地用眼角余光瞄陈尹。安安差点儿成陈尹丈夫、他的女婿啊。此时陈尹和陈荨都披着麻衣，头上戴着孝帽。芬姐两个亲生儿子穿这些很正常，陈尹、陈荨也穿，果然是把芬姐当亲妈了。尸体入棺时，陈尹和陈荨一起踉跄着扑过去，直接趴在芬姐身上，几乎脸贴住那张苍白失色的脸上，凄厉嘶哑地哭，脚不停地跺，青蛙般蹦跳。相比较，那两个只是眼眶噙泪的亲儿子反倒像外人。

印象中之前陈尹、陈荨两人也是跟着俞小静芬姐长芬姐短地喊着的，这时候，扑在棺材上喊的却是妈。"妈……妈醒来，妈你不能不管我们了啊……"

震惊总是说来就来。陈尹出生不到二十天就送到芬姐怀里，陈萼是满月后送的，回到家时陈尹十五岁，陈萼十三岁，陈清和俞小静都知道这两人跟芬姐好，只是没想到好成这样。十多年中两人在芬姐家怎么过的，他们都忽略了。

俞小静脸已经黑得像颗手雷。来吊唁当然不能有欢颜，但陈清还是伺机小心贴近，在她耳边轻声提醒："算了，别管她们。"

说过，他心里突然一动，想自己以后要是也得肺癌死了，或者其他什么病，比如心梗、脑梗之类的，陈尹、陈萼，还有陈珊，她们会是什么反应？

事实上最终谁也没见到陈尹和陈萼的反应，陈清中风送进医院躺三年，最后又死在医院时，陈尹和陈萼都在国外，她们没有回来。

五、珠子

珠子站在那里，像立着一个泛着油光的大油桶，这是陈清对她的第一印象。也就是说一开始陈清并没有把她当成女人，而是当成一件普通物体，直到她开口说话。"老爷。"她这么喊陈清。喊俞小静也很老式："大太太。"声音很低，是那种曲里拐弯的低，像在嗓子里跋涉过很长的路，才缓缓挤出来。

俞小静对这个称呼很不满，都这时候了，外面口号标语已经满街都是，怎么还"太太"长"太太"短的，而且是"大"，难道下面还有二太太、三太太、五太太、十太太？她让珠子改口叫"静姐"。至于对陈清，珠子一直没改，反正不会有机会在外人面前叫，就是在家里，也很少喊。她来是照顾刚出生的陈珊，兼做饭和打扫卫生，这些事都跟陈清没什么关系。吃饭时盛好饭菜端上，吃好了她收拾了碗筷就走，几天不说一句话是常有的事。

俞小静跟她接触的时间也不多，生下陈珊后，俞小静恨不得马上断奶，但奶水真是多得哗哗哗地横溢。她的乳房一直没发育起来，练舞的人哪个愿意胸前膨出两团大肉，挂在那里颤颤地动？其实身上所有的肉都是俞小静的大敌，胸、臀、腿、胳膊、肚子等地方哪怕长出一两，都跟喜马拉雅山隆高一厘米一样，是件大事。生陈尹、陈荨时，瘪瘪的小乳房不出意外地缺奶，很好，至少俞小静自己觉得好，所以两个女儿转身送往芬姐家喂养就理所当然。到了陈珊，乳房仍然瘪，却不知哪根管道突然接通奶库了，只要一个奶头被含住，另一个就立即进出奶水，不用一条毛巾堵住，前襟就湿成像刚泡过水。

家里顿时奶味十足，每一样东西都附着奶油的腥味。俞小静一喂奶，陈清就一路小跑凑近来看。如果他手里还提着相机，端起来就打算抓拍。俞小静马上脸一沉，骂道："滚，滚一边去！"边骂边掉转身，把衣襟往下狠狠一扎，霍地站起。

站一旁的珠子就笑笑，把陈珊接过。陈珊如果还没吃饱，就会在她胸前拱着，双手乱抓，她也仍然低头笑着，好像很享受这一刻。她跟俞小静最大的不同就是胸，那里很醒目地往外隆。她身高一米五出头，体重一百三十多斤，其中至少十来斤重量是来自乳房，另二十斤重量来自屁股。仿佛被谁从头顶重重拍打过，她身子顿时往下一矮，上上下下的肉都堆到这两个地方了，这使她前凸后撅，才能保持住身体的平衡。这么厚实的胸和屁股，看着就是生养的好材料，却生不了，偏偏俞小静这样瘪胸小屁股根本不想生，却一个接一个。

勉强哺乳了一个月，俞小静就找中医开了两剂回乳药喝下。坐月子坐胖了一大圈，她整天站在镜子前眼泪汪汪地左看右看，然后每天早早去团里练功，晚上很迟才回到家。即便在家里，她也动不动就把一条腿抬上墙，身子向前压，纸片似的紧贴住墙；或者把两条腿左一边右一边悬空劈开，挂到两把椅子上，裆下沉，往地面上贴，这时候就不是一字马，而是 V 字马。甚至正说着话，她突然手掌交叉，胳膊举过头顶，用力向后拉，再把腿向后猛然一踢，手钩住膝，整个人就像一把钻，定定地戳在那里。家中所有横向的硬物，桌子、床靠、窗台等都被她看上了，腿随时架上去，上身前俯或侧拉，或者手搭上，提踵、扬臂、甩腿。

陈清见怪不怪了，珠子却不一样，每次都被惊得瞪大眼睛，眼眶里露出很多精亮的白，嘴唇则不时噘成"O"形，张得很大，却是无声的。俞小静说："不行，我太胖了！"珠子摇摇头，笑起来。俞小静又说："太糟了，我肌肉都硬了。"

珠子还是笑着摇摇头。有一次珠子来了兴致，学着俞小静的样子岔开腿，结果人还没下去五分之一，脸就皱成一团，然后把身子往旁一歪，"哎呀呀"连喊几声倒地上了。俞小静说："珠子，你不是吃这碗饭的啊。"珠子很服气地点点头，一直笑，笑起来时，她厚厚的嘴唇像被忽然撑开的洞口，咧得非常大，露出的两排异乎寻常整齐的牙齿，白光一闪，仿佛是掩埋在洞里的宝藏忽然探出头来。

陈清给珠子拍过很多照片，有时用 120 机子，有时用 135 机子。她在做饭，她在拖地，她在洗衣服，她抱着陈珊……全是抓拍，大多时候珠子并未发现，发现了也仅是咧嘴一笑，并不在意，也从不向陈清讨照片。用的全是黑白胶卷，珠子的唇齿成为构图的重点，胸腰臀则是另一个重点。冲洗放大也是陈清自己动手，工作室那边其实就是他的暗房，窗户挂着黑布帘，屋里吊一盏罩着红布的暗灯。拉紧帘子，他浸在幽幽红光中，一点点看着珠子从显影液中慢慢浮起来。

珠子劳动着的样子被定格下来，照片上过画报，也参加过省里的影展。有次画报要送展菲律宾，主题是中菲民间友谊，珠子的照片因此上一个对开的通版，错落排了七张大小不一的黑白照。画报出刊后，陈清顺手带了两本回来，俞小静翻了翻，猛地"哇"了一声，转身就递给珠子。珠子习惯性地瞪大眼，张大嘴，半天才回过神来。俞小静说："啧啧啧，珠子，你都上画报了！"

陈清明显感觉到俞小静这句话说到后面，尾气黯淡了下

床上的陈清

来。果然，俞小静侧过头盯着陈清，说："我只上过三张照片。"

"三张吗？"陈清已经想不起来了。

俞小静说："剧团刚成立时排《红绸舞》，你拍了两张我领舞时的造型，一张是'大射燕'，这样……"她双手在胸前一抹，左臂拉直，右臂曲起，侧过身，右脚后翘，立住，"还有一个是'揪身探海'……"一边说着一边把上身往前一俯，两臂张大，右腿向后翘起。直起身子时她皱起眉看着陈清，问："记得吗？"

陈清眨几下眼皮，他不记得。

俞小静说："跳孔雀舞时，你拍了一张我三道弯的造型。"她把身体向下一曲，右脚踮起点地，左胯向后推出，两手拇指和其他四指张成直角，一个前推，一个压在左胯边，头侧仰。"这样！"她强调了一下。

陈清摇头，他是真记不起了。

"还有一张哩。"俞小静把右腿向后一踢，双臂向后抢，腿和臂在空中迅速触碰一下，然后还原，站直，摊了摊手说，"你抓拍了《宝莲灯》里的这个动作，也忘了？"

这个陈清记得，舞剧《宝莲灯》是前几年的事，团里排新剧，把中央实验歌剧院的《宝莲灯》复制上演，俞小静没日没夜把自己练瘦，好不容易才争来三圣母 A 角。上演时全城轰动，画报要报道，让陈清特地去拍了一组剧照。画报社每

个摄影记者有对口分工的，文化艺术这块原本不归陈清。何况

剧照太假了，他一直喜欢拍纪录性的写实照片。

这事过去几天之后，珠子开口向陈清讨这本画报。陈清正坐着喝茶，顺手往桌上指了指，说可以，拿去吧。珠子小跑过去，拿起画报，看了看，贴到胸前，侧过脸瞥一眼陈清，笑起来。陈清说："拍了三十四张哩，你喜欢的话，回头送你一套。"珠子说："喜欢，我喜欢……"声音突然像被什么噎住，她低下头，又一扭身小跑开了。

陈清后来一直没弄明白自己究竟是不是从这一刻开始把她当女人看了。

她没有节没有假，北溪不回，婆家没有一个人知道她在哪里，娘家的父母都去世了，上面本来有个哥哥，前几年考上大学却政审不过关没去成，想不开自杀了。她没有家了，就把这里当成家。三个主人，陈珊自然是最重要的，接下来最初第二位是俞小静，慢慢陈清上升了，终于升到即将超越陈珊时，俞小静捉奸在床了。

"你狗转世的吧，是个母的都硬得起来……"

俞小静吼叫时，他一句话都没答，答不了。心里的疑问其实也正一波波地来。珠子有异样，他很早就知道。俞小静早起晚归，陈珊还小，他只要在家，珠子不时会站在灶旁、门边、脸盆前看他。他如果恰好也看过去，珠子就猛地头一低一侧闪开了。有一次珠子端上一碗面，再把筷子递过来，他接过筷子时，手背忽然一热，是珠子的小拇指快速从上面划过。无意吗？当然不可能。还有几次珠子衣服洗着洗着，就停下，双手揪着男衬衫的衣领或前襟，低着头久久地看。他一个老看镜头的人，不可能漏过这些，但他完全没有想到有一天真会跟她躺到被窝里。那天怎么发生的已经完全想不起来了，反正不是做戏，上床前浑身都在燃烧，整个人热腾腾的宛若刚揭锅的蒸笼，光凌空照耀，从头顶直灌脚底。以前每一次跟其他女人都是如此，霎时一切都退远了，只剩下男人与女人、雄性与雌性。生命在这个瞬间真实而简单，跟喝醉了酒一样，不能自控，但俞小静出现了，俞小静一出现他就醒了过来。

他不辩解，不想说跟珠子就一次，唯一的一次。这种事一次跟多次只是数量的不同而已。他也不承诺以后不再犯，承诺也没用。以前哪次发生之后不悔断肠子？没有用，春风吹又生。

那天后他再也没看到珠子。从被窝滑光溜溜地出来，跑去自己房间穿好衣服，珠子就走了。她的东西都原封不动，消失得只有那本画报和那沓他冲洗送她的黑白照片。

躺在医院病床上，陈清脑中曾有一团黑色的影子闪过，闪过而已，还来不及看清，就消失了。他病了，中风了，就是珠子再那么肉滚滚地立在床前，他又能怎么样呢？

六、舞台

舞台的魔力在于，它置于现实里，被聚光灯一打，立即凌空凸到尘世外，所有的动作、表情甚至呼吸都被提炼或浓缩，刹那就是一世。俞小静平时总是心不在焉，三天两头丢东西，背包也是放哪儿转身就忘了。丢就丢了，她也不一定急着找，眨眼可能连丢东西这件事都丢脑后了。她也不太打扮，头发在头顶胡乱扎个髻，衣服皱巴巴的也穿得出去，但一化妆，从侧幕往台上跨出第一步，就像通了电，整个人霎时一变，每个毛孔都在发光。一直到生陈珊前，立圆快速转上二三十下她都不喘，最简单的一个撩步都能把下面人的魂勾出来。团里再年轻的女孩，都跳不出她那股从骨头里渗出来的滋味。

但珠子走后第三天，团里却招呼都不打，突然指定另一个人领舞。群舞行吗？也不行，连为了庆祝什么节日临时排的欢呼舞也没有她了。

她每天还是一大早就起来，然后搬张小凳子坐在一角，人蜷成一团，巴掌托腮，盯着挂在墙上的粉缎芭蕾舞鞋一直看。那是她以前穿过的，十五岁以前，后来脚大了，再也穿不进去，也没机会穿，就挂到墙上，长长的缎带打个蝴蝶结，两只弓形的鞋像两颗成熟的瓜果垂悬着。从五岁到十五岁，她一双脚被芭蕾舞鞋磨出一道道伤，脚指甲翻了，裂了，血渗出了，但每天还是把脚一次次往里塞。

来这座城市后，芭蕾跳不成了，但秧歌也行啊，民族舞更没问题。她体态、软开度以及控制身体的能力是结结实实用汗水垒了十年，提、沉、冲、移、靠对她来说哪有什么难度？即使蒙古舞、新疆舞以前从未碰过，但摊开舞谱看几眼，音乐一起，她就能把柔臂、硬肩、板腰做得像地道蒙古族人，把脖子扭得胜过真正新疆姑娘。舍不得芭蕾，毕竟还有舞台。可是舞台却突然拒绝了她。

珠子的事她还过不去，这次真的跟以往不同，以往那些女的她不认识或者不熟，珠子是摆在眼前的，是保姆。珠子不主动走，她也一定要赶。陈珊已经三岁多，原本早就应该不用保姆，芬姐那里还要付笔工钱，虽然钱的事芬姐从不开口，就是迟些寄，她也不催，给不给都所无谓似的，但毕竟得寄，家里开销虽还不是问题，陈清不时总能神秘地拿出一笔钱来，但毕竟也不宽裕了。留着珠子是她想偷懒，她三顿吃得少，从小就不敢放开吃，胃就一直没撑大，装不下多少东西，但陈清和陈珊毕竟有两张嘴。陈清不挑食，可多可少可清可淡，他心事也没在这上面，但陈珊需要。珠子在，家里俞小静就不用操任何心，哪知最终却必须操起床上的心。

陈珊一直喊珠子"珠珠"。珠子消失的这三天，陈珊早晨眼睛一睁开，头左右转转就眼泪汪汪地喊："珠珠，珠珠！"天黑下来后又哭着要出去找。"珠珠去哪里？"她问俞小静，也问陈清。去哪里了？谁知道呢？俞小静相信珠子不可能再出现了。但珠子在这里三年多，每天不停地擦擦洗洗，每一个碗，每一件衣服，甚至木板墙上每一条纹路，都曾被她的手抚过。

那几天陈清很少在家，他突然复制了俞小静以前的作息，总是天还没亮就出门，大半夜才会回。是去见珠子？俞小静闪过这个念头，但她不拦也不问。那天站在床前拼尽全力地吼叫之后，家里一下子安静下来，非常静，除了陈珊的声音，再没有其他。陈清不说，俞小静更不说，包括剧团里发生的事，她也咽在肚子里。

一周后陈清从外面回来时，像进来一个陌生人，与脖子根齐的卷曲长发不见了，换成与所有人一样的规矩短发。以前长发是他命根子，头可断血可流，长发一根都不能剪，突然剪了，是怀念珠子还是因珠子之事警诫自己？俞小静眼皮抬了抬，又垂下。

陈清走到俞小静面前，仿佛什么都没发生，笑眯眯地说："我们搬家吧。搬码头那边，工作室已经整理好，买了几件简单的家具，够用了，这边把衣服带上就行，其他的都不用搬。"

工作室完全变了，不再是暗房，每个窗上的帘子都已撤掉，玻璃上贴了绵纸。地面原先就铺有上好的红色方砖，清洗过，粘在上面的污泥都刷掉，干净得宛若平放着一块块年糕。做饭的灶子放在门外，屋里原先的杂物都不见了，左边的两个角落架起两张床，仅有一张桌子和一个小柜子也都挤在左边，右边则空出一大半，是真正的空，没有放置任何东西，只是墙上多出一根两米左右长的木棍，做工极差，刨得凹凸不平，两头用铁条固定到墙上……把杆？俞小静扭头看着陈清，这是几天来她第一次正眼打量他。

陈清仍是笑，说："一米二高，行吗？我去你团里练功房量了一下，你们的把杆就是这么高。地面破了几个小窟窿，我也都补上了。弄了很久，手太笨了。以后你可以在这里练功，也可以当它是舞台……"

俞小静眼皮垂下，眼光落在他手上：左手食指裹着纱布，有血渍隐约透出。她一下子掉转头，就是这个瞬间一串泪溢了出来。

她后来真的在这里练功，不仅早晚，只要空下来，随时把猫爪软底鞋换上，让陈珊也一起练。地太硬了，一开始也涩，腾跳时她小心控制落地，旋转的节奏也稍稍放缓。聊胜于无吧，日子至少可以往下过。她以为这不过是一个短暂的过渡，真正的舞台和练功房仍然在前边等着，天黑几次再亮几次，就可以重返了。不料一家人从工作室搬出来，却是二十四年后的事，而舞台仍然在远处，越来越远。画报社按职称分福利房，在新建起的新闻小区拿到一套一百三十平方米的单元房，装修好，住进去。装修方案是陈清跟施工队谈的，三十多平方米的客厅没有沙发，也没有其他家具，它完全空着，只在墙上按上一根杏黄色的标准把杆。

搬进来那天，一切收拾妥后，俞小静慢慢走到把杆前。杆上方已经预留一个挂钩，她踮起脚伸长双臂把那双粉缎芭蕾舞鞋挂上，然后侧身站着，把右手搭在杆上，再搁上右腿，下巴上扬，左手上举，掌内兜，上身向右脚尖侧去，一下，两下，然后用左掌抓牢右脚尖，定住片刻。一会儿放下右腿，站直了，脸先是视八点，接着左腿后抬，左手打开，上身直立。从背后看，几乎看不出年龄，颈仍直而长，肩背臂都薄，腹部也扁平，连发型都未变，还是在后脑勺盘个髻。状态确实还在，至少身体的开度和柔软度都还好，但有用吗？团里一切正常了，没有人再对她不好，当然也没有好。领导已经换过几茬，演员更是，一张张新面孔没有一个是她认识的。这一年她五十七岁了，没有哪个舞台会留给五十七岁的舞者。

那天陈珊也在，她一只胳膊横在腹，另一只手托在下巴上，脚习惯性八字打开，站一旁定定地看着，什么都没说。陈清则举着相机跑来跑去，从不同角度拍着照，快门的声响在屋内连成一片。

珠子之后，俞小静再也没抓过奸。工作室的床太小了，先是陈珊越来越大，床搬到屋子的右边角落，各自拉起布帘子，之后陈尹、陈萼从芬姐家回来，在陈珊的床边又多摆了一张。这样，中间练功的地方一下子缩小了。陈清就把他们的床换一张，从一米五宽换成一米二的，每晚蜷着身子躺上面，俞小静倒无所谓，但陈清肯定睡不好。

现在他们终于躺在一张一米八的大床上了，真大啊，像一艘新鲜的船。搬进新房当天晚上，没有开灯，一切都是模糊的。俞小静问：“当时你全家去台湾，你为什么不一起走？”

陈清可能没想到俞小静突然这么问，静默片刻才说：“我那时不正在上海读书嘛。”

俞小静说：“他们不催你回来？”

陈清说：“催了，电报一封接一封。”

俞小静说：“如果你那时听他们的，从上海赶回来……”

陈清叹了口气，说："这事几十年来我也想过很多次。如果我回来，跟着父母和两个姐姐一个妹妹一起去台湾，就不会遇到你，你也不至于受牵连被赶下舞台。这个，太内疚了。你天赋那么好，那么喜欢跳舞，付出那么多汗水……真的很抱歉，这么多年，这句话一直在嘴边，我都说不出口……"

俞小静说："不是，也不全是因为你。其实还跟我母亲有关……都是命吧。我最心酸的就是这个，有天赋没用，多喜欢多努力也没用，平白无故一个浪突然打过来，就被吞掉了，一点儿余地都没有。好在都过去了，终于都不是个事了。前几年海上走私来那么多台湾的东西，家里的"三用机"、我们戴的手表、穿衣服的布、用的伞，说不定哪件就是你父母或者姐妹生产的。今年台湾那边还刚成立了海峡交流基金会，两岸反正已经跟以前不一样了。"

一道黑影在床上方闪过，是俞小静的腿，她把一条腿举起，在空中划出长长的弧线，脚尖就顶到枕头后面的床板上，膝盖贴紧脸，定住几秒，放下，换成另一条腿，这样反反复复几次。夜色之下，近三十年的时光仿佛一动不动。结婚的当晚她就这样，从未停止过，仿佛是睡前的必要仪式，做过了，就是宣布他们可以正式去睡了。

第二天起来俞小静说自己做了一个怪梦。

陈清问："是什么?"

俞小静说："不是太吉利，一定要说吗?"

陈清点点头。

俞小静眉头皱了皱，说："梦见在树林里走，树很多，到处都是，那种高得望不见顶的树。我低头找路，地上却铺着一张你的脸，好大好大的脸，眼还在动，眼慢慢裂开，裂成两个洞，一股股血从洞口涌出来……"

"然后呢?"陈清催她往下说。

俞小静说："然后我就醒了。"

陈清笑笑，抿抿嘴。他没说，自己昨晚其实也做了一个噩梦：他赤裸着躺在床上，对，就是这张床，像一艘新鲜的船，但他人却不新鲜，而是焦化了，变成一只烤干的鱼，而且越变越小，小成薄薄的丁香鱼，他想动动不了，想喊喊不出。

后来这一切果然发生了，他脑出血，躺到床上，动不了，也喊不出声。

七、二十三年前

二十三年前陈尹在北京举办了第一场个人漆画展，规模不大，但影响不小。她给陈清、俞小静、陈珊买了机票，酒店房间也是她订的。

以前陈尹文化课一直不好，高考前拼命读了，也只考进工艺美术学校。在校时成绩平平，却干了件轰动的事：发狂倒追教历史的班主任姜和平。姜和平是北京人，后来辞职回北京办画廊，陈尹就跟去了。这次给陈尹办画展的就是姜和平。漆画是什么呢? 就是在特制的木板上，以大漆为材料，把蛋壳、螺钿、瓦灰等东西镶嵌、涂抹出图案，然后再一层层打磨、推光、揩清。按姜和平的说法，漆画对温度、湿度要求高，其实并不适合北方，"陈尹的工作室放在你们家那边更好哩。"姜和平说到这里咳了一声，好像被什么噎住了，然后又笑起来。他比陈尹大九岁，个子瘦小，看上去似乎比陈尹都矮。当年陈尹第一次带他回家时，陈清和俞小静脸都黑了。真的丑，没有一个五官是正常的，牙齿外暴，鼻头奇大，眼眯缝着，太阳穴内陷，一切都远远超出舞蹈和摄影的审美底线，但陈尹坚决要嫁，断绝父女母女关系也要，就嫁了。倒不是断绝关系能吓得住谁，本来这层关系就没多少，陈清考虑的是，十天可以不说一句话的陈尹，未必那么容易嫁得出去。长得虽然还行，但眼光不行，习惯性倒追的第一个男人是芬姐的儿子安安，相比较姜和平好歹大学毕业，长得是难看，也不是毫无优点，至少能说会道这点摆在那里，上下五千年随口就来，京片子又好听，说到激昂处，别人不论笑不笑，他自己先呵呵呵放声大笑。再丑的人笑起来时都顺眼了很多。

"工作室放你们家。"陈清暗暗琢磨着这句话。老实说，他知道陈尹在工艺美术学校学的是漆画，却根本不知道她怎么学，学到什么地步，陈尹自己也从来不说。首先她很少回家，到了北京后就更少回，即使回了也一直闭紧嘴。姜和平下海挣了钱。姜和平开了家文化公司帮名家卖字卖画。姜和平前年把儿子送去英国读中学。姜和平买了块地建起陈尹漆画工作室。这些断断续续来的消息都表明陈尹在北京日子过得不错，不必担心。

没有料到的是居然办起画展了，场面还挺大，画也好，比想象的好太多了。

画展上午十点开幕，展厅里挂着一百六十幅画，色调以红、黑、金为主，大的一人多高，小的长宽不过一尺左右，内容很参差，抽象的看不懂，但站在每一幅前面，都神经颤颤的，随时会被吸进去似的。具象的如民居、树木、山川、星夜、荒原、佛像，也都怪怪的，说不出来的怪，跟以前看多了的水墨、油画的感觉完全不一样。砖石、道路、树木居然可以用蛋壳贴出这么有立体感的纹理，陈清是第一次知道，他扭头看看站在旁边的俞小静，她脸上也是惊讶，那种想掩饰住却还是从每个毛孔往外钻出来的惊讶。

陈珊能跳舞，陈荨考上清华，又去美国留学，三个女儿中他们一直以为最平庸的就是陈尹了，没想到陈尹艺术表现力这么好。

来宾很多，看上去都是姜和平请来的。陈尹和姜和平得陪客人，就派手下人带着陈清三个在展厅走走。是一个年轻女孩，个子不高，圆脸，娇小得像中学生，她说："我叫李莉，在公司做两年会计了。"

三人跟在李莉背后在展厅里慢慢走着，每幅画李莉都很熟悉，哪年做的，做了多久，用了什么材料，最终用几号砂纸打磨，又推光、揩清了几遍等，无论怎么问，都答得上。"你也做漆画吗？"陈清好奇了。李莉脸微微一红，头先往旁一歪，再摇起。"哪能呢？这个太难了，我一点儿都不懂，全都是听来的。"

这时他们走到那幅至少两米高的大画前，停下，仰头看着。其实一进展厅，就看到它了，挂在展台最中央位置。画面很洁净，黑底，是那种泛着珠宝光泽般的墨黑，衬着一位中年女人的半身像，白衬衫黑长裤，利索的齐肩短发，肤色泛白，又隐隐有光，脸仰视前方，眼皮微垂，唇微启，仿佛在笑，五官与肢体却清晰地布满忧伤。

恰好此时姜和平陪着七八个胸前别着红绢花的人走来，都是请来的嘉宾。陈尹也在，今天本来她应该是主角，却一直后缩，开幕式时麦克风递过去，她也摆着手一句不说。姜和平嘻嘻哈哈地撑场面时，她站旁边抿着嘴微笑，眼始终盯着他，仿佛她不过是姜和平的小配角。

李莉往旁闪了闪，后退几步，顺势把胳膊举起，示意陈清他们三人也避开，把位置腾出来。

这群人也在这幅画前停下，他们显然对漆画也所知不多，左右问着。姜和平答得很细，指着画里的白衬衫，说是蛋壳贴出来的，脸是用日本999银箔捣碎后敷的，头发是螺钿切条粘贴再罩黑漆打磨，诸如此类。他胖了点儿，没有先前那种寒酸气，腰杆子像是已经被钱撑了起来。以前陈清老是怕自己变肥，一肥就会油腻，现在他从姜和平身上看到相反的效果。瘦并不见得都跟清风道骨画等号，有些男人正是身上有点儿肉了，才能把猥琐气覆盖住。

有人用指尖在画面轻轻抚过，说："哇，这功夫下得真细啊。"又上前一步，俯身看了看贴在画旁的标签，立起，问，"题目叫'芬姐'？噢，这幅怎么没标出一平尺多少钱？"

姜和平侧过头看着陈尹，陈尹静默片刻，笑起来，轻声说："这幅是非卖品，它不卖。"

"为什么？芬姐——有什么深意吗？"

"她是我母亲。"

"噢!"那些人喊了一声。

姜和平说："不仅不卖，这次画展结束后，她还要挂到家里的客厅上哩。"

"噢!"那些人又喊了一声。

陈尹那句话声音不大，但站在旁边的陈清、俞小静和陈珊都听到了。三个人没有交流，眼珠子都不转动，陈清和陈珊也都不把眼瞟向俞小静，仿佛一瞟就会把尴尬放大了。李莉双手搭在小腹，嘴咧着，笑得安静而喜气，这会儿才转过头，看着陈清，小声问："芬姐，你们认识吧？"

陈清一愣，没有答，头也没点。

刚才他已经觉得这幅画里的女人眼熟，只是没有往深处想。看画展总是这样，展厅里这么挤，人纵横走动，墙上则是花花绿绿这么多画。谁一口吞下成山的营养能一下子消化掉？似乎每幅都认真看了，最后却大多模糊成一片。

陈尹居然为芬姐弄出这么大一幅画，她说芬姐是她母亲。

接下去继续在展厅里走来走去时，陈清情绪就散了，画仍看，但看的都是内容：是否也画了他、俞小静或者陈珊、陈萼？没有，都没有。

陈萼已经去美国十几年了，嫁给美国人，她的三个混血儿从未带回来过，陈清看到的只是照片。她也把芬姐当母亲吗？按小时候她与陈尹的关系，陈清以为这次陈萼显然会专程回国，居然没有，说太忙了，没时间，但她托人订购了一个花篮，这会儿就摆在展厅的门口。

重新转到芬姐的那幅画前时，远远看到陈尹仍在那里，正被两个中年男人一左一右围住拍照。一开始他们是站着，扭头看看，怕挡住画，又蹲下拍几张。这时候的陈尹一点儿都不拘谨，手搭住两个男人，很亲昵地环住对方脖子，虽也不多说，但笑得很放松，甚至有几个蹦跳的动作。

陈清看看李莉，显然李莉也不明白那两个男人是谁，脸上微微有一层惊讶。

姜和平正拿着相机给他们拍，突然看到陈清，扬起手大声喊："哎呀，那才是专业摄影师哩。爸，过来过来，帮忙拍一下。"

陈清迟疑着，最终还是上前。姜和平递过的是佳能傻瓜机，整个画报社没有人用这种机器的，陈清也没用过。但也难不住他，他把眼睛贴近取景框，拍下一张，又拍了两张。就是在按下快门的瞬间，他突然捕捉到那两个男人与画里芬姐脸部特征的相似处。

姜和平凑近来说："爸，妈，珊珊，来，介绍一下，这是陈尹的哥哥，对，就是芬姐的儿子。他们赶今天早上的第一个航班来的。"

年长的那个中年男人合掌弓两下腰说："抱歉抱歉，迟到了，太对不起我妹了。"

另一个也附和道："是啊是啊，昨天来就好了，偏偏昨天有事走不开。"

陈尹马上说："没事，你们能来就够了。"

两个男人都把巴掌伸给陈清，陈清握过，说："以前我们见过。"

"啊，见过？什么时候？"

陈清说："好多年前了，最后一次应该是……"

陈尹插上嘴："就是我妈死的那次。"

兄弟俩都回过神儿来，夸张地点点头。那次他们没记住陈清和俞小静很正常，毕竟死妈，这么大一件事，到处乱哄哄的，哪记得住陌生面孔。其实更早以前陈清也去过他们家几次，但那时他们都还小，他也年轻，不过二十多岁，满头长长的乌发一圈圈卷曲，也没戴眼镜，骑一辆老旧的二八的飞鸽自行车。后来他就很少去，陈尹、陈萼回城里读书后，更不会再去。

"咦，怎么只来两个，不是还有一个吗？"这是俞小静问。一个上午她一直不怎么开口，突然一问，大家都愣住了，兄弟俩互相看一眼，笑了笑。

陈清注意到陈尹的脸色也涩了一下。她三十九岁了，穿一套紫红连衣裙，脖子粗大，背厚实，小腹那里也微微隆起，整个人已经处于发福的前夜，但还好，站在姜和平边上仍然称得上是一朵牛粪上的鲜花。有记者过来采访她，她连连摆手推托。姜和平说："去吧去吧，宣传一下是必要的。"边说着边捏住她胳膊往旁边屋子拉，同时招呼记者一起去。他的意思是大厅里太吵了。

他们离去后，芬姐大儿子靠过来，巴掌拢住嘴，解释了最小那个弟弟没来的原因。周围确实太吵了，把他断断续续的话拼接起来，大致还是听明白了：出狱了，没工作，到处打零工，很自卑，不敢来。"他们以前不是差一点儿……"

陈清瞥俞小静一眼，想起来了，陈尹恋上过芬姐小儿子安安。如果当年真嫁给他了，陈尹哪还会有今天的画展？陈清点点头，长嘘了一口气。芬姐不自私，她没有护着儿子，这一点连很多学识渊博的女人都不一定做得到。陈尹画了她，她值得画啊。

当天晚上俞小静就执意要回，陈珊也说要走。她们在北京这两天心情都不顺，不顺得各不相同而已。"这次不该来。"这话俞小静小声重复说了三次。

陈尹没有挽留，叫人去民航售票处买了机票，姜和平开车送他们去机场。车子挤一挤坐得下的，但陈尹没有去挤。她送陈清几个出门，俞小静和陈珊一步就跨进车里，陈清迟一步，她看出陈尹有话要说。

"对不起，这次照顾不周。"

陈清摆摆手，他本来想拍拍陈尹的肩膀，手举起了，又猛然停住。所有亲昵的动作，他们之间从来没有发生过，都很不习惯。

陈尹说："我的生活你都看到了。"

陈清"嗯"了一声。是啊，看得很清楚，挺好的。他转过脸时突然看到李莉正站在宾馆门口，双手还是交叉在小腹前，远远看着这边。发现陈清看她，她立即微微弯下腰行礼。陈清连忙摆摆手，算是道个别了。

陈尹说："要说理想，我当年的理想很简单，就是要比我妈强，不能嫁个你这样的丈夫……噢，抱歉！我也做不了她那样的女人，丈夫一次次出轨，她能一次次无所谓。还有，我也不能生一个我这样的子女……真的，我都做到了，你就放心吧。"

陈清低头钻进副驾驶座，那个瞬间，他腹底有股酸水往上冒，很难受，想呕。

飞机上他就开始头晕，以为是劳累的缘故。回到家不怎么动，整天躺着，还是晕。只好去医院，查了血象，又反复测了血压，高压都超过一百五十毫米汞柱，医生说得开始吃降压药了，而且不能停，得每天坚持吃。陈清摇头，他说做不到每天吃药，对他来说这太难了。医生显然生气了，说："不吃你就等着中风吧。"

果然最后就中风了，躺进医院。

八、三十年前

三十年前陈珊有过最后一次相亲。她十几岁就有人追，但俞小静防得紧。女人一恋爱母态就出来，具体的体现就是乳房和屁股开始囤肉。迟点儿吧，跳上该上的那个舞台后再说。"你不能重复我，"俞小静说，"你得跳出来，往远处走。"

俞小静所说的远处指的是上海芭蕾舞团，事实上那地方已经离陈珊太远了。

陈珊对自己上的只是艺校并没有不满，以鸡头凤尾的理论而言，她甚至觉得挺幸运。在艺校她跟当年俞小静在歌舞团一样，位置没有其他人可以取代，除了独舞，就是领舞，不会有其他的待遇。然后留校，带学生上基训课，挺圆满的。

她毕业时俞小静曾打算找团里领导，陈珊一听就嚷起来，她说："那地方欠你的，而且去了也只能混在群舞，我不去！"

俞小静说："再怎么样，我们团是全省顶尖的。艺校能有什么出息？"

陈珊说："我不要出息，我要自在。"

不急着找对象也是为了自在，结婚有孩子的麻烦不是都摆在那里吗？一年一年拖下来，俞小静倒还好，陈清却坐不住了，开始打电话给老同事和老熟人，让他们帮忙物色。

那天在茶楼里见的人是中医院推拿科的医生。刚坐定，医生打量她，说："你太瘦了。"陈珊笑笑，没有答。她一米六九，身高与俞小静一样，却重了三斤，俞小静一百零二斤，她整一百零五斤。长手长脚长颈，身体比例她从俞小静那里遗传得也很好，但小头小脸小骨架，俞小静却没有传给她。她头太大了，头围超出六十厘米，脸因此也大，所以俞小静在歌舞团跳主角，她只能在艺校跳。被拒上海舞蹈学校应该也与此有关吧？练得再狠，脂肪全练干了，看上去仍是一颗肉肉的大脑袋。瘦吗？她不觉得。

医生把右手搁桌上，屈起四指，跷着大拇指，然后定定看着陈珊。

陈珊也看他，再看他大拇指，不明白是什么意思。

医生笑起来，似乎有点儿得意。他把大拇指左右摆动几下，说："有没有发现它特别粗大？"

陈珊眉短促地皱一下，她已经想站起走人了。这时候她感觉到口渴，端起茶杯喝掉。茶不错，是街面上正流行的茉莉花茶，顺口，唇齿留香。喝了人家的茶，出于礼貌，她点了点头。医生说："这是每天推拿掐穴位弄出来的。以后不管成不成，我都可以帮你推拿。跳舞的人关节损伤在所难免。"

陈珊又喝掉一杯茶，重复说了一句谢谢。

医生好像受到鼓舞，索性把五指都张开，并往她这边伸了伸，说："你再看看我无名指。"

巴掌真是厚实，红扑扑的，仿佛上过胭脂。他不仅大拇指粗大，每根指头都一样，肥厚得像用福尔马林泡过的，包括无名指。幸亏这不是我的手指，陈珊想。舞台其实是一个反人类的苛刻之地，跟地心引力斗，跟自身肌肉筋骨斗，甚至跟遗传基因斗，它不过是俞小静喜爱的，却不是她。她从小被俞小静逼着往上面走，一点点向前，内心却一步步后撤。

"哎，看出什么了吗？"医生又问。

陈珊摇头。这个靠手吃饭的人，在玩一个无聊的游戏，她一点儿都不想再应付下去。她把包揪过来，正要站起，医生腰间嘀嘀嘀响起。他低头，把 BB 机取下，仔细看着上面，嘴角浮着一层不知就里的窃喜。

陈珊连忙说："你有事？那我们先这样吧。"

医生说："啊没事没事，有个领导约我明天晚上去他家给他老婆推拿，我不一定去的。"说着他把 BB 机重新挂到皮带上，然后再把手伸过来，说，"有没有发现我的无名指超长？刚看到一篇文章里说，男人无名指越长，其睾丸相对体积就越大，雄性激素含量也越高，产生精子的可能性也越多……"

陈珊拿包的手一下子停住，脑中空白了几秒钟。这个话题太突兀了，用电闪雷鸣来形容都不为过。她迟疑了一下，还是开口："你读到的是学术论文？"

医生索性把十个手指屏风般竖到胸前，说："不是不是，是报纸上看到的一个小文摘。"

陈珊问："你的意思是？"

医生说："我无名指这么长，睾丸肯定很大，精子当然也多。精子越多，以后你受孕的可能性就越大。虽然计划生育了，只能生一个，但一个也是需要无数个精子做后盾，才能优中选优，你说是不是?"

陈珊扑哧笑起来，同时也站起来。哪来的一个奇葩啊，受教了。医生也站起来，问："要走了? 我们不合适吗?"陈珊说："当然。"然后就快步出门。回到家她马上让陈清把手掌伸出来，这是她路上想到的。文摘上说的就一定没道理吗? 必须找一个男人证实一下。陈清的手指柔软纤长细白，无论如何陈珊更愿意把身体交给这样的手。无名指确实长，超过食指一截，仅比中指短一小截。

陈清问："你干什么?"

陈珊盯着他半晌，还是笑。看来有些人犯一些错是命中注定的。有点儿想把从陈清身上得到的印证告诉那个医生，一闪而过的念头罢了。医生的父亲也是画报社的，跟陈清以前是同事，也就是说介绍人某种程度上说就是陈清。一个无名指那么长的男人，给她介绍另一个无名指超长的男人，这事想想就有点儿滑稽感。陈珊说："噢，你跟你同事回个话吧，他儿子我没兴趣。"那次珠子的事情发生后，她再没喊过陈清"爸爸"，一直以"噢"代替。不过一个称谓而已，看上去陈清也没介意。

顿一下陈珊又说："以后别给我介绍谁了，没用。今天是最后一次相亲，以后我不相了。"

"那你以后怎么办?"陈清腔调一下子难听起来。

陈珊说："不急，慢慢找，总会有合适的。"

他鼻孔重重吸吸，咽几下口水，说："合适二字，怎么下定义呢？只有天知道啊。不论男女，也许真的有最合适的那一个存在，可究竟在哪里？要同朝同代，同处于一个空间，还要有一个彼此看到对方的契机，可世界太大，一世太短，总是错位，其实很无奈的，不是想找就找得到。"

陈珊说："我等呗，遇得上就结，遇不上一个人过也没什么不好，总比两个不合适的凑在一起硬过好。万一嫁的是个不着三不着两的男人呢，不知得受多少委屈，比如……算了，我还是不比如了吧。"

陈清脸色一暗，心里扭了一下，他听出她话的意思了。三个女儿性情不一，嘴巴尖利却是一致的。

从那时起，十年过去，又十年过去，陈珊仍然老样子。她搬出去住了，艺校分给她一套六十平方米的福利房，她住了一阵又自己在码头附近买了一套一百二十平方米的，福利房出租了，租金刚好可以抵按揭款。年纪越大，课时越少，渐渐就进入半退休中，不需要每天赶去学校。她买了车，想吃想玩就自己带自己去。有天她一路按车载导航里林志玲的嗲声提示，把车开上北溪。虽然已经很多年家里从来不会有人提到这个地名，但这两个字不时在她脑中柳絮般飘来飘去。

有点儿意外，村子比她想象的像样，路已经修进去了，可以通车，房子也不差，到处是新建起来的钢筋水泥楼房，她甚至在一些人家门口看到拉布拉多犬和英国短毛猫。只是人不多，四处很安静。她下车在路边站一会儿，不知道自己来干嘛。算一下珠子多大了？也近八十了，还活着吗？还那么黑吗？还有厚厚的唇和屁股吗？

她没有向人打听，站了一会儿，看了一阵子，又重新上车，把村子能通车的路都绕一遍，然后走了。

那天省文化厅的人给她两张票，上海芭蕾舞团来商演，《天鹅湖》。她开车接俞小静一起去。公主，王子，斗恶魔，获幸福，一个浪漫也陈旧的老故事。进场前陈珊去取了一份宣传册给俞小静，俞小静低头看了一会儿，突然说："以前，我跳这个位置。"

"以前？"陈珊没回过神。

俞小静点点头："小时候，在上海。"

"跳奥杰塔？"陈珊头凑过来。

俞小静手指在剧照上指了指，说："不是，跳白天鹅奥杰塔的是洋人，我只跳了群舞和插舞。这里，第二幕第三分曲中拱卫奥杰塔的众天鹅中的一个。"

陈珊嘴张了张，相当意外。俞小静小时候是什么时候？那么早上海居然就有《天鹅湖》了？俞小静看出她的疑问，说："我老师是俄罗斯的，夫妻俩30年代来上海教芭蕾。"

陈珊"噢"了一声。接下来她就明白了俞小静整个看演出的过程为什么会有那样的反应了：大幕一拉开，俞小静一直挺着背，双手抓牢前排靠背；中场休息时，灯一亮，陈珊就站起去厕所，顺便买两瓶水带回，递过去，俞小静摇头不接，眼珠子盯着闭拢的红丝绒幕布。全场结束，演员谢幕，大家都鼓掌站起，俞小静仍坐着，脸上全是泪，看得出她已经用力忍

床上的陈清

了，泪还是一串串滚下来。

陈珊无声长嘘一口气，人的很多热爱，其实都是给自己套上枷锁，倾越多的情，套得就越沉重。陈珊要把俞小静送回家，车子开出剧院停车场，俞小静坐在副驾驶座上，一直转脸看窗外。外面灯已经暗淡，一幢幢白天挺拔的楼房，这会儿都变虚弱，黑乎乎地隐在晦暗中。"珊珊，"俞小静突然说，"上芭啊，我们的上芭啊……"

陈珊想，是你的上芭，不是我的上芭。但她闭紧唇，没有说出口。

俞小静说："我八九岁，就能连续做'挥鞭转'了，就是第三幕，黑天鹅奥吉莉娅单脚立地快速三十几下的那个旋转。那是芭蕾最炫技的动作啊，学芭蕾的每个人都会憋着劲狠练。但我那时太小，腿部力量不够，主力腿支撑不足，提踵速度总是不够，动力腿前踢侧踢虽然都没问题，吸体时髋部水平稳定却一直不好。那时多么想练到三十秒内完成三十二次旋转，三十秒……可是后来我离开芭蕾，鞋挂到了墙上……"

陈珊愣一下，点了点头。肩和胸打开，主力腿撑地，动力腿悬空甩向十二点和三点方向后，迅速吸回，提踵，留头甩头旋转，一次又一次。芭蕾鞋挂墙上，但几十年里俞小静穿软底鞋，不也一直在练，并且让陈珊也一起练吗？一开始陈珊手臂侧平举时老是比动力腿的踢出慢半拍，很难，协调不了，整个动作形不成一个弧形。但学会了，就不难了。她第一次转起来是什么时候？想不起来了，反正是在工作室的红砖地上，单足立地，双肩和动力腿同时打开，旋转，越来越快地旋转，仿佛小鸟长出了翅膀。如果不是俞小静太多的强迫，陈珊想，自己或者会对舞蹈生出正常的热爱。强迫过了，就逆反了。

俞小静说："真的不甘啊，如果能从头再来一次该多好。我……"

话断了，是被牙咬住的。陈珊把车往路边靠了靠，踩下刹车。不知该说什么，她就不说了。车没熄火，空调开着，轰鸣中细微的颤动从脚底缓缓蔓延到头顶。她抬起左臂，把手肘支在车窗上，巴掌托住脑袋，侧过脸看着俞小静，已经很久没有这么近距离端详过这个被称作母亲的女人了。

长颈，扁平的肩背，白发，白得发亮，仍始终如一地在脑后盘个髻，袒露出宽大的额头。陈珊吸一口气，又缓缓吐掉。到这把年纪，俞小静仍保持这样的美感，不正是舞蹈所给予的回报吗？不甘可以理解，但谁甘呢？都必须接受。如同她，她现在仍然单身，那就继续单吧，无奈之下，只能继续无奈。

她重新发动了车子，她得把俞小静送回去。这座城不大，所有马路白天的拥挤都已经散去，像一个裹太多衣服的身体，从冬天跨入夏日，卸掉累赘，一下子轻松了下来。她不会想到后来还会有一天，也是这样的夜色下，旁边也坐着俞小静，她同样开车向着新闻小区驰去，推开门，发现陈清已经瘫倒在床上。脑血管堵塞抢救的黄金时间是六小时以内，可是陈清被送抵医院时，整整八个小时已经过去，脑细胞已大面积坏死，肢体瘫痪，没有意识。

九、火车

火车从上海闸北火车站开出，是 1949 年 7 月 19 日，离现在已经七十一年了。

那天是半夜集合去火车站的。迟睡或不睡对俞小静来说不是新鲜事，但坐火车是。她十五岁，第一次坐火车，第一次离开大上海。

身上土黄色军服肥大得可以塞进两个人，皮带也太长了。两天前发服装时，中队长特地帮她在皮带上多戳出两个洞，这样腰总算被勒住了，细细小小的像鸭脖子。一个多月前上海解放的第二天，路上一下子就冒出很多穿军装的人，甚至不时有打着腰鼓扭着秧歌的队伍，欢乐得整条路仿佛都跟着舞动起来。黄色顿时成为最时髦的颜色，没想到眨眼间，自己居然也穿上了。俞小静最麻烦的是帽子，头顶上盘个髻的长发要剪吗？试了试帽子，她头小，有髻也扣得下，只是顶上古怪地隆起一个包。她是不想剪的，五岁起她就一直留这个发型，所有头发都简单地束起，盘到头顶，让前额完整裸露。但其他女孩都剪了，齐刷刷的短发拢在耳后，戴上帽，马上就是一脸的英气。她犹豫了一阵，最终也剪了。头发是自己的，以后再留反正也不难。

五岁那年，她被母亲送到俄罗斯人索考尔斯基和他太太勃朗诺娃那里，跳芭蕾。母亲并不知道芭蕾是什么，勃朗诺娃正招学生，母亲就让俞小静去了，要是也能有勃朗诺娃一样的舞姿与体态，以后去百乐门肯定吃香。勃朗诺娃整天黑着脸训人，脖子要这样拉长，脚尖要这样绷直，但对她，勃朗诺娃却总是夸，从身材比例、舞台表现力到腿的力量、胯的软开度，甚至脚踝关节的柔韧灵活性，每一样都说好。"记住，你是天生吃这碗饭的，要一直跳下去！"这句话她说了很多次。

当然要跳，俞小静从来没想过不跳。

那天从兰心剧院出来，见路边很多人围住一圈，中间两张桌子，几个穿土黄军装的人正坐在桌边急急写字。她喜欢热闹，舞台就是一个热闹的地方，下面坐的人越多整个人就越兴奋。她凑过去，恰好旁边站着一个穿藏蓝色美式夹克装的高个儿男子，白净，戴副圆形黑框眼镜。

"这是干什么的呢？"俞小静问，那瞬间她就是觉得这个人可以信任。

男子低头看着她，笑起来，嘴角清晰地现出两个小梨窝。男人有梨窝真是又奇怪又特别。"招文工团。"说着，他突然脸一红。

俞小静问："市里招吗？"

男子说："不是，是外地。"

"外地？哪一地？"俞小静越来越好奇。

男子说："跟着解放大军一起去南方。解放全中国，需要很多很多人才哩。我们要去南方，去支援那边。你也是来报名的？"

俞小静摇了摇头，说："不是，我哪儿都不去，我要在上海跳舞。"

男子说："文工团就是唱歌跳舞的。我也报名了，但我只会拉二胡，不知人家要不要。"

俞小静不解："为什么不要？"

男子说："这次想去的人太多了，不可能都去。"

"哎，你，来报名的吧？"是坐在桌子后面穿土黄色军服的中年女人在喊，见俞小静看她，马上举起手招着。

俞小静犹豫了一下，还是过去。她站在桌子前，正回答着中年女人的问话，一扭头，看到旁边桌子前有个人正前倾着身子，双手撑在桌面。第一眼没弄清男女，脸全埋在袋子般垂落的齐脖子长发中，像是烫过，一绺绺地卷曲。听到声音，才知道是男的，是一口浓重的南方口音。看上去他有点儿着急，嗓门儿偏大了，手不停舞动。这次要去的地方就是他老家，他强调的就是这一点，他说虽然自己不会唱歌不会跳舞，但他会拍照。

俞小静从他胳肢窝上望去，挂在脖子上的一架相机正悬在前襟，随着他用力地说话微微荡着。又长又卷的头发、相机、南方口音，这是她对陈清的最初印象。后来陈清解释说，卷发是母亲遗传的，他两个姐姐一个妹妹也一样，全是一头刨花似的卷发；德国蔡司依康皮腔折叠相机是父亲送的生日礼物，父亲开一家货运公司；南方口音是因为他家乡人说的都是方言，他这次南下，回到老家，完全可以给大家当翻译。

6月29日文工团的录取名单在《解放日报》上刊出来，有俞小静，也有卷头发的陈清。那个高个子的嘴角有两个小梨窝的戴眼镜男子，俞小静上下找了几次，都不知道哪个是他。那天在报名现场，卷头发的人看到俞小静，马上就凑近来，报了自己的姓名，又问了俞小静名字，一点儿都不认生，仿佛已经认识一百年。俞小静返身，头转来转去在人群里找，却没有看到那个梨窝男孩。他不知去向了，她还不知道他名字。

母亲不同意她离开上海。全中国哪里能跟上海比？居然去南蛮之地？一盏霓虹灯都没有不说，还蛇多蚊子老鼠多，怎么可能天天有舞跳？俞小静抿着嘴，她不相信母亲说的是真话。一直仿照美丽牌香烟上那个女人的发型和装扮的母亲，每天顶着一头大波浪头发，穿绸缎花旗袍，抹极艳的口红，看上去没有一丝乡下人的气息，但她确实是浙江乌镇那边的人，十岁才来上海，来了就进了百乐门，会唱歌，但不认得几个字，她去过最南的南方不过是自己的老家。

家里只有两人。母亲堵上门，把俞小静锁在屋里，但第三天凌晨俞小静还是从窗户爬出，随身带的东西中包括那双粉缎芭蕾舞鞋，然后去了黄浦江边的沪江大学。原来不仅有文工团，还有干部团、卫生队、警卫队，沪江装不下，复旦和大同中学还分走一些，合在一起两千多人。每个人都很高兴，笑声不断，俞小静很快也跟他们一样，开始用比平时大两倍的声音说话。出操或者开会学习时，她头常常不知不觉就转来转去，这样她就看到了一头卷曲的长头发了。

　　卷发和梨窝她更喜欢哪个？不知道，至少那时她没有想过。陈清出现时，那一刻她很欣喜。这么多人，她却一个都不认识，终于看到陈清，陈清不熟的脸，却是她在这里最熟的。

　　大学生很多，至少一半以上。陈清也是，他十八岁，在江夏大学读教育学，同时加入了校摄影社，跟书比起来，他更喜欢的是照相机。"你是哪所学校的？"陈清问。

　　俞小静摇头。几年前横浜桥那边建起上海市实验戏剧学院，分演员组、技术组和编导组招生，一起跳芭蕾的师姐好几个都去这里上学了，以后她可能也会去，但现在还没有，她哪所学校的都不是。陈清看着她，手在自己包里掏着，然后巴掌向前一伸，掌心里躺着一个东西，笔，黑色的派克笔。俞小静一怔，边后退边重重摆手。女人收男人东西，都会有代价的，这是母亲说的。笔的代价是什么她不知道，她只是不想要，也不需要，她平时消耗的是芭蕾舞鞋，三天两头磨破一双，而不是笔。

　　陈清没有一点儿勉强，收起笔，马上像笔是刚捡到的一样，嘴一咧，很高兴地笑起来，把两排细白的牙齿充分露出来，牙缝间津津的口水泛出隐约的光。眼睛真特别啊，不大，但细长，弯出一道月牙儿，一笑就眯得更弯了。"到那里我就是东道主，那里有很多非常美味的小吃哟，我带你去。"他说。

　　俞小静点头，也把嘴尽量咧大笑起来。以前的日子是方方正正的，每天几点起床，练几小时功，排多久的舞，都相差不多地循环，她没有厌倦，也非常喜欢。突然变化说来就来了，她在喜欢中，又加进了更多的兴奋。就要和这么多年纪相仿的人一起，坐上从未坐过的火车，去从来没去过的南方，见到更多陌生的人，吃到很多美味小吃，真好，所有一切就像一把折扇，正在眼前徐徐展开。

没想到火车一出上海就被炸了，两架从台湾飞来的飞机丢下炸药，砸中火车头和文工团前一节车厢。俞小静坐在陈清后面一排，坐下没几秒，到处还都是声音，陈清就一下子睡过去了，头左一下右一下地晃。俞小静后来一直没弄清自己究竟是怎么飞出去的，沉睡中的陈清又是如何把半空中的她给抓牢，在摔落过程中再把自己的身体及时垫在下面。她昏迷的时间很短，或者谈不上昏迷，只是吓得一时没了知觉。醒来时眼前是黑的，各种声响灌进耳朵。她眨眨眼，慢慢回过神来，看清占据眼眶的是车厢顶。灯全灭了，车窗外其实已亮，但因为有雨，就亮得晦涩而隐约。她动一动身子，发现自己居然是仰面朝上，背上是软的，往下滑，滑到地板上，正好就与陈清打了个照面。他脸被头发遮掉大半，眼从发缝间露出来，还是弯弯的月牙儿，还有细细的白牙，额上却有一道清晰的血痕。"哈，你没事就好。"他说着，嘴猛一咧，露出更多的白牙。

那一刻俞小静想，自己这辈子肯定很难忘掉这个笑容了。

六年后在与陈清的简单婚礼上，她看到陈清脸上又布着一模一样的笑，柔软，善意，宠溺，它们像风中海浪撞向岩石，瞬间就能吞没女人——后来俞小静才知道，不仅仅她，其实还包括其他女人。

画报社腾出来给他们做新房的宿舍不到十五平方米，陈清却弄来一张大床，把房间占去大半。本来他是想弄一张拔步床，跟他出生时一模一样的床，有围栏，有垂柱，有床眉，有踏板。他说自己从小都是睡大床，越大越舒服。出去读书，他忍了，结婚了就不想再忍，但那时城里已经买不到那样的雕花床了。

那天晚上他们一直在说话，说了大半夜，其实主要是陈清说，俞小静的生活都摆在面上，三言两语就说光了。陈清的不一样，他让俞小静有很多意外。

他说："你记住，以后无论跟别的女人怎么样，从见到你的那一天，这辈子我最爱的人肯定都是你了。"

他又说："我家里以前是开货运公司的，我在上海时，他们打电报让我速回，我没回。终于回来时，他们等不及，已经坐船去了台湾。"

停一会儿，他接着说："走之前他们留了一封密信让人交给我……因为怕我生活无着落，他们在公司一间废弃的办公室埋了些厂条，大黄鱼、小黄鱼都有……算了，你知道了没什么好处。今天告诉你，是想让你放心。"

厂条就是金条，大黄鱼、小黄鱼指金条的大小，这些俞小静都懂。货运公司，办公室，陈清租下那个工作室原来就是为了金条。"确实有金条吗？"她问。陈清在黑暗中默默点了点头。"挖出来了，也重新藏好了。不能铺张地用，免得招惹麻烦，但钱反正不会成问题，以后我不会让你吃苦，其他的都交给我，你什么都不用问。"

俞小静轻轻"嗯"了一声，突然记起那个梨窝男子，他叫什么？如今在哪里？结婚了吗？娶什么样的女子为妻？一闪而过罢了，但确实闪了。那天她冷不丁就报名，有没有因为他，哪怕仅一点点？擦肩而过，就风一样散去了。如果他也被录取，也登上火车，一起到达这座城市，跟她结婚的人仍然是陈清吗？

她进了新成立的歌舞团，陈清去了新创刊的画报社，那么会拉二胡的梨窝男子要是来的话又会去哪里？

王子齐格弗里德选妃那天，差一点儿就娶了黑天鹅奥吉莉娅，最终幸福还是归白天鹅奥杰塔所有。奥吉莉娅也是年轻美貌的女子，得而复失，所以要设计出"挥鞭转"这样剧烈的动作来表达内心的疼痛。错一步，就是一世。

那时候觉得未来又远又长，长得怎么都不会有尽头，可是尽头却眨眼就来了，腰硬了，腿僵了，满脸是皱纹，头发已经白透。而陈清，中风后他在医院那张病床上已经躺了三年多，情况越来越糟，已经再也无法把眼睛一眯，笑出可以吞没女人的细长月牙状了。

十、现在

现在是晚上七点多，医生正在拆除绑在陈清身上的各种仪器。三年多来它们轮番跟陈清发生关系，但没有一次如此密集。几个医生都来了，护士也忙进忙出了两三个小时，最后心电监测仪还是发出"嘀"的长叫，心电图显示的是一条直线。

陈珊和俞小静一直站在病房外，脸上戴着淡蓝色的医用口罩。这时一个护士探出头，招了招手。陈珊一下子明白了，她伸手想扶住俞小静，俞小静一扭身，已经抢先一步跨出。

没有人说话，医生开始陆续往外走。穿一身蓝白条病号服的陈清安静地躺着，四肢整齐摆放出一个立正的姿势。太不真实了，陈珊站在床尾，努力不去看他的脸，仿佛不看，死亡的事实就可以不存在。她只是垂着眼皮盯着他的脚。真瘦啊，伸在宽大裤管外的小腿干枯得有一种坚硬感。这是她第一次见到父亲的脚指甲，居然这么厚，而且黄，四周浮着一层粉末状的白色，应该是死皮吧？之前她真的忽略了这个部位，她打量父亲的目光从来没有落到脚指甲上。

现在他要带着这些指甲一起走了。

她抬起头看向俞小静，俞小静站在床头，扯下口罩，脸俯着，不认识似的一直盯着陈清看，又伸出手，轻轻落到陈清脸颊，指尖从耳郭到耳垂再到嘴角，一路缓缓拂过，唇嚅着，像颤动，又像在悄声说什么。跟陈珊一样，她没有哭，好像也忘记了需要哭。

在医院这个高干病房，陈清躺了三年零七个月，前面俞小静基本天天都来。春节后因为疫情，医院管控严了，俞小静年纪又大，不建议她来，有情况会及时通知。结果是这样的情况，陈清死了，再也没救回来。

几个穿着罩衫长裤的护士拉着一辆推车进来，其中一个对陈珊比画几下，意思是要送太平间了，让她们先离开。陈珊欠欠身子，对她微微鞠个躬致谢，然后过去，拉住俞小静的胳膊。"他解脱了，走吧。"俞小静很顺从地动了动身子，跟陈珊往门外走。突然"咚"的一声，俞小静的手碰到病床侧面的挡板，她身子一震，双手猛地揪住挡板，整个身子软下去，趴到床沿。她哭了，发出高音贝，声音从头顶灌到脚底，钻进水泥地面，又从脚底蹿上，冲出头面扑向天花板。

陈珊的泪也是这个瞬间猛然落下。护士对她使眼色，扬了扬手，她明白了，拉起俞小静往门外拖。很重，那么轻盈的俞小静其实拖起来，也是沉的。

在走廊上护工小赖小跑着过来，贴在陈珊旁边低声说："我今天一发现情况不对，马上就喊医生和通知你们了，一点儿都没耽误……"

陈珊对他点点头。小赖没问题，虽然吊儿郎当了一点儿，护理能力是够的。她对小赖交代了一些事，又跟值班护士说了说，就开车带着俞小静先回去了。现在一切都靠她。这一阵陈清其实就不太好，躺太久了，并发症，肺部感染越来越严重，有一次高压降至60mmHG以下，都没有了自主呼吸，还有一次血氧饱和度完全测不到。医生提醒她好多次了，要做好心理准备。她给陈尹、陈苻都发了微信。春节前陈苻曾说要带孩子回来看看，因为疫情，她推迟了机票，接着就断航了，想回也回不了。陈珊感觉到陈萼其实并不想真回，断航似乎是帮了她，在电话里，陈萼的语气是如释重负的。

而陈尹这时候正在墨尔本。十六年前就传出姜和平有外遇，陈尹不相信，直至有一天姜和平给她发了一张婴儿的照片，告诉她这是会计李莉替他生的儿子，就是那个圆脸、娇小得像中学生的李莉。接下去的日子陈尹不再画画儿，抗拒离婚和争夺财产成了她生活的全部内容。姜和平前些年已经在墨尔本也办了公司，还买了几幢大房子，派李莉在那边打理，然后李莉就在那里生下儿子。临春节时姜和平说是去上海出差，其实是飞去澳洲。陈尹一查手机定位，马上买了一张机票也飞过去了。她在电话里冲陈珊吼："你如果逼我回去，我也死给你看！"

陈珊不会逼她，逼也没用，航班同样没有了。人类已经可以去月球，还准备登陆火星，似乎无所不能，其实却脆弱得如此不堪一击。

那天晚上陈珊不是把俞小静送回新闻小区，而是回了她的家。她房子装修时只留一间卧室，其余全部打通，弄成大开间，床铺也只有一张，但厅里放着一张大沙发。她让俞小静睡到床上了，沙发留给她。俞小静孩子似的听从了。躺到沙发上陈珊没有睡，她拿出手机，在通讯录里拨找着，然后把一条信息发出去。

葬礼是在两天后举行，其实也谈不上什么礼，一条龙做丧葬生意的公司跟医院是长期合作的，他们按民俗走固定的程序，不需要家属操心，一切就绪，吊唁厅就设在太平间旁边，布满了鲜花和纸花圈。以前的老同事老朋友戴着口罩来，画报社一个副社长也代表单位来了，围着冰棺转一圈，鞠三个躬。把他们送出去时，副社长顺口提起出一件事：三年多前画报社为纪念创刊七十周年，曾策划为在世的几个老摄影师各出版一本画册。创刊七十周年是去年的事，其他几个老摄影家的画册都出了，陈清当时躺在医院，就漏了他。俞小静看看陈珊，她们显然都是第一次知道这件事。俞小静马上说："去年他还活着，应该补出吧？钱我们自己出也行，但他以前拍的很多照片都存在社里，出画册你们也专业，麻烦出一本。是的，必须出！"

3月初天还是凉的，俞小静这会儿没穿外套，黑毛衣裹紧身子，黑裤子也是修身的。她八十六岁了，小腹还是平平的，腰身也在，脖子梗得又直又长，但还是明显跟往常不一样了，是背驼，一下子松松地往下垮去，眼袋也浮肿。从小到大，陈珊从没见过这样的俞小静，以往即使生病，她也是把背挺得直直的，仿佛那里布满钢筋。

在等殡仪馆来车时，陈珊把六千块钱装进红包递给小赖。平时工钱都是通过手机转账的，这个红包是额外的答谢，按当地习俗，这是应该的。小赖摆手推辞，陈珊把红包塞进他裤袋，正要转身走开，小赖突然问："你姐姐真不回了？"

陈珊站住，点了点头，她知道小赖问的是陈尹。

不住院，真不知道护工有多麻烦，总是不如意，太笨太懒

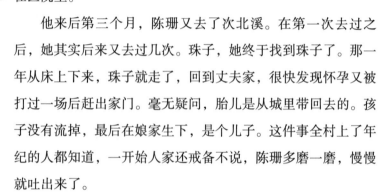

或者对病床上的人太不好。在前面炒掉五个护工后，小赖是第六个，已经干了快一年。他是自己主动找来的，出示护工证，介绍自己在本院干了快二十年，哪个科的护理都很拿手。他不是吹牛，大部分医生护士跟他都熟，基本认可他。另外，小赖没有结婚，护工没有家庭拖累算个大优点，可以二十四小时待在医院里。

他来后第三个月，陈珊又去了次北溪。在第一次去过之后，她其实后来又去过几次。珠子，她终于找到珠子了。那一年从床上下来，珠子就走了，回到丈夫家，很快发现怀孕又被打过一场后赶出家门。毫无疑问，胎儿是从城里带回去的。孩子没有流掉，最后在娘家生下，是个儿子。这件事全村上了年纪的人都知道，一开始人家还戒备不说，陈珊多磨一磨，慢慢就吐出来了。

村里人不知道那儿子是珠子跟谁生的，但陈珊猜到了。

她找到城里一个相当高档的小区，敲开一户人家的门，来开门的就是珠子，她比以前更矮，但瘦了，就显得更黑。一见陈珊，后退几步，用手捂住嘴，泪一下子流出。"珊啊……"她喊了一声。

阿贵坐在轮椅上，不再是光头，而是留起了长发，全部从耳两边垂下来，吊到肩膀上。他也是卷发，木刨花一样的卷发。胖了不少，两条腿像两坨肉棒子摆在椅子边沿，膝盖以下都没有踪影。阿贵往珠子方向努了努嘴，说："她每年都去你

上学工作的地方找你，小学、中学、艺校都去，偷偷站在大门

外等着，看到了就回来，没看到第二天再去。"

陈珊走过去，把珠子抱住。瘦小的珠子已经不是当年那种皮肉了，但温度是一样的。"珠珠！"她在心里重重喊一声，声音被咽在舌尖底下。

北溪村里的人说，以前珠子一直住在娘家。前几年菲律宾那边的亲戚突然拿着一本登有珠子照片的画报找来，分给她一大笔属于她父亲的遗产，她儿子用这钱在城里买下房子和车子，算发大财了。但珠子不肯一起住，直到她儿子有一天开车，跟前面大卡车追尾，车头直接插进卡车的腹部，命是保住，但两条小腿却没了。要照顾他，珠子才来城里。

车祸发生在从郊区回城里的路上，那天阿贵去湿地拍黑脸琵鹭，他把手机丢车上，穿着防水裤涉入水中，在芦苇丛中蹲了一上午，琵鹭没来，竟意外拍到两只大凤头燕鸥。他没急着回，在岸边守到太阳落下，又拍到在晚霞中觅食的勺嘴鹬。回到车上，天已经黑了，拿起手机，才看到陈清家的座机来过电话。他回拨过去，忙音。过一会儿再拨，还是不行。拨陈清手机，没接，再拨，关机了。他发动车，开车往城里赶，车速很快，踩油门时不知不觉下脚就重了。路上他给俞小静打了电话，占线。他马上又拨了陈珊的，通了。他刚说了句"你爸"，忽然一声巨响，仿佛雷在当头炸开，然后两眼一黑，就什么都不知道了。

阿贵一下子就消失了，陈珊怎么打他电话他都没接，微信也拉黑了。陈珊去门口找保安队长，队长说其实不是他同村的，是阿贵找上门来，让他这么说的。队长想给自己推卸点儿责任，提醒道："保姆不是都会交给你们身份证复印件吗？要不你报个警？"陈珊摇头。家里没东西丢失，责任不在阿贵。何况没有复印件，那天阿贵只把身份证摆桌上让他们看，接下去应该让他复印一份留着的，但忘了。

后来才知道陈清住在楼上的高干病房，阿贵很早就知道，是珠子打听到的。

当然阿贵更早知道自己和陈清的关系，所以让保安队长介绍当保姆。

阿贵住院时的护工就是小赖。阿贵出院时，珠子让小赖去高干病房找 1803 病人。按医院规定，刚来时他把一张自己身份证复印件交给陈珊，1958 年生，比陈珊大五岁，名字叫赖安。陈珊那时并不知道赖安就是芬姐的小儿子安安，赖安自己也不知道，但珠子知道。

陈清死后第二天，芬姐的大儿子和小儿子一起到医院来吊唁，一直在旁帮忙的小赖才大吃一惊。而陈珊和俞小静也张大嘴，半天没回过神来。

这世界真是又小又逼仄。

按当地风俗，只有晚辈才能把死者送去火葬场，长辈和平辈去都不吉利。陈珊自己开车，跟住灵车，正要发动，副驾驶室门开了，俞小静执意要跟去。

殡仪馆比平时空寂多了，似乎在突如其来的疫情中，人吓得都不敢死了。灵车直接开到三号悼念厅前，不再悼念，是要从这里通往炉子。下了车一抬眼，陈珊看到柱子后有一个轮椅，坐在上面的是阿贵，推车的是珠子，他们旁边还站着一个高个子的男孩，一头卷发，眼细长，弯成月牙状。他们都黑衣黑裤，大半张脸藏在口罩内。陈珊一愣，看了俞小静一眼。俞小静应该没有注意到他们，一直低着头，脸上木然。陈珊走过去，她已经看到阿贵手里拿着一张纸，正对她招着。

是阿贵手写的保证书，很简单的两行字：陈清遗产分毫不要，完全放弃。署名是"陈小贵"，上面按了红手印。陈珊接过，刚要走，阿贵突然说："但我们……要求能否分一把骨灰，一小撮也行，我们想保存……"

陈珊眼睛一下子模糊了。她觉得这个不需要征求俞小静的意见，当然更不必等陈尹、陈萼同意，就点了点头。她看向那个男孩，又看阿贵，问："你儿子?"

阿贵点头。

陈珊把口罩扯下，又重新拉上。她原来有一个侄子，本来很想看看他长什么样，结果脱的却是自己的口罩。

工人正把陈清从冰棺里抬出，放到推车上。车子要走时，俞小静小跑几步，将一支笔放到陈清耳旁。黑色派克笔，在沪江大学时陈清送过她，她没要。结婚前陈清再送，她收下了，藏了几十年。陈珊用胳膊挽住俞小静，俞小静的整个身子都在微微颤着。她们一起盯着推车，推车很窄，刚容得下一个身子。它慢慢被推向后门，陈清安稳地躺着，平静地接受了。

"这个床太小了，"俞小静突然说，说得非常小声，"他喜欢大床……"

　　陈珊心扭了一下，眼泪猛地出来。她转过头四下看，想找一找珠子、阿贵和那个男孩，但什么都没有，外面模糊一片，像罩着一层厚厚的磨砂玻璃。